Über das Buch:

Die Provence – Land des Lichts und der Maler, Heimat der Sonne, Farben und Düfte, Land der Troubadoure und Kreuzritter, der Boulespieler und Lebenskünstler. Zwischen der Weite der Camargue im Südosten, den mondänen Badeorten der Côte d'Azur im Süden und den kargen Bergen und dramatischen Fluchten im Norden ist die Geschichte der Familie Le Ber angesiedelt.

Als der Verlust ihres traditionsreichen Landgutes an den Ufern der Durance droht, teilt sich die Familie in zwei Lager, und ein Machtkampf voller Lügen und Intrigen entbrennt. Mittendrin findet sich plötzlich die junge Deutsche Isabell wieder, die in der Provence ein neues Leben beginnen will und hier der Liebe ihres Lebens begegnet ...

Sophie Bérard

LAVENDEL-NÄCHTE

Provence-Roman

BASTEI LÜBBE TASCHENBUCH
Band 14615

1. Auflage: Oktober 2001

Vollständige Taschenbuchausgabe

Bastei Lübbe Taschenbücher ist
ein Imprint der Verlagsgruppe Lübbe

Originalausgabe
© 2001 by Verlagsgruppe Lübbe GmbH & Co. KG,
Bergisch Gladbach
Umschlaggestaltung: Dieter Ziegenfeuter
Satz: hanseatenSatz-bremen, Bremen
Druck und Verarbeitung: AIT Trondheim
Printed in Norway
ISBN 3-404-14615-8

Sie finden uns im Internet unter
http://www.luebbe.de

Der Preis dieses Bandes versteht sich einschließlich
der gesetzlichen Mehrwertsteuer.

*Rita, dieses Buch ist für dich.
Für die fachmännische Beratung alle Pferdefragen
betreffend, für die zuverlässige praktische
und moralische Unterstützung und dafür,
dass du mir beigebracht hast, Fenchel zu lieben!
Danke, dass es dich gibt.*

RINQUINQUIN ist eigentlich eine Spezialität der Provence, ein köstlicher Aperitif auf Pfirsichbasis mit Vanille und Karamell. Ich habe mir den Namen für das Gut der Le Bers an den Ufern der Durance ausgeliehen, weil er so hübsch klingt und außerdem gut zu den Pfirsichen passt, die man dort anbaut. Das Gut sowie die Familie Le Ber entspringen allein meiner Fantasie, das Dorf Volonne an der Durance aber gibt es wirklich.

»Wer aus Liebe heiratet,
dem stehen schöne Nächte und
schreckliche Tage bevor.«

Provençalisches Sprichwort

Prolog

»Genau so könnte es aussehen«, sagte er und reichte ihr den Hochglanzprospekt weiter, den seine Sekretärin eben vor ihn auf den Schreibtisch gelegt hatte.

Auf der Vorderseite prangte das Foto eines riesenhaften, mehrstöckigen Gebäudes, dessen auffälligstes Merkmal eine gewaltige Glaskuppel war. Im Hintergrund wiegten sich Palmenwipfel im Wind. Eine Seite weiter waren Fotos von Swimmingpoollandschaften mit Wasserspielen und Inseln aus künstlichen Pflanzen zu sehen, uniformierte junge Menschen lächelten hinter üppig bestückten Buffets hervor, hinter Bergen von tropischen Früchten und knusprig gebratenen Hähnchenkeulen, und unter einem blauen Himmel erstreckte sich ein weitläufiger Golfplatz bis schier in die Unendlichkeit.

»Divine Hotels – so gut wie ihr Name« stand darunter in roter Schrift, und daneben flatterte eine amerikanische Flagge im Wind.

Joséphine drehte den Prospekt zwischen ihren schlanken Fingern. »Aber das ist auf den *Bahamas*, John D., nicht in der Provence.«

»Das macht keinen Unterschied«, versicherte er. »Divine Hotels sehen überall auf der Welt gleich aus, das ist unser Markenzeichen.«

Für einen Augenblick schloss sie die Augen, um es sich besser vorstellen zu können. In Gedanken radierte sie das majestätische Natursteinhaus mit den distelblauen Schlagläden, das einmal ihr Zuhause gewesen war, einfach aus und setzte an seine Stelle das Divine Hotel von den Bahamas. Wo sich jetzt noch Pfirsichbäume auf flachen Terrassen bis hinab zum Fluss erstreckten, wo Olivenbäume standen und von Lavendel eingefasste Luzernenfelder, wo wilde Heide über jede noch so felsige Stelle wucherte, sah sie vor ihrem inneren Auge das kurz geschorene Grün eines Golfplatzes – ein grüner Teppich, der dem Land alle Ecken und Kanten nehmen und es zu einem x-beliebigen Stück Erde machen würde.

»Ich kann es gar nicht erwarten«, sagte sie und atmete tief aus, wie jemand, der eine lange Strecke unter Wasser geschwommen war.

»Und du bist sicher, dass deine Familie einverstanden sein wird?«, fragte John D.

Joséphine lachte leise, ein perlendes, melodisches Lachen, das sie an- und ausknipsen konnte wie eine Lampe. »Oh nein, sie werden nicht einverstanden sein, mein Lieber, sie werden schreien und toben und sich winden, aber es wird ihnen nichts nützen. Ihnen steht das Wasser jetzt schon bis zum Hals. Monsieur Hugo sagt, es ist nur noch eine Frage von Wochen, bis die Bank ihnen mit Zwangsversteigerung drohen wird. Und dann wird ihnen unser Vorschlag willkommen sein, ob sie nun wollen oder nicht.«

In ihren Augen schimmerte jener gewisse Funke auf, eine Mischung aus kindlicher Begeisterung und weiblicher Hinterlist, die John D. immer wieder aufs Neue erregte.

»Komm her, du kleines Miststück«, sagte er und zog sie an sich. »Manchmal bist du mir richtig unheimlich.«

Joséphine schmiegte sich lachend in seine Arme.

1. Kapitel

Hamburg, 24. März
»Obstbäume säumen die Straße zu beiden Seiten. So weit das Auge reicht, sieht man Pfirsiche und Aprikosen, die verführerisch wie goldene Christbaumkugeln im Blattwerk prangen« – Worte, die förmlich auf der Zunge zergingen. Isabell hatte sie laut gelesen, mehr für sich selbst als für Frau Elbmann, die nie etwas anderes las als »Das goldene Blatt« und »Gala« und sich für Pfirsichbäume höchstens dann interessierte, wenn sie im Garten von Prinzessin Caroline oder Udo Jürgens standen.

Pfirsiche, die wie goldene Christbaumkugeln im Blattwerk prangen ... Isabell ließ das Buch auf ihren Schoß sinken und schloss sehnsüchtig die Augen. Gestern Abend hatte ihre heile Welt einen tiefen Riss bekommen, und jetzt wusste sie nicht, ob man sie wieder kitten konnte oder ob sie endgültig auseinander brechen würde. Isabell hatte das dumpfe Gefühl, das Problem durch Nachdenken allein nicht lösen zu können, und so wartete sie einfach ab und versuchte, an etwas anderes zu denken. An diese mit Obstbäumen gesäumte Straße zum Beispiel, von der sie gerade gelesen hatte.

Das warme Licht der Abendsonne zaubert lange Schatten auf den Asphalt, in der Luft liegt der unbeschreibliche Duft reifer Pfirsiche ... Aber es war Isabell unmöglich, sich vorzustellen, am Rand dieser Straße zu stehen und den Duft süßer Pfirsiche einzuatmen: Eine kräftige Windbö schleuderte Regentropfen gegen die hohen Wohnzimmerfenster, die Auswirkungen eines Tiefs namens Jakob, das vor ein paar Tagen ein Tief namens Ingmar abgelöst hatte. Nicht, dass es irgendeinen Unterschied zwischen Jakob und Ingmar gegeben hätte: Windig und regnerisch waren sie alle beide. Vom Frühling, der laut Kalender vor vier Tagen begonnen hatte, war nichts zu merken.

»Auf Aprikosen hätte ich auch mal wieder Appetit.« Frau Elbmann besprühte das Tischchen vor Isabell mit Möbelpolitur, und die roch so ähnlich wie Schuhimprägnierungsmittel. Die Politur, nicht Frau Elbmann. Die roch nach *Tosca*. Und zwar ziemlich penetrant. Isabell klappte ihre Augen wieder auf und rettete ihr Buch vor Frau Elbmanns flinkem Putzlappen.

»Ist das ein Reiseführer?«, erkundigte sich Frau Elbmann.

»Nein, eigentlich ist es ein Kochbuch«, sagte Isabell, und ihre Stimme nahm wieder eine sehnsüchtige Klangfärbung an. »Ein Kochbuch über die Provence. ›Land des Lichts und der Maler, Heimat der Sonne, der Farben und der Düfte ...‹« Damit zitierte sie aus dem Klappentext, aber das merkte Frau Elbmann nicht.

»Wie poetisch Sie sein können«, sagte sie bewundernd. »Man sollte nicht denken, dass Sie eigentlich Steuerberaterin sind.«

»Steuerfachgehilfin«, korrigierte Isabell sie. »Und jetzt bin ich nur noch Hausfrau.«

»Nur noch ... wie Sie das sagen!« Frau Elbmann

schüttelte den Kopf und verpasste dem Steinwayflügel seine wöchentliche Dosis Möbelpolitur. Dabei drehte sie Isabell ihre rundliche Kehrseite zu. »Wie viele Frauen würden nicht gern an Ihrer Stelle sein! Außerdem würde ich Sie nicht als Hausfrau bezeichnen. Sie sind eine Dame der Gesellschaft. Haissosseiättie.«

Das hätte Frau Elbmann zumindest schrecklich gern gehabt: Es war ihr lang gehegter Traum, als Haushälterin bei Mitgliedern der Highsociety zu arbeiten, wo man ihrer Vorstellung nach ständig Dinnerpartys für die Prominenten, die Reichen und die Schönen gab, und wo eines Tages auch Udo Jürgens durch die Tür schreiten und ein Kanapee direkt von Rosa Elbmanns Hand entgegennehmen würde. Isabell musste lächeln. Frau Elbmanns Traum wurde zumindest von Frithjof, Isabells Mann, geteilt, wenn man von Udo Jürgens mal absah. Auch Frithjof strebte einen Platz unter den Reichen und Schönen an. Was die Prominenz anging, reichte es ihm allerdings schon, wenn er für sie die Steuererklärungen machen durfte. Doch seine Kanzlei lief auch ohne viel Prominenz schon sehr gut. Er hatte sie von seinem Vater übernommen, inklusive dicker Kundenkartei, sechs Angestellten und holzgetäfeltem Chefbüro. Da nahm er nun jeden Morgen hinter dem Nußbaumschreibtisch auf dem gepolsterten Ledersessel Platz und wusste, dass er genau das tat, was sein Vater sich für ihn gewünscht hatte. Allerdings erst zehn oder zwanzig Jahre später, denn Frithjofs Vater war im vorletzten Jahr völlig unerwartet am Steuer seines Mercedes einem Herzinfarkt erlegen und mit dem Auto gegen einen Brückenpfeiler gekracht.

Frithjof hatte seinen Vater gemocht und war selbstverständlich über dessen frühen Tod erschüttert gewesen, aber er konnte auch nicht umhin, die vielen Vorteile seines vorzeitigen Dahinscheidens zu sehen. Dank des großzügigen Erbes hatte Frithjof mit vierunddreißig Jahren bereits erreicht, wovon andere ein Leben lang träumen: Das Geschäft seines Vaters garantierte ihm ein üppiges Einkommen, sein Haus war nur noch der Steuervorteile wegen verschuldet, und es gab bereits eine ansehnliche eiserne Reserve auf der Bank. Frithjof war stolz auf sein gutes Aussehen, sein beachtliches Golfhandicap und auf sein elegantes, mit vielen geschmackvollen Antiquitäten und Designerstücken ausgestattetes Haus. Er war auch stolz auf seine Frau Isabell und ihre Figur, an der Designerkleider ausnehmend gut aussahen. Isabell verfügte über tadellose Manieren, von Natur aus hellblondes, fast weißes, auffallendes Haar und verstand sogar etwas vom harten Steuerberatergeschäft.

Ja, dachte Isabell, *für Frithjof komme ich gleich hinter den Philippe-Starck-Sesseln.* Das war doch schon mal etwas.

Frau Elbmann hatte den Flügel fertig poliert, er glänzte jetzt wie ein geschliffener Onyx. Der Flügel war auch eine von Frithjofs Marotten. Er konnte nicht mal »Hänschen klein« darauf spielen, ebenso wenig wie Isabell, aber ein Flügel machte eben unglaublich viel her. Gäste waren in der Regel beeindruckt, und Frithjof machte sich nicht die Mühe zu erklären, dass er eigentlich überhaupt nicht Klavier spielen konnte.

Isabell, die diesen Bluff unangenehm fand, hatte schon überlegt, Klavierstunden zu nehmen, damit sich die ungeheuer teure Anschaffung lohnte, aber Frithjof war dagegen gewesen.

»Klavier spielen ist etwas Wunderbares, wenn man es kann«, hatte er gesagt. »Aber wenn man es nicht kann, ist es entsetzlich anzuhören.«

»Das verwechselst du mit Violine«, hatte Isabell erwidert. »Außerdem – wie soll man es je lernen, wenn man sich nicht durch die Anfänge quält?«

»Gar nicht«, hatte Frithjof gesagt. »Es gibt so wunderbare Pianisten in den Konzertsälen und auf CD – warum sollte man Energie in eine Sache investieren, in der man doch niemals Vollkommenheit erreicht?«

Tatsächlich war das eines seiner Lebensmottos. Für Frithjof musste alles vollkommen sein, nichts hasste er mehr als laienhafte Versuche Einzelner, der Umwelt ihren persönlichen Stempel aufzudrücken.

»Warum alle Welt stümperhafte Aquarelle malen will, wenn es doch einen Picasso gab, warum sie krumme Vasen töpfern, wo es die Dinger tausendmal schöner zu kaufen gibt, warum sie ihre Wände selber streichen, wo es doch Profis gibt, die es viel besser machen, das will mir einfach nicht in den Kopf«, pflegte er seufzend zu sagen.

»Vielleicht weil es einfach Spaß macht, etwas mit eigenen Händen zu tun«, gab Isabell dann zurück. »Du spielst doch auch Golf, obwohl Tiger Woods das viel besser kann als du.«

Aber dann sagte Frithjof, was er immer sagte, wenn Isabell ein schlagendes Argument vorbrachte: »Das ist etwas ganz anderes.«

Es war schwer, Frithjofs Vorstellungen von einem vollkommenen Leben zu leben und dabei trotzdem Spaß zu haben. Als sie in die Villa zogen, hatte Isabell für kurze Zeit die Vision, den verwilderten Garten nach ihren Vorstellungen zu gestalten – ein Gemüsebeet anzulegen und lauter Blumen mit hübschen Namen zu pflanzen, Jungfer im Grünen, Ringelblume, Vergißmeinnicht, Madonnenlilie, Elfenspiegel, Levkoje ... Aber Frithjof hatte einen Landschaftsgärtner kommen lassen, der einen wohlproportionierten, ansehnlichen, aber pflegeleichten Garten entworfen hatte, in dem kein Platz für Isabells Gemüse und Blumen war.

Eine erneute Windbö peitschte die Gruppe von kahlen Birken neben der Terrasse. Die Bäume schienen sich bis zum Boden zu biegen.

»Schietwetter«, murmelte Frau Elbmann. »Wo der Fensterputzer doch gerade erst da war!«

Isabell steckte ihre Nase wieder in das Kochbuch. *Provence, duftend nach Lavendel und Melonen, blauer Himmel über weißen Felsen ...*

»Ist das nicht schlimm mit dem Boris und der Barbara«, sagte Frau Elbmann. Es war keine Frage, mehr eine Feststellung, auf die sie keine Antwort erwartete. »Oder das arme kleine Würmchen von der Jenny. Ist das nicht schlimm? Und was die mit der Caroline machen, schlimm, schlimm.«

So oder so ähnlich pflegte Frau Elbmanns morgendlicher Monolog zu beginnen, den sie zu ihrer eigenen Erbauung, aber auch zu Isabells Belehrung hielt, denn ihrer Ansicht nach konnte es nicht schaden, wenn die Dame des Hauses ein wenig gründlicher über die Neuigkeiten aus »Gala« und dem »Goldenen Blatt« informiert wäre. Isabell schaltete wie jeden Morgen ihr Gehör auf Durchzug und nickte von Zeit zu Zeit mechanisch. Nur ab und an drang ein Satzfetzen von Frau Elbmann bis in ihr Bewusstsein.

»... sieben Jahre absolute Vollkommenheit, und dann das ...«, sagte Frau Elbmann. »Schlimm.«

Dass Frithjof bei seinem Hang zur Vollkommenheit Frau Elbmann eingestellt hatte, war eigentlich kein Wunder. Sie sah genauso aus, wie man sich eine perfekte Haushälterin vorstellte: klein, rundlich, vollbusig, weiße Gesundheitsschuhe an den Füßen und mit einer Vielzahl karierter, gebügelter und gestärkter Haushaltskittel ausgestattet. Ihre blondgesträhnten, kurzen Haare waren in Locken gelegt, die Isabell an die Vinylpuppen ihrer Kindheit erinnerten und den Verdacht nahe legten, dass Frau Elbmann jeden Abend mit Lockenwicklern zu Bett ging. Auch fachlich war sie unübertroffen, sie kannte jede auf dem Markt befindliche Möbelpolitur, verfügte über geheime Bezugsquellen für ganz besondere Microfaserwischtücher und konnte einen wirklich leckeren gespickten Schweinebraten servieren. Ihre Gehaltsansprüche waren daher auch nicht gerade bescheiden, aber das konnte Frithjof ja glücklicherweise alles von der Steuer absetzen. Frau Elbmann war eben in jeder Beziehung vollkommen – solange man sich nicht mit ihr in einem Raum aufhielt, was Frithjof ja so gut wie nie tat, oder taubstumm war. Auch der eher toleranten Isabell ging Frau Elbmann erst auf die Nerven, seit sie ihre Stelle aufgegeben hatte und sie den lieben langen Tag ertragen musste.

»... all die Frauen, die sich selbst verwirklichen ... das kann doch nicht gut gehen ...«, sagte Frau Elbmann jetzt gerade, womit sie vermutlich Frithjof ganz und gar aus dem Herzen sprach, auch wenn er es nicht aussprechen würde. Er hatte Isabell sanft dazu gedrängt zu kündigen, damit sie sich in Ruhe der Aufzucht und der Pflege ihrer Kinder widmen konnte. Im Prinzip hatte Isabell auch nichts dagegen einzuwenden; es war nur so, dass sie noch gar keine Kinder hatten.

»Das wird sich bald ändern, wenn du nicht mehr diesem Stress ausgesetzt bist«, hatte Frithjof gesagt, aber Isabell war nun schon drei Monate völlig stressfrei und immer noch nicht schwanger. Abgesehen davon war ihre Arbeit niemals stressig gewesen, im Gegenteil, Isabell hatte sich bemühen müssen, gegen die gähnende Langeweile anzukämpfen, die sie immer öfter überfallen hatte.

Sie vermisste ihre Arbeit daher auch nicht wirklich, dazu hatte sie sie einfach nie gern genug gemacht, aber was sie vermisste, war die Ruhe, die in ihrem kleinen Büro geherrscht hatte, nur ab und zu unterbrochen vom Läuten des Telefons oder einem Schwatz mit den Kollegen und Kolleginnen. Steuerfachgehilfin – Isabell war es heute noch ein Rätsel, wie sie ausgerechnet in diesen Beruf geraten war. Sicher, sie hatte immer schon gut mit Zahlen umgehen können, Rechnen beruhigte ihre Nerven. Aber es gab so viele andere Berufe, so viele verlockende Möglichkeiten – sie hätte nicht Onkel Ludwigs Vorschlag folgen und in der Steuerberaterpraxis seines Freundes anfangen müssen. Niemand hatte sie dazu gezwungen. Aber das war eben ...

»... Schicksal«, sagte Frau Elbmann gerade. »Gegen das Schicksal ist man machtlos.«

So musste es sein. Wenn sie nämlich damals nicht in die Steuerberaterpraxis von Onkel Ludwigs altem

Freund gegangen wäre, hätte sie niemals die Stelle in dessen Niederlassung in Hamburg angetreten und so auch niemals Frithjof kennen gelernt.

Es hatte Isabell nie an Fantasie gemangelt, im Gegenteil, sie hatte den Kopf voller bunter Traumvorstellungen, aber sie war nie besonders risikofreudig gewesen.

»Außerdem 'at das Kind über'aupt kein Selbstvertrauen«, sagte ihre Tante Paulette immer. Tante Paulette war Französin und die Schwester von Isabells Mutter. Sie und ihr Mann Ludwig hatten Isabell großgezogen, als sie mit zwei Jahren ihre Eltern verloren hatte. Sie wohnten in Kiel, und Isabell fuhr oft an den Wochenenden hin, um sie zu besuchen. Sie schlief dann in ihrem alten Kinderzimmer mit Blick auf den liebevoll gepflegten Reihenhausgarten, wurde mit ihrem Lieblingsessen gemästet und unterhielt sich mit ihren Ersatzeltern wie eh und je abwechselnd auf Deutsch und Französisch. Obwohl er dreißig Jahre lang mit einer Französin verheiratet war, verstand Onkel Ludwig nämlich immer noch kein Französisch, was Tante Paulette gründlich ausnutzte.

Isabell musste automatisch lächeln, wenn sie an die beiden dachte.

»Unter der Woche essen wir jetzt immer Diät«, hatte Onkel Ludwig beim letzten Mal erklärt. »Paulette findet mich nämlich zu dick.«

»Und nicht nur l'embonpoint stört mich«, hatte sich Tante Paulette eingeschaltet und war sofort ins Französische verfallen. »Ich weiß nicht, ob da überhaupt noch etwas zu retten ist. Dieser Mann war in seiner Jugend so schön wie ein germanischer Gott. Und jetzt, sieh ihn dir an: keine Haare mehr auf dem

Kopf, dafür Haare in der Nase. Und dann schnarcht er neuerdings, dass einem die Ohren abfallen.«

»Aber isch liebe ihn trotzdem«, hatte sie auf Deutsch hinzugefügt. »Nicht wahr, Ludwig, wir beide sind eine glucklische, alte Ehepaar.«

Onkel Ludwig hatte genickt, und in Isabell war ein eigenartiges Gefühl hochgekommen, fast so etwas wie Neid. Zum ersten Mal hatte sie versucht, sich auszumalen, wie es sein würde, zusammen mit Frithjof alt zu werden. Die Vorstellung hatte ihr Angst gemacht. Wie würde ein Vollkommenheitsfanatiker wie Frithjof mit Falten, grauen Strähnen, Fettpölsterchen oder gar Gebrechen fertig werden? Isabell argwöhnte, dass ihn seine eigenen Falten am Ende noch weniger stören würden als ihre.

Im Augenblick hatte er schon genug Probleme damit, dass Isabell immer noch nicht schwanger war. Gestern Abend hatten sie sich deswegen gestritten.

»Wir sollten vielleicht mal über künstliche Befruchtung nachdenken«, hatte er gesagt, und Isabell war ein unangenehmer Schauder den Rücken hinabgelaufen.

»Ich habe erst vor acht Monaten die Pille abgesetzt«, hatte sie erwidert, »das dauert eben manchmal etwas länger ...«

»Aber wenn etwas nicht stimmt, haben wir kostbare Zeit mit Warten verstreichen lassen«, hatte Frithjof zu bedenken gegeben. »Wir sollten uns untersuchen lassen.«

»Findest du nicht, dass du etwas übertreibst?«

»Helge Hasbergs Frau ist gleich beim ersten Mal nach Absetzen der Pille schwanger geworden, und

Jens sagt, er braucht Sabine nur anzugucken, und schon ist wieder ein Kind unterwegs!«

Isabell hatte ihre Augenbrauen hochgezogen und sich ein ironisches Lächeln abgerungen. »Vielleicht solltest du mich auch einfach mal nur angucken, Frithjof.«

»Sehr witzig. Ich werde mich jedenfalls morgen nach einem Spezialisten erkundigen.«

»Du spinnst ja.«

»Das möchte ich von dem Spezialisten hören.«

»Da kannst du aber alleine hingehen.« Isabells Stimme war dabei sehr laut geworden. Normalerweise hasste sie es zu schreien, aber Frithjof schien bei diesem Thema immer schwerhörig zu werden. »Ich werde auf keinen Fall damit anfangen, meine Temperatur zu messen und nach Kalender mit dir zu schlafen. Und ganz sicher schlucke ich keine Hormone oder lasse meine Eierstöcke punktieren. Wenn es nicht klappt, dann soll es eben nicht sein.«

»Das ist dein Problem, Isabell«, hatte Frithjof zurückgebrüllt. Wenn sie laut wurde, klang seine Stimme geradezu furchteinflößend. »Du bist so entsetzlich fatalistisch eingestellt, dass du aus deinem Leben einfach nichts machen kannst oder willst. Du findest dich mit allem ab. Ohne mich würdest du immer noch im Schlabberlook rumrennen, in deiner winzigen Zweizimmerwohnung sitzen und bei Hinrich und Partner für zweitausend netto Überstunden schieben.«

»Anstatt in diesem Achtzimmerhaus herumzuhängen und gar nichts zu verdienen?«, hatte Isabell gerufen. »Oh ja, dafür muss ich dir wirklich unendlich dankbar sein. Außerdem«, hatte sie gekränkt hinzugefügt, »außerdem waren es zweitausendfünfhundertachtzig Mark netto. Ohne die Überstunden.«

»Darum geht es doch gar nicht. Mit deiner entsetzlichen Apathie kriegst du deine Unfruchtbarkeit jedenfalls nicht in den Griff, und ich sehe nicht ein, dass *meine* Lebensplanung darunter leiden soll«, hatte Frithjof gesagt und Isabell damit endgültig in Wut versetzt.

Nur weil sie nach acht Monaten ungeschützten Geschlechtsverkehrs noch nicht in Panik ausbrach, weil sie nicht schwanger war, konnte man sie doch nicht als apathisch bezeichnen!

»*Meine* Unfruchtbarkeit?«, hatte sie ausgerufen. »Meine? Ist dir noch nicht der Gedanke gekommen, dass du vielleicht das Problem bist? Und zwar in jeder Beziehung!«

»Im Gegensatz zu dir bin ich ja bereit, das überprüfen zu lassen«, hatte Frithjof erwidert, aber da war sie schon aus dem Zimmer gestürmt und hatte die Tür hinter sich zugeknallt.

Die Nacht hatte sie in einem der drei Schlafzimmer verbracht, in denen Frau Elbmann stets die Betten bezogen hatte. »Für unvorhergesehene Gäste«, wie sie sagte, obwohl hier noch niemals ein unvorhergeseher Gast aufgetaucht war. Das Gästezimmer war gleichzeitig der Raum, in dem Isabells persönliche Besitztümer untergebracht waren, die sich nicht nahtlos in die elegante Einrichtung der anderen Räume integrieren ließen. Sie nannte es daher heimlich »mein« Zimmer, denn es war der einzige Raum, dem Frithjof nicht seinen Stempel hatte aufdrücken können oder wollen.

»Vielleicht solltest du mal lernen, deine Lebensplanung etwas flexibler zu gestalten«, hatte sie ihn angegiftet, als er eine halbe Stunde später an die Türe klopfte, die sie wohlweislich abgeschlossen hatte.

»Isabell, mach die Tür auf! Sei doch nicht so kindisch!«

»Gute Nacht, Frithjof.«

Frithjof hatte eine Weile schweigend vor der Tür gewartet. Dann hatte er leise und kalt gefragt: »Willst du nun Kinder haben oder nicht?«

»Natürlich will ich Kinder haben.« Isabell hatte geschluckt und ihrer eigenen Stimme nachgehorcht. Hatte da nicht eine Spur Unaufrichtigkeit mitgeschwungen?

Und erst jetzt, in diesem Augenblick, hatte ihre heile Welt den ersten, feinen Riss bekommen.

In den letzten Monaten hatte sie sich öfter dabei ertappt, sich Frithjofs Wunschtraum als ihren persönlichen Albtraum auszumalen. Sie hatte versucht, sich einen bekleckerten Kinderhochstuhl zwischen den Philippe-Starck-Stühlen am Esstisch vorzustellen, Kinderspielzeug auf dem von Frau Elbmann makellos polierten Marmorfußboden, ausgespuckte Keksreste auf dem sündhaft teuren Kaschmirteppich – vergeblich. Frithjof hatte ja keine Ahnung, wie das Leben mit Kindern sein würde. Er wünschte sich zwei Designerkinder – einen Jungen und ein Mädchen –, die sich perfekt in sein Haus, in sein Leben einzufügen hatten, wie sprechende Möbelstücke etwa. Isabell hatte jetzt schon Mitleid mit ihren ungeborenen Kindern. Und mit sich selbst als dauerhaft unzulängliche Mutter.

Aber das hatte sie Frithjof natürlich nicht gesagt.

»Natürlich will ich Kinder haben«, hatte sie wiederholt. »Aber es muss doch nicht sofort sein. Und jetzt lass mich in Ruhe schlafen, du Tyrann.«

Aber sie hatte nicht geschlafen, sie hatte wach im Bett gelegen und an Onkel Ludwig und Tante Paulette gedacht: An den verliebten Funken, der in Onkel Ludwigs Augen aufleuchtete, wenn er seine Paulette ansah, an das Lächeln, das sich in Tante Paulettes Mundwinkeln festsetzte, wenn sie über ihren Ludwig sprach, und an die Wärme, die in ihrer Stimme mitschwang, wenn sie sagte: »Wir sind eine glucklische alte Ehepaar, *hein*, Louis?«

Allein im Gästebett war Isabell die Erkenntnis gekommen, dass in Frithjofs Augen sicher niemals ein Strahlen kam, wenn er sie ansah, und sie zweifelte ernsthaft daran, dass sich ihre Mundwinkel automatisch nach oben zogen, wenn sie über ihren Mann sprach.

Der Riss in ihrer heilen Welt war noch breiter und tiefer geworden, gefährlich tief, als sie begriffen hatte, dass diese Gedanken gar nicht so neu waren, sondern nur irgendwo in der Tiefe ihres Gehirns ein Schattendasein gefristet hatten, streng bewacht von jenen Teilen ihrer Persönlichkeit, die um jeden Preis nach Harmonie strebten.

Sie hatte sich die Bettdecke über den Kopf gezogen und sich kein bisschen nach ihrem Ehebett und dem Atem ihres Mannes neben sich gesehnt.

Als sie heute Morgen aufgewacht war, war Frithjof schon aus dem Haus gewesen, und Frau Elbmann hatte die Reste seines Frühstücks bereits beseitigt.

»Ich soll Ihnen schöne Grüße von Ihrem Herrn Gemahl bestellen und einen schönen Tag wünschen«, hatte Frau Elbmann gesagt und etwas besorgt dreingeschaut.

»Danke.« Isabell hatte sich nicht die Mühe gemacht, die Nacht in getrennten Betten zu verbergen, aber Frau Elbmann hatte sie freundlicherweise mit neugierigen Fragen verschont. Dafür, wie zur Strafe, dauerte ihr Monolog heute schon länger an als sonst.

Sie war gerade bei dem neuen Parfüm, das sich ihre Schwägerin gekauft hatte – »von der Naomi Kämpäll, wissen Sie, diesem dunkelhäutigen Model, riecht nach Vanille und so anderem süßen Zeug, das ist nichts für mich, ich bleibe lieber bei meinem *Tosca*« –, als das Telefon klingelte.

»Ich gehe schon«, sagte Frau Elbmann und eilte hinaus in die Diele. Isabell hörte, wie sie ihren üblichen Spruch ins Telefon flötete: »Sie sind mit dem Haus der Familie Tegen verbunden, Elbmann am Apparat, was kann ich für Sie tun?«

Isabell war diese hochtrabende Art äußerst peinlich, und sie hatte mehrfach versucht, Frau Elbmann zu überzeugen, dass ein einfaches »Hallo« oder »Bei Tegen« genügen würde. Ein hoffnungsloses Unterfangen.

»Es ist Ihr Herr Gemahl«, sagte Frau Elbmann und brachte ihr das Telefon zum Sofa.

»Mein Herr Gemahl«, wiederholte Isabell, während sie das Telefon entgegennahm. Frau Elbmanns Ausdrucksweise war manchmal wirklich nervtötend. Herr Gemahl, das klang beinahe wie Herr und Gebieter.

»Was kann ich für dich tun?«, sagte sie kühl in den Hörer.

Frau Elbmann entfernte sich dezent, aber Isabell

hörte, dass sie gleich um die Ecke begann, den antiken Wandspiegel samt Kerzenleuchter zu polieren, obwohl sie das längst erledigt hatte.

»Bist du immer noch beleidigt?«, fragte Frithjof lachend. »Eigentlich müsste ich doch derjenige sein, der schmollt. Schließlich hast du mich einen Tyrannen genannt.«

»Von mir aus kannst du gerne schmollen«, sagte Isabell.

»Das tue ich aber nicht.« Jetzt lachte Frithjof nicht mehr, sondern hatte seinen Ich-bin-hier-der-Boss-Tonfall angeschlagen, der sonst nur seinen Angestellten vorbehalten war. »Im Gegensatz zu dir verhalte ich mich erwachsen und suche nach einer Lösung unseres Problems.«

Isabell schwieg. Eine Lösung des Problems – ja, darüber hatte sie auch schon nachgedacht. Irgendetwas, was den Riss in ihrer heilen Welt wieder kitten und die schwarzen, zerstörerischen Gedanken wieder verbannen konnte. Aber es war ihr nichts eingefallen.

»Hast du Montagnachmittag schon etwas vor?«, fragte Frithjof.

»Nein.« Dafür musste Isabell nicht erst in ihren Kalender schauen. Der war tagsüber erschreckend leer. Die wenigen Freundinnen, die sie hier in Hamburg hatte, gingen nämlich alle einer geregelten Arbeit nach.

»Dann halte ihn dir bitte frei«, sagte Frithjof.

Einen kurzen Augenblick lang dachte Isabell, er würde sie mit einem Flugticket überraschen. Eine spontane Reise zu zweit, irgendwohin, wo es warm war und der Frühling längst Einzug gehalten hatte.

Strandspaziergänge an der Costa Smeralda, Pfirsichblüte in der Provence ...

»Wir haben beide einen Termin bei Doktor Frangenberg«, ernüchterte Frithjof sie, bevor sie weiterträumen konnte. »Um fünfzehn Uhr dreißig. Ich habe dafür einen wichtigen Klientetermin verschoben.«

»Für Doktor Frankenstein? Wer soll das sein?«

»Doktor Frangenberg. Der Spezialist für Paare mit unerfülltem Kinderwunsch. Normalerweise ist er auf Monate im Voraus dicht. Aber ich habe meine Beziehungen spielen lassen ...«

Isabell unterbrach ihn ungläubig: »Das hast du nicht wirklich getan, oder? Nicht nach dem Gespräch gestern Abend!«

»Das war kein Gespräch, das war kindisches Gebrüll«, sagte Frithjof, und es war klar, dass er damit nicht sich, sondern Isabell meinte. »So was bringt uns nicht weiter. Wenn du der Wahrheit nicht ins Auge sehen willst, muss ich dir eben dabei helfen.«

»Aber ...« Isabell verstummte. Sinnlos, nach Worten zu suchen. Sie wusste nur, dass soeben ihre angeschlagene heile Welt endgültig auseinander gerissen worden und in viele kleine Splitter zerborsten war. Es hatte keinen Zweck mehr, sich etwas vorzumachen.

Ihre Wut war mit einem Mal verraucht.

»Frithjof, es tut mir Leid«, sagte sie. »Aber du und ich – wir hätten niemals heiraten dürfen.«

»Isabell, warum fängst du jetzt mit solchen Grundsatzdiskussionen an? Doktor Frangenberg wird unser Problem lösen, und anstatt lange zu reden und zu lamentieren, solltest du dir einfach einen Ruck geben und den Termin in deinen Kalender eintragen.«

»Frithjof, jetzt hör doch mal, bitte ...«

»Warum kannst du nicht einmal tun, was ich dir sage?«, fiel Frithjof ihr ärgerlich ins Wort. »Ein einziges Mal! Du sagst jetzt einfach: ›Ja, lieber Frithjof‹, nimmst einen Stift, schreibst dir den Termin in deinen Kalender. Ist das denn so schwer?«

»Ja, lieber Frithjof«, leierte Isabell und fügte im gleichen Tonfall hinzu: »Denn Montag um fünfzehn Uhr dreißig bin ich nicht mehr hier.«

»Isabell, du machst mich wahnsinnig! Doktor Frangenberg ist eine Koryphäe auf dem Gebiet, seine Erfolgsquote ist sensationell«, sagte Frithjof. »Und sein Terminkalender unglaublich prall gefüllt. Wie gesagt, ohne meine Beziehungen hätten wir erst am Sankt Nimmerleinstag etwas bekommen. Also, was immer du Montag vorhast, verschieb es! Besonders wichtig kann es ohnehin nicht sein, oder?«

Isabell holte tief Luft, nicht, um noch etwas zu sagen, sondern um genügend Kraft zu sammeln, den Hörer aufzulegen.

»Isabell, bist du schon wieder beleidigt?«, erkundigte sich Frithjof noch, dann war die Leitung tot.

*

Volonne, 24. März
Laurent wusste zwar nicht, was die Worte »Hypotheken« und »Dispokredit« bedeuteten, aber in dem Zusammenhang, in dem seine Großmutter und sein Onkel Corin sie benutzten, waren sie äußerst furchterregend und verwirrend. Die Hypotheken fräßen

nämlich das Haus auf, hatte Onkel Corin soeben behauptet, und der Dispokredit sei zu Tode erschöpft.

»Aber es läuft doch gut«, sagte Laurents Großmutter. Durch die gedrechselten Pfosten des Geländers der Galerie sah Laurent, wie sie ihre schmalen, altersfleckigen Hände ineinander verschränkte. »Du hast gesagt, die Erträge seien so hoch wie schon lange nicht mehr.«

»Das stimmt auch«, erwiderte Corin. »Aber unsere Schulden sind noch höher. Wenn wir nicht bald irgendwoher Geld auftreiben, haben wir noch ein Jahr. Maximal. Und dann ...« Er zuckte mit den Schultern, und Laurent, auf seinem geheimen Horchposten vier Meter höher, lief ein Schauder den Rücken hinab. In Gedanken vollendete er den angefangenen Satz mit angemessener Dramatik: *Und dann fressen die Hypotiere das Haus auf.* Hu, das war gruselig. Laurent war ein fantasievolles Kind von sieben Jahren, und er stellte sich die Hypotiere so ähnlich vor wie Termiten, die in seinem Insektenbuch eine ganze Seite für sich hatten. Irgendwo im Fundament von RINQUINQUIN lauerten die kleinen, aber gefährlichen Hypotiere und wurden von einem geheimnisvollen Wesen namens Dispokredit – in Laurents Vorstellung eine Art überdimensionaler Ameisenbär – in Schach gehalten. Dummerweise war der Dispokredit »zu Tode erschöpft«, wie Onkel Corin gesagt hatte, und die Hypotiere bekamen allmählich die Oberhand. Es mussten sehr gefährliche Wesen sein, wenn sie das aus massivem Stein gebaute Haus annagen konnten, so viel stand fest! Wahrscheinlich brauchten Großmutter und Onkel Corin dringend Geld, um einen neuen Ameisenbären anzuschaffen. Laurent beugte sich gespannt vor, um die Unterhaltung weiter zu verfolgen, aber zu seiner Enttäuschung verließen Onkel Corin und seine Großmutter den Salon.

»Vielleicht gibt es in diesem Jahr eine Rekordernte, und alle unsere Sorgen sind vergessen«, sagte Großmutter, während sie ihre Hand tröstend auf Corins Arm legte.

»Du verstehst es nicht, Maman.« Corin seufzte. »Uns kann nur noch ein Wunder helfen.«

Laurent biss sich aufgeregt auf die Lippen.

»Nebenbei bemerkt war es vielleicht ein Fehler, so viele weißfleischige Pfirsiche zu pflanzen«, hörte er seinen Onkel noch sagen, bevor die schwere dunkle Eichentür hinter ihnen ins Schloss fiel.

Laurent sprang geräuschvoll auf die Füße. Er hatte bäuchlings im Staub gelegen, weil er bis zur Erwähnung der Hypotiere noch Mutiger Berglöwe gewesen war, der listige Indianerhäuptling, Meister im Anschleichen und Pfeil- und Bogenschießen. Die Galerie war ein Felsenplateau, der Salon das Lager der Feinde, Großmutter und Onkel Corin zwei gefährliche Apachenkrieger. Man hatte Mutiger Berglöwe zwar nicht ausdrücklich verboten, die Galerie zu betreten, aber Laurent fand es spannender, so zu tun als ob. Er hatte sorgfältig darauf geachtet, dass niemand ihn dabei gesehen hatte. Als er nun wieder hinausging, ließ er alle Vorsicht außer Acht. Gedankenverloren sprang er die Treppe hinab bis in die große Halle.

Die Flügel der Haustür waren sperrangelweit geöffnet, und Bertrand war dabei, die Kisten vom Wocheneinkauf im Supermarkt ins Haus zu tragen.

»Na, wieder auf dem Kriegspfad, großer Häuptling Tapferes Weidenkätzchen?«, fragte er im Vorbeigehen, aber Laurent verzog nicht mal das Gesicht. Obwohl er noch sein Stirnband mit den Hühnerfedern trug, hatte er völlig vergessen, dass Häuptling Mutiger Berglöwe überhaupt einmal existiert hatte.

»Sag mal, Bertrand ...« Laurent trabte hinter dem alten Mann in die Küche. »Wie treibt man eigentlich Geld auf?«

»Och, Geldauftreiben ist eine *wirklich* schwierige Angelegenheit«, antwortete Bertrand und wuchtete seine Kiste auf den Küchentisch, an dem Laurents Tante Matilde saß und Zwiebeln hackte. Heute war Freitag, das war ihr freier Tag. Obwohl Tante Matilde die ganze Woche als Köchin in einem Restaurant in Manosque arbeitete, nutzte sie den Freitag, um etwas besonders Leckeres für ihre Familie zu kochen.

»Nicht wahr, Mademoiselle Matilde?«, sagte Bertrand. »Geldauftreiben ist doch eine schwierige Angelegenheit, oder?«

»Matilde ist der einzige Mensch, der Zwiebeln schneiden kann, ohne dabei eine Träne zu vergießen«, hatte Großmutter einmal über ihre älteste Tochter gesagt, und Laurents Mutter Joséphine hatte leise gemurmelt: »Matilde, mein Schwesterherz, würde nicht mal weinen, wenn man ihr den Arm abhackte.«

Laurent hatte das sehr beeindruckend gefunden. Tatsächlich sah man Tante Matilde niemals weinen, genauso wenig, wie man sie lachen sah. Mit ihren schwarzen, in der Mitte gescheitelten Haaren und dem schmalen, langen Gesicht sah sie überhaupt nicht vertrocknet aus, sondern genau so, wie Laurent sich mangels anderer Vorbilder eine Indianerfrau vorstellte. In Gedanken hatte er ihr deshalb den ehrenvollen Indianernamen »Altes Steingesicht« gegeben und sie in seinen Stamm aufgenommen. Altes Steingesicht hütete das Küchenzelt von Mutiger Berglöwe und wachte streng über die Vorräte. Manchmal allerdings war sie so nett, ihm ein paar Plätzchen oder eine kleine Pastete zuzustecken.

»Schwierig, aber nicht unmöglich«, sagte sie jetzt und bezog sich damit auf Bertrands Äußerung über das Geldverdienen.

»Nicht?«, fragte Laurent.

»Aber nein. Unmöglich ist es nicht. Man kann ja in der Lotterie gewinnen«, sagte Bertrand. »Oder eine Bank ausrauben. Oder jemanden beerben. Das ist am bequemsten.«

»Die meisten Menschen *arbeiten* allerdings, um an Geld zu kommen«, erklärte Tante Matilde spitz, während sie das Küchenmesser beiseite legte und mit flinken Fingern Bertrands Kiste untersuchte. »Haben Sie die Joghurts für Großtante Germaine nicht mitgebracht, Bertrand? Sie mag nur diese eine Sorte, und wenn sie die nicht hat, wird sie wohl verhungern. Sie ist jetzt schon so dürr wie ein Klappfahrrad. Man kann nicht glauben, dass sie mal so rund wie eine Melone war! Und wo ist das Küchenkrepp? Ich hatte es extra dreimal unterstrichen.«

»Es ist alles da«, sagte Bertrand geduldig. »Auch die Erdbeerjoghurts für die alte Dame.« Zu Laurent sagte er: »Natürlich kann man auch arbeiten, um an Geld zu kommen, aber meiner Erfahrung nach kann man alt und grau werden, bevor man da was übrig hat.«

»So viel Zeit habe ich nicht«, sagte Laurent und dachte über Bertrands weitere Vorschläge nach. In der Lotterie zu gewinnen, war ziemlich unwahrscheinlich, außerdem wusste er nicht so genau, wie man das überhaupt machte. Und erben würde er so schnell auch nichts, die in Frage kommenden Personen waren alle bei bester Gesundheit. Blieb noch die Möglichkeit, eine Bank zu überfallen.

»Aber wenn sie mich erwischen, komme ich ins Gefängnis«, dachte er laut.

»Kommt drauf an, wobei sie dich erwischen«, sagte Tante Matilde, die wieder mit regloser Miene über ihren Zwiebeln saß und Bertrand das Einräumen der Lebensmittel überließ.

»Wenn ich eine Bank in Sisteron überfalle«, sagte Laurent.

»Ja, dann kämst du wohl ins Gefängnis«, sagte Tante Matilde. »Obwohl ich auf die Banken wirklich nicht besonders gut zu sprechen bin, würde ich dir davon abraten. Gibt dir deine Großmutter nicht genug Taschengeld?«

»Doch, doch«, versicherte Laurent wahrheitsgemäß. Es war genug für Süßigkeiten und eine neue Fahrradklingel und Henri Jaures komischen kleinen Briefbeschwerer (Henri hatte noch zehn Franc dafür haben wollen, aber Laurent hatte ihn auf sechs Franc heruntergehandelt), aber er bezweifelte, dass es für einen Ameisenbären der besonderen Art reichen würde.

»Liebäugelst du immer noch mit dieser Schildkröte?«, wollte Tante Matilde wissen. Laurent hatte das beeindruckende Tier in einer Tierhandlung entdeckt und es unbedingt besitzen wollen. Dummerweise hatte sie fünfhundert Franc gekostet, und niemand hatte sie ihm kaufen wollen.

»Nein!«, rief Laurent aus. »Das heißt, ja, aber darum geht es hier nicht.«

Niemand hier schien zu begreifen, wie ernst die Lage war! Onkel Corin hatte gesagt, dass RINQUINQUIN nur noch ein Jahr durchhalten konnte. Und was würde dann passieren? Der Boden würde ihnen unter den Füßen wegbröseln, wenn die Hypotiere ungehindert weitermachen konnten. Sie würden ausziehen müssen, er und Großmutter, Onkel Corin, Urgroßtante Germaine, Tante Matilde und Bertrand und seine dicke Frau Ermeline, und das schöne alte Haus wäre sich selbst überlassen. Ein fürchterlicher Gedanke.

»Es ist für eine Sonderanschaffung«, setzte er ernst hinzu. Das Wort Sonderanschaffung kannte er gut, seine Mutter Joséphine hatte es früher häufig gebraucht, er erinnerte sich gut.

»Zweitausendfünfhundert Franc für ein Paar Schuhe, Joséphine?«, hatte Onkel Corin etwa ausgerufen und ihr einen Kontoauszug hingehalten. »Das ist hoffentlich ein Irrtum!«

»Corin, du bist wirklich ein richtiger Bauer geworden, wenn du nicht mehr weißt, was man heute in Paris für ein anständiges Paar Schuhe hinlegen muss«, hatte Laurents Mutter dann erwidert. »Wenn man dich heute so anschaut, sollte man nicht glauben, dass du mal der begehrteste Partylöwe von Paris gewesen bist. Wie dem auch sei, da ich mich im Gegensatz zu euch Provinzeulen auf gesellschaftlichem Parkett bewege, kann ich nun mal nicht in Gummistiefeln herumlaufen, an denen Hühnerkacke klebt.«

Onkel Corin hatte daraufhin wütend seine Lippen zusammengepresst. Er trug, das wusste Laurent zufällig ganz genau, niemals Gummistiefel, an denen Hühnerkacke klebte, die Hühner waren ganz allein Ermelines Sache.

»Geiziger, tyrannischer Bauer!«

»Du weißt genau, dass wir sparen müssen, Joséphine«, hatte Corin möglicherweise erwidert, wobei seine Stimme viel ruhiger geklungen hatte, als seine Mimik verriet. Seine grünen Augen waren ganz dunkel vor Wut gewesen. Laurent kannte das schon von seiner Mutter, die die gleichen Augen hatte: Sie konnten hellgrün aufleuchten vor Freude oder ein stumpfes Graugrün annehmen, wenn sie sich langweilte. Wenn Joséphine und Corin sich stritten, waren ihrer beider Augen so dunkel, dass man beinahe die Farbe nicht mehr erkennen konnte.

Laurents Mutter hatte Corin keine Antwort gegeben, sie hatte nur ihre Augen verdreht. Manchmal hatte sie auch ihre Zunge herausgestreckt, sehr zu Laurents Vergnügen, dem diese Art Fratzenschneiden streng verboten war.

»Maman, lass das, sonst bleibt dein Gesicht so stehen«, hatte er sich verpflichtet gefühlt, sie zu informieren, denn das war genau das, was Großmutter ihm zu sagen pflegte, wenn er künstlich schielte oder etwas in der Art tat.

Aber seine Mutter hatte ihn gar nicht beachtet, für sie war er ohnehin den Großteil der Zeit auf eine rätselhafte Weise unsichtbar und unhörbar. Nur manchmal nahm sie ihn unvermittelt in die Arme, drückte ihn fest an sich und flüsterte zärtliche Worte in seine Ohren. Aber in Situationen wie diesen konzentrierte sie sich ausschließlich darauf, mit Onkel Corin gezischte Beschimpfungen auszutauschen.

»Verwöhnte, verantwortungslose Göre«, hatte Onkel Corin gezischt.

»Du spießiger Obstbauer verstehst nicht das Geringste vom Leben und von der Liebe«, hatte Laurents Mutter zurückgezischt. »Du musst es nicht an mir auslassen, dass du hier auf dem Land so elend verdorrst wie deine blöden Pfirsiche. Du kannst uns nicht alle dafür leiden lassen, dass du im Leben Pech hattest.«

»Joséphine, du kannst über das Leben auf RINQUINQUIN denken, was du willst«, hatte sich spätestens an dieser Stelle Großmutter eingemischt. »Im Übrigen weiß ich zufällig genau, dass die Provence für die Pariser immer noch très, très chic ist. Würden sie sonst alle Häuser aufkaufen und sich hier breit machen, als wären sie ganz allein auf der Welt? Es gibt hier allmählich mehr Makler als Bäcker!«

Laurents Mutter hatte wieder die Augen verdreht. »Provence ist nicht gleich Provence, Maman, und hier ist nicht der Lubéron! Wann wirst du das endlich kapieren?«

»Wie dem auch sei«, hatte Großmutter erwidert. »Du kannst auf deinem gesellschaftlichen Parkett tragen, was immer du willst, Joséphine. Aber es wäre schön, wenn du deine Rechnungen selber bezahlen würdest.«

»Jetzt fängt das schon wieder an.« Laurents Mutter hatte entnervt geseufzt. »Wann wirst du aufhören, mir Vorwürfe zu machen, nur weil ich den falschen Mann geheiratet habe, Maman? Ich bin dafür, weiß Gott, genug bestraft worden.« An dieser Stelle pflegte sie einen Seitenblick auf Laurent zu werfen. »Je eher ich diesen Fehler wieder gutmachen kann, je eher seid ihr mich auch wieder los. Betrachtet diese Schuhe einfach als Sonderanschaffung – sie erhöhen meine Chancen, diesem öden Flecken Erde und euren vorwurfsvollen Blicken zu entgehen, gewaltig.«

Meistens war die Diskussion hiermit beendet gewesen, weil Laurents Mutter an dieser Stelle den Kopf in den Nacken geworfen und die Treppe hinaufgerauscht war. »Im Übrigen kann ich die Schuhe nicht mehr umtauschen, ich habe sie schon getragen!«

Onkel Corin hatte in der Regel noch einen leisen Fluch von sich gegeben, und Großmutter hatte schwer geseufzt.

Laurent hatte auch geseufzt, er hatte diese Streitereien gehasst. Seine Mutter war dann tagelang schlecht gelaunt gewesen und hatte ihn noch weniger beachtet als sonst. Es dauerte auch nie lange, da lagen sie und Corin sich schon wieder wegen der nächsten »Sonderanschaffung« in den Haaren. Letztendlich gab Laurent den Konflikten um die Sonderanschaffungen die Schuld dafür, dass seine Mutter nun nicht mehr auf RINQUINQUIN wohnte. Nicht, dass er sie wirklich vermisste: Seit sie vor einem halben Jahr mit diesem hellhaarigen Monsieur Kennedy weggegangen war, herrschte hier weitgehend Frieden, von den üblichen Streitereien zwischen Bertrand und Ermeline abgesehen, bei denen Ermeline ihren Mann einen alten, störrischen Esel schimpfte und Bertrand sein Weib eine Strafe Gottes nannte.

Nein, das Leben war für Laurent auch ohne seine Mutter äußerst angenehm. Er liebte das alte Haus mit seinen vielen Zimmern und geheimnisvollen Winkeln. Der Hof mit seinen Scheunen und Ställen, der verschachtelte Garten und die Felder, die sich auf flachen Terrassen bis hinab zum Fluss erstreckten, waren herrliche Spielplätze. Laurent konnte sich keinen schöneren Platz zum Leben vorstellen. Bis heute, bis diese schrecklichen Hypotiere aufgetaucht waren, war sein Leben beinahe vollkommen gewesen.

»Eine Sonderanschaffung, so, so«, murmelte Bertrand und sah irgendwie belustigt aus. »Nun ja, da bleibt dir wohl doch nichts anderes übrig, als die Bank zu überfallen.«

»Blödsinn«, sagte Tante Matilde. »Sagen Sie ihm nicht solche Dinge, Bertrand, in dem Alter verstehen sie noch keine Ironie.«

»Das war keine Ironie«, sagte Bertrand, aber er sagte es nur sehr leise.

»Du kannst arbeiten, wenn du Geld brauchst«, sagte Tante Matilde zu Laurent. »Alle Leute arbeiten für ihren Lebensunterhalt. Wir Le Bers bauen Pfirsiche und Aprikosen an, die Sumeires Endivien, Melonen und Kirschen, und die Jaures vermieten zusätzlich noch Zimmer an Touristen. Monsieur Hubert verdient sein Geld mit der Bäckerei, Monsieur Arbaud züchtet Pferde, die Leonards haben eine Schreinerei ...«

»Und ich war mal Dachdecker, bevor ich hier als Mädchen für alles angeheuert habe«, murmelte Bertrand. »Vom Regen in die Traufe, sag ich nur.«

»Aber Bertrand sagt doch, man wird alt und grau, bevor man was übrig hat!« Laurent runzelte die Stirn und fügte widerwillig hinzu:. »Und außerdem bin ich ein Kind.« Gewöhnlich machte er nur ungern darauf aufmerksam, dass er erst sieben Jahre alt war.

»Du kannst trotzdem ab und zu arbeiten«, beharrte Tante Matilde und legte das Küchenmesser beiseite. »Wenn du mir nachher mit Großtante Germaine hilfst und ihr ein bisschen aus der Zeitung vorliest, bekommst du fünf Franc von mir. Großmutter, Onkel Corin oder Ermeline haben sicher auch was für dich zu tun. So kannst du dir deine Sonderanschaffung nach und nach zusammensparen.«

»Hm, ja«, machte Laurent wenig überzeugt. Für fünf Franc konnte er sich gerade mal zwei Briefmarken leisten – ganz sicher war dafür nicht mal eine Kralle vom Ameisenbären zu bekommen. Aber da er ein gutherziger Junge war, wollte er Tante Matilde und Bertrand nicht unnötig Sorgen bereiten, indem er ihnen die Problematik mit den gefährlichen Tieren im Fundament auseinander setzte. Es musste auch noch eine andere Möglichkeit geben, an Geld zu kommen.

Und er hatte auch schon eine Idee. Tante Matilde hatte ihn selber drauf gebracht: Die Eltern seines Freundes Henri Jaure hatten eine alte Scheune ausgebaut und vermieteten Zimmer an Touristen – warum war das hier nicht möglich? Scheunen und andere unbewohnte Gebäude gab es wahrhaftig genug auf RINQUINQUIN.

Plötzlich hatte er es sehr eilig. »Ich muss gehen, salut.«

»Salut.« Bertrand sah ihm mitleidig hinterher. »Das scheint ja eine wirklich dringende Sonderanschaffung zu sein.«

»In diesem Alter ist alles dringend«, sagte Matilde, ohne eine Miene zu verziehen.

»Und es ist nett von Ihnen, ihn als Vorleser für die alte Dame zu engagieren und auch noch dafür zu bezahlen«, setzte Bertrand grinsend hinzu und ahmte Laurents Kinderstimme nach: »D-d-d-d-die D-d-d-du. Die Du. R-r-r-r-an, die Duran-n-n-n-n – ce. Ah, die Durance!« Er kehrte zu seiner natürlichen Tonlage zurück. »Ich bin sicher, die alte Dame wird das sehr zu schätzen wissen.«

Tante Matilde zog die Mundwinkel leicht nach oben, und Bertrand, der sie gut kannte, wusste, dass dies als ein Lächeln zu werten war.

»Was erwarten Sie, Bertrand, er ist noch kein Jahr in der Schule, und heutzutage lernen sie dort wohl nicht mehr so schnell lesen wie wir früher. Jedenfalls hat man uns auf dem letzten Elternabend versichert, dass Laurent ein ausgezeichneter Schüler sei. Und Großtante Germaine ist es gleich, was er liest und wie er es liest. Sie lächelt ihn neuerdings nur selig an und nennt ihn den lieben kleinen René.«

»Und wer ist der liebe kleine René?«

»René war Großtante Germaines Sohn. Er ist im Zweiten Weltkrieg gefallen, genau wie ihr Mann.« Matilde sah das Staunen in Bertrands Blick und setzte bissig hinzu: »Ja, Großtante Germaine hatte eine Familie und davor und wohl auch danach ein überaus bewegtes Liebesleben. Sie ist keineswegs eine alte Jungfer, das ist in unserer Familie eher unüblich. Ich bin die einzige Ausnahme.« Sie warf den Kopf in den Nacken und sah ihn herausfordernd an.

»Na ja, so alt sind Sie ja nun auch wieder nicht«, erwiderte Bertrand schlagfertig, aber Matilde sah ihm die Verlegenheit an, in die ihre etwas bitter klingenden Worte ihn gebracht hatten. Bertrand war seit dreißig Jahrem im Dienst ihrer Familie, und er kannte sie, seit sie ein kleines Mädchen war. Trotz ihres etwas förmlichen Verhältnisses waren sie im Grunde beste Freunde. Bertrand hatte ihr bei den Rechenhausaufgaben geholfen, und er hatte ihr das Reiten beigebracht. Und er war es gewesen, der sie tröstete, wenn ihre kleine Schwester Joséphine sie wieder einmal eine häßliche Vogelscheuche genannt und ein Blick in den Spiegel sie überzeugt hatte, dass Joséphine damit vollkommen richtig lag. Sie war eine Vogelscheuche! Blass, hochgeschossen, mit eckigen Bewegungen wie ein Roboter – hässlich!

»Aber nein, Matilde. Du bist ein wunderschönes Mädchen. Hat eine Vogelscheuche vielleicht solch glänzendes, gelocktes Haar? Solch eine schmale Taille? So schöne grüne Augen? Und hat eine Vogelscheuche vielleicht so eine feine, milchweiße Haut?« Bertrands sanfte, ernste Worte waren ihr bis heute im Gedächtnis geblieben. In ihrer Erinnerung schien er der Einzige gewesen zu sein, der sie der quirligen Joséphine vorgezogen hatte, die alle, ganz gleich, ob Mann, Frau oder Kind, mit ihrem Charme einzuwickeln und in ihren Bann zu locken pflegte. Daran hatte sich bis heute kaum etwas geändert. Nur hier auf RINQUINQUIN schien man gegen Joséphines Charme mittlerweile immun zu sein.

Matilde seufzte. »Nächstes Jahr werde ich vierzig.«

»Ich weiß«, sagte Bertrand. »Im Juli. Das heißt, Sie sind jetzt gerade mal achtunddreißig! Ach, ich wünschte, ich könnte noch mal so jung sein! Jung und unverheiratet, ohne einen alten Drachen am Bein, der einem ständig Feuer an die Waden bläst! Und ohne erwachsene Kinder, die einem die wenigen verbliebenen Haare vom Kopf fressen. Genießen Sie's, Mademoiselle Matilde, genießen Sie's.«

»Ich bemühe mich ja.« Matilde beugte sich wieder über ihr Schneidebrett und begann, eine Knoblauchknolle in einzelne Zehen zu zerlegen. »Und Sie, Bertrand, reden Sie nicht so schlecht von Ermeline. Sie ist kein Drache, sie ist ein Goldstück.«

»Aber ja, und Pinguine können fliegen«, sagte Bertrand.

*

Hamburg, 24. März
Im Erdgeschoss klingelte das Telefon erneut. Das war ganz sicher Frithjof, der nicht begreifen konnte, dass sie vorhin einfach aufgelegt hatte. Isabell blieb auf dem Treppenabsatz stehen und lauschte Frau Elbmanns energisch-freundlicher Stimme.

»Guten Tag, Sie sind mit dem Hause der Familie Tegen verbunden. Elbmann am Apparat. Was kann ich für Sie tun?«

Isabell konnte Frithjof am anderen Ende der Leitung zwar nicht hören, aber sie konnte sich genau vorstellen, was er sagte: *Ja, Frau Elbmann, ich bin's noch mal. Die Leitung wurde eben unterbrochen. Können Sie mir bitte noch mal meine Frau geben?*

Sie musste es exakt getroffen haben, denn Frau Elbmann antwortete: »Ihre Frau Gemahlin ist nach oben gegangen, Herr Tegen. Soll ich versuchen, Sie mit dem Apparat im Schlafzimmer zu verbinden? Was muss ich da noch mal drücken, die Rautetaste und dann die Eins? Ja? Ein Momentchen bitte.«

Das Telefon im Schlafzimmer begann zu bimmeln, aber Isabell verharrte regungslos auf dem Treppenabsatz. Was sollte sie Frithjof auch sagen? Im Augenblick wusste sie ja nicht mal, was sie denken sollte! Nur eins war klar: Sie würde dieses Haus noch heute verlassen.

Nach einer halben Ewigkeit hörte sie wieder Frau Elbmanns Stimme. »Also, da geht niemand dran, Herr Tegen. Sicher ist sie im Badezimmer. Kann ich ihr denn etwas ausrichten?«

In Gedanken gab Isabell Frithjofs Antwort: *Richten Sie ihr aus, wenn sie am Montag nicht mit zu Doktor Frankenstein kommt, werde ich sie entmündigen und zwangsbefruchten lassen!*

»In Ordnung, Herr Tegen, das sage ich ihr. Einen schönen Tag noch.« Frau Elbmann legte den Hörer auf, und Isabell beeilte sich, lautlos zu ihrem Ankleidezimmer zu schleichen und die Türe hinter sich zu schließen.

Auf dem obersten Regalbrett der weiß lackierten Einbauschränke lagerten ihre Koffer, vier edle, aufeinander abgestimmte Gepäckstücke in unterschiedlichen Größen, mit einem dazu passenden Beautycase aus Schweinsleder mit Metallecken und -beschlägen. Sie waren noch unbenutzt, Frithjof hatte sie ihr zu Weihnachten geschenkt, mit dem dezenten Hinweis, sie seien teurer gewesen als ein Schmuckstück von Cartier. Die dazu passende Reise hatte er ihr auch gleich versprochen, im September nach New York und danach mit dem Schiff den Sankt-Lorenz-Strom hinauf, den kanadischen Indian Summer bewundern.

Nun, da würde wohl nichts mehr draus werden.

Entschlossen nahm Isabell die Koffer aus dem Schrank. Sie packte von allem ihre Lieblingsstücke ein, Hosen, Kleider, T-Shirts, Unterwäsche, Strümpfe, Schuhe. Dabei fiel ihr wieder mal auf, wie viele Klamotten sie besaß. Als der erste, der größte Koffer voll war, sah man kaum, dass sie überhaupt etwas aus den Schränken genommen hatte.

Isabell wurde etwas mutlos. Wie sollte sie jemals alle ihre Besitztümer hier herausschaffen, ihre Kleider, ihre Bücher, die dicken Fotoalben, die Möbel?

Sie ließ den vollen Koffer im Ankleideraum stehen und wanderte mit den beiden kleineren Koffern nach nebenan ins Schlafzimmer. Auch hier waren deckenhohe Einbauschränke angebracht, in denen sich Sommerdecken, Kissen, Bettwäsche und Handtücher stapelten, von Frau Elbmann fein säuberlich Kante auf Kante geschichtet. Ohne genau zu wissen, warum, zog Isabell eine elegant karierte Kaschmirdecke und ein Kissen aus dem Schrank, und nach kurzem Zögern packte sie auch noch ein Laken und eine Wolldecke ein.

»Als ob ich heute in der Garage übernachten müsste«, murmelte sie kopfschüttelnd. Sie verteilte einen Stapel Handtücher (sie waren alle schneeweiß, aus dickem Frottee und mit einem dezenten Designerlabel verziert – Frithjof hatte sie ausgesucht) im Koffer, nahm ihren Bademantel vom Haken und legte ihn obenauf. Damit war auch dieser Koffer prall gefüllt. Mit den Büchern von ihrem Nachttisch (sie hatte erst eines davon angefangen, die anderen waren ungelesen), einer Taschenlampe aus der obersten Kommodenschublade (*kann man immer gebrauchen*, dachte Isabell vage), den gerahmten Bildern von Tante Paulette, Onkel Ludwig und ihren Eltern sowie ihren drei Schmuckkästchen war der dritte Koffer schneller voll, als ihr lieb war. Gedankenvoll füllte Isabell das Beautycase im Badezimmer mit ihren Kosmetika und der Zahnbürste. Jetzt hieß es, Prioritäten setzen: Was sollte auf jeden Fall noch mitkommen, und was musste vorerst hier bleiben? Isabell ließ Koffer und Beautycase liegen und lief über den Flur in das Gästezimmer, in dem sie heute übernachtet hatte. Hier befanden sich ihr kleiner Sekretär, ein Erbstück ihrer Mutter, die Schaufensterpuppe, die sie auf einem Flohmarkt erstanden und auf den Namen Florentine getauft hatte, und ihre umfangreiche Spieldosensammlung. Isabells Blick schweifte über die hübschen Tuschezeichnungen an der Wand, die sie im letzten Jahr ersteigert hatte, die Perserbrücke auf dem Fußboden (Onkel Ludwigs Hochzeitsgeschenk) und das gerahmte Hochzeitsfoto auf dem Sekretär.

Sie seufzte.

»Ach, Frau Tegen, da sind Sie ja«, erschreckte Frau Elbmanns Stimme hinter ihrem Rücken sie beinahe zu Tode. »Ihr Mann hat noch einmal angerufen, Sie sollen ihn unbedingt zurückrufen.«

»Ja, ja«, sagte Isabell und drehte sich um. »Sagen Sie mal, Frau Elbmann, haben Sie vielleicht ein paar alte Zeitungen für mich?«

»Alte Zeitungen?«, wiederholte Frau Elbmann. »Wozu brauchen Sie die denn?«

»Ich möchte die Spieluhren darin einwickeln«, erklärte Isabell. »Sie sind zum Teil so schrecklich zerbrechlich.«

»Wem sagen Sie das!« Frau Elbmann hatte beim Abstauben einmal den grazilen Porzellanarm einer Tänzerin abgebrochen, den Schrecken hatte sie immer noch nicht ganz verdaut, obwohl Isabell den Schaden mit Kleber so hatte beheben können, dass man ihn heute kaum noch sah. »Am besten nehmen Sie dazu ›Die Zeit‹«, schlug sie vor. »Die letzten zehn Ausgaben liegen immer unten auf einem Stapel. Ihr Herr Gemahl sagt, das Format sei ihm zu unhandlich, deshalb liest er sie wohl nicht. Aber wegwerfen darf ich sie auch nie.«

»Das stimmt«, sagte Isabell. »Frithjof bestellt ›Die Zeit‹ nur aus Prestigegründen.«

»Dann wird es ihm auch nicht auffallen, wenn wir ein paar Bogen nehmen«, meinte Frau Elbmann und setzte vertraulich hinzu: »Ich habe auch schon mal ein paar alte Nummern zum Anzünden vom Kachelofen genommen.«

»Hm, hm«, machte Isabell geistesabwesend. Sie war in Gedanken bereits einen Schritt weiter. Was brauchte sie noch? Ihre Ausweise, die Autopapiere, Kreditkarten und das Handy waren in ihrer Handtasche, aber im Safe lagen noch ein paar überaus nützliche Dinge, die sie auf keinen Fall zurücklassen wollte.

»Ich hole Ihnen mal einen Stapel von den Zeitungen«, erbot sich Frau Elbmann. »Zu irgendwas müssen die ja gut sein, nicht wahr?«

»Das ist nett von Ihnen. Und wenn Sie so lieb wären, die Spieldosen auch gleich einzuwickeln? Sie können das viel besser als ich.«

»Sicher«, sagte Frau Elbmann eifrig. »Und bei der Tänzerin, da pass ich auf.«

Isabell wartete, bis Frau Elbmann die Treppe hinuntergeeilt war, dann lief sie zurück ins Schlafzimmer und öffnete den Safe. Er war mit einer Zahlenkombination gesichert, 2,4,4,1,9,6,6 – 24.4.1966, Frithjofs Geburtsdatum.

»Kein Einbrecher denkt, dass ich so blöd bin, mein Geburtsdatum zu nehmen«, hatte Frithjof gesagt, als er das Schloss eingestellt hatte. Isabell war sich da nicht so sicher gewesen, aber bis jetzt hatte glücklicherweise noch nie jemand bei ihnen eingebrochen.

Sie nahm ihre Sparbücher (sie waren bis auf ein paar hundert Mark leer, das meiste hatte sie in Fonds angelegt beziehungsweise auf einem Festgeldkonto bei der Bank) und die Wertpapiere heraus und legte nach kurzem Zögern alles wieder hinein, was auf Frithjofs Namen oder auf beide Namen gemeinsam lief. Sie ließ auch das Bargeld liegen, das Frithjof als so genannte eiserne Reserve hier aufzubewahren pflegte. Es waren über viertausend Mark, die hier seit Ewigkeiten herumlagen und vermutlich ungenutzt dem Zeitalter des Euro entgegendämmerten. Egal, es war Frithjofs Geld, und sie wollte sich auf keinen Fall an ihm bereichern.

Einen Augenblick lang war sie allerdings versucht, die Zahlenkombination des Safes zu verändern, vielleicht mit dem Datum ihres Hochzeitstages zu versehen oder mit dem des heutigen, überaus denkwürdigen Tages. Aber dann verwarf sie diesen Gedanken wieder, sie wollte Frithjof auf keinen Fall noch mehr gegen sich aufbringen, als er es ohnehin schon sein würde. Sein Sinn für Humor war zudem äußerst dünn ausgeprägt.

Sie verstaute ihre Unterlagen in dem letzten schweinsledernen Gepäckstück, das wie eine edle Ausführung der Tasche einer Landhebamme aussah, und legte den funkgesteuerten Radiowecker vom Nachttisch dazu. Abschließend sah sie sich noch einmal um. Es sah bis auf die Koffer und die Tasche eigentlich alles aus wie immer: Die Schranktüren waren geschlossen, und dass ein paar Gegenstände von ihrem Nachttisch fehlten, fiel nicht weiter auf. Unter der von Frau Elbmann straff gezogenen Bettdecke lugte ein hellbraunes Plüschohr hervor, und Isabells Herz machte einen Satz. Sie zog an dem Plüschohr und beförderte den Teddy ans Tageslicht, der mit ihr im Bett zu schlafen pflegte, seit sie ein Säugling gewesen war. Beinahe hätte sie ihren geliebten Froufrou vergessen!

Einen Augenblick lang kämpfte sie mit den Tränen. Frithjof konnte Froufrou nicht ausstehen, er hatte schon ein paarmal angeregt, den nicht mehr ganz so ansehnlichen alten Gesellen in den Restmüll wandern zu lassen, aber Isabell hatte ihren plüschigen Freund aus Kindertagen immer leidenschaftlich verteidigt. Er war sogar mitgekommen, wenn sie in den Urlaub geflogen waren, und zwar im Handgepäck, damit er auch aus dem Fenster schauen konnte.

»Wenn du dich für ihn schämst, sind wir geschiedene Leute«, hatte Isabell zu Frithjof gesagt, damals, in den besseren Tagen, als sie noch Spaß miteinander hatten. Und Frithjof hatte geschmunzelt und gesagt: »Hm, hm, immerhin hat er ja einen Knopf im Ohr. Und der Pullover, den deine Tante ihm gestrickt hat, war in den siebziger Jahren sicher der letzte Schrei. Ich glaube, ich hatte sogar den gleichen.«

»Soll ich alle Spieldosen einwickeln?«, unterbrach Frau Elbmann Isabells Erinnerungen und riss anschließend erschrocken die Augen auf: Der Anblick der offenen Koffer und von Isabell mit dem Teddy im Arm verwirrte sie sichtlich.

»Was ..., wie?«, stotterte sie.

Isabell legte den Teddy in die Hebammentasche. »Ich werde für eine Weile verreisen«, sagte sie. Nein, das traf es nicht wirklich. Sie beschloss, der Frau die ganze Wahrheit aufzutischen. »Ich ziehe hier aus, Frau Elbmann.«

Frau Elbmann war so entsetzt, dass sie kein Wort herausbrachte.

Isabell überlegte, ob sie ihr eine Erklärung liefern sollte, aber da sie im Augenblick selber nicht so recht wusste, was sie tat und warum sie es tat, schwieg sie.

»Aber ...«, sagte Frau Elbmann hilflos. So was passierte vielleicht bei Boris und Barbara, aber doch nicht bei *ihrer* Familie Tegen!

»Ich kann es nicht ändern«, sagte Isabell bedauernd. Frau Elbmann tat ihr irgendwie Leid. Da hatte sie ganz brav Spieluhren in Zeitungspapier gewickelt, ohne zu ahnen, dass die guten Stücke nun auf eine weite Reise gehen würden.

Isabell schleppte die Hebammentasche hinüber ins Gästezimmer und legte die bereits eingepackten Spieluhren vorsichtig hinein.

»Und Ihr Herr Gemahl?«, erkundigte sich Frau Elbmann mit zitternder Stimme. »Weiß der überhaupt Bescheid?«

»Ich habe versucht, es ihm zu sagen.« Isabell wickelte ihre Lieblingsspieluhr, eine Karussell-Miniatur, in die Stellenanzeigen einer Dezemberausgabe der ›Zeit‹. »Aber er hat mir nicht zugehört. Er hört mir nie zu.«

»Er hat halt so viel zu tun«, sagte Frau Elbmann. »Er muss halt das Geld verdienen, damit Sie sich das schöne Haus hier leisten können und die schönen Reisen und all die schicken Kleider, die Sie im Schrank haben. Sie dürfen jetzt nichts überstürzen, liebe Frau Tegen. Hinterher werden Sie's bereuen.«

»Bestimmt nicht«, sagte Isabell ein wenig ärgerlich und widmete sich der stoßsicheren Verpackung einer Porzellandose, die mit Lavendelsträußen bemalt war und »Au claire de la lune« spielte, wenn man den Deckel öffnete.

»Meine Liebe, wenn Sie wüssten, wie gut Sie es hier haben!«, fuhr Frau Elbmann fort. »Andere Männer – ja, die geben ihren Frauen wirklich Grund zur Trennung, ach, da könnte ich Ihnen Geschichten erzählen! Frauen und Alkohol, Spielsucht und Tyrannei, selbst in den besten Häusern, sogar im Hochadel! Aber der Herr Tegen, das ist ein anständiger Mann. Auf den lasse ich nichts kommen.«

»Das müssen Sie ja auch nicht«, erwiderte Isabell, verstaute die letzte Spieluhr in der Hebammentasche und erhob sich. »Sie können bei ihm bleiben und ihm die Treue halten, solange Sie wollen, Frau Elbmann.«

Frau Elbmann wusste minutenlang nicht mehr, was sie sagen sollte. Sie sah lediglich fassungslos zu, wie Isabell Tasche und Koffer hinunter in den Flur trug.

»Würde es wohl gegen Ihre Ehre verstoßen, wenn

Sie mir beim Tragen helfen?«, fragte Isabell, als sie zum zweiten Mal an der reglosen Frau vorbeikam. »In der Ankleide steht noch ein großer Koffer.«

Frau Elbmann hatte nachgedacht und rang sich nun ein klägliches Lächeln ab: »Na ja, manchmal muss es auch ein Gewitter geben, nicht wahr? Vielleicht ist es ganz gut, wenn Sie ein paar Tage zu Ihrer Tante und Ihrem Onkel gehen! Dann ist die Versöhnung später umso schöner.«

Isabell antwortete nicht. Wie sollte sie auch dem hoffnungslosen Optimismus dieser Frau entgegentreten?

Kurz entschlossen rollte sie die Perserbrücke zusammen, die sie zur Hochzeit bekommen hatte. Der Teppich hatte symmetrische kleine Muster in warmen Erdfarben, und Isabell konnte den Gedanken plötzlich nicht ertragen, ihn zurückzulassen.

Frau Elbmann half ihr, den Teppich zusammen mit den Koffern und der Hebammentasche im Kofferraum und auf den Rücksitzen ihres Peugeot-Cabrios zu verstauen. Jetzt hatte sie offenbar ihre Sprache wiedergefunden, denn sie redete unablässig auf Isabell ein, von Boris und Barbara, die sich vielleicht auch bald wieder versöhnen würden, und von Caroline, die es mit Ernst-August doch nun wirklich nicht leicht habe, und von ihrer (Frau Elbmanns) Cousine Lieselotte, deren Mann alles Geld in den Kneipen versoff. Isabell stellte ihre Ohren wieder mal auf Durchzug, überprüfte den Inhalt ihrer Handtasche und zog schließlich ihren kamelfarbenen Wintermantel über. Sie hatte das ungute Gefühl, irgendetwas Wichtiges vergessen zu haben. Obwohl es albern war, rannte sie noch einmal die Treppe hinauf und kam mit der Schaufensterpuppe Florentine wieder zurück.

»Die passt aber nicht mehr in den Wagen«, sagte Frau Elbmann, die eigentlich gar nichts dagegen hatte, wenn Florentine das Haus für immer verließe. Sie passte so überhaupt nicht zu der eleganten Einrichtung mit ihrer angeschlagenen Nase und der ordinären roten Lockenperücke.

»Doch, sie kann auf dem Beifahrersitz mitfahren«, sagte Isabell, die eigentlich lieber ihren kleinen Kirschbaumsekretär mitgenommen hätte. Aber der passte nun beim besten Willen nicht in das kleine Auto. Sie sah auf die Uhr. Fünfzehn Uhr dreißig – in genau vierundzwanzig Stunden hatten sie ihren Termin bei Doktor Frankenstein.

»Ja, dann fahr ich jetzt mal«, sagte sie.

Frau Elbmann sah aus, als würde sie gleich in Tränen ausbrechen. »Bis bald, Frau Tegen. Und denken Sie daran, was ich Ihnen gesagt habe.«

»Ja, ja«, beteuerte Isabell. »Vielen Dank für Ihre Hilfe, Frau Elbmann, und sagen Sie meinem Mann schöne Grüße. Ich melde mich von unterwegs.«

»Fahren Sie denn nicht zu Ihrer Tante?« Frau Elbmann sah, wenn möglich, noch entsetzter aus.

»Nein«, sagte Isabell bestimmt. Obwohl sie sich danach sehnte, sich von Tante Paulette verwöhnen und trösten und von Onkel Ludwig mit guten Ratschlägen versorgen zu lassen, wusste sie, dass eine Fahrt nach Kiel eine Flucht nach hinten gewesen wäre. Früher oder später würde dort außerdem Frithjof vor der Tür stehen, wahrscheinlich zusammen mit einem Anwalt und einer richterlichen Anordnung, sich sofort und auf der Stelle Eizellen entnehmen zu lassen.

Nein, ihr blieb nur die Flucht nach vorne.

Eine Fahrt ins Blaue.

»Auf Wiedersehen, Frau Elbmann«, sagte sie und konnte dabei die freudige Aufregung in ihrer Stimme kaum unterdrücken. Frau Elbmann blieb in der offenen Tür stehen und ließ den Wind unbehelligt ihre Frisur zerzausen, während sie zusah, wie Isabell in ihren Wagen stieg und Florentine sorgfältig auf dem Beifahrersitz anschnallte. Als das Auto um die nächste Kurve gefahren war, seufzte Frau Elbmann tief auf. Dann ging sie raschen Schrittes zurück ins Haus, um ihre Cousine Lieselotte anzurufen, die genau wie sie ein Faible für die kleinen und großen Dramen der Highsociety hatte. Zu diesem ganz besonderen Drama des Ehepaares Tegen besaß Frau Elbmann nun die Exclusivrechte, und die Story war noch brühwarm!

2. Kapitel

An der Autoroute du Soleil, 25. März
Die Luft roch nach Autoabgasen und war eiskalt. Isabell wickelte sich fröstelnd in ihren Mantel und studierte beim Schein ihrer Taschenlampe die Karte, die sie sich an der letzten Tankstelle gekauft hatte. Sie fuhr mit dem Finger die Namen der Orte ab, die sie bereits hinter sich gelassen hatte: Metz, Nancy, Dijon, Lyon. Dieser hässliche Autobahnparkplatz mit Tankstelle und Raststätte hier lag zwischen Valence und Montélimar und war mit LKWs überfüllt. Isabell hatte widerwillig, aber notgedrungen die Toilette benutzt und sich einen Kaffee zum Frühstück geholt. Auf die pappig aussehenden Baguettes und Croissants hatte sie dankend verzichtet und sich stattdessen einen großen Marsriegel gekauft.

Es war sieben Uhr morgens, exakt die Zeit, zu der Frithjof unter der Dusche hervorzukommen pflegte und begann, sich für die Kanzlei anzukleiden. Er ging dabei nach einer strengen Regel vor: zuerst seine Unterwäsche, die mehr praktisch als sexy, aber selbstverständlich teure Designerware war, danach das von Frau Elbmann sorgfältigst gebügelte Hemd, die ebenfalls gebügelten Socken – Frau Elbmann schreckte diesbezüglich vor gar nichts zurück –, erst den rechten, dann den linken, dann die Anzughose mit Gürtel und ganz zum Schluss die Manschettenknöpfe und die von Frau Elbmann bereits liebevoll vorgeknotete Krawatte.

Seit Isabell nicht mehr arbeiten ging, lag sie um diese Zeit noch im Bett, von wo aus sie einen wunderbaren Blick ins Ankleidezimmer und auf Frithjofs morgendliches Anziehritual hatte. Wenn sie ihm später beim Frühstück Gesellschaft leistete, trug sie in der Regel ihren alten, aber ungeheuer bequemen Bademantel und die Pantoffeln mit den Mausgesichtern, die ihre Freundin Moni ihr zu Weihnachten geschenkt hatte. Der frisch rasierte und nach Duftwässerchen und Deodorant riechende Frithjof ließ dann seinen Blick über sie gleiten und machte bissige Bemerkungen.

»Immerhin bist du schon gekämmt. Ich fürchte allerdings, der Tag, an dem du mir mit Lockenwicklern im Haar gegenübersitzt, ist nicht mehr fern.«

Tatsächlich konnte der Unterschied zwischen ihnen beiden in diesen Momenten kaum größer sein, da war Isabell mit ihm einer Meinung. Ihr alter Bademantel war ein Fall für den Rotkreuzsack, und die Pantoffeln spotteten jeder Beschreibung. An Frithjof hingegen war alles sauber, elegant und teuer – sogar die Socken hatten vermutlich noch einen hohen Wiederverkaufswert.

Wehmütig fiel Isabell ein, dass sie ihre Mauspantoffeln zu Hause im Schrank vergessen hatte. Von den Pantoffeln wanderten ihre Gedanken hinüber zu ihrer Freundin Moni. Die würde aus allen Wolken fallen, wenn sie erfuhr, dass sie, Isabell, ausgezogen war. Einen Augenblick lang überlegte sie, bei ihr anzurufen, verwarf die Idee aber dann, weil Moni zur

Zeit Single war und den Samstagmorgen entweder mit Ausschlafen verbrachte oder damit, ihren One-Night-Stand entsetzt von der Seite zu betrachten und taktvoll, aber unmissverständlich aus der Wohnung zu lotsen.

»Du weißt ja gar nicht, wie gut du es hast«, pflegte Moni zu sagen, was Isabell immer davon abgehalten hatte, etwas Negatives über Frithjof und ihre Ehe zu sagen. Offensichtlich war es das Ziel aller Single-Frauen, einen Mann zu ergattern und mit ihm bis in alle Ewigkeit glücklich zu sein.

Isabell stellte sich vor, dass Moni nach dem ersten Schock wahrscheinlich ganz froh sein würde, dass Isabell nun ebenfalls zum großen Club der Singles gehörte. Die Tatsache, dass sie verheiratet war, hatte verhindert, dass sie einander wirklich nahe gekommen waren. Es war trotz aller Vertrautheit immer so gewesen, als würden sie und Moni in zwei verschiedenen Welten leben.

»Es gibt einen Planeten der Singles und einen der Verheirateten«, hatte Moni einmal gesagt. »Und sie liegen in zwei verschiedenen Sonnensystemen.«

Ab jetzt würde es anders werden, ab jetzt würden sie wieder gemeinsam in einem Sonnensystem leben. Sie würden zusammen auf Salsa-Partys gehen, sich gepflegt betrinken und mit wildfremden Männern flirten.

Isabell schüttelte sich. Das Mars und der Kaffee hatten weder die Kälte aus ihren Knochen noch die Müdigkeit vertreiben können. Kein Wunder, sie war die ganze Nacht gefahren, von ein paar kurzen Pausen auf diversen Autobahnrastplätzen abgesehen.

Direkt hinter Bremen hatte sie bei Tante Paulette und Onkel Ludwig angerufen. Sie hatte ihnen die Sachlage auseinandersetzen wollen, bevor sie von Frithjof in Panik versetzt wurden.

»Ma Mignonne Isabell! Wie schön, dass du anrufst«, hatte Tante Paulette ausgerufen.

»Ich weiß nicht, Tante Paulette. Ich habe keine guten Nachrichten.«

»Mon Dieu! Du bist doch nicht auch etwa krank?«

»Nein, ich bin kerngesund. Warum? Geht es einem von euch nicht gut?«

»Bis jetzt noch nicht! Kommt auf deine schlechten Nachrichten an!«

»Ich habe mich von Frithjof getrennt.«

Einen Augenblick lang hatte Schweigen am anderen Ende der Leitung geherrscht. Dann hatte Tante Paulette gefragt: »Für immer?«

»Ja. Ich bin ausgezogen.«

»Ausgezogen? Das hört sich nach langer Vorausplanung an. Mein Kind, du konntest Geheimnisse immer gut für dich behalten, aber mit uns hättest du doch darüber reden können. Wo wohnst du denn jetzt? Hast du dort schon Telefon? Und wie kommst du mit dem Geld aus?«

»Äh, also, ich wohne eigentlich noch nirgendwo«, hatte Isabell verlegen erwidert. »Im Augenblick bin ich mit dem Auto unterwegs.«

»Gott sei Dank. Wann bist du hier?«

»Tante Paulette, ich bin in die andere Richtung unterwegs. Nach Süden.«

Wieder hatte einen Augenblick Schweigen geherrscht. Dann hatte ihre Tante geseufzt und gefragt: »Und wohin bist du unterwegs, Chérie?«

»Das weiß ich nicht genau. Nach Frankreich. Ins Warme.«

»Hast du genug Geld?«

»Ja. Ich habe alles, was ich brauche. Ich habe noch in Hamburg Franc umgetauscht und auch sonst alles Notwendige dabei. Tante Paulette, die Sache war überhaupt nicht geplant, aber ich konnte keinen Tag länger bei Frithjof bleiben. Er und ich, wir passen einfach nicht zusammen.«

»Ja.« Tante Paulette hatte wieder geseufzt. »Das ist wohl richtig. Aber ich dachte, wenn ihr euch nur genügend liebt, dann kann alles gut gehen.«

»Ich liebe ihn aber nicht ... genügend. Und er mich auch nicht. Wenn er bei euch anruft, sag ihm, dass ich mich melde. Grüß Onkel Ludwig von mir. Ich rufe wieder an, wenn ich irgendwo angekommen bin.«

»Pass auf dich auf, Kind. Versprich es mir.«

»Ich verspreche es.«

Eigentlich hatte sie vorgehabt, bis zum Abend zu fahren und sich dann irgendwo ein Hotel für die Nacht zu suchen, aber sie hatte hellwach das Rheinland passiert, im Moseltal eine Pause gemacht und gegen Mitternacht die Grenze nach Luxemburg passiert. Sie war so wach gewesen, dass die Schilder, die auf Hotels und Motels hinwiesen, sie nicht reizen konnten. Warum denn nicht einfach weiterfahren? Nachts ging es ohnehin viel schneller vorwärts. Seit Bonn regnete es auch nicht mehr, und die Fahrbahn war trocken. Isabell hatte das Radio voll aufgedreht und laut mitgesungen. Sie hatte sich so gut wie schon lange nicht mehr gefühlt. Hinter Metz hatte sie das Auto aufgetankt, sich eine Cola geholt und war weitergefahren, einfach aufs Geratewohl, immer Richtung Süden. Dijon, Lyon, Valence – der Peugeot war beständig über 150 Stundenkilometer gefahren, ohne zu murren.

Erst jetzt, am frühen Morgen, schien die Müdigkeit Isabell zu überwältigen. Und mit der Müdigkeit kehrten auch die Zweifel an ihrem spontanen Aufbruch zurück. Möglicherweise hatte Frithjof Recht, wenn er sie kindisch nannte. Besonders erwachsen war es jedenfalls nicht, einfach abzuhauen, anstatt die Angelegenheit sachlich und fair zu einem vernünftigen Ende zu bringen. Es gab so viel zu regeln und zu besprechen, da war es vermutlich alles andere als richtig, mit dem Auto in den Süden zu düsen, ohne ein Ziel, ohne eine Idee, wie es weitergehen würde.

Auf der Karte sah Isabell allerdings, wie viele Kilometer sie bereits zurückgelegt hatte, und auch wenn sie nicht so recht wusste, wohin sie eigentlich wollte, so wusste sie doch, dass sie ihrem Ziel näher war als ihrem ehemaligen Zuhause.

Provence – mit dem Zeigefinger kreiste sie dieses riesengroße Gebiet ein. Irgendwo dort waren die Pfirsichbäume, von denen sie gelesen hatte, und irgendwo dort, wo es im Sommer nach Lavendel roch und der Himmel wie ein leuchtend blaues Seidentuch über weiße Felsformationen gespannt war, würde sie sich ein Zimmer nehmen und in aller Ruhe über das nachdenken, was sie mit dem Rest ihres Lebens anfangen wollte.

Das laute Klingeln ihres Handys riss sie aus ihren Gedanken. Sie hatte ganz vergessen, dass es überhaupt eingeschaltet war. Sicher war es Frithjof, so früh am Morgen rief sie sonst niemand an. Sie wunderte sich nur, dass er nicht schon früher angerufen hatte.

»Hallo?«

»Hallo, Isabell, ich bin's. Der Empfang ist ja bestens. Wo bist du?«

»Guten Morgen, Frithjof.« Sie ärgerte sich, dass ihre Stimme zitterte und dass sie sich des Gefühls eines schlechten Gewissens nicht erwehren konnte. »Ich bin auf einem Au-, ähm ..., der Ort heißt Charmes-sur-Rhône.«

»Wo ist das? In Frankreich?«

»Nein, in Island. Herrje, wonach hört es sich denn an?« Angriff war immer noch die beste Verteidigung. Sie wollte auf keinen Fall, dass er ihr ihre blöden Schuldgefühle anhörte.

»Jedenfalls nicht so, als wärst du glücklich dort«, konterte Frithjof. »Du hörst dich sehr gereizt an.«

»Ich *bin gereizt*!« Von dir.

»Und was machst du dann in Frankreich? Hat das irgendwas mit deinen Eltern zu tun?«

»Mit meinen Eltern?« Isabell war verblüfft. »Warum mit meinen Eltern?«

»Na ja, wir dachten ... also, wir haben uns überlegt, dass du vielleicht auf Spurensuche bist. Nach deiner Mutter ... Jetzt, wo du dich selber mit dem Gedanken ans Kinderkriegen befasst, bist du vielleicht auf der Suche nach deiner eigenen Vergangenheit.«

»Wie bitte? Ich kenne meine Vergangenheit, da gibt es nichts zu suchen«, erklärte Isabell, immer noch verwirrt. »Meine Mutter war Französin, ja, aber sie und Tante Paulette kommen aus Paris, und da war ich schon zwei Dutzend Mal auf Spurensuche.«

»Nun ja, wir dachten, du würdest vielleicht Probleme mit deiner zukünftigen Rolle als Mutter haben, weil du doch selber ein Waisenkind bist«, sagte Frithjof.

»So, dachtet ihr?« Isabell redete sich langsam in Wut. Das schlechte Gewissen hatte sich verflüchtigt. »Wer ist überhaupt der andere, mit dem du dir solch tief schürfende Gedanken über meine Psyche machst? Dein Doktor Frankenstein?«

»Nein, ich habe nur mit Frau Elbmann darüber geredet«, sagte Frithjof. »Sie macht sich schließlich auch so ihre Gedanken. Es ist ja auch nicht normal, wenn jemand einfach ohne jeden Grund die Koffer packt und abhaut.«

»Ohne jeden Grund«, wiederholte Isabell verächtlich. »Du bist wirklich unglaublich unsensibel, Frithjof. Zu deiner Information: Als meine Eltern starben, war ich zweieinhalb. Ich kann mich überhaupt nicht an sie erinnern, aber eines weiß ich genau: Tante Paulette und Onkel Ludwig haben ihr Bestes getan, um sie voll und ganz zu ersetzen. Mir hat es an nichts gefehlt, und wenn ich Probleme mit meiner Rolle als zukünftige Mutter hätte, dann nur deinetwegen!«

»Meinetwegen?«, wiederholte Frithjof. »Weil ich Verantwortung für dich übernehme und manchmal für dich mitdenke, wenn du selber dazu nicht in der Lage bist?«

»Genau«, sagte Isabell. »Bis jetzt konnte ich nämlich immer ganz gut für mich alleine denken. Ich bin eine erwachsene Frau von achtundzwanzig Jahren.«

»Dann benimm dich auch so«, sagte Frithjof.

Isabell hätte jetzt gerne einfach aufgelegt, aber das wäre wirklich keine besonders erwachsene Reaktion gewesen. Sie entschloss sich zu ein paar abschließenden, vernünftigen Worten: »Ich weiß, dass es einiges zu besprechen gibt, Frithjof, eine Trennung geht wohl nie so ganz ohne Probleme über die Bühne, aber solange du die Schuld ganz allein bei mir und irgendwelchen angedichteten psychischen Problemen suchst, kommen wir da nicht weiter. Ich werde jetzt erst mal ein paar Tage ausspannen, dann sehen wir weiter.«

»Ausspannen? Das soll ja wohl ein Witz sein! Von was willst du dich denn erholen? Vom lange Schlafen und Nichtstun?«, rief Frithjof noch, aber da hatte Isabell schon aufgelegt. Sie war stolz auf sich, dass sie nicht angefangen hatte zu schreien und ihn zu beschimpfen.

Energisch schaltete sie das Handy aus. Typisch Frithjof, ihr gleich irgendeine Neurose anzudichten, anstatt die Ursache einmal bei sich selber zu suchen. Und welche Frechheit, ihr ihre »Arbeitslosigkeit« auch noch vorzuhalten, nachdem er doch selber darauf bestanden hatte, dass sie aufhörte!

Ihre Müdigkeit war auf einmal wie weggeblasen. Die Wut über Frithjofs Anruf hatte für einen neuen Adrenalinstoß gesorgt, und sie beschloss, noch ein wenig weiterzufahren. Runter von der Autobahn, einfach quer durch die Landschaft. Da sie kein bestimmtes Ziel hatte, konnte sie einfach Halt machen, wo immer es ihr gefiel.

Sie war frei.

»In ein paar Stunden werden wir eine nette Pension gefunden haben, da können wir ausschlafen«, sagte sie zu Florentine, deren lange Wimpern zustimmend vibrierten, als sie den Motor anwarf.

*

Volonne, 25. März
Laurent war fertig. Er hatte seit gestern Nachmittag geschuftet wie ein Ochse, und er war sehr stolz auf sich. Dank ihm hatte man auf RINQUINQUIN nun eine neue Einkommensquelle, und zwar völlig ohne Investitionskosten. Die Hypotiere gehörten sicher schon bald der Vergangenheit an, denn Laurent würde den gefährlichsten Dispokredit-Ameisenbären erstehen können, der für Geld zu haben war.

Nun blieb ihm nur noch eins zu tun: Er schulterte ein auf einen Besenstiel genageltes Brettchen und trug es bis an die Straße, die sich zweihundert Meter weiter an der Einfahrt zum Haupthaus vorbeischlängelte und von dort weiter bis hinauf nach Sourribes führte. Hier rammte er den Besenstiel in den Boden und setzte sich mit stolzgeschwellter Brust gleich daneben.

Petite MaissoN à *louEr*

stand mit schwarzem Filzstift auf dem Brett geschrieben, groß genug, dass Vorbeifahrende es lesen und anhalten konnten.

Jetzt musste nur noch jemand vorbeikommen. Jemand, der ein kleines Haus mieten wollte. Laurent hatte, typisch Kind, überhaupt keine Zweifel, dass die richtige Person über kurz oder lang hier vorbeikommen würde.

Zuerst kam der Lieferwagen der Sumeires vorbei, und Monsieur Sumeire winkte Laurent zwar zu, beachtete das Schild aber nicht weiter. Nun gut, er hatte ja auch nicht weit von hier sein eigenes Haus. Die Endivien- und Melonenfelder der Sumeires grenzten im Osten an die Pfirsichfelder von RINQUINQUIN.

Als Nächstes kam Bertrand mit dem alten Renault angefahren, viel zu schnell, wie immer. Er sah Laurent erst im letzten Augenblick und bremste scharf.

»Warum bist du nicht in der Schule, junger Mann?«, fragte er streng.

»Weil heute Samstag ist, Bertrand«, antwortete Laurent geduldig und hielt erwartungsvoll den Atem an, als Bertrands Blick hinüber zu dem Schild wanderte. Er hatte zwar vorgehabt, die Sache noch ein wenig geheim zu halten, aber wenn Bertrand nun vorher von seiner grandiosen Idee erfuhr, machte es auch nichts.

»Kann sein, dass ich alter Dachdecker mich täusche, aber Maison schreibt man mit einem S«, sagte Bertrand aber nur.

»Das macht doch nichts«, erwiderte Laurent enttäuscht.

»Na ja, *mir* macht das nichts. Aber ich wette, deine Lehrerin sieht es nicht gerne, wenn du Wörter falsch schreibst.«

»Sie ist ja nicht hier«, sagte Laurent mürrisch. Warum fragte Bertrand denn nicht, was das Schild bedeutete? Schließlich stand so ein Ding ja nicht alle Tage am Straßenrand!

»Da hast du auch wieder Recht.« Bertrand kratzte sich am Kopf und lächelte ihm zu. »Na, ich muss dann weiter, mein liebes Drachenweibchen wartet schon ganz ungeduldig auf seine Eier.«

Laurent war augenblicklich abgelenkt. Ermeline hatte Hühnereier zum Ausbrüten bestellt, aus denen bald Küken schlüpfen sollten. Sie hatte ein Buch über Rassegeflügelzucht gelesen und seinen Onkel Corin so lange bequatscht, bis er ihr erlaubt hatte, der Hühnerschar ein paar neue Rassen hinzuzufügen, die laut Ermelines Buch nicht nur mehr und wohlschmeckendere Eier legten, sondern auch selber viel besser schmeckten. Wenn ihre Zeit als Legehennen abgelaufen war, landeten die Hühner nämlich in Tante Matildes Kochtöpfen und Pfannen, und so Leid Laurent die armen Tiere auch taten, so sehr liebte er die Braten, die Frikassees und die Pasteten, die Tante Matilde zubereitete. Obwohl er wusste, dass es nicht ganz in Ordnung war, seinen gefiederten Freunden derart in den Rücken zu fallen, konnte er niemals widerstehen, wenn eine duftende Pastete vor ihm auf dem Tisch stand. Es war, so hatte er sich mit sich selber geeinigt, eben seine Art, den Tieren die letzte Ehre zu erweisen. Sie zu begraben, wie man es mit Menschen tat, nutzte doch niemandem etwas!

Laurent hatte mit in Ermelines Buch blättern dürfen und war vor allem neugierig auf die Seidenhühner, die so plüschig aussahen, dass Gaukler, die sie im Mittelalter mit nach Europa brachten und auf den Märkten zeigten, sie den gutgläubigen Menschen als eine Kreuzung zwischen Huhn und Kaninchen verkauft hatten. Laurent hoffte, den Leuten, zumindest aber seinem Freund Henri, denselben Bären aufbinden zu können.

»Darf ich sie mal sehen?«, fragte er und linste in den Wagen.

»Sie sind warm eingepackt«, sagte Bertrand. »Ermeline hat mir bei Androhung der Todesstrafe verboten, sie auch nur anzurühren. Tut mir Leid. Komm doch nachher mal vorbei, wenn wir sie den brütenden Hennen untergeschmuggelt haben.«

»Hm«, sagte Laurent. »Mal sehen. Ich habe hier ja noch zu tun.« Er warf einen bedeutungsvollen Blick auf das Schild, aber Bertrand reagierte wieder nicht wie erhofft.

Er sagte nur: »Dann sehen wir uns zum Mittagessen, Kleiner«, und fuhr weiter.

Laurent blieb allein zurück und kam sich auf einmal ziemlich blöd vor. Niemand schien ihn ernst zu nehmen. Was dachte denn Bertrand, warum er hier neben einem solchen Schild saß? Aus Spaß? Wütend nahm er den schwarzen Filzstift aus der Hosentasche und strich das zweite S in MaissoN durch. Wenn Bertrand meinte, dass es nur mit einem S geschrieben wurde, dann sollte das Unternehmen daran bitte schön nicht scheitern.

Kaum hatte er sich wieder neben dem Schild ins Gras gesetzt, kam schon wieder ein Auto vorbei. Diesmal war es ein schwarzer Sportwagen, sehr elegant und schnittig. Obwohl die Scheiben dunkel getönt waren, wusste Laurent, wer hinter dem Steuer saß: Mademoiselle Madeleine Clérisseau. Sie wohnte auf dem gleichnamigen riesigen Gut auf der anderen Seite des Tals, und zwei ihrer Neffen gingen mit Laurent zur Schule. Er konnte sie nicht ausstehen, sie waren blasiert und eingebildet wie alle Clérisseaus, Mademoiselle Madeleine ausgenommen. Sie war eigentlich ganz nett, erst neulich hatte sie ihm ein Modellauto geschenkt, einfach so. Sie kam jede Woche nach RINQUINQUIN, um mit Onkel Corin auszureiten oder um ihn zu einem Ausflug mit dem Wagen zu überreden. Mit ihrem Wagen, versteht sich, denn keiner der alten Gurken, die man auf RINQUINQUIN besaß, eignete sich für eine komfortable Ausfahrt.

»Sie hat es auf ihn abgesehen«, hatte Ermeline vor kurzem über Mademoiselle Madeleine gesagt, und Laurent hatte neugierig die Ohren gespitzt. »Nicht dass ich sie besonders sympathisch fände, ich kann diese Clérisseaus nicht ausstehen, aber ich denke, es könnte unserem Monsieur Le Ber wirklich Schlimmeres passieren, als zehn Millionen Franc zu heiraten.«

»Oder diese herrliche Taille und diese wunderbaren – ähm – Beine«, hatte Bertrand ergänzt, und Ermeline hatte ihm ein Scheuertuch über den Kopf gezogen: »Du denkst immer nur wie ein Mann, Bertrand.«

»Ich bin ein Mann, mein liebes Weib«, hatte Bertrand erwidert. »Und als Mann sind mir eben die schönen B ... – Beine von Mademoiselle wichtiger als das Geld, das sie mal erben wird. Ich fürchte nur, seit dieser schrecklichen Geschichte ist unser armer Monsieur Le Ber nicht mehr an schönen Frauen interessiert.«

»Diese schreckliche Geschichte« kannte Laurent nicht in allen Einzelheiten. Er wusste nur, dass Onkel Corin schon einmal verheiratet gewesen und dass seine Frau vor ein paar Jahren gestorben war. Wenn man auf RINQUINQUIN über den Tod seiner Frau sprach, dann nur als »diese schreckliche Geschichte« oder »diese traurige Angelegenheit«. Laurent konnte sich an seine Tante Cathérine nicht erinnern, sie und Onkel Corin hatten damals noch in Paris gelebt und waren nur selten nach RINQUINQUIN gekommen.

In Onkel Corins Zimmer stand ein Foto von Tante Cathérine, eine schlanke, dunkelhaarige Frau mit großen braunen Augen und blasser, zarter Haut. Madeleine Clérisseau war ihr nicht unähnlich, auch sie war schlank, hatte lange dunkelbraune Locken und braune, von dichten Wimpern umrahmte Augen, die Laurent an die Augen von Henri Jaures Hund Inspektor Clouseau erinnerten. Nur dass Mademoiselle Madeleines Blick nicht ganz so treuherzig wirkte wie der eines Berner Sennenhundes.

Laurent winkte ihr trotzdem zu, das heißt, er winkte den getönten Scheiben des schwarzen Sportwagens zu, hinter denen er sie vermutete, und nahm einfach einmal an, sie würde zurückwinken.

Nach Mademoiselle Clérisseau kam lange niemand mehr. Laurent überlegte schon, ob er vielleicht hinunter zur Hauptstraße gehen müsste, um einen potenziellen Mieter zu finden, als ein roter Wagen mit ausländischem Nummernschild langsam um die Kurve gefahren kam.

Laurent setzte sein allerschönstes Lächeln auf, als er zwei junge Frauen darin sah. Er war sofort überzeugt, dass seine Warterei ein Ende hatte: Diese Frauen sahen ganz eindeutig so aus, als ob sie auf der Suche nach einem kleinen Haus seien, und sie sahen auch so aus, als könnten sie die Miete bezahlen. Halleluja!

Der Wagen kam gleich neben Laurent zum Stehen. Er sprang eilfertig auf die Füße und trat an die Scheibe.

Die rothaarige Frau auf dem Beifahrersitz schaute reglos nach vorne. Ihre großen, breit geschwungenen Lippen waren leicht geöffnet, sie lächelte ein starres Lächeln.

Laurent glotzte sie verwundert an.

Die Fensterscheibe fuhr herunter. Die andere Frau auf dem Fahrersitz hatte den elektrischen Fensterheber betätigt.

»Es ist eine Puppe. Eine Schaufensterpuppe.«

»Ach so«, sagte Laurent und berührte den Mund der Puppe vorsichtig mit den Fingerspitzen.

Die Frau lächelte. Sie war jung, eigentlich eher ein Mädchen, und beim Lächeln zeigte sie ihre regelmäßigen weißen Zähne. Laurent besann sich auf seine Pflichten als Vermieter und knipste auch sein Lächeln wieder an. Außer der Tatsache, dass sie mit einer Puppe im Auto herumfuhr, machte die Frau einen ganz normalen Eindruck. Nur ihre blonden Haare waren merkwürdig, so hell, dass nicht mehr viel fehlte, und sie wären weiß gewesen. Sie sah damit ziemlich genauso aus wie die gute Fee Javotte in seinem Märchenbuch. Vielleicht war sie's ja?

»Hallo«, sagte sie. »Wohnt hier eine Familie namens Jaure? Ich glaube nämlich, ich habe mich verfahren.«

»Nein.« Laurent wurde übel vor Enttäuschung. Die Frau wollte die Jaures besuchen! Sie hatte gar nicht wegen seines Schildes und seines netten Lächelns angehalten. Und sie war auch keine gute Fee. Wahrscheinlich war sie nicht mal aus dem Ausland.

Ihr Französisch war perfekt, auch wenn man hörte, dass sie nicht von hier kam. Laurent fühlte sich beinahe betrogen. Dennoch setzte er wohlerzogen hinzu: »Die Jaures wohnen noch ein ganzes Stück die Straße hinauf. Erst kommt RINQUINQUIN, dann der Hof der Sumeires und dann der von Jaures. Es ist eine Einfahrt mit zwei komischen Tondingern auf den Torpfosten. Madame Jaure hat sie selber getöpfert, sie sagt, es handele sich um Endiviensalat.«

»Das klingt gut«, sagte die junge Frau. »Ich hoffe, sie haben dort noch ein freies Zimmer. Aber um diese Jahreszeit dürfte das sicher kein Problem sein, oder?«

»Sie wollen dort ein Zimmer mieten?« In Laurents Gehirn begann es fieberhaft zu arbeiten.

»Ja, in der Bäckerei im Dorf sagte man mir, dass es dort sehr schöne Zimmer zu mieten gäbe.«

»Na ja«, sagte Laurent hinterlistig. »Es sind eigentlich ganz normale Zimmer. Nichts Besonderes.«

»Es muss gar nichts Besonderes sein«, erwiderte die junge Frau. »Eigentlich muss es dort nur ein schönes Bett geben, dann bin ich schon zufrieden. Ich habe nämlich seit neunundzwanzig Stunden nicht mehr geschlafen.«

»Ach, dann wollen Sie sicher vor allem ein ruhiges Zimmer«, sagte Laurent. »Hoffentlich weckt Inspektor Clouseau Sie nicht auf.«

»Inspektor Clouseau?«

»Das ist der Hund der Jaures«, erklärte Laurent. Es fiel ihm nicht leicht, weiterzusprechen, aber es musste sein. Für RINQUINQUIN. Er wurde immerhin rot, während er Verrat an seinem Freund Henri und dessen Hund übte: »Ein ziemlich großer und gefährlicher Hund. Er bellt den ganzen Tag wie verrückt im Hof herum. Und er beißt.«

»Oh«, sagte die Frau mit angemessenem Entsetzen.

Laurent hielt den Blick verlegen auf den Boden gerichtet.

»Nicht sehr feste«, setzte er hinzu und bat den lammfrommen Inspektor Clouseau in Gedanken um Verzeihung.

»Ich mag beißende und bellende Hunde gar nicht«, erklärte die junge Frau. »Eigentlich mag ich noch nicht mal Hunde, die *nicht* bellen oder beißen.«

Laurent richtete sich auf. »Wir haben keine Hunde«, sagte er, eine Tatsache, die er für gewöhnlich sehr bedauerte. »Und das Haus, das wir zu vermieten hätten, liegt wirklich absolut ruhig.«

»Ihr habt auch etwas zu vermieten?« Das klang erstaunt.

»Natürlich«, sagte Laurent ein wenig ungeduldig und zeigte auf sein Schild. Hatte sie das etwa noch gar nicht gelesen?

»Kleines Haus zu vermieten«, buchstabierte die junge Frau etwas mühsam.

»Ich weiß schon, Maison schreibt man mit einem S«, sagte Laurent. »Ich habe es ja schon durchgestrichen. Aber es ist ein wirklich schönes Haus.«

»Ja?« Die junge Frau legte zweifelnd den Kopf schief. »Ein ganzes Haus? Eigentlich reicht mir ja ein Zimmer.«

»Es ist ein sehr kleines Haus«, sagte Laurent. »Sehr, sehr klein, aber trotzdem ... Es ist etwas ganz Besonderes.«

»Und wie teuer ist es? Oder soll ich das lieber mit deiner Mutter besprechen?«

»Nein, nein, ich bin hier für die Vermietung zuständig.« Diesen Satz hatte Laurent sich bereits lange vorher zurechtgelegt. Er fand, es klang sehr gut. Laurent le Ber, Vermieter und Retter von RINQUINQUIN. »Fünfhundert Franc.«

»Fünfhundert? Das wären ja dreitausendfünfhundert die Woche.« Die Frau konnte offenbar blitzschnell rechnen. »Das ist aber etwas teuer für die Vorsaison.«

»Fünfhundert die Woche«, verbesserte sie Laurent. Er hatte lange über den Preis nachgedacht. Es erschien ihm nur gerecht, dass eine Woche Miete genauso viel kostete wie die Schildkröte, die er in dem Tierladen in Forcalquier gesehen hatte und die er seitdem heiß begehrte. »Es ist ja nur ein kleines Haus.«

»Oh«, sagte die junge Frau. Das Angebot war wohl sehr günstig, denn ihre Miene hellte sich auf.

»Sie können dort vorne in den Feldweg einbiegen«, schlug er vor und setzte etwas großspurig hinzu: »Es gibt Parkplätze direkt vor dem Haus. Ich führe Sie hin.«

Die junge Frau schien einen Augenblick zu überlegen, dann lächelte sie ihn an und sagte: »In Ordnung.«

Der Wagen rumpelte über den Feldweg, und Isabell konnte ihr Glück gar nicht fassen: Zu ihrer Linken standen Pfirsichbäume in Reih und Glied, und sie standen offenbar kurz vor der Blüte. Ihre dicken rosaroten Knospen sahen aus, als würden sie jeden Augenblick explodieren. Hoffentlich konnte man von dem Haus, das der kleine Junge ihr vermieten wollte, auf die Pfirsichfelder sehen. Und hoffentlich hatte er sich mit dem Preis nicht vertan! Sie war fest entschlossen, es zu nehmen, wenn es nur einigermaßen bezahlbar war.

Die letzten vier Stunden war sie ziemlich kopflos durch die Gegend geirrt. Die Straße, auf der sie nach der Autobahnabfahrt gelandet war, hatte sie an einem Fluss namens Drôme nach Osten geführt, immer höher hinauf in die Berge und durch Dörfer, die in ihrer kargen Schroffheit kein bisschen einladend gewirkt hatten. Dabei schrie mittlerweile alles in ihr nach einem Bett, nach einem Ort, an dem sie sich ausstrecken konnte, ohne das Vibrieren eines Motors unter sich zu spüren. Müde und hungrig hatte sie einen Pass überquert, staunend ein Schild mit einem Skilift passiert und anschließend den kleinen Peugeot wieder bergab gejagt. Und plötzlich, als hätte jemand einen Schalter umgedreht, war es um sie herum Frühling geworden. Ein grünes Tal hatte sich vor ihr ausgebreitet, hier mündete der Fluss mit dem unaussprechlichen Namen Buech, an dem sie seit etlichen Kilometern entlanggefahren war, in die Durance, die sich breit und behäbig durch die üppige Landschaft schlängelte. Bei Sisteron, einer majestätisch am Ufer gelegenen alten Festungsstadt, hatte es auch wieder eine Autobahnauffahrt gegeben, aber Isabell hatte sie ignoriert. Überall hatte sie Bäume entdeckt, die sich in ordentlichen Reihen auf flachen und steinigen Terrassen zu beiden Seiten des Tals bis zu den Hügelflanken erstreckten und über und über mit Blüten bedeckt waren. Kirschen, Äpfel, Birnen,

Aprikosen und Pfirsiche – es war, als wäre sie mitten im Garten Eden gelandet.

Hier irgendwo wollte sie bleiben.

Es war kurz nach elf, als sie auf dem Platz eines größeren Dorfes namens Volonne angehalten und in der Bäckerei nach einer Unterkunft gefragt hatte. Dort hatte man sie die Hügel hinauf zu einer Familie namens Jaure geschickt, mitten durch Pfirsich- und Aprikosenplantagen, an blühenden oder kurz vor der Blüte stehenden Bäumen vorbei. Sie war sich nicht sicher gewesen, ob sie richtig abgebogen war, aber dann hatte hinter einer Biegung dieser zauberhafte kleine Junge gehockt, wie ein vom Himmel herabgefallener Engel.

Verstohlen warf sie jetzt einen Blick auf ihn. Er war eigentlich noch zu klein, um auf dem Beifahrersitz mitfahren zu dürfen. Florentine war solange auf den Rücksitz verbannt worden, wo sie etwas mürrisch über dem eingerollten Perserteppich lag und die Wimpern im Takt der Schlaglöcher auf- und zuklappern ließ. Isabell schätzte den Jungen auf sieben oder acht Jahre, er war mager, aber drahtig, mit riesengroßen bernsteinfarbenen Augen und dunkelbraunem, gelocktem Haar, das ihm irgendjemand viel zu kurz geschnitten hatte. Lange konnte der Friseurbesuch noch nicht her sein, der Kleine sah aus wie ein frisch geschorenes Schaf. Man bekam unwillkürlich Lust, über seinen wolligen Kopf zu streicheln.

»Wie heißt du eigentlich?«, erkundigte sie sich, gerade als der Wagen einen heftigen Satz machte. Ein Schlagloch von der Größe eines Vulkankraters stellte ihre Stoßdämpfer auf eine harte Probe. Diesen Feldweg konnte man, wenn überhaupt, nur mit einem Geländewagen passieren. Oder mit einem Panzer.

»Halten Sie an, wir sind da«, sagte der kleine Junge, und der Besitzerstolz in seiner Stimme war nicht zu überhören. »Sehen Sie, Sie können gleich vor der Tür parken.«

Der Weg hatte eine leichte Biegung vollzogen und mündete in einem Stückchen ungemähter Wiese wie ein Fluss in einem See. Ein hübsches Fleckchen Erde, ohne Zweifel. Unter einer Gruppe von riesenhaften Kiefern stand das Haus, das der kleine Junge vermieten wollte. Isabell seufzte laut auf. Sie hätte es ahnen müssen, ein Haus für den Preis, das wäre zu schön gewesen, um wahr zu sein.

Laurent interpretierte ihr Seufzen falsch. Er sagte stolz: »Ja, schön nicht? Es ist aus dem neunzehnten Jahrhundert.«

»Das sieht man«, wollte Isabell sagen, aber sie schwieg. Das Haus war wirklich schön, wunderbar ausgeglichen in den Proportionen, kaum größer als ein Gartenpavillon, aber mit seinen zwei quadratischen Türmchen und den reich verzierten Giebelfronten äußerst hübsch anzusehen. Ein winziges Schlösschen wie aus einem Märchen. Aber leider war es eine Ruine, mehr nicht. Fensterscheiben waren zersprungen oder gar nicht vorhanden, die oberen Fenster waren notdürftig mit Brettern zugenagelt, der Putz war abgeschlagen, rissig und verschmutzt, und den Dachflächen sah man an, dass sie einem Regenguss nicht wirklich standhielten.

»Es ist das Sommerhaus«, erklärte der kleine Junge eifrig. »Warum es so heißt, weiß ich nicht. Niemand hier braucht es, und da hatte ich die Idee, es wieder schön herzurichten und zu vermieten.«

»Das war eine gute Idee«, sagte Isabell schwach. Sicher würde es zauberhaft sein, wenn es denn erst wieder hergerichtet war. Das allerdings würde vermutlich Jahre in Anspruch nehmen.

»Wollen Sie's von innen sehen?«, fragte Laurent und sprang aus dem Wagen. »Ich habe gestern den ganzen Nachmittag geschuftet, es ist alles ganz sauber. Es waren jede Menge dicke Spinnen da, wissen Sie, von den großen braunen, die so schnell rennen ...« Er verstummte und wurde rot. »Äh, ich meine, es war nur eine dicke Spinne da, höchstens zwei. Sie haben doch keine Angst vor Spinnen, oder?«

»Doch«, sagte Isabell.

»Aber das müssen Sie gar nicht«, sagte Laurent. »Sie fressen Insekten und sind sehr nützlich. Und es gibt ein Eisenbett, da können die Spinnen nicht dran hochklettern.« Auf die Schlafstätte war Laurent besonders stolz. Es handelte sich um Großtante Germaines altes Bett. Bertrand hatte es in seine Einzelteile zerlegt und hinab in den Hof getragen, als Großtante Germaines neues Gesundheitsbett geliefert worden war. Das neue Bett war aus häßlichem weiß lackierten Metallrohr, aber man konnte es mit einer einzigen Handbewegung in der Höhe verstellen und die Rückenlehne von der Sitzposition in die Liegeposition bringen, alles Funktionen, die Großmutter und Tante Matilde viel nützlicher fanden, als die schmiedeeisernen Schnörkel im Kopfteil von Großtante Germaines altem Bett. Großtante Germaine hatte sich widerspruchslos in das neue Bett legen lassen, dem alten aber traurig nachgeblickt, davon war Laurent überzeugt gewesen. Obwohl Großtante Germaine eigentlich öfter traurig dreinblickte, auch ohne Grund.

»Wohin mit dem Ding?«, hatte Bertrand gefragt, und Großmutter hatte nur mit den Achseln gezuckt.

»Vielleicht sollten wir es einem Antiquitätenhändler anbieten«, hatte Tante Matilde vorgeschlagen. »Es ist mindestens so alt wie Großtante Germaine, und die Touristen kaufen so was gerne.«

Ermeline hatte sich das Kopfteil angeschaut und überlegt, ob sie daraus vielleicht ein kleines Tor für das erweiterte Hühnergehege machen konnte. Sie hatte manchmal überraschend kreative Verwendung für ausgemusterte Sachen. Aber als Tor hatte es sich nicht geeignet, und so hatte Laurent gestern Abend das unbeachtet im Hof abgestellte Bett Stück für Stück ins Sommerhaus geschleppt, was an und für sich schon eine Heidenarbeit gewesen war. Noch schwieriger hatte sich aber danach das Zusammensetzen gestaltet. Denn obwohl Bertrand jede der alten, angerosteten Schrauben neben die Einzelteile gelegt hatte und Laurent auch das passende Werkzeug in Bertrands Werkzeugkiste gefunden hatte, fehlte ihm ein starker Mann, der ihm assistierte. Das Bett war schließlich nicht aus Pappe, sondern aus massivem Eisen. Nur mit äußerster Geduld und einem Haufen alter Ziegelsteine, die als Hilfsstützen fungierten, hatte er es schließlich geschafft. Den Lattenrost auf das fertige Bett zu hieven, war dagegen dann nur ein Kinderspiel gewesen. Die alte Matratze allerdings war bei dem Transport vom Hof bis ins Sommerhaus schwer in Mitleidenschaft geraten, ebenso einige Rosenbüsche und andere Pflanzen, denn Laurent hatte sie den ganzen Weg quer durch Großmutters Garten und den langen Weg entlangschleifen müssen. Nun, das waren Verluste, die man klaglos hinnehmen musste. Nachdem er ein Laken über die Matratze gebreitet hatte, sah man den Dreck sowieso nicht mehr. Das Ganze hatte er noch mit ein paar bunt gemusterten Sofakissen aus dem Salon verschönert, für deren Beschaffung er sich kurzzeitig vom künftigen Vermieter Laurent Le Ber noch einmal in Häuptling Mutiger Berglöwe hatte verwandeln müssen. Mutiger Berglöwe hatte vier kleine, dem Hungertod ausgelieferte Weißkopfadlerjunge aus ihrem Horst hoch oben an der Klippe unter Einsatz seines Lebens gerettet und in seinen Wigwam gebracht, wo er sie höchstselbst wieder hochpäppelte. Die Weißkopfadlereltern waren nämlich bedauerlicherweise den Pfeilen eines feindlichen Stammes erlegen, der von Naturschutz noch nichts gehört hatte. Später hatten sich die Weißkopfadlerjungen dann wieder in Sofakissen verwandelt, die Großtante Germaines altes Bett äußerst einladend und gemütlich machten.

Ja, es war so hübsch, dass Laurent am liebsten selber hier eingezogen wäre!

Isabell hingegen stieg nur aus dem Auto, um die steifen Beine auszustrecken und die frische, seidige Luft zu atmen. Und um nach den richtigen Worten zu suchen, mit denen sie dem netten Kind mit den Bernsteinaugen, ohne es zu kränken, klar machen konnte, dass sie sein Haus auf keinen Fall mieten konnte.

Das nette Kind mit den Bernsteinaugen wählte ausgerechnet diesen Augenblick, um strahlend zu verkünden: »Und einen Blumenstrauß habe ich Ihnen auch gepflückt. Lauter Pfirsichzweige. Sie duften so gut, dass man die Ra ..., ähm.« Laurent verstummte wieder. Dass man die Rattenscheiße nicht mehr roch, wollte die junge Frau sicher auch nicht so gerne hören. Vielleicht waren es ja auch keine Ratten gewesen, die er vertrieben hatte, sondern Mäuse. Große Mäuse mit langen, nackten Schwänzen.

»Pfirsichzweige«, wiederholte Isabell gerührt.

»Wollen Sie sie sehen? Sie stehen direkt neben dem Bett.«

Sie sah auf das eifrige Kindergesicht hinab und brachte es nicht übers Herz, ihn zu kränken.

»Na gut«, sagte sie. »Ich liebe Pfirsichblüten, weißt du. Ich bin eigentlich extra ihretwegen hierher gekommen.«

»Sehen Sie, dann hätte es Ihnen bei Jaures gar nicht gefallen. Sie bauen ja nur Endivien an. Und Lavendel.« Laurent war höchst zufrieden.

Die Tür zum Sommerhäuschen knarrte, aber sie war immerhin noch intakt, was man vom Rest des Hauses wirklich nicht sagen konnte. Es war ein finsteres, modrig riechendes Loch, auch wenn die Sonne durch die Fenster schien, die nicht mit Brettern verschlossen waren. Isabell vermochte sich zwar vorzustellen, wie zauberhaft es in renoviertem Zustand sein mochte, aber im Augenblick war es vor allem ein Paradies für Spinnen, Skorpione und anderes Getier. Sie schauderte.

Ihr Blick fiel auf das eiserne Bettgestell. Es war ein rührender Anblick, das prächtige Bett mit dem blendend weißen Laken und den luxuriösen Kissen in diesem dunklen Gemäuer. Und noch rührender: Neben dem Bett, auf einer umgedrehten Kiste, standen eine Kerze und ein Einmachglas mit blühenden Pfirsichzweigen.

Sie seufzte.

»Gefällt es Ihnen?«, fragte Laurent.

»Ja, weißt du, Kleiner, ähm – wie heißt du eigentlich?«

»Laurent.«

»Ja, weißt du, Laurent, es ist ein sehr hübsches Haus, und das Bett und die Pfirsichblüten gefallen mir ganz besonders gut. Aber ich nehme wohl doch lieber ein Zimmer in einer Pension. Mit fließendem Wasser, einer Toilette und Strom für meine elektrische Zahnbürste.«

Laurent sah sie verblüfft an. Fließendes Wasser, Toilette, Strom! An alle diese Dinge hatte er nicht gedacht. »Es gibt einen Brunnen hinter dem Haus«, sagte er leise, aber er wusste, dass er verloren hatte. All die Arbeit war umsonst gewesen, niemand würde das Haus mieten wollen. Die Karriere des Vermieters Laurent Le Ber war so schnell beendet, wie sie begonnen hatte.

Und im Fundament von RINQUINQUIN konnten die Hypotiere weiter ihr Unwesen treiben.

Isabell sah die Enttäuschung in den runden Bernsteinaugen und konnte sie kaum ertragen. Sie hatte eine Idee.

»Vermietest du das Bett vielleicht für ein paar Stunden?«, fragte sie. »Ich könnte nämlich wirklich ein bisschen Schlaf vertragen, und das Bett sieht sehr gemütlich aus. Wir könnten es hinaus in die Sonne tragen, und dann ruhe ich mich eine Weile darauf aus.«

»Hm«, machte Laurent. Das war ja wohl eine verrückte Idee – ein Bett vermieten!

»Ich zahle – fünfzig Franc«, fuhr Isabell fort und suchte nach ihrer Handtasche.

Eine verrückte Idee, aber besser als nichts. »In Ordnung«, sagte Laurent.

3. Kapitel

Corin Le Ber war unzweifelhaft ein gut aussehender Mann mit seiner beeindruckenden Größe, seiner athletischen Figur und dem schön geschnittenen Gesicht. Aber man musste ihn zu Pferd gesehen haben, um richtig ins Schwärmen zu geraten. Der Anblick seiner geraden, aber dennoch lässigen Haltung, seines vom Wind zerzausten Haares und seiner großen, sensiblen Hände auf dem Hals seines *cheval de selle français* namens Sombre ließen Madeleines Herz jedesmal höher schlagen.

»Machen wir ein Wettreiten den Hügel hinauf bis zum Sommerhaus und zu meinen Sorgenkindern«, schlug er vor und lachte sie aufmunternd an. »Du bekommst auch fünfzig Meter Vorsprung!«

Madeleine lenkte ihre brave Camelote in einen leichten Galopp. »Einverstanden«, sagte sie. »Und diesmal wirst du mich nicht einholen. Los, Camelote, zeig, dass dein Vater ein preisgekröntes Rennpferd ist!« Und Camelote stürmte gehorsam bergauf, dass ihre Hufe nur so flogen.

Madeleine liebte es, mit Corin auszureiten, ihre gemeinsamen Samstagnachmittagsausritte waren, genau genommen, das jeweilige Highlight ihrer Woche.

Madeleine Clérisseau war zweiunddreißig Jahre alt, geschieden und kinderlos. Letzteres ein Umstand, für den sie gar nicht dankbar genug sein konnte. Es war schlimm genug, mit über dreißig wieder ledig zu sein, aber noch schlimmer war es, eine ledige Mutter zu sein. Corins Schwester und Madeleines Schulfreundin Joséphine war so eine Unglückliche, und obwohl es Joséphine erst vor kurzem gelungen war, einen amerikanischen Millionär abzuschleppen, wollte Madeleine nicht mit ihr tauschen. Ein Kind – und sei es auch so ein nettes, vernünftiges wie Laurent –, bedeutete in jedem Fall, weniger Freiheit, weniger Spaß und deutlich weniger Möglichkeiten zu haben. Joséphine schien das auch so zu sehen, warum sonst hätte sie den armen kleinen Laurent bei ihrer Mutter und ihren Geschwistern geparkt, anstatt ihn an ihrem neuen, angeblich so aufregenden Leben in Amerika teilhaben zu lassen? Nein, Madeleine war wirklich froh, dass ihre Ehe kinderlos geblieben war, so war es bedeutend unkomplizierter, einen neuen Mann zu finden.

Nun ja, gefunden hatte sie ihn eigentlich schon. Nur seinetwegen lebte sie wieder hier draußen in der Provinz, nur seinetwegen hatte sie begonnen, wieder Reitstunden zu nehmen, und nur seinetwegen hatte sie sich diese hübsche Stute angeschafft, die so wunderbar mit seinem braunen Anglo-Normänner harmonierte.

Corin Le Ber war schon vor zwanzig Jahren der Mann ihrer Träume gewesen, als Madeleine, gerade mal zwölf Jahre alt und flach wie ein Brett, das erste Mal auf RINQUINQUIN zu Besuch gewesen war. Sie und Joséphine Le Ber hatten gemeinsam das Lyzeum in Sisteron besucht. Corin hatte damals im ersten Semester an der Sorbonne Architektur studiert.

»Das ist mein blöder Bruder Corin«, hatte Joséphine ihn vorgestellt, und Madeleines Gesicht hatte sich beim Anblick des Neunzehnjährigen mit heißen roten Flecken überzogen. Er war so schön gewesen mit seinen dunklen Locken und den von langen Wimpern umrahmten Augen, die, genau wie Joséphines, von einem erstaunlichen Grün waren, und er hatte alle anderen männlichen Wesen, die Madeleine bis dahin gesehen hatte – einschließlich Alain Delon und Robert Redford –, in Vergessenheit geraten lassen. Natürlich hatte er ihre Liebe nicht auf gleiche Weise erwidert, sie war schließlich noch ein Kind gewesen, ein mageres Mädchen mit Zahnspange und endlos langen Beinen. Aber er war nett zu ihr gewesen, nicht so arrogant wie andere Jungs in seinem Alter, und mit jedem Wort und jedem Lächeln, das er ihr schenkte, hatte sich Madeleine heftiger in ihn verliebt. Joséphine war ihre beste Freundin geworden, schon allein deshalb, damit sie so oft wie möglich nach RINQUINQUIN kommen und Corin sehen konnte, der dort den größten Teil seiner Semesterferien verbrachte.

Madeleine hatte RINQUINQUIN und die ganze Familie in ihr Herz geschlossen, es ging dort so anders, so viel herzlicher und turbulenter zu als bei ihr zu Hause. Joséphines ältere Schwester Matilde machte damals gerade eine Ausbildung zur Köchin in Manosque, und an ihren freien Tagen kochte sie wunderbar ausgefallene Gerichte für die immer große und immer lebhafte Tischrunde: Den Ton gab Madame Cécile an, Joséphines unkonventionelle, wunderschöne Mutter, und die dicke, kleine Großtante Germaine, die herrliche Geschichten erzählen konnte. Immer waren diverse Freunde und Freundinnen der Familie zu Gast, und immer saß auch das Hauspersonal mit um den schön gedeckten Tisch: Bertrand und Ermeline, genau wie heute ständig in zänkische Wortgefechte verwickelt, und die Erntehelfer, meist kanadische und amerikanische Studenten, die im Sommer für ein paar Franc die Stunde auf den Feldern halfen und dafür umsonst auf dem Gut wohnten und verpflegt wurden. Damals hatte auch Joséphines Vater noch gelebt, ein ruhiger Mann mit dichtem, nur an den Schläfen ergrautem Haar, der Madeleine vorzuführen schien, wie gut Corin auch als älterer Mann noch aussehen würde.

Während der Jahre, während sich Madeleine von der flachbrüstigen Zwölfjährigen zur bezaubernd aussehenden, aber schrecklich schüchternen Achtzehnjährigen gemausert hatte – irgendwann war sogar die Zahnspange auf der Strecke geblieben –, war ihre Schwärmerei für Joséphines älteren Bruder immer größer geworden. Madeleine hatte sich gehütet, der oberflächlichen Joséphine ihr Geheimnis anzuvertrauen, denn sie wusste, dass ihre Freundin nichts für sich behalten konnte. Madeleine hatte ihr Geheimnis für sich behalten, und niemand konnte daher ihren Liebeskummer ermessen, als Corin eines Tages nicht allein nach RINQUINQUIN kam, sondern eine Kommilitonin mitbrachte, rothaarig, bildschön und redegewandt. Jeanne hatte sie geheißen, und sie war nicht mal bei Tisch davor zurückgeschreckt, Corin zu küssen. Madeleine, damals knapp fünfzehn, war in Mordlust entbrannt, fest entschlossen, Jeanne aus einem der Fenster im oberen Stock zu stürzen, in Madame Céciles Goldfischteich zu ersäufen oder mit einem von Matildes Tranchiermessern zu erdolchen. Aber als Corin das nächste Mal nach Hause gekommen war, war die rothaarige Jeanne schon wieder passé gewesen. Stattdessen hatte er die intellektuelle Louison mitgebracht, und wieder war Madeleines Herz vor Eifersucht beinahe zersprungen.

Im Laufe der Zeit hatte sie sich dann daran gewöhnt, dass Corin in Paris nichts anbrennen ließ und dass er wohl leider immer noch nicht bemerkt hatte, dass sie nicht mehr das kleine Zahnspangenmädchen von früher war. Tatsächlich konnte sich Madeleine vor Verehrern kaum retten, was vor allem Joséphine mit Eifersucht erfüllte, die zu jener Zeit viel zu pummelig war, um für Jungs interessant zu sein.

Madeleine hatte immer nur Augen für Corin gehabt.

Bis er eines Tages, in dem Jahr, in dem Madeleine und Joséphine ihr Baccalauréat bestanden, beim Abendessen verkündet hatte, dass er heiraten wolle.

Alle – außer Madeleine und Joséphine – waren über diese Neuigkeit vor Freude beinahe aus dem Häuschen geraten, denn Cathérine, Corins derzeitige Freundin, war trotz ihrer Pariser Herkunft ein ausgesprochen nettes Mädchen, kein bisschen arrogant, eher ruhig, sehr hübsch und aus gutem Haus. Sie studierte wie Corin Architektur, ihr Vater war ein bekannter Pariser Architekt, und ihr und Corin als ihrem Mann waren gut bezahlte Arbeitsplätze in seinem Büro sicher. Vor allem die Frauen auf RINQUINQUIN waren zudem von der Vorstellung begeistert gewesen, endlich mal wieder eine Hochzeit auszurichten. Alle, außer Joséphine und Madeleine, wie gesagt. Joséphine konnte Cathérine nicht ausstehen. Zum einen, weil sie grundsätzlich niemanden von Corins Freunden und Freundinnen mochte, zum anderen weil Cathérine essen konnte, was und so viel sie wollte, und trotzdem gertenschlank war. Joséphine lebte zu jener Zeit ausschließlich von trockenem Brot und Obst, was ihren Babyspeck zwar schwinden ließ, ihrer Laune aber nicht gerade zuträglich war. Immerhin hatte sie es bis zum Zeitpunkt der Hochzeit geschafft, sich in einen Traum von himmelblauem Abendkleid aus Rohseide hineinzuhungern. Dass aus dem Pummelchen Joséphine eine Elfe geworden war, mit der zu tanzen sich alle jungen Männer rissen, hatte Joséphine über die Tatsache hinweggetröstet, dass an diesem Tag eigentlich ihr großer Bruder und seine strahlend schöne Braut im Mittelpunkt standen und Unmengen herrlicher Geschenke erhielten.

Für Madeleine hingegen war jener goldene Oktobertag der schwärzeste ihres Lebens gewesen.

Wenn sie heute an die Madeleine von damals dachte, die, krank vor Liebeskummer, in der festlich geschmückten romanischen Kirche gestanden hatte und fest entschlossen gewesen war, sich gleich nach der Trauung in die Durance zu stürzen, musste sie lächeln. Gott, war das lange her!

Corin preschte auf seinem Braunen an ihr vorbei.

»Ist das alles, was dein Rennpferd kann?«, rief er lachend, und Madeleine antwortete atemlos: »Vergiß nicht, Camelote ist ein Mädchen, sie verliert nicht gerne.«

Sie war damals natürlich nicht ins Wasser gegangen, glücklicherweise nicht. Stattdessen hatte sie versucht, Corin zu vergessen, und dem Dorf Volonne, der Provence, ja, ganz Frankreich den Rücken gekehrt. Zunächst war sie als Aupairmädchen nach Boston gegangen, anschließend hatte sie in London und Madrid Sprachen studiert. Dort hatte sie auch ihren Mann kennen gelernt, er war Beamter im auswärtigen Dienst und nach ihrer Heirat nach Mexiko City versetzt worden. Auf turbulente Jahre in Mexiko waren ebenso turbulente Jahre in Libyen gefolgt, und nach Libyen wäre Pakistan an der Reihe gewesen, aber dorthin war Madeleine ihrem Ehemann schon nicht mehr gefolgt. Sie hatte stattdessen die Scheidung eingereicht und war zurück nach Frankreich gegangen. In Paris hatte sie sich als freie Übersetzerin niedergelassen, von dem Geld, das ihr nunmehr Exmann ihr zahlen musste, mehr als gut abgesichert. Zehn Jahre waren seit jenem schwarzen Oktobertag, Corins Hochzeitstag, ins Land gegangen, und sie war überzeugt gewesen, Volonne und ihre Jugendliebe vollkommen hinter sich gelassen zu haben.

Mit Joséphine Le Ber hatte sie während all der Zeit im Ausland immer lockeren Kontakt gepflegt, und so war sie über Joséphines gescheiterte Blitzehe, ihre ungewollte Mutterschaft, den Tod ihres Vaters und den Werdegang Corins als neuem Stern an Frankreichs Architektenhimmel einigermaßen im Bilde. Sie hatte Corin dann auch ein paarmal getroffen, auf einer Party oder einem Empfang, immer in Begleitung seiner aparten Frau, und sie war erleichtert gewesen, dass sein – und ihr – Anblick sie vergleichsweise kalt gelassen hatte. Keine roten Flecken im Gesicht, keine schwitzigen Hände, nicht mal ihr

Herz hatte wesentlich schneller geschlagen, obwohl er eher noch besser aussah als früher. Es war ihr sogar möglich gewesen, eine lockere, unkomplizierte Freundschaft zu den beiden, zu Corin und seiner Frau, aufzubauen.

Von Cathérines Krankheit hatte sie gewusst, aber wie alle anderen war sie entsetzt und erschrocken gewesen, wie rasch und wie qualvoll sie daran gestorben war. Es war eine seltene Form von Blutkrebs gewesen, die kaum therapierbar war. Corin hatte es nach dem Tod seiner Frau nicht mehr in Paris ausgehalten. Wie Madeleine damals aus der Provence, so war er nun aus Paris geflohen. Seine Stellung als Partner in der Firma seines Schwiegervaters hatte er aufgegeben, das Pariser Appartement verkauft und das gesamte Geld in die elterliche Pfirsichplantage gesteckt, die kurz vor dem Ruin und damit vor dem Verkauf gestanden hatte.

Cathérines Tod war nun drei Jahre her, und Corin schien mit Herz und Seele in der Bewirtschaftung von RINQUINQUIN aufzugehen. Manchmal kam es Madeleine vor, als habe er ganz vergessen, dass er eigentlich ein preisgekrönter Architekt war.

Sie selber lebte seit einem Jahr wieder hier im Tal, sie hatte die Stadt und ihre wechselnden, unbefriedigenden Affären einfach satt gehabt. Ihr Vater wurde allmählich alt und brauchte sie. Madeleine konnte ihrem Beruf als Übersetzerin nachgehen, wo sie wollte, und Clérisseau, das schlossähnliche Gut ihres Vaters, war ein wunderschöner Platz zum Leben, nicht zuletzt wegen seiner Nähe zu RINQUINQUIN. Sie und Corin hatten ihre freundschaftliche Beziehung wieder aufleben lassen.

Ihre Gefühle für ihn waren heute ähnlich wie vor zwanzig Jahren. Und ähnlich wie damals hatte sie es bisher nicht gewagt, sie Corin zu offenbaren. Vielleicht jedoch wurde es allmählich Zeit dazu. Madeleine hatte in den letzten Monaten eine deutliche Veränderung bei Corin registriert. Er sprach nicht mehr so häufig von Cathérine, stattdessen hatte er begonnen, sich für Madeleines Ehe zu interessieren und die Gründe, warum sie gescheitert war. Es war eine komplizierte, aber sehr leidenschaftliche Beziehung gewesen, und je mehr Madeleine darüber sprach, umso mehr weckte sie Corins Interesse. Sie konnte es nicht in Worte fassen, aber da war plötzlich ein Unterschied in der Art und Weise, wie sie miteinander umgingen. Als ob es plötzlich wieder eine Rolle spielte, dass er ein Mann und sie eine Frau war.

Instinktiv spürte Madeleine, dass die Zeit reif war, ihre Beziehung – wie sagte man so schön? – neu zu definieren. Sie wollte endlich mehr sein als nur seine gute Freundin.

Camelote galoppierte um eine Wegbiegung, und Madeleine musste sich ducken, um nicht vom Zweig einer Weide vom Pferd gefegt zu werden.

Ein Stückchen weiter standen Corin und sein Hengst wie angewurzelt mitten auf dem Weg. Madeleine konnte Camelote nur mit Mühe rechtzeitig zügeln.

»Was ist los?«, keuchte sie und folgte Corins starrem Blick. Sie waren bei seinen Sorgenkindern angelangt, den weißfleischigen Pfirsichen der Sorte Crown Jewel of Fairhaven, die er ganz besonders hegte und pflegte und deren exquisiter Geschmack bei allen Sterne-Köchen der Region so bekannt war, dass sie sie bei ihm direkt orderten.

Madeleine vermutete schon, Corin habe einen besonders hinterhältigen Schädling oder eine tückische Pilzerkrankung – der Albtraum aller Obstbauern – entdeckt, als auch sie sah, weswegen er so abrupt stehen geblieben war: Am Rand des Pfirsichhaines stand ein verschnörkeltes Eisenbett, und – was noch erstaunlicher war – darauf lag ein Mädchen mit silberblondem Haar, zugedeckt mit einer zartrosafarbenen Wolldecke.

Im Licht der sinkenden Sonne war es unzweifelhaft ein wunderschönes, ein surreales Bild.

»Die schlafende Schöne im Wald«, murmelte Madeleine.

»Das ist doch wohl nicht zu glauben, oder?« Corin sah sich erbost zu ihr um.

»Schneewittchen ist es jedenfalls nicht, die war schwarz wie Ebenholz«, meinte Madeleine. »Oder glaubst du, sie ist *tot*?« Für einen Augenblick hegte sie die Vision einer liebeskranken Selbstmörderin mit einem ordentlichen Vorrat an Schlaftabletten, die sich zum Sterben einen besonders hübschen Ort gesucht hatte.

»Wenn nicht, dann wird sie es gleich sein«, knurrte Corin. »Es ist wirklich unglaublich, was sich diese Touristen alles erlauben!« Er schwang sich vom Pferd und stapfte wütenden Schrittes auf die eigenartige Bettstatt zu.

Erst jetzt sah Madeleine den roten Peugeot mit deutschem Kennzeichen, der vor dem verfallenen Sommerhaus geparkt war, und begriff, warum Corin nicht eine Sekunde lang an eine Märchenprinzessin geglaubt hatte: Von hier führte ein Feldweg bis hinaus auf die Straße, ein Feldweg, der eben wegen der neugierigen Touristen mit einem »Durchfahrt verboten«-Schild versehen war. Tatsächlich war dies eine ziemlich dreiste Aktion von diesem Mädchen. Wahrscheinlich war sie eine von diesen Haschisch rauchenden Spinnerinnen, die sich für gewöhnlich in diesen Selbsterfahrungscamps im Lubéron tummelten, Möchtegernkünstler auf der Suche nach sich selbst. Offensichtlich hatte sie sich im Marihuanarausch verfahren.

Aber wie zur Hölle hatte sie das gigantische Bett transportiert? In den kleinen Wagen passte es wohl schwerlich hinein, schon gar nicht den weiten Weg von Deutschland bis hierher. Madeleine stieg vom Pferd.

»Mademoiselle! Wachen Sie auf«, sagte Corin und beugte sich über die junge Frau. Madeleine trat neugierig hinter ihn, gefolgt von den beiden Pferden.

Die junge Frau rührte sich nicht. Nicht mal ihre langen, beneidenswert dichten Wimpern zuckten. Madeleine kehrte zu ihrer Selbstmordtheorie zurück.

»Du solltest besser ihren Puls fühlen«, riet sie, während sie Camelote davon abhielt, das silberblonde Haar der schlafenden Frau anzuknabbern.

In diesem Augenblick ertönte scheinbar aus dem Nichts eine bekannte Melodie. Nach dem ersten Schreck erkannte Madeleine ein Präludium von Bach, elektronisch verschandelt – eindeutig ein Handyrufton.

Die junge Frau auf dem Bett fuhr hoch und starrte direkt in Corins finster dreinschauendes und Camelotes freundliches Pferdegesicht.

»Unfaßbar«, knurrte Corin, und die junge Frau ließ sich perplex wieder zurück in die Kissen fallen. Madeleine hatte beinahe Mitleid mit ihr. Das war sicher keine schöne Art und Weise, aus einem Drogenrausch zu erwachen.

»Oh nein, nicht wieder einschlafen!«, befahl der Mann mit tiefer Stimme, obwohl Isabell hellwach und ihre Augen vor Schreck und Angst weit aufgerissen waren.

Das hatte sie nun von ihrer Vertrauensseligkeit, ganz allein unter freiem Himmel herumzuliegen, als habe sie noch nie etwas von Vergewaltigung, Raub und Mord gehört! Wie leichtsinnig von ihr!

Das Handy in ihrer Handtasche bimmelte zum Herzerweichen, und Isabell wünschte, sie hätte den Mumm, danach zu greifen und um Hilfe zu rufen. Wahrscheinlich, ging es ihr durch den Kopf, würde es am Ende aber doch nur Frithjof sein, und wie sollte er ihr in dieser Situation wohl behilflich sein können?

Und dabei hatte sie so wunderbar geschlafen wie noch nie in ihrem ganzen Leben. Sie und der kleine Junge namens Laurent hatten das Bett mit vereinten Kräften aus der Sommerhausruine an den Feldrand geschoben, gezogen und gezerrt, dorthin, wo die Sonne durch die Zweige schien und wunderschöne Schatten auf das weiße Laken zauberte. Laurent war dann mit den fünfzig Franc abgezogen, nicht unbedingt glücklich, aber auch nicht mehr ganz so deprimiert wie vorher. Isabell hatte die Kaschmirdecke aus dem Wagen geholt und sich darin eingewickelt. Sie war sich vorgekommen wie im Paradies. Die schaukelnden Pfirsichzweige über sich, umgeben von frischer, angenehm duftender Luft, hatte es nicht lange gedauert, und sie war in den Schlaf gesunken.

Bis gerade eben, bis sie vom penetranten Ton des Handys geweckt worden war und direkt in ein Paar zornige grüne Augen geblickt hatte, hatte sie tief und traumlos geschlafen.

»Sie befinden sich hier auf Privatbesitz«, knurrte der Mund unter den zornigen grünen Augen. »Privé!« Und als sie nichts erwiderte, setzte er entnervt hinzu: »Sagt Ihnen *Privatbesitz* überhaupt etwas?«

Isabell fiel ein Stein vom Herzen. Gott sei Dank, er schien kein Vergewaltiger oder Wegelagerer zu sein, sondern lediglich der Besitzer dieses entzückenden Fleckchens Erde. Wahrscheinlich Laurents Vater.

Sie entspannte sich etwas und wagte sogar ein Lächeln. Ein fataler Fehler.

»Grinsen Sie mich nicht so blöde an«, grollte der Mann. »Wenn Sie in Ihrem Reiseführer gelesen haben, dass die Provençalen ein gastfreundliches und gutmütiges Volk seien, dann sind Sie einer Fehlinformation erlegen. Wir verstehen nämlich überhaupt keinen Spaß, wenn es um unseren Privatbesitz geht.«

»Das merkt man«, wollte Isabell sagen, aber der Mann wandte sich von ihr ab. »Madeleine, was heißt privat auf Deutsch?«

»Ich habe leider nur Englisch und Spanisch gelernt«, antwortete die junge Frau in Reitstiefeln, die offenbar Madeleine hieß. Isabell fand, dass sie aussah wie einem Mantel- und Degenfilm entsprungen. Sie stand neben dem dampfenden, schneeweißen Pferd, das vorhin über das Kopfende des Bettes geblickt hatte, und einem wunderschönen, schwerer gebauten braunen Hengst und schaute eher amüsiert drein. Ihre dunklen Locken waren im Nacken zusammengebunden und auf eine attraktive Art zerzaust. Eng anliegende Reithosen und ein knappes T-Shirt betonten ihre schlanke und trotzdem kurvenreiche Figur. Ein schönes Bild.

Der Anblick des Grundstücksbesitzers, wie er mit verschränkten Armen vor dem Bett stand und gereizt auf sie herunterschaute, nahm Isabell allerdings die Fähigkeit, der Situation irgendetwas Positives abzugewinnen.

»Do you speak english?«, erkundigte sich Madeleine. Isabell vermutete in ihr die Mutter des kleinen Laurent.

»Ähm, yes.« Sie hatte sich längst aufgesetzt und die Beine über die Bettkante geschwungen. Dem Stand der Sonne nach zu urteilen, hatte sie länger geschlafen als beabsichtigt, es war schon später Nachmittag oder früher Abend, und sie musste weiter, wenn sie noch Abendessen und ein Zimmer für die Nacht bekommen wollte.

»Mich würde interessieren, wie Sie das Bett hierher bekommen haben«, sagte Madeleine auf Englisch. »Und warum.«

Isabell machte den Mund auf, um zu anworten, aber der Mann kam ihr wieder zuvor.

»Das Bett?«, wiederholte er auf Französisch, während er sich zu Madeleine umdrehte. »Wenn mich nicht alles täuscht, ist das Großtante Germaines Bett. Wir haben es ausgemustert, als ihr Gesundheitsbett kam. Du weißt schon, so ein hoch entwickeltes Gerät, was einfach alles kann, auf und ab fahren, massieren, wiegen, füttern, wickeln, Geschichten vorlesen, Brotbacken ... Das alte Eisenbett ist auf den Hof getragen worden. Es ist mir ein Rätsel, wie diese Person in seinen Besitz gelangt ist!«

»Ich habe es gemietet«, erklärte Isabell hoheitsvoll. »Aber meine Mietzeit läuft in diesen Minuten ab, deshalb muss ich Sie bitten, mich jetzt zu entschuldigen. Ich muss weiter.«

»Gemietet?«, rief die Frau aus, und: »Sie sprechen Französisch?«, der Mann.

»Jawohl«, beantwortete Isabell alle beide Fragen gleichzeitig, raffte ihre Decke zusammen, nahm die Handtasche mit dem nun schweigenden Handy an sich und machte sich auf den Weg zu ihrem Auto. »Fragen Sie Ihren Sohn, wenn Sie mir nicht glauben.«

»Meinen Sohn?«, wiederholte der Mann.

»Ihren Sohn Laurent«, setzte Isabell erklärend hinzu. Wer wusste schon, wie viele Söhne diese Leute noch hatten?

Madeleine brach in Gelächter aus.

»Ich weiß wirklich nicht, was es da zu lachen gibt«, sagte der Mann, aber auch er klang zunehmend amüsiert.

»Selbst du musst zugeben, dass das komisch ist, Corin«, meinte Madeleine und kicherte.

Isabell warf Handtasche und Decke auf den Rücksitz ihres Wagens und stimmte in das Gelächter mit ein. »Eigentlich wollte er mir das Haus vermieten.« Sie zeigte mit dem Daumen auf das Sommerhäuschen. »Er sagte, man müsse keine Angst vor den Spinnen haben, und auch die Ratten seien höchstwahrscheinlich nur niedliche Mäuse.«

»Igitt.« Madeleine lachte laut auf. »Das ist typisch für Laurent.«

»Er hatte ein Schild am Straßenrand aufgestellt«, erläuterte Isabell weiter. »Und er verstand es sehr charmant, mich davon zu überzeugen, dass dieses Haus hier weit angenehmer sei als die lauten Zimmer bei den Jaures, wo es ja außerdem diesen bissigen Hund gibt. Ich bin es selber schuld: Ich hatte gesagt, dass ich kaum mehr brauchte als ein schönes Bett. Er hat diese Ruine mit diesem zauberhaften Bett wirklich aufgewertet, und als er hörte, dass ich ungern auf fließendes Wasser, ein regenfestes Dach und Strom für meine elektrische Zahnbürste verzichte, war er sehr enttäuscht. Wussten Sie, dass er für einen Ameisenbären spart, Monsieur?«

»Ameisenbär?«, wiederholte der Mann. Er hatte das braune Pferd am Zügel genommen und stand nun wieder direkt vor ihr. Obwohl er bedeutend weniger finster dreinschaute als noch vor einer Minute, verursachte er immer noch ein mulmiges Gefühl in Isabells Magen. Möglicherweise lag es an seinen merkwürdigen grünen Augen, möglicherweise aber auch daran, dass sie seit sieben Uhr morgens nicht mehr zu sich genommen hatte als ein trockenes Croissant und ein paar Schlucke aus ihrer Evian-Flasche. Die Augen waren wirklich seltsam, vorhin noch hart, dunkel und abweisend wie die Tannen im Schwarzwald, und nun klar und schimmernd wie Muranoglas.

Sie räusperte sich. »Wenn ich ihn richtig verstanden habe, ja. Und wenn er genug für den Ameisenbären zusammenhat, plant er als Nächstes, eine Schildkröte aus einer Tierhandlung zu befreien. Er ist ein sehr tierliebes Kind. Jedenfalls war es dann meine Idee, statt das Haus nur das Bett zu mieten, es spinnen- und rattensicher an die frische Luft zu verfrachten und mich für eine Weile darauf auszuruhen. Laurent war einverstanden. Fünfzig Franc waren wohl besser als nichts. Aber er ist immer noch schrecklich enttäuscht. Er wünscht sich diesen Ameisenbären wirklich sehr dringend. Er sollte wohl eine Überraschung für die ganze Familie werden.«

»Ich verstehe«, sagte der Mann.

»Also, ich nicht«, wandte die Frau namens Madeleine ein. »Mit was für einem Ameisenbären wollte er euch denn überraschen, Corin?«

»Laurent engagiert sich für den World Wild Life Fund«, sagte der Mann. »Wahrscheinlich hat er ein besonders bedürftiges Tier im Auge. Es tut mir jedenfalls Leid, Mademoiselle, dass wir Sie so erschreckt haben. Ich hielt Sie für eine von diesen Drogen konsumierenden Pseudokünstlern, die glauben, die ganze Welt gehöre ihnen. Dass mein Neffe Ihnen Großtante Germaines Bett vermietet hatte, konnte ich wirklich nicht ahnen.«

»Schon gut«, sagte Isabell. Laurent war also sein Neffe. Das erklärte, dass er ihm, bis auf den lockigen Haarschopf, so überhaupt nicht ähnlich sah. Corin. Der Name war genauso sexy wie der Mann. »Ich hätte wahrscheinlich das Gleiche gedacht, wenn ich an Ihrer Stelle gewesen wäre.« Sie öffnete die Fahrertür ihres Peugeots. »Grüßen Sie Laurent von mir, und sagen Sie ihm, ich wünsche ihm noch viel Glück wegen des Ameisenbären.«

Madeleine lachte wieder. »Oh, Corin, Laurent wird sehr enttäuscht sein, wenn er erfährt, dass seine neue Einkommensquelle für RINQUINQUIN so schnell wieder versiegt ist. Du musst zugeben, auf die Idee,

Betten im Pfirsichhain zu vermieten, muss man erst mal kommen. Wahrscheinlich ist es eine Marktlücke, und du könntest sensationell viel Geld damit machen. Alte Betten habt ihr ja wahrlich genug!« Sie hob eines der bunten Kissen an, die auf dem Bett lagen. »Und von diesen urigen Sofakissen besitzt Madame Cécile auch noch unschätzbare Vorräte. Stell dir nur vor: Wenn ein Bett im Pfirsichfeld schon fünfzig Franc den Nachmittag einbringt, was würden die Leute erst zahlen, wenn sie in Madame Céciles Rosengarten schlummern dürften?«

»Nun, dann müssten wir Mademioselle hier aber am Gewinn beteiligen«, erwiderte Corin. »Denn das Bett unterm freien Himmel war ja ihre Idee. Laurent hätte sie lieber bei den Spinnen und Ratten im Sommerhaus gesehen.«

»Es ist ein entzückendes Haus«, versicherte Isabell. »Wenn Sie es jemals renovieren, miete ich es sofort. Aber jetzt fahre ich wohl besser weiter zu den – wie hießen die Leute gleich? Jaure? Sie vermieten Zimmer in einer alten Scheune. Ich fürchte mich nur ein wenig vor ihrem Hund. Er soll leider bissig sein.«

»Oh, das glaube ich nicht. Wenn dort einer beißt, dann der alte Jaure höchstpersönlich«, sagte Corin, aber Madeleine fiel ihm ins Wort: »Wenn das so ist, warum bleiben Sie dann nicht auf RINQUINQUIN? Hier gibt es keine Hunde. Hier hält man sich Wachhühner.« Sie kicherte. »Und der Hausbesitzer beißt nur bei Vollmond, nicht wahr, Corin?«

»Wie gesagt, ich bin zwar bescheiden, aber fließendes Wasser und ein regendichtes Dach würde ich schon gerne haben«, sagte Isabell.

»Glauben Sie mir, Madame, nicht ganz RINQUIN-

QUIN ist so verfallen wie dieses Häuschen«, sagte Madeleine. »Das Anwesen stammt aus dem siebzehnten Jahrhundert, es war ursprünglich ein Jagdschlößchen Ludwig des Vierzehnten.«

»Unsinn«, sagte Corin. »Ludwig der Vierzehnte war niemals hier. Und ein Schloss ist das auch nie gewesen.«

Madeleine ließ sich nicht beirren. »Wie viel zahlen Sie für ein entzückendes historisches Zimmer mit Bad und Blick auf die Volonne, Madame? Inklusive Frühstück natürlich.«

Corin runzelte die Stirn. »Madeleine, ich weiß nicht, was ...«

»Pschscht, lass mich mal machen, Corin. Dein Neffe ist gar nicht so dumm gewesen! Ihr habt einen ganzen Flügel leer stehen, den man vermieten kann!«

»Er steht nicht leer, er ist für die Erntehelfer im Sommer gedacht«, sagte Corin. »Es sind keine richtigen Gästezimmer, nur ein paar jugendherbergsähnliche Unterkünfte.«

»Ja, aber jetzt haben wir erst März«, sagte Madeleine. »Und wenn Madame hier ein Bett im Pfirsichfeld gemietet hat, wird sie sicher auch gerne eine jugendherbergsähnliche Unterkunft mit Frühstück mieten wollen, nicht wahr, Madame?«

»Na ja ...«, Isabell lachte. »Ich habe keine Ahnung, was hier an Preisen so üblich ist, aber ein Zimmer mit Blick auf den Fluss würde mich schon reizen. Ohne Hund. Und ohne Spinnen.«

»Es sind ziemlich schäbige Zimmer mit Etagenbetten«, wandte Corin ein. »Für die Leute, die im Sommer bei der Ernte helfen, langt's, aber ...«

»Wo bleibt dein Talent zur Improvisation, Corin? Ihr könntet zum Beispiel Großtante Germaines Bett hineinstellen«, schlug Madeleine lachend vor, und Isabell sagte: »Als Kind habe ich Etagenbetten geliebt. Vorausgesetzt, ich konnte oben schlafen.«

»Also gut«, sagte Corin schulterzuckend. »Wenn es Ihnen nicht gefällt, können Sie ja immer noch weiter zu den Jaures fahren. Allerdings bezweifle ich, dass Sie dort so ein gutes Frühstück bekommen wie bei uns.« Er lachte. »Jetzt fange ich schon an wie Laurent. Es ist wie ein Zwang, aber wir Le Bers müssen ständig beweisen, dass wir besser sind als die Jaures.«

»Ich habe es zwar in keinem Reiseführer gelesen, aber die Provençalen scheinen doch ein sehr gastfreundliches Volk zu sein«, sagte Isabell charmant.

»Besonders die Le Bers. In den alten Zeiten, da quoll das Haus über vor Gästen«, sagte Madeleine, und ihre Stimme klang jetzt geradezu sehnsüchtig. »Weißt du noch, Corin? Deine Mutter hat auf der Terrasse alle verfügbaren Tische zu einer monströsen Tafel zusammengestellt. Ich möchte gerne mal wissen, woher sie die kilometerlangen Tischtücher hatte!«

»Ach, wahrscheinlich hat Ludwig der Vierzehnte die hier vergessen«, sagte Corin ironisch. »Mademoiselle, wenn es Sie tatsächlich nach einer Nacht in verstaubten Etagenbetten dürstet, steigen Sie am besten in Ihren Wagen und fahren den Feldweg zurück bis zur Straße. Dort fahren Sie etwa zweihundert Meter bergauf, bis auf der rechten Seite eine Einfahrt kommt, die von zwei Steinlöwen bewacht wird. Das Tor wird wahrscheinlich offen stehen, also fahren Sie einfach hinein und parken dort auf dem Hof. Mit ein bisschen Glück sind wir vor Ihnen da und können Ihnen mit dem Gepäck helfen.«

»Siehst du«, sagte Madeleine, während sie sich mit einer anmutigen Bewegung in den Sattel der Schimmelstute schwang. »Du klingst schon wie ein geborener Hotelier. Au revoir, Madame.«

Auch Corin schwang sich auf sein Pferd.

»Achten Sie auf die Schlaglöcher, Mademoiselle.«

»Ja, ich werde mich bemühen.« Isabell ließ sich auf dem Fahrersitz nieder und schloss die Tür. Im Rückspiegel sah sie, wie die beiden Reiter sich entfernten. Die Sonne war noch ein ganzes Stückchen tiefer gerutscht.

RINQUINQUIN – das klang nur halb so romantisch, wie es aussah. Das Natursteingebäude war dreistöckig und hatte zwei zweistöckige, rechtwinklig angebaute Flügel, die zusammen mit dem Hauptgebäude einen Innenhof einrahmten. Die portalähnliche, doppelflügelige Eingangstür und schmale, hohe Fenster verliehen dem Gebäude trotz seiner Behäbigkeit ein elegantes Aussehen, die distelblauen Schlagläden ließen es überdies sehr provençalisch aussehen.

Isabell war entzückt.

Der mit feinem Kies ausgelegte Innenhof wurde von der Krone einer gewaltigen Platane beschattet, deren Baumscheibe von einer silberlaubigen Lavendelhecke umrandet war. Im Licht der Abendsonne wirkte einfach alles wie ein Motiv für kitschige Postkarten: der gemauerte Brunnen mit altmodischer Schwengelpumpe, die weiße, plüschige Katze auf der Fensterbank, die Isabell verschlafen anblinzelte, die Boulekugeln, die jemand unter der Platane vergessen hatte, die verwitterte Bank neben der Haustür. Selbst der alte, leicht angerostete Renault-Kastenwagen, neben dem sie geparkt hatte, war irgendwie pittoresk.

Weniger pittoresk, aber dafür ganz offensichtlich sehr teuer, war das schwarze Porsche-Cabriolet, das gegenüber geparkt war. Durch die getönten Scheiben sah Isabell die Sitze aus feinstem Saffianleder, das elegante Lenkrad und die Edelholzkonsolen, alles Sonderanfertigungen. Nun ja, die Besitzer dieses Anwesens schienen jedenfalls nicht an Geldmangel zu leiden: Der Porsche und auch die eleganten Pferde von vorhin waren allein ein Vermögen wert.

»Oooooook! Oook!« Ein dickes braunes Huhn war aus dem Nichts aufgetaucht und rannte leise gackernd über den Hof, dicht gefolgt von einer rundlichen Frau in mittleren Jahren.

»Kommst du wohl her, du garstige Henne«, rief die Frau.

»Oooook«, machte das Huhn respektlos und versteckte sich hinter dem alten Renault.

Die Frau wollte ihm folgen, wurde aber in diesem Augenblick Isabells ansichtig und blieb wie angewurzelt stehen.

»Wer sind Sie denn, in Gottes Namen?« Ihre mürrische, geradezu griesgrämige Miene verunsicherte Isabell.

»Oooook«, machte leise das Huhn in seinem Versteck.

»Freches Luder!«, sagte die dicke Frau. »Was wollen Sie hier? Im Augenblick haben wir kein Obst zu verkaufen, ist ja erst März, wie Ihnen kaum entgangen sein dürfte. Mistviech, elendes.«

Isabell wusste nie genau, wann die Frau mit ihr oder mit dem Huhn oder ob sie gar mit ihnen allen beiden sprach.

»Ich – ähm«, sagte sie. »Guten Tag. Ich ...«

»Das ist unser Übernachtungsgast, Ermeline«, erklärte eine tiefe Stimme hinter ihr. Es war der dunkelhaarige Mann von vorhin, Corin, diesmal ohne sein Pferd und ohne die hübsche Frau, aber noch genauso atemberaubend attraktiv und sexy.

Isabell war ungemein erleichtert, ihn zu sehen.

»Ach so, das ist eine Freundin von Ihnen, Monsieur.« Die rundliche Frau wandte sich wieder dem Huhn zu. »Kommst du wohl her, du garstiges Untier!«

»Wo ist denn Ihre ... wo ist denn Madame?«, erkundigte sich Isabell.

»Madeleine? Sie versorgt noch die Pferde.« Aus dieser Antwort war nicht zu erkennen, in welchem verwandtschaftlichen oder anderweitigen Verhältnis sie zu ihm stand. Aus irgendeinem Grund hoffte Isabell inständig, Madeleine würde sich als die lesbische Dorflehrerin oder die Äbtissin des hiesigen Klosters entpuppen.

»Kommen Sie, ich zeige Ihnen die Zimmer. Ich halte es zwar immer noch für eine Schnapsidee, aber jetzt muss ich ja zu meinem Wort stehen. Ermeline, wenn Sie mit dem Huhn fertig sind, können Sie dann bitte meiner Mutter sagen, sie soll zu uns in den Gästeflügel kommen? Und Laurent soll sie auch gleich mitbringen.«

»Ja, kann ich machen.« Die dicke Frau hatte das

Huhn hinter dem Auto hervorgezogen und trug es, fest an sich gedrückt, davon. Das Huhn gackerte erstickt.

»Wird es – geschlachtet?« Isabell schluckte mitleidig.

»Aber nein. Es ist nur aus dem Hühnergehege ausgebüchst«, sagte der Mann. Er streckte ihr seine Hand hin. »Also dann: Fangen wir noch mal von vorne an, Mademoiselle. Dies ist RINQUINQUIN, die fünftgrößte Pfirsichplantage des Departements, ich bin Corin Le Ber, und wer sind Sie?«

»Isabell Tegen.« Isabell fand, dass das vergleichsweise mager klang und setzte erweiternd: »Aus Hamburg« hinzu.

»Woher können Sie so gut Französisch?« Corin Le Ber schloss die distelblau gestrichene Tür zu einem der beiden Nebenflügel auf und führte sie in einen schmalen, dunklen Korridor.

»Meine Mutter war Französin. Ich bin zweisprachig aufgewachsen.«

»Wie praktisch.« Er öffnete eine weitere Tür. »Wie gesagt, der Gästeflügel ist nicht besser als eine Jugendherberge. Und fünf Monate lang nicht gelüftet!«

»Gästeflügel«, wiederholte Isabell beeindruckt und tastete sich im Halbdunkel vorwärts.

»Klingt gut, nicht wahr«, meinte Corin. »Jedenfalls besser, als es aussieht. Als ich noch ein Junge war, kamen jeden Sommer ein Dutzend und mehr Studenten aus Kanada und den Vereinigten Staaten. Sie arbeiteten für einen Hungerlohn auf den Feldern, wurden aber von meiner Mutter rund um die Uhr königlich verpflegt. Vor allem abends war hier richtig was los. Der ganze Sommer war eine einzige Party. Heutzutage können wir uns nur noch drei oder vier Erntehelfer leisten, und die kommen auch nicht mehr aus Kanada oder Amerika, sondern aus Osteuropa. Und aus dem Dorf. Es gibt hier eine Menge Arbeitslose.« Er öffnete ein Fenster und stieß die Fensterläden auf. »Die Zeit der Partys scheint vorbei zu sein.«

Das goldene Abendlicht flutete in einen schmalen Raum mit zwei Etagenbetten rechts und links des bodentiefen Fensters, einem Waschbecken, einem Kleiderschrank und praktischen Haken an der Türinnenseite.

Es erinnerte Isabell fatal an eine Kaserne.

»Bei den Jaures sieht es uriger aus«, meinte Corin Le Ber. »Wahrscheinlich sind die Wände dort gestrichen, und es gibt Vorhänge und Bilder an den Wänden. Und Möbel, die die Bezeichnung auch verdient haben.«

»Möglicherweise. Aber denken Sie an den Hund«, gab Isabell zurück. Sie trat ans Fenster. Der Ausblick war überwältigend. Sie schaute sowohl in scheinbar ungezähmte, frühlingsgrüne Wildnis als auch über die symmetrisch gegliederten Obstbaumterrassen. In der Ferne ragten ein paar Dächer und ein Kirchturm aus den Baumwipfeln, das musste das Dorf sein, in dem sie nach einem Zimmer gefragt hatte. Ein kleines Flüßchen – die Volonne? – schlängelte sich in etwa fünfzig Meter Entfernung talwärts, weiter unten wurde eine breite, grün schimmernde Flussbiegung der Durance sichtbar. Die zerklüfteten Berghänge aus hellgrauem Fels am gegenüberliegenden Ufer waren von der Abendsonne rosig überhaucht und schienen sich weiter hinten in alpenähnliche Höhen aufzutürmen. Isabell musste an den Skilift denken, an dem sie vorbeigefahren war.

»Das gleiche Zimmer gibt es noch dreimal, wahlweise zum Fluss oder zum Innenhof gerichtet.« Corin Le Ber zuckte mit den Schultern. »Leider ist es in keinem der anderen Räume anheimelnder. Sehen Sie sich diese Betten an. Sie sind aus der Nachkriegszeit, und die Matratzen sind wahrscheinlich auch nicht viel jünger. Ich schätze, es war eine Schnapsidee, kaum besser als Laurents Idee mit dem Sommerhaus.«

»Aber allein der Ausblick ist unbezahlbar«, sagte Isabell begeistert.

»Das ist wohl wahr. Ganz da hinten können Sie heute sogar den Signal de Lure erkennen«, erklärte Corin Le Ber und zeigte auf die Berge. »Er ist fast zweitausend Meter hoch. Na ja, aber achtzehnhundert bestimmt.«

»Ich nehme das Zimmer«, sagte Isabell, drehte sich zur Seite und sah Corin Le Ber direkt in die verwirrend grünen Augen. »Wie viel wollen Sie dafür haben?«

»Ich habe keine Ahnung. Ich müsste mich bei den Jaures nach den gängigen Mietpreisen erkundigen. Es ist mir irgendwie peinlich, Geld von Ihnen zu nehmen.«

»Warum? Bedenken Sie bitte, dass ich schon ein Bett von Ihnen gemietet habe.«

Hinter ihnen ertönten leichte, schnelle Schritte, die Außentür wurde aufgerissen, und der kleine Junge, Laurent, polterte in den Korridor.

»Oh, Sie sind das!« Er streckte seinen wolligen Kopf in das Zimmer und musterte Isabell mit einer

Mischung von Wiedersehensfreude und großem Misstrauen.

»Hallo, Laurent.« Isabell lächelte ihm beruhigend zu.

»Laurent, du kennst ja Mademoiselle ...?« Corin warf Isabell einen fragenden Blick zu.

»Tegen«, soufflierte sie. Es war nett, dass er sie so hartnäckig als »Fräulein« betitelte. Sie hatte aus irgendwelchen Gründen keine Lust, ihm auseinander zu setzen, dass »Madame« die korrektere Anrede gewesen wäre. Umso besser, wenn sie mit ihren achtundzwanzig Jahren noch so jung aussah, dass man ihr keinen Ehemann zutraute.

»Mademoiselle Tegen. Ihr hat Großtante Germaines Bett so gut gefallen, dass sie auch den Rest von RINQUINQUIN sehen wollte«, fuhr Corin fort. »Und da der Hund der Jaures ja so schrecklich laut sein soll und obendrein bissig, erwägt sie den Gedanken, ein Zimmer im Gästeflügel zu mieten.«

Laurents ohnehin schon große, runde Augen wurden noch größer und runder. Daran, den Gästeflügel zu vermieten, hatte er nicht eine Minute lang gedacht! Er hatte, bevor ihm das Sommerhaus eingefallen war, alle möglichen anderen Unterkünfte in Erwägung gezogen: den Heuboden über dem Pferdestall, die leere Scheune vorne an der Straße und sogar Großmutters Rosenpavillon. Aber den Gästeflügel hatte er vollkommen vergessen. Dabei gab es hier alles, was man als Tourist offenbar brauchte: Strom, fließendes Wasser, Toiletten, sogar eine kleine Kochzeile. Laurent ärgerte sich beinahe schwarz. Wenn er doch nur ein bisschen länger nachgedacht hätte! Jetzt hatte Onkel Corin die Rolle des Vermieters übernommen, und dabei war das alles seine Idee gewesen!

Er schob schmollend seine Unterlippe vor.

»Wir verhandeln gerade über den Preis«, sagte Onkel Corin. »Vielleicht kannst du mir dabei helfen, ich kenne mich nicht so gut aus.«

»Die Jaures nehmen im Sommer zweihundertzehn Franc für ein Doppelzimmer mit Frühstück. Pro Person.« Diese Information hatte Laurent gestern seinem Freund Henri entlockt.

»Ganz schön happig, wenn man bedenkt, dass sie einen bissigen Hund haben«, sagte Onkel Corin grinsend.

Laurent schob wieder seine Unterlippe vor. »Ich hätte es ja auch billiger gemacht«, sagte er.

»Ja, ich weiß. Deshalb frage ich dich ja. Schließlich ist Mademoiselle ...?«

»Tegen«, soufflierte Isabell wieder liebenswürdig.

»... Mademoiselle Tegen ja eigentlich deine Mieterin. Ich hörte, die Mieteinnahmen sollen einem Ameisenbären zugute kommen?«

Laurent errötete. Diese dumme Touristin hatte wohl alles weitergetratscht, was er ihr unter dem Siegel der Verschwiegenheit anvertraut hatte!

»*Dem* Ameisenbären«, erklärte er dennoch mit fester Stimme.

»*Dem* Ameisenbären?«

»Dis-po-kre-dit«, skandierte Laurent exakt.

»Dispokredit?« Onkel Corin sah, wenn möglich, noch verwirrter aus.

»Du hast Großmutter gesagt, der alte sei zu Tode erschöpft.«

»Der alte was?«

»Dispokredit.« Laurent verlor allmählich die Geduld. »Du hast Großmutter gesagt, dass die Hypotiere RINQUINQUIN auffressen. Und da dachte ich, wenn ich das Sommerhaus vermiete, können wir uns einen neuen leisten.«

»Einen neuen was?«

»Dispokredit. Ameisenbär. Oder was das ist.«

Corin seufzte. »Verstehen Sie das?«, wandte er sich an Isabell.

»Nicht wirklich«, gab Isabell zu.

»Der Dispokredit ist zu Tode erschöpft, stimmt's?« Laurent hatte jetzt einen Ton angeschlagen wie seine Lehrerin, wenn sie mit den Nerven am Ende war.

»Ja, und nicht nur der«, murmelte Corin und nickte.

»Und die Hypotiere fressen das Haus auf, stimmt's?«, fuhr Laurent fort.

»Hypotiere?«

»Hypotheken«, rief Isabell aus und strahlte, als habe sie das Ei des Columbus entdeckt. »Die Hypotheken fressen das Haus auf. Stimmt's?«

»Hypotiere«, beharrte Laurent bockig. »Er hat Hypotiere gesagt.«

»Nachdem du Mademoiselle Tegen nun über unsere desolate Finanzlage aufgeklärt hast, kannst du mir vielleicht erklären, was der Ameisenbär damit zu tun hat?« Corin hatte immer noch nichts verstanden.

»Der Ameisenbär ist der Dispokredit«, erläuterte Isabell zuvorkommend. »Er ist zu Tode erschöpft, und deshalb muss ein neuer her. Die Hypotheken sind wohl so eine Art Termiten. Sehr gefräßig.«

»Genau. Sie fressen das Haus auf.« Laurent nickte

der Frau wohlwollend zu. Sie war im Gegensatz zu seinem Onkel wenigstens nicht auf den Kopf gefallen.

»Was sind Sie? Kinderpsychologin?« Corin lachte etwas gequält und wandte sich wieder seinem Neffen zu. »In Ordnung, Laurent. Jetzt habe ich es verstanden. Glaube ich. Also, dieser Dispokredit, das ist kein Tier, sondern Geld, das wir uns von der Bank geliehen haben. Nichts weiter als ein überzogenes Konto. Und Hypotiere – Hypotheken, das ist auch Geld, das wir uns von der Bank geliehen haben.«

»Aha.« Jetzt verstand Laurent nur noch Bahnhof.

Isabell hatte Mitleid mit den beiden. »So oder so: Es war eine gute Idee, die Kasse durch Vermietung etwas aufzustocken. Ihr könnt das Geld, wie ich verstanden habe, auf jeden Fall gebrauchen.«

Corin sah sie ungnädig an.

»Ich glaube nicht, dass Ihre paar Franc uns die Bank vom Hals schaffen werden, Mademoiselle«, sagte er kühl. »Im Übrigen geht Sie das alles überhaupt nichts an.«

Isabell fühlte sich zu Unrecht gescholten. »Moment mal! Ich habe nicht um einen Einblick in Ihre Finanzlage gebeten«, sagte sie und reckte ihr Kinn kämpferisch nach oben. »Und wenn auch meine paar Franc, wie Sie sagen, Ihnen die Bank nicht vom Hals schaffen werden, so sollte man sie trotzdem nicht verachten! Für die meisten Leute, die hoch verschuldet sind, sind kleine Beträge nicht mal der Rede wert, sie sehen immer nur den Schuldenberg vor sich aufragen und denken, auf einen Porsche mehr oder weniger kommt es jetzt auch nicht mehr an. Dabei kann im

Grunde jeder Pfennig – jeder Centime – dazu beitragen, über kurz oder lang schuldenfrei zu werden.«

Die grünen Augen ihres Gegenübers verdunkelten sich auf eine unheimliche Art und Weise. Offensichtlich hatten ihre Worte ihn verärgert. Isabell fühlte, dass sie zu weit gegangen war, und beeilte sich weiterzusprechen: »Ich zahle Ihnen eintausendvierhundert Franc für dieses Zimmer, wenn Sie mich eine Woche hier wohnen lassen.«

Erneut quietschte die Außentür in ihren Angeln und hinderte Corin daran, die unfreundlichen Worte zu sagen, die er zweifelsohne auf der Zunge hatte. Eine Frau um die sechzig mit schwarzen, kurz geschnittenen Locken betrat den Raum. Sie war klein und zierlich, aber beweglich und anmutig wie eine ehemalige Ballerina. Isabell fand sie ausgesprochen schön, trotz der Linien und Falten, die die Zeit in ihr schmales Gesicht und ihren Hals gegraben hatte.

»Besuch, Corin? Bonjour, Madame. Ich bin Madame Cécile, Corins Mutter. Sehr erfreut.« Sie schüttelte Isabells Hand.

»Isabell Tegen. Ich freue mich auch.«

»Eintausendvierhundert Franc, Großmutter.« Laurent strahlte sie an. »Sie bezahlt eintausendvierhundert Franc für dieses Zimmer.«

»Nein, das tut sie nicht«, sagte Corin. Seine Miene war wieder so abweisend und finster wie draußen auf dem Pfirsichfeld. »Sie fährt weiter zu den Jaures.«

»Aber warum denn?«, rief Laurent.

»Weil diese Räume sich nicht für eine Vermietung eignen«, sagte Corin.

»Ich glaube eher, es liegt an meinen Bemerkungen

über Ihren Porsche und Ihre Schulden«, sagte Isabell zerknirscht. »Es tut mir Leid, das war sehr unhöflich.«

»Das war es in der Tat«, sagte Corin.

»Aber es war eigentlich gar nicht persönlich gemeint, sondern allgemein. Wissen Sie, mit Leuten, die Schulden haben, habe ich nämlich einige Erfahrung.« Isabell erinnerte sich an eine Menge Klienten, deren Ausgaben weit höher gewesen waren als die Einnahmen. »Sie glauben ja gar nicht, wie viele davon einen Porsche fahren.«

Corin schüttelte halb verärgert, halb amüsiert den Kopf. »Jetzt hören Sie endlich mit Ihrem Porsche auf, der Schlitten da draußen gehört Madeleine, und die kann ihn sich, wie ich Ihnen hiermit versichere, von ihrem Taschengeld leisten!«

»Oh.«

»Ja, oh«, äffte Corin sie nach.

Seine Mutter räusperte sich. »Ihr scheint euch ja schon lange zu kennen, ihr beiden. Jedenfalls streitet ihr euch wie ein altes Ehepaar.« Sie lächelte fein. »Vielleicht sollten wir Madame unter diesen Umständen lieber unser Gästezimmer im Haupthaus anbieten.«

»Warum nicht gleich die Hälfte meines Bettes?«, grollte Corin. »Zu deiner Information, Maman, ich habe diese ... Dame erst vor weniger als einer Stunde kennen gelernt. Sie lag unter Crown Jewel of Fairhaven und schlief. Und zwar in Großtante Germaines altem Bett.«

»Tatsächlich?« Madame Cécile hob eine Augenbraue. »Was für eine ungewöhnliche Art des Kennenlernens!«

»Allerdings«, knurrte Corin. »Dein lieber Enkel hat Großtante Germaines Bett nämlich für fünfzig Franc den Nachmittag vermietet.«

»Ich hätte es auch billiger gemacht«, verteidigte sich Laurent. »Sie hat es von sich aus angeboten!«

»Eigentlich wollte er das Sommerhaus vermieten«, mischte sich Isabell erklärend ein. »Er hat es auch wunderschön hergerichtet, aber ...«

»Nun, ich finde, auf den Schreck hin haben Sie eine bessere Unterkunft verdient.« Madame Cécile rettete sie davor, den Satz zu vollenden, was sicher wieder Laurents Gefühle verletzt hätte. »Wenn man das hier ein bisschen umräumt, ist es allemal gemütlicher als bei den Jaures. Da gibt es nur so schrecklich kleine Fenster. Wie Schießscharten. Das ist nur im Hochsommer von Vorteil. Aber so lange wollen Sie ja sicher nicht bleiben, oder?«

»Nein, nur eine Woche«, sagte Isabell mit einem Seitenblick auf Corin. »Ungefähr.«

»Dann ist das also abgemacht.« Madame Cécile sah sich um, die Hände tatendurstig in die Seiten gestemmt. »Am besten schiebt man eines der Betten nach nebenan, dann ist hier mehr Platz. So kann man sich ja kaum drehen. Überhaupt – die Etagenbetten sind eine Zumutung, wenn man älter als elf Jahre ist. Warum holt ihr nicht Großtante Germaines altes Bett zurück? Oder hat das jetzt ein anderer gemietet?«

Zu Isabells Verblüffung brach Corin in Gelächter aus. »Ich kümmere mich darum, Maman. Ich muss sowieso sehen, ob ich Madeleine noch erwische. Das Ganze war genau genommen ihre Schnapsidee!« Er küßte seine Mutter im Hinausgehen auf die Wange und klopfte Laurent auf die Schulter. »Ihr beiden könnt unserem Pensionsgast ja alles zeigen. Bis nachher, Mademoiselle, ich bin sicher, wir sehen uns spätestens zum Abendessen.« Und ehe Isabell etwas erwidern konnte, war er zur Tür hinaus und verschwunden.

»Oh ja, machen Sie uns bitte die Freude«, sagte Madame Cécile. »Es gibt Lammschmortopf, eine Spezialität meiner Tochter Matilde. Sie ist Köchin in einem Sterne-Restaurant. Sie ist wirklich gut. Ihretwegen hätte das Restaurant eigentlich mehr Sterne verdient.«

»Oh, aber ...« Isabell fühlte sich verpflichtet, Widerspruch einzulegen, obwohl sie vor Hunger beinahe umkam. »Wenn Sie mich mitverpflegen wollen, dann werde ich auf jeden Fall dafür bezahlen.«

»Oh, das könnte aber teuer werden! Wenn Matilde ihren Lammschmortopf im Restaurant kocht, muss der Gast tief in die Tasche greifen. Bis zu fünfhundert Franc muss man dort für ein Menü hinblättern – unsere arme Matilde arbeitet vergleichsweise für einen Hungerlohn!« Madame Cécile lachte. »Aber heute gibt es nur aufgewärmten Schmortopf, weil Matilde arbeitet, und den gibt es gratis! Wo kommen Sie eigentlich her, Madame? Ich nehme an, das Auto mit einem deutschen Kennzeichen ist Ihres?«

»Ja, ich komme aus Hamburg.«

»Und Sie machen hier ganz allein – Urlaub?« Madame Céciles direkter Blick – ihre Augen waren wie die von Corin von einem intensiven Grün und schienen mitten in ihr Herz zu blicken – machte Isabell verlegen.

»So ähnlich.«

»So ähnlich, hm«, wiederholte Madame Cécile.

»Ich wollte die Pfirsichblüte sehen«, ergänzte Isabell und setzte ablenkend hinzu: »Bei den Crown Jewels handelt es sich um ganz besondere Pfirsiche, nicht wahr?«

Madame Cécile nickte. »Crown Jewel of Fairhaven, Pfirsiche kostbar wie Kronjuwelen. Nur leider viel empfindlicher.« Unter ihrem prüfenden Blick fühlte Isabell sich erröten.

»Es war klug von Ihnen, so früh im Jahr herzukommen«, fuhr Madame Cécile fort. »Warum sich die Leute so darum reißen, im Juli und August herzukommen, wird mir wohl nie einleuchten. Es herrscht eine fürchterliche Hitze und ein ebenso fürchterliches Gedränge.«

Laurent zupfte sie am Ärmel. »Großmutter, wusstest du, dass Hypotiere gar keine Tiere sind, obwohl sie fressen?«

Madame Cécile sah stirnrunzelnd auf den wolligen Kopf hinab. »Hypotiere?«

»Hypotheken«, sagte Isabell. »Und Dispokredite. Ich glaube, da besteht ein gewisser Erklärungsbedarf.«

»Er hat Hypotiere gesagt«, beharrte Laurent. »Ich hab's ganz genau gehört! Und jetzt sagt er, das ist alles nur Geld, das uns nicht gehört!«

Madame Cécile seufzte. »Ich erkläre es dir gleich, Schatz. Oder besser noch, Bertrand erklärt es dir. Er hat auch deiner Mutter, deiner Tante und deinem Onkel das Rechnen beigebracht, mit Eiern, Äpfeln und Pfirsichen.« Sie lächelte Isabell zu. »Nicht, dass es besonders viel geholfen hätte! Wir lassen Sie für einen Moment allein, Madame, damit Sie sich frisch machen und Ihre Sachen auspacken können. Laurent holt Sie ab, wenn es Zeit zum Abendessen ist.«

»Sie sind wirklich furchtbar nett. Ich weiß genau, wie viel Mühe ich Ihnen mache. Aber aus irgendwelchen Gründen wollte ich auf keinen Fall ein Zimmer bei den Jaures mieten.« Hier schluckte sie, weil ihr in eben jenem Augenblick klar wurde, dass der Hauptgrund faszinierende grüne Augen und eine extrem erotische Austrahlung hatte.

Madame Céciles Lächeln vertiefte sich. »Sie werden sich hier bestimmt gut erholen. Vorausgesetzt, der Mistral läßt uns eine Woche in Ruhe.«

Ja, dachte Isabell. *Der Mistral und Frithjof.*

4. Kapitel

»Also dann, machen Sie's kurz und schmerzlos.« Die Stimme am anderen Ende der Telefonleitung klang unwirsch und deshalb ausgesprochen fremd.

»Onkel Ludwig? Bist du das?«, fragte Isabell verwundert.

»Oh!« Kleine Pause. »Hallo, mein Engelchen. Ich hatte einen anderen Anruf erwartet.«

»Wen hast du denn erwartet, und was hat er dir getan?«

»Noch nichts.« Der Onkel seufzte so schwer, dass Isabell ernstlich besorgt wurde. Im Hintergrund hörte sie Tante Paulettes Stimme.

»Ist er das?«

»Nein, es ist das Kind.«

»Isabell? Du wirst doch wohl nicht ... Du hast es mir versprochen, Louis! Gib mir sofort den Hörer, du schlimmer alter Mann.« Es schien eine kleine Rangelei zu geben, dann hatte Isabell die frische, junge Stimme ihrer Tante direkt am Ohr. »Isabell, Mignonne, bist du das wirklich?«

»Ja. Was ist denn los bei euch?«

»Nichts, mein Kind, hier ist alles in bester Ordnung, warum?« Tante Paulette klang wie immer, heiter und gelassen.

»Weil Onkel Ludwig mich zur Begrüßung angeschnauzt hat, ich solle es kurz und schmerzlos machen. Wen hat er denn erwartet?«

»Ach das! Du kennst doch deinen Onkel, er hat wieder Blödsinn gemacht.«

»Blödsinn?«

»Was redest du denn da, Paulette?«, protestierte Onkel Ludwig im Hintergrund. »Was soll das Kind denn von mir denken?«

»Er 'at gewettet«, fuhr Tante Paulette dessen ungeachtet fort. »'at eine Menge Geld auf diese blöde Rennfahrer gesetzt bei der formule eins.«

»Wenn schon, dann Formel eins«, sagte Onkel Ludwig im Hintergrund. »Pah! Als ob ich nichts Wichtigeres zu tun hätte!«

Isabell versuchte, das Puzzle zusammenzusetzen. »Und jetzt wartet er auf den Anruf seines Buchmachers?«

»Buchmacher?«

»Der Mann, der Wetten entgegennimmt.«

»Ah, oui, natürlisch, so ist es. Deshalb ist er so sauertöpfisch. Aber genug von deine dumme Onkel. Was ist mit dir, mein Schatz? Wo bist du?«

»Auf einem Pfirsichgut in der Nähe von Sisteron. An der Durance. Es ist ein Traum, wirklich.« Sie beschrieb ihrer Tante voller Enthusiasmus den Blick aus dem Fenster.

»Das hört sich paradiesisch an.«

»Es ist paradiesisch. Seit zwei Tagen scheint die Sonne, es ist mittags vierundzwanzig Grad warm, wie im Sommer. Und die Leute, bei denen ich wohne, sind zauberhaft. Sie bauen Pfirsiche an, die besten in ganz Frankreich. Sagen sie. Die Mutter ist etwa in deinem Alter, Mitte sechzig, und genau wie du eine

Augenweide. Ihr würdet euch gut verstehen, ihr habt die gleiche Art von Humor. Ihr Sohn Corin bewirtschaftet das Gut, ihre Tochter Matilde arbeitet als Köchin in einem Sterne-Restaurant, und dementsprechend gut ist die Verpflegung hier. Obwohl sie eigentlich gar keine Zimmer vermieten, werde ich behandelt wie lieber Besuch. Ich esse morgens und abends mit der Familie. Es gibt einen reizenden, kleinen Jungen von einer dritten Tochter, die aber nicht hier wohnt, eine uralte, total verwirrte Dame, die abends die Treppe herunter an die Tafel getragen wird, und ein Ehepaar, das für alle möglichen Arbeiten zuständig ist und sich unausgesetzt zankt, schlimmer als du und Onkel Ludwig. Oh, Tante Paulette, überall Lavendel, Olivenbäume und natürlich blühende Pfirsichbäume. Sie stellen mir ständig Liegestühle auf, jeder weiß einen anderen schönsten Platz, aber ich halte es vor lauter Schönheit gar nicht aus, sitzen zu bleiben. Ich laufe stundenlang durch die Gegend. Manchmal kann ich es gar nicht fassen, dass ich noch vor vier Tagen bei eisigem Wind in Hamburg gehockt habe!«

»Gestern hat es hier sogar geschneit«, sagte Tante Paulette. »Unsere Magnolienblüte ist komplett erfroren. Ein trauriger Anblick. Ich an deiner Stelle wäre auch froh, nicht hier zu sein. Du hast dir eine – wie sagt man? – Auszeit genommen?«

»Ja.«

»Du hast dir eine Auszeit verdient, das habe ich auch deinem – Frithjof gesagt. Er hat vorgestern angerufen und gemeint, wir hätten bei deiner Erziehung versagt. Er hat gesagt, du rennst vor jedem Problem gleich davon, und das sind wir schuld.«

»Ich bin nicht vor einem Problem davongelaufen, ich bin vor Frithjof davongelaufen«, stellte Isabell klar.

»Ja, Frithjof ist wohl der Problem. Ein großer, blonder, nach Rasierwasser stinkender Problem mit gestärkten Hemden.« Tante Paulette wechselte zum Französischen über. »Mein Schatz, ich habe gar nicht gewusst, dass ihr Schwierigkeiten habt. Du hättest es mir sagen müssen. Niemals hätte ich zugelassen, dass du einen Mann heiratest, der nicht gut für dich ist.«

»Unsere Probleme sind erst vor ein paar Monaten aufgetreten«, sagte Isabell. »Als ich die Pille abgesetzt hatte und nicht sofort schwanger wurde. Frithjof war immer schon der Dominante in unserer Beziehung, aber seitdem hat er es wirklich übertrieben. Zuerst hat er darauf bestanden, dass ich mit dem Arbeiten aufhöre ...«

»Und ich dachte, du hörst gerne auf«, rief Tante Paulette aus. »Weil du diese Arbeit ohnehin nicht sonderlich gerne gemacht hast.«

»Aber immer noch lieber, als nutzlos zu Hause rumzusitzen und Frau Elbmann beim Putzen zuzusehen. Na ja, ein Gutes hatte das natürlich doch. Ich hatte Zeit zum Nachdenken. So ganz allmählich ist mir klar geworden, dass Frithjofs und meine Vorstellungen vom Familienleben völlig gegensätzlich waren. Und als er dann anfing, andauernd von einem Spezialisten zu reden, zu dem wir gehen müssten, da war es endgültig zu viel.«

»Es ist auch gar nicht gesagt, dass du keine Kinder bekommen kannst, mein Schatz. Vielleicht ...«

»Tante Paulette, natürlich nicht«, unterbrach sie

Isabell auf Deutsch. »Ich bin achtundzwanzig Jahre jung, ich bin vollkommen gesund! Nur Frithjof ist krank, und zwar im Kopf! Es war sehr dumm von mir, ihn zu heiraten, ich hätte es eigentlich viel früher merken müssen. Na ja, aber das hilft ja nun nichts. Wenn ich zurückkomme, dann gehe ich zu einem Anwalt und reiche die Scheidung ein.«

»Nun, ich glaube, das musst du ihm vielleicht noch einmal erklären. Er glaubt nämlich, dass du, wenn du zurückkommst, eine Psychotherapie machst, und alles ist wieder im Fettnäpfchen.«

»Butter, Tante Paulette.«

»Im Butternäpfchen, meinetwegen.«

»In Butter. Alles ist in Butter, Tante Paulette, oder jemand tritt ins Fettnäpfchen.«

»Blöde deutsche Spruchworte, die werde ich nie lernen! Frithjof glaubt jedenfalls, dass du eine labile Persönlichkeit bist und eine Therapie brauchst.«

»Ja, am besten parallel zu einer Hormonbehandlung zwecks künstlicher Befruchtung«, schnaubte Isabell. »Der spinnt ja wohl! Soll er doch selber eine Therapie machen!«

»Vielleicht solltest du ihm das sagen, mein Schatz. Ihr habt es wohl versäumt, bestimmte grundlegende Dinge miteinander zu besprechen.«

»Er hört mir ja nie zu! Er wird nur laut und beleidigt mich, wenn ich etwas sage, was er nicht hören will.«

»Mein liebes Kind, du musst ihn schon darüber informieren, dass diese Ehe beendet ist. Es ist nicht fair, dass er zu Hause sitzt und glaubt, du kommst bald wieder.«

»Das ist nicht meine Schuld. Wenn wir telefonieren, redet er nur Unsinn!«

»Vielleicht schreibst du ihm einen Brief?«, schlug Tante Paulette vor. »Zu meiner Zeit machte man so etwas noch. Einen Brief kann man weder anschreien noch beleidigen.«

»Ja, das könnte ich tun.« Isabell seufzte und schaute hinaus in die fantastische grüne Landschaft. Wieder einmal überzog die Abendsonne die Felsformationen auf der anderen Flussseite mit rosigem Licht, zwei Raubvögel zogen ihre Runden vor dem transparenten Blau des Himmels. Sie musste Bertrand fragen, um was für Vögel es sich handelte. Der alte Mann verfügte über ein nahezu enzyklopädisches Wissen über die heimische Flora und Fauna.

»Wann kommst du zurück, mein Kind?«, fragte Tante Paulette. »Es gibt ja so viel zu regeln. Eine neue Wohnung, ein neuer Job – das wird sicher nicht einfach. Willst du in Hamburg bleiben oder zurück nach Kiel kommen?«

»Das weiß ich alles noch nicht«, sagte Isabell. »Was die Zukunft angeht, ist mein Kopf wie leer gefegt. Ich habe einfach überhaupt keine Vorstellung, was aus mir werden soll.«

»Du brauchst diesen Urlaub eben, um zu dir selber zu finden, das ist besser als eine Therapie.«

»Jetzt fängst du auch noch damit an«, sagte Isabell.

»Ich sage ja nicht, dass du eine Psychotherapie brauchst, ich sage nur, dass du Zeit brauchst, um zu wissen, was du willst.«

»Im Augenblick weiß ich nur, was ich nicht will«, gab Isabell zu. »Und das ist Frithjof.«

»Dann schreib ihm das. Damit er sich schon mal einen guten Anwalt suchen kann. Ich wage gar nicht zu fragen, aber hast du einen Ehevertrag unterschrieben?«

»Ja, ich habe etwas unterschrieben, ein Jahr nach der Hochzeit. Seine Mutter wollte das, damals, als Frithjofs Vater gestorben ist und ihm die Kanzlei überschrieben wurde. Aber ich will auch gar nichts von seinem Geld, wirklich nicht.«

»Du hast Recht. Es ist so schrecklich, keine Geldsorgen haben zu müssen«, sagte Tante Paulette ironisch.

»Ich habe genug gespart, und außerdem kann ich arbeiten.« Isabell setzte leise lachend hinzu: »Und dann erbe ich ja euer ganzes Vermögen, liebes Tantchen.«

Tante Paulettes Lachen kam eine Zehntelsekunde später, als Isabell es erwartet hätte. »Oh ja, natürlich. All das viele Geld, das wir unter den Matratzen versteckt haben. Mein Schatz, du bist eine erwachsene Frau, und du wirst schon das Richtige tun. Im Gegensatz zu deinem Frithjof glaube ich nämlich, dass wir dich richtig erzogen haben.«

»Das habt ihr auch«, sagte Isabell zärtlich. »Ihr seid die besten Eltern, die man sich wünschen kann.«

Wieder dauerte es einen winzigen Moment, bevor Tante Paulette antwortete. »Versprich mir, dass du auf dich aufpasst, Mignonne.«

»Das werde ich. Und küss Onkel Ludwig von mir. Sag ihm, er soll sich nicht grämen wegen der verlorenen Wette.«

»Melde dich wieder, meine Kleine.«

»Ja, aber dann von einer Telefonzelle. Ich habe dummerweise das Ladegerät für das Handy in Hamburg vergessen. Hörst du, wie es piept? Ich hab euch lieb.«

»Wir lieben dich auch.«

Und dann gab das Handy seinen Geist auf. Isabell stopfte es in ihre Handtasche zurück und ärgerte sich, dass sie nicht an das Ladegerät gedacht hatte. Sie hatte ja gleich gewusst, dass sie irgendetwas vergessen hatte. Nun ja, in Volonne würde es doch hoffentlich eine Telefonzelle geben, und ansonsten war es ganz gut, dass man sie hier nicht erreichen konnte. Obwohl Frithjof sich in verdächtiges Schweigen hüllte. Wahrscheinlich hatte er so viel damit zu tun, einen guten Therapeuten ausfindig zu machen.

Gestern Abend hatte aber immerhin ihre Freundin Moni angerufen.

»Wo bist du, um Himmels willen?« Montagabends trafen sie sich gewöhnlich beim Tai-Chi-Unterricht oder zu einem Kinobesuch.

»Ich habe gerade bei eurer Frau Elbmann nach dir gefragt, und die hat beinahe geheult und was von Boris und Barbara und kommt in den besten Familien vor gefaselt. Bist du etwa auf Fisher Island?«

»Nein, nur in Frankreich, Moni. Frithjof und ich haben uns getrennt.«

Moni lachte. »Und wer bekommt denn das Sorgerecht für Frau Elbmann?«

»Natürlich Frithjof, er ist die wichtigere Bezugsperson. Nein im Ernst, wir werden uns scheiden lassen.«

»Was?« Am anderen Ende der Leitung herrschte hörbares Entsetzen. »Und wieso weiß ich davon nichts?«

»Ich wusste es ja selber nicht, es ging alles so schnell.«

»Hat er eine andere?«

»Frithjof? Ich glaube nicht.«

»Hast du einen anderen?«

»Nein.« Isabell musste an Corin Le Ber denken und fühlte sich ein bisschen wie eine Lügnerin. Dabei war das natürlich lächerlich. Nur weil sie jeden Tag ein paar Sätze mit einem attraktiven Mann wechselte, konnte man ja nicht von »einem anderen« sprechen. Und dass sie ständig darüber nachdachte, wie sich seine Hände wohl auf ihrem nackten Körper anfühlen würden, spielte auch keine Rolle. Es war nur so, dass er ausgesprochen schöne Hände hatte ...

»Aber dann verstehe ich das nicht«, rief Moni aus. »Frithjof ist wie ein Sechser im Lotto!«

»Ich liebe Frithjof nicht mehr, Moni. Ich hab ihn nicht mal mehr gern.« Frithjof war der erste Mann in ihrem Leben gewesen, und nun hoffte Isabell inständig, dass er nicht auch noch der letzte bleiben würde.

»Aber ... er ist toll. Er sieht gut aus, er ist stinkereich ... Ich beneide dich seit Jahren um diesen Typen. Und um das Haus. Vor allem um das Haus. Allein das Ankleidezimmer! Pradapumps bis unter die Decke!«

»Habe ich alles dagelassen. Hier sind eher Wanderschuhe gefragt.«

»Wo zur Hölle bist du denn?«

»Im Himmel, Moni.«

»Und er hat wirklich keine Neue?« Moni kannte Frithjof nicht besonders gut, aber sie weigerte sich zu glauben, dass er wirklich so ein intoleranter Neurotiker war, wie Isabell sie glauben machen wollte.

»Nicht, dass ich wüsste.«

»Aber dann ... armer Frithjof«, sagte Moni. »Endlich mal ein treuer Mann, und dann wird er so dafür belohnt.«

»Er wird's überleben«, sagte Isabell.

»Überleg dir das gut. So einen Mann findest du kein zweites Mal.«

»Das verhüte der Himmel«, murmelte Isabell.

»Wenn er wirklich so ein Machoarschloch ist, wie du sagst, dann verstehe ich nicht, warum du mir niemals etwas gesagt hast!«

Isabell seufzte. Sie konnte die Skepsis ihrer Freundin verstehen, die Trennung war wirklich sehr plötzlich gekommen. Für alle Außenstehenden musste es so aussehen, als habe sie von heute auf morgen einer verrückten Laune nachgegeben und Frithjof verlassen. Sie hatte es eben versäumt, ihre aufkommenden Zweifel mit jemandem zu besprechen. Stattdessen hatte sie sie verdrängt und nach außen wie nach innen versucht, die glückliche Ehefrau zu spielen. Dabei hatte sie immer gehofft, es werde sich noch alles zum Guten wenden. Dass sich auch ihre Gefühle – und sie hatte Frithjof sehr gemocht, als sie geheiratet hatten – einfach in Luft auflösen würden, hatte sie nicht ahnen können.

»Ich verstehe es selber nicht so genau«, sagte sie zu Moni. »Ehrlich. Ich weiß nur, dass es einfach nicht funktioniert! Und deshalb muss ich mich von ihm trennen, bevor es zu spät ist.«

»Armer Frithjof«, hatte Moni noch einmal gesagt, ehe sie das Gespräch beendet hatten.

Tante Paulette hatte Recht: Es war ein Gebot der Fairness, Frithjof über ihre Pläne zu informieren. Er sollte aufhören, sich irgendwelche Hoffnungen zu machen. Eine Therapie, egal wie wunderbar und fortschrittlich sie auch sein mochte, würde ihre Ehe auch nicht mehr retten können.

Also musste sie wohl Tante Paulettes Rat annehmen und Frithjof einen Brief schreiben. Sie sah auf die Uhr. Es war Viertel nach sechs, die kleine Papeterie in Volonne würde längst geschlossen haben, es war zu spät, um noch Briefpapier kaufen zu können. Sie konnte natürlich bis morgen warten, aber jetzt war sie auf einmal wild entschlossen, die Sache hinter sich zu bringen. Erst dann würde sie sich besser fühlen.

»Ermeline? Madame Cécile?« Isabell öffnete die Hintertür, die zur Küche führte. Sie war, wie alle Türen auf RINQUINQUIN, unverschlossen. Zu dieser Hintertür gelangte man über einen gepflasterten Weg, der am Gästeflügel vorbei durch einen kleinen, eingezäunten Kräutergarten führte, in dem Rosmarin, Lavendel, Lorbeer, Thymian und Sarriette um die Wette dufteten. Isabell fand sich mittlerweile schon ganz gut zurecht. Madame Cécile hatte ihr gleich beim allererstem Abendessen versichert, dass sie sich jederzeit überall frei bewegen dürfe. Nirgendwo, hatte sie gesagt, laufe sie Gefahr, einem bissigen Hund zu begegnen, und auf RINQUINQUIN gäbe es eine Menge zu entdecken. Ermeline, die dicke Frau, die das Huhn gejagt hatte, hatte bei diesen Worten noch unfreundlicher dreingeschaut, als sie sowieso schon immer dreinschaute, und sie hatte etwas Unwirsches geknurrt, das wie »Aber verschonen Sie mich und meine Hühner mit Ihrer Touristenneugier!« geklungen hatte. Isabell hatte daher bisher immer einen weiten Bogen um das Hühnergehege gemacht. Auf RINQUINQUIN gab es zwar keinen Hund, stattdessen gab es Ermeline, und die war genauso bissig.

Alle anderen schienen ihr freundlich gesinnt zu sein: Bertrand, der Ermelines Mann war und, wie er sich selber bezeichnete, RINQUINQUINS »Mädchen für alles«, hatte ihr geholfen, das Zimmer wohnlich herzurichten. Gemeinsam hatten sie die beiden Etagenbetten nach nebenan gerückt und stattdessen das verschnörkelte Bett aus dem Pfirsichgarten geholt.

Laurent unternahm täglich einen Spaziergang mit ihr und zeigte ihr dabei einige seiner »Geheimplätze«. Der letzte war ziemlich hoch oben auf einem wilden Kirschbaum gewesen, auf den sie ihm hatte folgen müssen, und er war so geheim gewesen, dass Laurent ihn noch nicht mal seinem besten Freund Henri gezeigt hatte. Isabell konnte nicht umhin, sich geschmeichelt zu fühlen.

Die alte Dame, die alle Großtante Germaine nannten, pflegte Isabell ebenso freundlich wie zahnlos anzulächeln. Madame Cécile hatte sich für diese Zahnlosigkeit entschuldigt, aber Großtante Germaine war einfach nicht mehr dazu zu bewegen, ihr Gebiss zu tragen, sie aß daher auch kaum etwas von den köstlichen Speisen, sondern wurde mit Erdbeerjoghurt gefüttert.

Sogar Corin Le Ber hatte überwiegend freundliche Worte für Isabell. Offenbar hatte er ihr die Bemerkungen über seine Schulden und den Porsche verziehen. Sie sah ihn allerdings – zu ihrem Bedauern – nur beim Abendessen, ansonsten war er unterwegs auf den Pfirsichfeldern und sonstwo bei der Arbeit.

»Unsere Pfirsiche sind nicht umsonst die besten

in ganz Frankreich«, pflegte Madame Cécile nicht ohne Stolz in der Stimme zu sagen, und Isabell begann zu bedauern, dass sie zur Pfirsichblüte und nicht zur -ernte hierher gekommen war.

Wenn man von Ermeline mal absah, war dies die mit Abstand netteste Familie, die sie jemals getroffen hatte. Madamé Cécile war dazu übergegangen, sie morgens und abends zur Begrüßung zu umarmen und zu küssen, einmal links, einmal rechts und dann wieder links, so liebevoll, als wäre sie schon seit Monaten hier. Überhaupt küssten, herzten und umarmten sich hier alle ständig, und Isabell, die hanseatische Kühle und Distanz gewöhnt war, fand diese Herzlichkeit wunderbar. Sogar die weiße, plüschige Katze namens Pastis war zutraulich und verschmust und bettelte nachts mit unwiderstehlichen Miau-Tönen an ihrem Fenster um Einlass. Die letzten beiden Nächte hatte sie bei ihr auf dem Bett geschlafen.

»Ist jemand da?« In der Küche kam ihr ein Geruch von frischem Knoblauch und überbackenem Käse entgegen, der sie sofort daran erinnerte, dass sie seit dem Frühstück nichts mehr gegessen hatte.

»Hallo.« Die Frau am Herd kannte sie nicht. Sie war groß gewachsen und schlank; die langen schwarzen Haare waren im Nacken zu einem Knoten geschlungen. Sie war nicht hübsch im eigentlichen Sinn – dazu war das Gesicht zu kantig, die Nase zu groß, das Kinn zu lang –, aber die leuchtenden grünen Augen, der glatte blasse Teint und die geschwungenen Lippen verliehen ihr eine Schönheit, die sich außerhalb der herkömmlichen Ideale bewegte, aber deshalb nicht weniger beeindruckend war. Die Familienähnlichkeit war nicht zu übersehen.

»Sie müssen Matilde sein«, sagte Isabell.

»Und Sie Isabell, die Dame, die Großtante Germaines Bett gemietet hat.« Obwohl sie nicht lächelte, wirkte Matilde ebenso herzlich wie ihre Mutter. Sie reichte Isabell einen Ellenbogen – ihre Hände steckten in unförmigen Küchenhandschuhen – und verrenkte sich, um ihr die obligatorischen drei Küsse, links, rechts, links, auf die Wangen zu knallen.

Wie immer brachte diese hier offenbar selbstverständliche Geste Isabell etwas in Verlegenheit. »Ich habe schon so viel von Ihnen gehört und gegessen, dass ich mir einbilde, Sie bereits zu kennen«, sagte sie.

Matilde öffnete den Backofen und entnahm ihm eine brutzelnde, köstlich duftende Auflaufform. »So geht es mir auch mit Ihnen. Alle finden Sie für eine Touristin ausgesprochen nett. Bis auf Ermeline natürlich. Aber *der* Mensch muss erst noch geboren werden, den Ermeline mag.«

Isabell lachte. »Alle sind auch unglaublich lieb zu mir – bis auf Ermeline natürlich. Ich weiß, wie viel Mühe es macht, dass ich hier wohne. Sie sind schließlich nicht auf Feriengäste eingestellt.«

»Früher, als mein Vater noch lebte, da war das Haus ständig voller Gäste, nicht nur in den Ferien. Im Sommer habe ich oft sogar freiwillig mein Zimmer geopfert und bin mit ins Zimmer meiner Schwester gezogen, nur damit noch ein Bett mehr zur Verfügung stand. Wir haben gern ein volles Haus.«

»Haben Sie heute frei?«

»Nein. Dienstags, mittwochs und donnerstags übernehme ich die Mittagsschicht im Restaurant, da bin ich abends wieder hier und kann für die Familie kochen. An den anderen Tagen muss ich erst am Nachmittag fahren, das sind die Tage, an denen es hier Aufgewärmtes gibt.«

»Das Aufgewärmte war schon so gut, dass ich mir nicht vorstellen kann, dass es noch eine Steigerung gibt«, sagte Isabell. »Aber warum haben wir uns dann bisher noch nicht getroffen?«

»Oh, am Sonntag war ich den ganzen Tag im Restaurant, weil ein Kollege ausgefallen ist, und montags fahre ich immer sehr früh auf den Markt, Einkäufe für das Restaurant. Außerdem haben Sie wohl lange geschlafen, nicht wahr?«

»Das stimmt allerdings.« Isabell grinste. »Es schläft sich wunderbar in Großtante Germaines altem Bett.«

Matilde seufzte. »Ich wünschte, das wäre bei dem neuen Bett auch so. Großtante Germaine schlafwandelt nämlich seit neuestem. Oder sagen wir mal, sie steht nachts auf und spaziert durch die Gegend. So steif, gebrechlich und unbeweglich sie auch tagsüber ist, nachts scheint sie zu neuen Kräften zu kommen. Maman hat mir verboten, die Türe abzuschließen, die arme Großtante würde sich sonst weggesperrt fühlen, sagt sie. Aber was machen wir, wenn sie des Nachts die Treppe hinabstürzt? Ah, es ist schrecklich, alt zu werden. Noch vor ein paar Jahren war Großtante Germaine topfit, kugelrund wie eine Melone und mit glasklarem Verstand. Und jetzt weiß sie oft weder, wer wir sind, noch welches Jahr wir schreiben. Und sehen Sie sie an: nur noch Haut und Knochen.«

»Das ist traurig«, stimmte Isabell zu.

»Ja, schade, dass man nicht einfach umfallen kann,

wenn die Zeit gekommen ist. Großtante Germaine hätte sicher nichts dagegen. Wir glauben, dass sie näher an hundert als an neunzig ist.«

»Ihr *glaubt* das?«

»Niemand weiß es genau, und die arme Tante kann man ja jetzt nicht mehr fragen. Es gibt Tage, da hält sie sich für die verschwundene Zarentochter Anastasia.«

»Aber es muss doch eine Geburtsurkunde geben, einen Pass ...«, sagte Isabell.

»Geburtsurkunde, Pass!« Matilde runzelte amüsiert die Stirn. »Daran merkt man nun doch, dass Sie eine Deutsche sind! All diese Dinge mag es einmal gegeben haben, aber sie sind, wie Großtante Germaines Jugend, spurlos verschwunden. Im Grunde ist es ja auch nicht so wichtig, wie alt sie ist. Ich will sie ja genauso wenig einschließen wie Maman, aber ich befürchte, sie könnte stürzen und sich etwas brechen.«

»Vielleicht könnte man ein kleines Tor oben an der Treppe anbringen, so wie bei Kleinkindern, damit sie nicht die Treppe hinunterfallen können«, schlug Isabell vor.

Matilde sah sie anerkennend an. »Das ist eine gute Idee. Ich werde Bertrand fragen, ob er nicht so etwas basteln kann. Das ist besser als meine Idee, Großtante Germaines Schlafzimmer in Papas altes Arbeitszimmer hier im Erdgeschoss zu verlegen. Weshalb sind Sie eigentlich gekommen? Zum Essen ist es noch viel zu früh.«

»Oh, ja. Ich weiß. Obwohl es schon wunderbar riecht.«

»Das ist nur die Vorspeise«, erklärte Matilde und

zeigte auf die dampfende Auflaufform. »Voilà, provençalische Liebesäpfel à la Matilde Le Ber.«

»Hm, lecker! Ich wollte eigentlich fragen, ob ich mir Briefpapier und einen Umschlag ausleihen könnte. Es ist zu spät zum Einkaufen.«

»Natürlich.« Matilde beträufelte den zerlaufenen Käse auf den Tomaten, den Liebesäpfeln, mit etwas Olivenöl, schob die Auflaufform zurück in den Backofen und streifte die Handschuhe ab. »Kommen Sie, ich habe Papier in meinem Zimmer.«

Nicht ohne Neugier folgte Isabell ihr in den Korridor hinaus und die Treppe hinauf. Bisher hatte sie nur die untere Etage gesehen, den großen, nach Süden gerichteten Salon, das Esszimmer mit seiner langen Tafel und die Küche mit angrenzendem Hauswirtschaftsraum. Die Treppe mündete in einen lang gestreckten Korridor, der wie ein Hotelflur mit einem Dutzend Türen aus dunklem, schwerem Holz bestückt war und an dessen Ende eine weitere Treppe hinauf unters Dach führte.

Matilde öffnete eine Tür am anderen Ende des Ganges, und sie betraten ein kleines Zimmer, von dem man, wie auch von Isabells Zimmer, auf die Volonne hinabblickte und auf die grün schimmernde Flussbiegung der Durance weit unten im Tal.

Isabell sah sich neugierig um. Ein Bett, ein Kleiderschrank, eine Kommode, ein Schreibtisch, mehr Mobiliar gab es nicht, mehr hätte auch gar keinen Platz gefunden.

Es war ein hübscher Raum, sehr ordentlich, die Möbel geschmackvoll, die weiße Leinenbettwäsche edel. Aber er war ungefähr so schmucklos wie die Zelle einer Nonne – oder jedenfalls so schmucklos, wie sich Isabell die Zelle einer Nonne vorstellte. Sie fragte sich unwillkürlich, warum Matilde nicht verheiratet war. Sie war schätzungsweise Mitte, Ende dreißig, in diesem Alter hatten andere schon fast erwachsene Kinder. Ob sie wohl glücklich damit war, immer noch ihr altes Kinderzimmer im Haus ihrer Eltern zu bewohnen?

Matilde fing ihren fragenden Blick auf. »Es ist klein, aber ich bin ja nur zum Schlafen hier. Und wenn ich die Buchhaltung mache.« Sie trat zum Schreibtisch und nahm ein paar Bogen Papier aus einer Schublade. »Die Buchführung ist das Einzige, um das sich Corin nicht kümmert. Er möchte von mir immer nur wissen, wie viel er ausgeben darf, und ich sage dann, eigentlich gar nichts, lieber Bruder. Ich hasse es, diese Arbeit zu machen, es ist mir dann, als wären die vielen Schulden ganz allein mein Fehler. Im Grunde addiere und subtrahiere ich nur ganz brav, hefte alle Kontoauszüge und Rechnungen ab, und den Rest besorgt Monsieur Hugo, unser Steuer- und Finanzberater. Monsieur Hugo ist ein alter Freund meines Vaters, und da wir alle nichts davon verstehen, vertrauen wir ihm blind. Wenn er sagt, es sieht schlecht aus, Leute, dann stimmt das auch, und leider sagt er in letzter Zeit nie etwas anderes. Ich wünschte nur, jemand anders als ich könnte diese unangenehme Additions- und Subtraktionsarbeit übernehmen, aber Corin hat genug damit zu tun, den Profit zu steigern, meine kleine Schwester Joséphine hat sich verdrückt, und Maman hat sowieso kein Verhältnis zu Zahlen. Sie sagt, vor allem die roten machen sie schrecklich nervös. Bei uns gibt es unterm Strich nur rote Zahlen, und zwar schwindelerregend hohe, das kann ich Ihnen sagen.«

Sie reichte Isabell Papier und Briefumschlag. »Vielleicht glauben Sie es ja nicht, aber ich werde dieses Zimmer sehr vermissen, wenn ich nicht mehr hier wohnen kann. Ich habe niemals ein anderes Zuhause gehabt. Und auch nie haben wollen.«

»Warum sollten Sie denn nicht mehr hier wohnen können?«

»Wie gesagt, ich bin kein Finanzfachmann, ich addiere und subtrahiere nur, aber auch ohne ein Fachmann zu sein, weiß ich, dass unsere Tage auf diesem Gut gezählt sind. Mein Vater hat in der Hochzinsphase der Siebziger einen Monsterkredit aufgenommen, um Mamans Bruder seinen Anteil vom Erbe auszuzahlen, und Corin brauchte vor drei Jahren noch einen weiteren Kredit, um das Gut wieder hochzubringen. Heute weiß ich, dass die Banken uns niemals diesen zweiten Kredit hätten bewilligen dürfen und dass Monsieur Hugo uns hätte warnen müssen ... Sagen Sie mal, warum hindern Sie mich nicht daran, Ihnen das alles zu erzählen? Ich habe Sie doch erst vor zehn Minuten kennen gelernt.«

Isabell biss sich auf die Lippen. »Die Banken machen das oft: Sie geben einen Kredit, wenn nur die Sicherheit groß genug ist. Offenbar ist das Gut trotz der Hypotheken noch eine Menge wert.«

»Oh ja! Das Land, das unten an der Straße an das Dorf grenzt, könnte früher oder später sogar in Bauland umgewandelt werden. Dann wäre es tatsächlich ein Vielfaches wert. Wir merken es daran, dass die Grundsteuer gestiegen ist.« Matilde seufzte. »Vor ein paar Wochen hatte ich eine grandiose Idee. Ich schlug vor, das Haus abzubrennen und die Versicherungssumme zu kassieren. Oder wenigstens ein paar von den weniger schönen Nebengebäuden. Aber Corin sagt, gegen Brandstiftung sind wir leider nicht versichert. Zu teuer. Das nennt man wohl Ironie des Schicksals.«

»Verkaufen ist aber immer noch besser als Abbrennen, meine ich«, murmelte Isabell.

»Ich weiß nicht«, sagte Matilde. »Ich tendiere eher zum Abbrennen. Jetzt hat das Finanzamt uns angemahnt, und Monsieur Hugo schreit – etwas spät, wie ich finde – nach den Unterlagen von vorletztem Jahr. Heute Abend muss ich mich wohl oder übel wieder dransetzen, alle Rechnungen zusammenkratzen und addieren und subtrahieren. Die Umsatzsteuererklärung muss man sogar monatlich einreichen, aber im Winter ist das einfach, da setzen wir nicht einen einzigen Franc um. Ich hasse diese Steuererklärungen, am Ende bekommt das Finanzamt einen Batzen Geld, und Monsieur Hugo schickt eine Rechnung. Die wir natürlich wieder von der Steuer absetzen können, aber trotzdem. Brauchen Sie noch eine Briefmarke?«

»Ja, das wäre nett.« Isabell zögerte, gab sich dann einen Ruck. »Ich weiß, das ist ein bisschen aufdringlich, aber wenn Sie Hilfe brauchen: Ich bin ...« Sie suchte nach dem französischen Wort. »Steuerfachgehilfin. Ich habe zwar keine Ahnung von den französischen Steuergesetzen, aber addieren und subtrahieren kann ich gut. Und sicher kann ich mir irgendwo ein Fachbuch besorgen, dann sparen Sie vielleicht sogar den Steuerberater. Wenn Sie so hoch verschuldet sind, müssten Sie eigentlich kaum Steuern zahlen, denke ich.«

»Von wegen. Schauen Sie mal in unsere Unterlagen!«

»Ja, wenn ich darf.«

»Das würden Sie sich in Ihren Ferien tatsächlich antun?«

»Natürlich. Ich würde mich gerne irgendwie für Ihre Gastfreundschaft revanchieren«, sagte Isabell und setzte etwas atemlos hinzu: »Wenn es Ihnen nicht zu aufdringlich vorkommt.«

»Aufdringlich? Wo ich Ihnen ungefragt unsere ganze Misere unterbreitet habe?« Matilde lächelte. Es war ein sehr dünnes Lächeln und eigentlich nur mit der Lupe erkennbar. »Über Geld spricht man nicht, hat mein Vater immer gesagt. Ich halte mich nie daran, das ist schrecklich indiskret.«

»Über Geld spricht man nicht, man hat es«, ergänzte Isabell. »Das ist von meinem Onkel Ludwig. Ich habe gedacht, es sei ein typisch deutsches Sprichwort.«

»Wohl nicht.« Matildes dünnes Lächeln vertiefte sich, bis es fast wie ein richtiges Lächeln aussah. Isabell fand, dass sie dadurch ausgesprochen attraktiv aussah.

Sie lächelte zurück. »Heute nach dem Abendessen?«

»D'accord.«

Das war kein Pferd, das war ein Berg. Ein schwarzer Berg mit weißen, zotteligen Haaren um die Fesseln herum und einer großen Blesse auf dem lang gezogenen Kopf. Isabell musste den Kopf in den Nacken legen, um in das etwas melancholische Pferdegesicht schauen zu können.

»Das ist er, unser alter Opa, unser Céleri«, sagte Bertrand und klopfte dem Pferdeberg auf den Hals. »Er ist dreißig Jahre alt und eigentlich zum Arbeiten hier. Er wurde etwa zur gleichen Zeit eingestellt wie ich, aber insgesamt doch bedeutend mehr geschont. Er ist beleidigt, weil der Traktor das meiste seiner Arbeit macht. Und weil ihm das Faulenzen auch gar nicht gut bekommt, denken wir uns ständig etwas für ihn aus. Er ist Mademoiselle Matildes Liebling, seit sie ein kleines Mädchen war. Wenn es irgendetwas auf RINQUINQUIN zu tun gibt, fragt sie immer als Erstes, ob das nicht Opa Céleri erledigen könne. Er hat immer noch Kraft wie zehn Bären.«

»Ich wusste gar nicht, dass Pferde so alt werden können«, sagte Isabell. Sie hatte auch nicht gewusst, dass Pferde so groß werden konnten!

»Aber ja, bei guter Behandlung!« Bertrand begann das Tier zu satteln, und Isabell wurde ganz mulmig zumute. Da sollte sie hinaufklettern? In diese luftigen Höhen?

»Céleri? Was ist das für ein Name? Ich finde nicht, dass er Ähnlichkeit mit einem Sellerie hat«, sagte sie, nur um irgendetwas zu sagen.

»Aber natürlich! Sehen Sie sich doch seine Beine an: Gerade und kräftig wie ein Sellerie. Und der Fesselbehang stellt die Wurzeln dar. Aber ich glaube, er hat den Namen nicht wegen seines Aussehens erhalten, sondern wegen seines Charakters.«

»Sie haben gesagt, er sei gutmütig.« Isabell schluckte. Sie würde eine Leiter brauchen, um in den Sattel zu kommen.

»Ist er auch. Das gutmütigste Pferd unter der Sonne.«

Und das größte. »Ich glaube, ich nehme doch lieber das kleinere da vorne«, sagte sie und zeigte auf den braunen Hengst, der Corin gehörte.

Bertrand lachte. »Sombre ist zwar kleiner, ja, aber temperamentvoll, unberechenbar und hinterlistig wie meine Frau. Er hatte eine schlimme Kindheit, müssen Sie wissen, und da, wo er herkommt, hat man ihn gequält. Nur Monsieur Corin kommt sehr gut mit ihm zurecht. Nein, nein, wenn Sie etwas aus der Übung sind, ist Céleri genau der Richtige für Sie. Er ist lammfromm und sehr gutmütig, und im Zweifel bringt er Sie immer nach Hause, tot oder lebendig.«

Etwas aus der Übung – ja, allerdings, das war sie wohl. Isabell verfluchte sich für ihre Spontaneität, die sie in diese Lage gebracht hatte.

Beim Abendessen gestern – bei Matildes köstlichen provençalischen Liebesäpfeln – hatte Corin Le Ber sich unvermittelt an sie gewandt und gefragt, ob sie reiten könne. Und aus irgendeinem völlig unverständlichen Grund hatte sie Ja gesagt.

»Ja«, so laut und selbstsicher, als habe sie erst letzte Woche noch am Olympiatrainingslager für Reiter teilgenommen. Einzig Corins wegen hatte sie diese Antwort gegeben, in seiner Gegenwart fühlte sie sich ständig auf eine wohlige Art unwohl. Da war dieses Kribbeln in ihrem Bauch und das Gefühl, etwas Verbotenes zu tun, wenn sie ihn auch nur ansah. Es war ihr ungeheuer wichtig, dass er sie mochte, und vor lauter Mühe, immer das Richtige zu sagen, sagte sie meistens das Falsche.

Die Wahrheit war, dass sie zwar wie viele kleine Mädchen von Pferden begeistert gewesen war und einige Jahre lang Reitstunden erhalten hatte, aber das war nun annähernd zwanzig Jahre her, und wenn sie damals eine wirklich begabte Reiterin gewesen wäre, dann hätte sie vermutlich nicht mit zwölf das Reiten aufgegeben und stattdessen mit Jazzdance begonnen.

Aber nun war es passiert, sie hatte Ja gesagt, und Corin hatte erfreut gelächelt.

»Das ist ja wunderbar, dann können Sie Madeleine und mich am Samstag bei unserem Ausritt begleiten. Der gute Céleri ist zwar alt, aber für ein Kaltblut ein exzellentes Reitpferd.«

»Ich bin zwar in Norddeutschland großgeworden, aber deshalb bin ich noch lange kein Kaltblut«, hatte Isabell gesagt, was ihr verwirrte Blicke ringsherum eingetragen hatte. »Meine Mutter war immerhin Französin, und mein Vater aus München. Den Bayern sagt man beinahe ebenso viel Warmherzigkeit nach wie den Provençalen.«

»Céleri ist ein Kaltblüter, nicht Sie«, hatte ihr schließlich Matilde erklärt. »Ein Shire Horse. Das größte Pferd der Welt.«

»Ach so. Natürlich.« Isabell hatte sich ein Lachen abgerungen. »Ich dachte, Kaltblut sei hier eine gängige Bezeichnung für deutsche Touristen.« Meine Güte, wie dämlich sie war!

»Also, abgemacht«, hatte Corin gesagt. »Am Samstag reiten wir zusammen aus. Es gibt da einen wunderbaren Weg direkt an der Durance vorbei. Wenn es so schön bleibt, können wir dort ein kleines Picknick machen.«

Wenn wir jemals dort ankommen, hatte Isabell gedacht und sich immerhin noch ein etwas zaghaftes »Ich bin allerdings etwas aus der Übung« abgerungen.

»Reiten ist wie Radfahren, das verlernt man nicht«, hatte Corin erwidert, und Isabell war verstummt. Sie hatte ihn um keinen Preis enttäuschen wollen, indem sie nun einen Rückzieher machte. Außerdem waren es bis Samstag ja noch ein paar Tage hin, in denen sie üben konnte.

Bertrand hatte sich netterweise gleich heute Morgen bereit erklärt, Céleri für sie zu satteln und aufzuzäumen. Wie das ging, hatte sie nämlich ebenfalls vergessen. Sie wusste nur noch, dass es eine verwirrende Anzahl von Riemen und Schnallen gab, die dem Tier umgelegt werden mussten.

Céleri schnaubte. Isabell fand, dass er einen ebenso unglücklichen Eindruck machte wie sie. Wahrscheinlich hatte er keine Lust, eine Hochstaplerin auf sich reiten zu lassen.

»Er guckt so komisch«, sagte sie.

»Der guckt immer so«, sagte Bertrand. »Das liegt an der Ramsnase. Die haben alle Shire Horses. Céleri ist außerdem ein pessimistischer Charakter. Aber ein freundlicher Kerl. Kommen Sie, ich helfe Ihnen in den Sattel.«

Isabell bekreuzigte sich in Gedanken, dann ließ sie sich von Bertrand auf den Berg hinaufhieven. Oh, war das hoch! Eigentlich hätte hier oben ein Gipfelkreuz stehen müssen.

»Wunderbar«, sagte Bertrand und gab Céleri einen Klaps auf den Hintern. Er setzte sich langsam in Bewegung und trat mit Isabell hinaus in den Sonnenschein. Isabell hielt sich möglichst gerade, wobei sie krampfhaft die Zügel umklammerte und hoffte, dass man ihr ihre Unsicherheit nicht ansah.

Offensichtlich war dies der Fall, denn Bertrand sagte: »Wie gesagt, er ist ein alter Opa, er schätzt es nicht mehr, lange zu galoppieren. Gehen Sie's langsam an, ja?«

»Das mache ich«, konnte Isabell aus vollem Herzen versprechen. Sie hatte nicht vor, sich oder das Pferd zu überanstrengen. Sie wollte einfach nur irgendwo auf und ab reiten, wo sie niemand sah, damit sie am Samstag neben der eleganten Madeleine eine halbwegs gute Figur machen würde.

»Na dann, viel Spaß«, sagte Bertrand und versetzte dem Pferd erneut einen Klaps aufs Hinterteil. Céleri setzte sich in Bewegung, und Isabell, die ohnehin keine Ahnung hatte, wohin sie reiten sollte, ließ ihn über den kiesbestreuten Vorplatz gehen und auf einen kleinen, von Zistrosensträuchern gesäumten Pfad neben der Straße einbiegen.

Zu ihrer Überraschung funktionierte alles völlig reibungslos. Es war weniger wie reiten, mehr wie fliegen, so hoch über dem Boden. Sehr, sehr langsames Fliegen, aber es ging vorwärts.

So schwer war das doch gar nicht!

Vor Erleichterung hätte sie beinahe laut losgelacht. Sie wagte es sogar, eine Hand zu heben und Bertrand zum Abschied zuzuwinken. Bertrand winkte zurück, und Isabell konnte keinerlei Skepsis in seinem verwitterten Gesicht entdecken.

Na bitte! Vielleicht hatte Corin Recht, und Reiten war wirklich wie Radfahren: Man verlernte es nicht. In der ersten Euphorie verdrängte Isabell die Tatsache, dass sie es eigentlich ja nie richtig gekonnt hatte. Das Reiten, nicht das Radfahren.

»Du bist ein liebes Pferd«, sagte sie zu Céleri. »Wenn du nur nicht so hoch wärst!«

Aber auch an die Höhe gewöhnte sie sich nach ein paar hundert Metern. Céleri schaukelte sie unbeirrt weiter vorwärts, im Schritttempo und ohne die geringsten Proteste. Zu Isabells Freude und Erstaunen reagierte er sogar auf ihren Zügel. Wenn sie nach links wollte, ging er nach links, wenn sie nach rechts wollte, ging er nach rechts. Ein Wunder!

Ich kann reiten!, war sie versucht auszurufen, aber das tat sie natürlich nicht. Allerdings fing sie an, ihren kleinen Ausritt zu genießen. Die Sonne schien ihr auf die nackten Arme, ein leichter Wind hielt ihr die Haare aus dem Gesicht, und vom Pferd aus gesehen bekam die Landschaft noch einmal einen ganz neuen Reiz. Sie passierten das Sommerhaus und den Pfirsichhain, in dem alles begonnen hatte, ritten dann langsam bergab, wo der Weg links und rechts von dichtem Gestrüpp umgeben war, das, wie Isabell inzwischen wusste, Garrigue genannt wurde – die provençalische Macchia.

Sie befand sich immer noch auf dem Land der Le Bers, als der Weg wieder ebenerdig wurde und nach einer 180-Grad-Kurve erneut zwischen Pfirsichbaumterrassen entlangführte. Hier war sie der Durance schon viel näher, sodass sie beinahe das Rauschen des Wassers zu hören vermeinte.

»Du kannst ruhig etwas schneller laufen, wenn du willst«, sagte sie zu Céleri, der unbeirrbar im Schritt vorwärts stapfte. Als ihre Worte keine Wirkung zeigten, kramte Isabell in der Erinnerung an ihre Reitstunden und stieß auf Begriffe wie »Schenkelarbeit« und »Fersendruck«. Sie versuchte beides – sehr sanft, denn sie wollte das schwere Tier nicht verärgern –, aber Céleri reagierte nicht.

Grober wollte Isabell auf keinen Fall werden, sie war im Grunde auch gar nicht so wild darauf, im Trab durchgeschaukelt zu werden. Aber wenn sie am Samstag mit Corins schnellem Hengst und Madeleines rassiger Andalusierin ausritt, würde dieser gemütliche Schneckengang vermutlich nicht ausreichen, um eine gute Figur zu machen. Dankbar erinnerte sie sich daran, dass heute erst Mittwoch war und somit noch ein paar Tage zum Üben übrig waren.

»Also, für heute reicht es mir, wenn wir nur spazieren gehen«, sagte sie zu Célerie. »Aber morgen versuchen wir mal leichtes Joggen, in Ordnung?«

Céleri antwortete nicht, er stapfte weiter vorwärts. Die Sonne und der schaukelnde Rhythmus hatten etwas Einlullendes, und Isabell begann vor sich hin zu träumen.

Ein starker, süßer Geruch stieg ihr in die Nase. Ein wilder Ginsterstrauch, der am Rande eines Pfirsichfeldes stand, hatte ein paar hundert Insekten mit seinen eidottergelben Blüten angelockt. Für einen Augenblick schien die Luft um sie herum zu summen wie das Innere eines Bienenstocks. Isabell konnte sich der Vorstellung einer hinterhältigen Biene nicht erwehren, die den guten Célerie in das Hinterteil stechen und ihn in wildem Galopp davonpreschen lassen würde. Mit Isabell auf seinem Rücken, die trotz ihrer misslichen Lage eine anmutige Erscheinung sein würde, mit wehendem Haar und – ja, einer etwas anderen Garderobe als der, die sie augenblicklich trug. Statt Jeans und T-Shirt vielleicht ein weißes Abendkleid oder, nein, besser doch nur ebenso schlichte wie wirkungsvolle schwarze Reithosen zu einem eng anliegenden Oberteil. Isabell sah sich, schlank und zerbrechlich, aber durchaus sportlich auf dem Rücken des uneinholbar schnellen Pferdes direkt auf eine Schlucht zureiten, eine gefährliche, tiefe Schlucht, in die hineinzustürzen den Tod von Pferd und Reiterin bedeutete.

Aber was war das? Ein Schatten war zu ihrer Linken aufgetaucht, ein galoppierendes Pferd mit Corin Le Ber als Reiter. Ihm fehlten nur ein Hut, eine Augenmaske und ein kleiner Schnurrbart, dann wäre er ein perfekter Zorro-Darsteller gewesen.

»Halten Sie durch!«, rief er ihr zu, und Isabell versuchte noch einmal unter Aufbietung all ihrer Reitkunst, das Pferd zum Stehen zu bringen, aber der Stich der Biene hatte das arme Tier völlig um den Verstand gebracht. Es waren nur noch wenige Meter bis zur tödlichen Schlucht, da gelang es Corin auf geradezu artistische Art und Weise, in ihre Zügel zu greifen und das Pferd herumzureißen.

Am ganzen Körper zitternd, blickte Isabell hinab in die Tiefe. Das wäre ihr Ende gewesen.

»Isabell, mein Engel.« Die Stimme ihres mutigen Retters klang ganz zärtlich, und Isabell hörte auf zu zittern, um ihren Blick in seine grünen Augen zu tauchen.

»Ich hatte solche Angst«, flüsterte sie, und er antwortete: »Ich auch« und hob sie vom Pferd, als sei sie kaum schwerer als ein Kind. Wie unter Zwang sanken sie einander in die Arme und hinab ins Gras, wo er sie mit Küssen bedeckte ...

»Hallo!«

Isabell schreckte aus ihrem Tagtraum auf – sie hatte tatsächlich für einen Augenblick die Augen geschlossen – und sah das Objekt ihrer Träume, Corin Le Ber, am Weg stehen, einen Fuß lässig auf ein kleines Mäuerchen aus lose aufgeschichteten Steinen gestellt. Céleri schnaubte erfreut und blieb vor ihm stehen, um sich den Kopf streicheln zu lassen.

»Na, mein Alter«, sagte Corin. »Zeigst du Isabell die Gegend? Ist er Ihnen noch nicht davongaloppiert?«

»Oh doch! Ich meine, natürlich nicht, wir lassen es ganz langsam angehen, Céleri und ich«, sagte Isabell und wurde rot. Sie hatte, wie immer, das Gefühl, in diesen grünen Augen zu ertrinken. Sie musste den Blick abwenden, sonst wäre sie vom Pferd geglitten und hätte sich in seine Arme geworfen. Er war unglaublich sexy, wie er so dastand, eine Spur unrasiert, die muskulösen Unterarme braun gebrannt. Normalerweise reagierte sie nicht auf solch eher primitive Reize, aber bei Corin hatte sie sich schon ein paarmal dabei ertappt, wie ihr Blick über seinen Körper gewandert war. Hoffentlich hatte er das nicht bemerkt.

Verlegen betrachtete sie die Reitstiefel, die Matilde ihr geliehen hatte. Was war nur mit ihr los? Es musste die Sonne sein und der Frühling, die ihr Herz so wild klopfen und sie ins Schwärmen geraten ließen wie einen Teenager, und alberne Tagträume träumen, die jeden Heftchenroman in den Schatten stellten.

»Matilde hat mir gesagt, dass sie ihr bei der Steuererklärung helfen wollen«, sagte Corin, als suche er ganz bewusst nach Worten, die wie eine ernüchternde, kalte Dusche wirkten.

Isabell war erleichtert, dass sie zu diesem Thema etwas sagen konnte: »Ja, wir haben gestern Abend damit begonnen.« Drei Stunden lang hatten sie in Matildes kleinem Zimmer gesessen, Rotwein getrunken und die Unterlagen gewälzt. Matilde hatte Recht gehabt, die Finanzlage des Gutbetriebes war ziemlich desolat.

Es war trotzdem auf eine eigenartige Weise ein schöner Abend gewesen, und Isabell und Matilde waren nun, dank des Rotweines und der Intimität, die durch das Studieren roter Zahlen möglicherweise automatisch zu entstehen pflegt, per Du.

»Ich fahre heute Nachmittag nach Forcalquier und besorge mir ein Buch über das französische Steuerrecht, dann brauchen Sie in diesem Jahr keinen Steuerberater«, teilte Isabell Corin mit. »Ihr Monsieur Hugo hat das, wie ich bis jetzt überblicken konnte, sowieso nicht besonders gründlich gehandhabt. Und seine Rechnungen sind gesalzen!«

Corin sah sie zweifelnd an. »So, so, und der alte Gauner nennt sich einen Freund meines Vaters!«

»Es liegt vor allem an dem Kredit, den Ihr Vater aufgenommen hat und den Sie nun übernommen haben. Da er nicht über Ihre SNC läuft, sondern auf Sie persönlich umgeschrieben wurde, können Sie das nicht mehr als Betriebskosten absetzen. Das war dumm – Entschuldigung – unklug, ebenso wie diese Gesellschaftsform zu wählen, meiner Ansicht nach. Eine GmbH, oh, was ist das auf Französisch? Societé à responsabilité limitée, S.A.R.L., ja, das wäre viel sinnvoller.«

»Es hat damals gewisse Probleme gegeben wegen meiner jüngsten Schwester«, sagte Corin. »Joséphine wollte eigentlich nichts mit Pfirsichen zu tun haben, aber da wir alle eine Erbengemeinschaft sind ... Monsieur Hugo hat uns zu dieser Gesellschaftsform geraten. Er sagt, dadurch sind wir flexibler, und wir benötigten auch kein Mindestkapital, was uns damals sehr entgegenkam.«

»Wie gesagt, ich habe noch nicht genügend Ahnung von französischer Steuerpolitik, aber ich glaube trotzdem, dass es keine gute Entscheidung war. Und da waren auch jede Menge andere Ungereimtheiten. Aber natürlich werde mich erst einmal einlesen und dann alle Ihre Unterlagen gründlich prüfen, bevor ich mich so weit aus dem Fenster lehne und Ihnen gute Ratschläge gebe.«

»Sie sind tatsächlich Steuerberaterin von Beruf?« Es klang ungläubig, was Isabell aus irgendeinem Grund schmeichelte.

»Nicht ganz«, sagte sie. »Dafür fehlt mir noch eine zusätzliche Prüfung. Aber – huch!«

Céleri, der versuchsweise das Gras am Rand des Mäuerchens angeknabbert und offenbar nicht für gut befunden hatte, hatte beschlossen, dass es Zeit sei weiterzureiten. Mit einem leisen Schnauben setzte er sich wieder in Bewegung. Isabell versuchte, unauffällig die Zügel anzuziehen, aber Célerie trottete einfach weiter. Um sich keine Blöße zu geben, sagte sie: »Aber wir wollen Sie nicht bei der Arbeit stören, wir müssen weiter. Salut.«

»Salut«, sagte Corin etwas verblüfft.

Während Céleri vorwärts zockelte, fuhr sich Isabell mit beiden Händen durch die Haare und zurrte den

Gummi um den Zopf im Nacken neu fest, damit es so aussah, als sei das Schritttempo beabsichtigt und nicht etwa auf ihre mangelnde Reitkunst zurückzuführen.

»Passen Sie auf, da vorne haben wir einen Bewässerungsgraben ausgehoben, ja gleich vor Ihnen ...«

Isabell sah den Graben, und Céleri sah ihn auch. Er kannte diese Strecke seit dreißig Jahren, und in den dreißig Jahren hatte es hier niemals einen metertiefen Graben gegeben! Céleri war beleidigt. Er machte eine abrupte Kehrtwende seitwärts, um dann wie angewurzelt auf dem Weg stehen zu bleiben. Kein besonders wildes Manöver, aber es reichte, um die immer noch freihändig sitzende Isabell ihres Gleichgewichtes zu berauben und sie pferdabwärts zu befördern. Bevor sie, überrumpelt wie sie war, die Hände vom Nacken nach vorne hatte reißen können, war sie schon seitlich weggerutscht und über die Pferdeflanke direkt in den Bewässerungsgraben geplumpst. Glücklicherweise blieb der Reitstiefel im Steigbügel hängen, was ihren Fall etwas bremste. Dennoch legte sie, mit dem Kopf zuerst, eine beachtliche Höhe zurück: Vom ohnehin hohen Pferderücken in den etwa einen Meter tiefen Graben. Obwohl sie sich mit den Händen abfangen konnte, schlug der Kopf auf etwas Hartem auf, und ein heftiger Schmerz durchlöcherte ihre linke Hand.

»Aua.« Für einen Augenblick wusste sie nicht, wo unten und wo oben war.

Sie hörte eilige Schritte näher kommen.

»Schauen Sie mich an, Mademoiselle, schauen Sie hier hoch zu mir.« Corins Stimme klang unwirsch, beinahe wie neulich, als er sie im Pfirsichfeld entdeckt hatte.

Lieber Gott, bitte, bitte, lass mich tot sein, betete Isabell inständig. Sie hätte nichts dagegen gehabt, wenn der Graben sich einfach über ihr geschlossen hätte. Das wäre dann so ähnlich gewesen, wie »vor Scham im Boden zu versinken«. Etwas Warmes lief ihr über die Stirn und das Gesicht, als sie in Corins Richtung in die Sonne blinzelte. Er hockte neben dem Graben im Staub und sah besorgt aus.

»Sie bluten«, stellte er fest. »Geben Sie mir Ihre Hand. Ich ziehe Sie herauf.«

Isabell streckte ihre Hand nach oben und ließ sich schamrot aus dem Graben helfen. Warum nur hatte sie die Zügel losgelassen? Wie konnte man nur so idiotisch sein?

»Tut Ihnen sonst noch etwas weh?« Corins Hände tasteten und klopften ihren ganzen Körper ab.

»Meine Hand«, sagte Isabell kläglich. Sie fühlte sich zu elend, um seine Berührungen zu genießen. Ihre linke Hand pochte vor Schmerzen. Sie griff sich an den Kopf. »Und mein Schädel brummt.«

»Hände weg«, sagte Corin. »Es ist eine Platzwunde an der Stirn, Sie sind wahrscheinlich auf einen Stein geprallt.« Er schien einen Augenblick zu überlegen, dann streifte er kurz entschlossen sein weißes T-Shirt ab und knüllte es zu einem Päckchen zusammen. Der Anblick seines nackten Oberkörpers verwirrte Isabell noch mehr, als sie es ohnehin schon war.

Mal abgesehen von ihrem albernen Sturz, war dies eine Situation, die ihr irgendwie bekannt vorkam.

»Hätten Sie es nicht in Streifen reißen müssen?«, fragte sie.

»Das ist Waffelpikee, versuchen Sie mal, den in

Streifen zu reißen«, sagte Corin mit einem anerkennenden Lächeln. »Nehmen Sie das und pressen es fest gegen die Wunde. Es ist nicht mehr ganz sauber, aber es wird die Blutung hoffentlich etwas stillen.«

Isabell gehorchte und preßte das T-Shirt-Päckchen mit der gesunden Hand gegen ihre Stirn. Sie fühlte sich entsetzlich. Wie ungeschickt sie ausgesehen haben musste, als sie von dem praktisch ruhig dastehenden Pferd gerutscht war wie ein nasser Sack! Diese Realität stand ihrem romantisch-kitschigen Tagtraum von vorhin so extrem entgegen, dass sie beinahe in Tränen ausgebrochen wäre. Statt haarscharf an einer gefährlichen Schlucht vorbeizureiten, war sie mitten hinein in einen eher harmlosen Graben geplumpst, und statt anmutig ihrem Retter in die Arme zu fallen, preßte sie sich sein T-Shirt gegen ihre Stirn – nur das T-Shirt, bedauerlicherweise nicht seinen Besitzer ...

»Das muss genäht werden«, unterbrach Corin ihre selbstmitleidigen Gedankengänge. »Und die Hand schwillt zusehends an, sehen Sie sich das mal an. Die Finger- oder andere Knochen sind womöglich gebrochen! Ich werde Sie in die Notaufnahme fahren. Da können die Ärzte auch gleich abchecken, ob Sie sich vielleicht noch eine Gehirnerschütterung geholt haben. Sie gucken nämlich so merkwürdig glasig. Ich rufe Bertand an, damit er mir den Wagen hierherbringt.«

»Wo kann man denn hier telefonieren?« Isabell sah sich suchend um.

Corin holte kopfschüttelnd ein Handy aus seiner Hosentasche. »Wenn Sie hier eine Telefonzelle suchen, dann haben Sie wirklich eine Gehirnerschütterung. Ah, Bertrand, hallo. Es hat einen Unfall gegeben. Nein, nein. Mademoiselle Isabell ist in unseren Graben gefallen. Wir brauchen den Wagen, um ins Krankenhaus zu fahren. Wie? Nein, Céleri geht es gut. Er hat den Graben rechtzeitig gesehen.« Ein leichtes Grinsen überzog sein Gesicht, aber als er Isabells Blick bemerkte, stellte er es wieder ein. »Ach, und Bertrand, bringen Sie mir bitte ein frisches Hemd mit.«

»*Mir auch*«, hätte Isabell gerne gesagt, denn ihr T-Shirt war blutbekleckert und dreckverschmiert. Sie sah mit Sicherheit scheußlich aus. Aber ein frisches Hemd hätte daran wenig ändern können, ebenso wenig wie an dem Gesamtausmaß ihrer Blamage.

»Fragen Sie Bertrand, ob er meine Handtasche aus meinem Zimmer holen kann. Ich werde meine Papiere brauchen.« Ihre Hand pochte unangenehm. Sie fühlte sich an wie ein Ballon. Der Kopf schmerzte ebenfalls zum Bersten.

»Setzen Sie sich hier in den Schatten, bis Bertrand kommt«, bestimmte Corin. »Und immer fest draufhalten.«

Isabells Kopfwunde musste mit sechs Stichen genäht werden und würde, laut Auskunft des Arztes, eine häßliche Narbe zurücklassen. Da die Wunde aber gleich am Haaransatz lag, war Isabell darüber nicht sonderlich besorgt.

»Man wird es kaum sehen«, versuchte Corin Le Ber sie zu trösten. Er hatte, während der Arzt ihre Wunde versorgte, ihre Hand gehalten, und offenbar hatte er vergessen, sie wieder loszulassen. Isabell wünschte, es würde ihm nie wieder einfallen. Zwischenzeitlich hatte sie sogar aufgehört, ihre Ungeschicklichkeit zu bedauern. Wäre sie nicht vom Pferd gefallen, wäre Corin Le Ber niemals auf die Idee gekommen, mit ihr Händchen zu halten!

Die andere Hand lag, zu einem kugelähnlichen Gebilde verschwollen, neben ihr auf der Liege. Durch die Schwellungen hatte der Arzt nicht feststellen können, ob etwas gebrochen war. Sie musste daher noch geröngt werden.

»Ist ja auch egal«, sagte sie, die Kopfwunde lässig zu den Akten legend. »Ich kann mir ja die Haare drüberwachsen lassen.«

»Als ich Ihre Haare das erste Mal gesehen habe, war ich fest davon überzeugt, sie seien gebleicht«, sagte Corin. »Ich konnte mir nicht vorstellen, dass es eine solche Farbe von Natur aus gibt.«

»Doch, sogar recht häufig, je weiter man nach Norden kommt. Väterlicherseits habe ich schwedische Vorfahren, sagt Tante Paulette.« Isabells Hand in Corins warmer, trockener Pranke schien zu glühen, sie fragte sich, ob sie sich wohl schwitzig anfühlte oder ob man ihren verräterisch rasenden Puls ertasten konnte.

»Ihre Frau kann jetzt zum Röntgen«, sagte eine junge Schwester hinter ihnen.

Ihre Frau! Isabell errötete wider Willen und hoffte, niemand würde es bemerken. Corin korrigierte die Schwester nicht, er ließ nur Isabells Hand los und nickte ihr aufmunternd zu.

Corin half ihr von der Liege. »Ich warte draußen auf Sie.«

Die gute Nachricht des Tages war, dass in ihrer Hand trotz des unförmigen Aussehens nichts gebrochen war. Stauchungen und Prellungen verursachten die Schmerzen, würden aber von allein weggehen, wie der Arzt versicherte. Ohne Gips, aber mit einem wenig kleidsamen Kopfverband und einem Päckchen Schmerztabletten in der gesunden Hand wurde sie nach Hause geschickt.

»Es tut mir so Leid, dass ich Sie den ganzen Nachmittag von der Arbeit abgehalten habe«, sagte Isabell zerknirscht zu Corin, als sie Seite an Seite das Krankenhaus verließen.

»Machen wir das Beste daraus. Ich war schon Ewigkeiten nicht mehr hier. Wenn wir schon in der Stadt sind, könnten wir auch einen Kaffee trinken«, schlug Corin vor.

»Wenn wir schon hier sind, könnte ich gleich in einer Buchhandlung etwas über das französische Steuerrecht bestellen«, überlegte Isabell. »Und zu einer Bank müsste ich auch.« Im Krankenhaus hatte sie ihr gesamtes restliches Bargeld lassen müssen. »Dann könnte ich Sie sogar zu einem Kaffee einladen. Oder zu einem Pastis. Es ist schon so spät.«

»Ja, Pastis ist gut, wenn man Schmerzen hat.« Corin lächelte sie an. »Obwohl Sie sehr tapfer waren, das muss man Ihnen lassen.«

»Ich fühle mich schrecklich«, bekannte Isabell. »Von einem stehenden Pferd zu fallen und dann gleich krankenhausreif! Das macht mir so schnell keiner nach.«

Corin begann zu lachen. »Ja, das sah wirklich zu lustig aus. Wie Sie da vom Sattel gerutscht sind – also, ich wünschte, ich hätte das auf Video!«

»Im Grunde kann ich gar nicht reiten«, outete sich Isabell weiter. »Ich hatte wohl als Kind mal Reitstunden, aber nur in der Halle und auf dem Platz. Und die Pferde waren höchstens halb so groß wie Céleri.«

»Warum haben Sie das denn nicht gesagt?«

»Ich wollte wohl Eindruck schinden. Außerdem dachte ich, es könne nicht so schwer sein.«

»Na ja, wenn der Graben nicht gewesen wäre ...« Corin lachte wieder. »Also, mich haben Sie trotzdem sehr beeindruckt, Isabell.«

Völlig ohne jede Vorwarnung zog er sie mitten auf der Straße in seine Arme und küßte sie. Es sollte wohl ein eher freundschaftlicher Kuß werden, so harmlos, wie ein Kuß auf die Lippen eben gerade noch sein kann, aber als sie einander einmal berührt hatten, konnten sie nicht mehr aufhören. Und so wurde es ein filmreifer Kuß, gleich vor dem Schild mit der Aufschrift: »Urgences – sortie de voiture!« Ein Notarztwagen ohne Blaulicht und Martinshorn fuhr einen Schlenker um sie herum, die beiden Rettungssanitäter grinsten.

Weder Corin noch Isabell bekamen etwas davon mit. Als er sie wieder losließ, musste sie sich an ihm festklammern, um nicht umzufallen.

»Jetzt fühle ich mich, als wäre ich gerade zum zweiten Mal vom Pferd gefallen«, sagte sie und versuchte, es wie einen Scherz klingen zu lassen.

»Ich mich auch«, erwiderte Corin, und bei ihm klang es todernst.

5. Kapitel

Es war in dem Augenblick passiert, in dem sie ihn zum ersten Mal angesehen hatte. Solange sie mit geschlossenen Augen dagelegen hatte, war sie nur eine hübsche junge Frau mit ungewöhnlichen hellen Haaren gewesen, die unverschämterweise unter seinen Pfirsichbäumen schlief. Aber als sie ihre Augen aufgeschlagen hatte und sich ihre Pupillen zuerst reflexartig gegen das Licht zusammengezogen und dann bei seinem Anblick vor Schreck wieder geweitet hatten, hatte ihn dieses eigenartige Gefühl überkommen, eine Mischung aus schicksalhafter Vorahnung und Entzücken. Es war nicht die Schönheit dieser Augen gewesen, die ihn berührt hatte – obwohl sie unzweifelhaft wunderschön waren, blau und weit wie der Frühlingshimmel –, sondern das, was er in ihnen zu erkennen glaubte. Obwohl er sich hinterher wohl hundert Mal oder mehr gesagt hatte, dass es völliger Blödsinn und allenfalls auf die Wirkung der überreichlich genossenen Frühlingssonne und des Weines am Nachmittag zurückzuführen sei, hatte er das Gefühl gehabt, durch diese Augen hindurch in seine eigene Seele zu schauen. In Bruchteilen von Sekunden hatte er dort alles wiedererkannt, was er in seinem Inneren bewegte – ungestillte Sehnsüchte, Ängste, Träume und ein riesengroßes Feld brachliegender Gefühle und Leidenschaften.

Es war ein unheimlicher Augenblick gewesen, und er hatte vergeblich versucht, ihn von sich abzuschütteln.

Corin Le Ber hielt sich für einen Realisten, jemand, der mit beiden Beinen im Leben stand, der wusste, worauf er sich verlassen konnte und worauf nicht. Im Gegensatz zu seiner Mutter und seiner Schwester Matilde, die beide gläubige Katholikinnen waren und überdies einen – wenn auch schamhaft hinter Ironie versteckten – Hang zur Esoterik hatten, glaubte Corin nicht an übersinnliche Kräfte, an schicksalhafte Begegnungen oder Seelenverwandtschaft in einem übernatürlichen Zusammenhang. Er glaubte, die Welt und das, was auf ihr geschah, werde einzig und allein von Naturgesetzen gesteuert, die – und das war sein Eingeständnis an etwas, was man im weitesten Sinne eine höhere Macht nennen könnte – so kompliziert und vielfältig waren, dass der Mensch bis jetzt nur einen Bruchteil davon entschlüsselt hatte.

Und so schob er, mangels besserer Erklärungen, seine seltsamen Gefühle für Isabell dem Sonnenschein, dem Wein und einer vermutlich deutlich erhöhten Konzentration bestimmter Hormone in seinem Stoffwechsel zu. Sie war ohne Zweifel eine der attraktivsten Frauen, die er jemals kennen gelernt hatte. Und dieser Wechsel von Unbefangenheit und Unsicherheit, den sie an den Tag legte, war auf irgendeine Art und Weise verdammt sexy. Es freute und verwirrte ihn gleichermaßen, dass sie nun auf RINQUINQUIN wohnte und dass er sie regelmäßig zu Gesicht bekam.

Dass sie sich, zumindest in hormoneller Hinsicht, in einem ähnlich verwirrten Zustand befand, war nicht zu übersehen. Sie errötete ständig, wenn er mit ihr sprach, und er fand das nur angemessen. Warum sollte es ihr anders gehen als ihm? Überdies schien sie eine nette, ehrliche und intelligente Person zu sein, alle auf RINQUINQUIN mochten sie, sogar Cathérines dunkle Augen auf der Fotografie neben seinem Bett schienen wohlwollend zu lächeln, wenn er abends auf dem Bett lag und über Isabell nachdachte und darüber, was er am liebsten mit ihr tun würde.

»Es ist nichts«, hatte er zu Cathérines Foto gesagt, noch gestern Abend. »Es ist nur – drei Jahre sind eine lange Zeit. Und sie ist wirklich sehr hübsch.«

Cathérine hatte nicht geantwortet, das tat sie nie, wenn er mit ihr sprach. (Und es hätte ihn, gemäß seinem Weltbild, auch sehr verwundert, wenn sie auf einmal den Mund aufgemacht hätte.) Aber er wusste, was sie tun würde, wenn sie sprechen könnte: Sie würde ihm diese drei Jahre zum Vorwurf machen, die seit ihrer Beerdigung in Paris vergangen waren.

Während ihrer Krankheit hatten sie oft über die »Zeit danach« gesprochen, das heißt, Cathérine hatte darüber gesprochen, er hatte nichts davon hören wollen. Es war ihr so wichtig gewesen, dass er auch ohne sie glücklich sein würde, und sie war nicht in der Lage gewesen, die Absurdität dieses Wunsches zu sehen. Glücklich sein ohne sie – das konnte und wollte er gar nicht!

»Versprich mir ...« – so hatte jeder dritte ihrer Sätze begonnen, und er hatte jeden einzelnen davon gehasst.

Manche dieser Sätze waren harmlos gewesen, und sein Versprechen nicht von vornherein dazu bestimmt, gebrochen zu werden:

Versprich mir, keine Grablampe aufzustellen. Es gibt nur scheußliche. Er hatte, um ihr das Gegenteil zu beweisen, bis heute nach einer geschmackvollen Lampe Ausschau gehalten, aber sie hatte Recht, es gab nur scheußliche Modelle.

Versprich mir, dass du meine Eltern daran hindern wirst, sich auf meiner Beerdigung zu streiten. Seine Schwiegereltern – seit Jahren geschieden – hatten es ausnahmsweise geschafft, einander nicht anzukeifen und anzuzischen, Corin hatte gar nichts dafür tun müssen.

Versprich mir, alle meine Sachen zu verschenken. Ich möchte nicht, dass du in einem Museum lebst. Ihre Freundinnen hatten sich um ihre Kleider, den Schmuck und persönliche Erinnerungsstücke gerissen, er hatte nur ein paar wenige Gegenstände und Fotografien behalten.

Aber andere Wünsche nach Versprechen waren von vornherein zum Scheitern verurteilt:

Versprich mir, dass du Paris im Frühling auch ohne mich genießen wirst.

Was für ein Hohn. Er war in diesen drei Jahren nur zweimal in Paris gewesen, beide Male, um geschäftliche Dinge mit seinem Schwiegervater zu regeln. Er hatte Blumen zum Grab gebracht, das sein Schwiegervater für viel Geld instand halten ließ. Beim letzten Mal war es tatsächlich Frühling gewesen, genossen hatte er seinen Besuch deshalb nicht. Er hatte gehofft, aus seiner Teilhaberschaft an der Firma seines Schwiegervaters mit einer gewissen

Summe herauszugehen, aber der Vertrag sah etwas Derartiges in diesem Fall nicht vor. Sein Schwiegervater nahm es ihm ohnehin sehr übel, dass er gehen wollte.

»Du bist Architekt, kein Bauer«, sagte er. »Wenn du partout dein Leben ruinieren willst, dann bitte schön. Aber ich werde dich nicht auch noch dafür bezahlen.«

In Anbetracht der hohen Schulden, die RINQUINQUIN belasteten, war Corin schon mehr als einmal versucht gewesen, den schwerreichen Schwiegervater um Geld anzugehen, aber bisher hatte sein Stolz es ihm verboten. Und seine Vernunft: Sein Schwiegervater mochte ihn, er schätzte ihn als Architekt, aber er war ein Geizkragen, der sein Geld niemals leichtfertig und ohne Eigennutzen vergab.

Versprich mir, dass du Kinder haben wirst. Ich weiß, du wärst ein wunderbarer Vater.

Cathérine hatte eine Fehlgeburt gehabt, unmittelbar bevor die Krankheit festgestellt worden war. Auf ihren Wunsch hin hatte nie jemand davon erfahren. Die Schwangerschaft war zum Zeitpunkt des Abbruchs noch ganz am Anfang gewesen, aber sie hatten dem Kind trotzdem einen Namen gegeben, Aimée. Cathérines Lieblingsspiel war es gewesen, über Aimée zu sprechen. »Wir hätten uns eines dieser dreirädrigen Gefährte gekauft, in denen das Baby in Lichtgeschwindigkeit über die Bürgersteige sausen kann, und wir hätten sie mit Inlinern durch Paris geschoben. Sie wäre wie kein zweites Kind über die Pariser Architektur informiert gewesen, und natürlich hätte sie Klavier spielen gelernt. Im Winter wäre sie mit Oma zum Skilaufen nach Grenoble gefahren, und wir wären dann für zwei Wochen ganz allein in die Karibik gejettet, um ein Geschwisterchen zu zeugen ...«

Versprich mir, dass du niemals diese Lachfältchen verlieren wirst.

»Diese Lachfältchen« waren inzwischen eher Lachfalten geworden, und Corin zweifelte daran, dass sie auf übermäßig häufiges Lachen zurückzuführen waren. Sie verrieten zusammen mit ein paar anderen Linien, die er zum größten Teil diesen ewigen Sorgen um das liebe Geld zuschrieb, dass er inzwischen neununddreißig Jahre alt war. Und obwohl die letzten drei Jahre im Rückblick rasend schnell vorbeigegangen waren, spürte er, dass Cathérine und ihr Tod inzwischen tatsächlich der Vergangenheit angehörten. Monatelang war er morgens aufgewacht und hatte instinktiv erwartet, sie neben sich zu finden, jeden Morgen hatte ihn die Erkenntnis, dass sie nicht mehr lebte, angesprungen wie ein tollwütiger Hund, und jeden Morgen wäre er am liebsten wieder eingeschlafen und nie mehr aufgewacht. Aber diese Tage gehörten der Vergangenheit an, ebenso wie die Nächte, in denen er von Albträumen geplagt wurde, Träume, in denen eine abgemagerte, von Chemotherapie gezeichnete Cathérine mit ihm sprach und ihm Versprechen abrang, die er nicht halten konnte.

Hier auf RINQUINQUIN, auf dem Land seiner Vorfahren, fühlte er sich zu Hause, die Arbeit, die er in das Gut steckte, schien ihm um ein Vielfaches sinnvoller als seine Arbeit als Architekt. Hier gab es nichts, was ihn ständig an Cathérine erinnerte, hier war alles, wie es schon seit seiner Kindheit gewesen war. Die Schönheit der Landschaft im Wechsel der Jahreszeiten, die Gegenwart seiner Mutter, seiner Schwestern und seines kleinen Neffen, das gute Essen, das Matilde ihnen auftischte – alles das schien ihm ungeheuer gut zu tun.

Er hatte mit Eifer und Engagement versucht, das Gut wieder aufzubauen, obwohl die finanzielle Situation im Grunde von vornherein aussichtslos gewesen war. Seine jüngste Schwester, Joséphine, hatte gleich nach dem Tod ihres Vaters für einen Verkauf des Gutes plädiert, als die ganze Misere offen vor ihnen auf dem Tisch lag. Bis dahin hatte ihr Vater die Probleme mehr oder weniger für sich behalten. Zumindest jene Flurstücke, die viel Geld brächten, sollten Joséphines Ansicht nach veräußert werden, aber das hätte das Ende von RINQUINQUIN als Pfirsichplantage bedeutet, denn ein Verkauf des Hauses wäre gezwungenermaßen kurze Zeit später ebenfalls notwendig geworden. Allen Familienmitgliedern, Joséphine ausgenommen, war der Gedanke, RINQUINQUIN aufgeben zu müssen, unerträglich gewesen. Und gegen Joséphines Willen hatten sie sich entschlossen, noch einen Versuch zu wagen, den Betrieb aufrechtzuerhalten.

Es hatte Corin mit nie gekannter Befriedigung erfüllt, als er seine erste eigene Ernte eingebracht hatte und seine Pfirsiche auf dem Großmarkt in Carpentras für exquisit befunden worden waren. Und es erfüllte ihn mit großem Kummer, dass seine Arbeit als solche zwar erfolgreich war, das Gut aber trotzdem nicht vor dem Ruin würde retten können.

Wie alle auf RINQUINQUIN versuchte er, die drohende Katastrophe zu verdrängen, so gut er konnte.

Sie waren wie Passagiere auf der *Titanic*, mit dem Unterschied, dass sie wussten, dass das Schiff sinken würde – und dass sie alle irgendwie auf ein Wunder hofften.

Auch Laurent hatte inzwischen – wenn auch auf typisch kindlichen, verschlungenen Umwegen – begriffen, dass RINQUINQUIN nicht durch Termiten, sondern durch ähnlich schlimme Umstände bedroht war. Wie Corin nahm er Isabells Auftauchen als gutes Omen.

»Sie sieht aus wie die gute Fee Javotte«, hatte er Corin anvertraut. »Vielleicht kann sie ja auch Wünsche erfüllen.«

»Vielleicht«, hatte Corin geantwortet.

Die gute Fee Javotte – wirklich, Isabell hatte durchaus Ähnlichkeit mit ihr. Wenn sie abends durch den Garten geschlendert kam, hoch gewachsen, schlank, das seltsame helle Haar aufgesteckt, in einem schlichten, aber eleganten und unverkennbar teuren Kleid, hatte er das Gefühl, sie gehöre hierher, hierher nach RINQUINQUIN. Es war absurd, und er wusste es, sie war eine Fremde, nicht mal Französin, er kannte sie erst ein paar Tage und wusste überhaupt nichts über sie. Und trotzdem ...

Als sie an diesem Nachmittag auf dem Pferderücken vor ihm aufgetaucht war, hatte er gerade wieder an sie denken müssen. Was, wenn sie wirklich so bald wieder abreisen würde und dadurch das, was zwischen ihnen war, einfach nur ein Gedanke bliebe? Nichts als eine Idee, die eine Vielfalt von Möglichkeiten beinhaltete, von denen keine einzige jemals Wirklichkeit werden konnte? Das war ein unerträglicher Gedanke, so ähnlich, wie ein Lotterielos mit den richtigen Zahlen zu haben, es aber ganz bewusst nicht einzulösen.

Und wenn er sich täuschen und diese Idee von der Seelenverwandtschaft und der Schicksalhaftigkeit sich als vollkommener, hormonell herbeihalluzinierter Blödsinn entpuppen würde, dann hätte er immerhin noch guten Sex gehabt, vorausgesetzt, er traute sich endlich, den ersten Schritt zu machen. Dass sie gut im Bett sein würde, stellte er aus irgendeinem Grund völlig außer Zweifel.

Sie sah wunderschön aus, wie sie dort im Sonnenschein näher kam, aufrecht im Sattel, die Augen träumend beinahe geschlossen, das helle Haar im Nacken zusammengebunden. Die gute Fee Javotte – vielleicht hätte sie so ausgesehen, wenn sie Jeans und ein weißes T-Shirt getragen hätte statt des wolkenähnlichen, eigenartigen Gebildes, das sie auf der Zeichnung in Laurents Märchenbuch trug.

Aber vermutlich wäre die gute Fee Javotte niemals so deutlich errötet bei seinem Anblick, und vermutlich hätte sie auch nicht über Steuern und Kredite gesprochen. Und ganz bestimmt wäre die gute Fee Javotte nicht derart ungeschickt vom Pferd gepurzelt.

Zärtlichkeit war in ihm aufgewallt, als er Isabell aus dem Graben geholfen und in ihr blutverschmiertes, unglückliches Gesicht geschaut hatte. Und er hatte gewusst, dass in diesem Augenblick eine von den vielen, vielen Möglichkeiten ihren Anfang genommen hatte. Einen etwas kuriosen Anfang, aber immerhin einen Anfang.

Auf dem Rückweg vom Krankenhaus betrachtete er sie von der Seite. Das dicke Mullpolster auf ihrer

Stirnwunde verunstaltete das feine Profil, sie blickte in ihren Schoß, wo zwei dicke Bücher über französisches Steuerrecht lagen, die die Buchhandlung wundersamerweise vorrätig gehabt hatte. Sie hatte schon im Café begonnen, darin zu blättern. Aus irgendeinem Grund schien sie diese Lektüre äußerst spannend zu finden.

»Oh«, rief sie jetzt aus.

»Was ist? Hast du Schmerzen?«

Sie schüttelte den Kopf. »Es ist wegen eurer Mehrwertsteuer! Zwanzig Komma sechs Prozent! Das ist ja Wucher.«

»Ja, das schmerzt ganz schön. Aber für landwirtschaftliche Produkte gibt es einen ermäßigten Steuersatz. Was macht dein Kopf?«

»Die Schmerztabletten wirken einwandfrei. Ich bin vollkommen benebelt.«

»Du hast doch noch gar keine genommen«, erinnerte Corin sie.

Sie grinste. »Möglicherweise liegt es ja auch an dem Pastis oder ...«

»Oder was?«

»An diesem Kuß vorhin.«

»Oh, wenn das die Schmerztabletten ersetzt, kannst du gerne noch mehr davon haben.«

Isabell schwieg ein paar Sekunden. »Ja, bitte«, sagte sie dann und klappte das Buch auf ihrem Schoß zu. Es wurde ohnehin allmählich zu dunkel zum Lesen.

Unter anderen Umständen hätte Corin das Auto prompt an den Straßenrand gelenkt, aber er hatte erst vorhin auf RINQUINQUIN per Handy ihre Heimfahrt angekündigt und wusste, dass alle auf sie warteten.

Als sie in Volonne ankamen, stand der Mond bereits am Himmel. Auf RINQUINQUIN wurden sie von Madame Cécile, Matilde, Bertrand und Laurent im hell erleuchteten Hof erwartet, genau wie Corin es vermutet hatte. Nur Ermeline und Großtante Germaine fehlten bei diesem Empfang.

Sie fielen alle auf einmal mit Fragen über sie her.

»Bist du in Ordnung?«

»Wie konnte das nur passieren?«

»Warum hatte niemand diesen Graben abgesperrt?«

»Sind Sie in einem Krankenwagen gefahren? Hatte er seine Sirene an?«

»Es ist alles in Ordnung«, versicherte Isabell und hielt ihre geschwollene Hand nach oben. »Nur eine verstauchte Hand und eine Platzwunde an der Stirn. Und ein ruiniertes T-Shirt. Kein Krankenwagen, keine Sirene.«

»Es ist furchtbar, dass das passiert ist«, sagte Matilde. »Es sieht Céleri gar nicht ähnlich ...«

»Oh, der hat überhaupt nichts falsch gemacht«, beteuerte Isabell. »Er ist wirklich sehr vorsichtig mit mir umgegangen.«

»Können Sie denn etwas essen?«, fragte Madame Cécile. »Sie können die Gabel doch in die rechte Hand nehmen, und jemand wird Ihnen das Fleisch in mundgerechte Häppchen schneiden.«

»Darf ich mich vorher duschen und umziehen? Ich sehe aus, als hätte ich den Nachmittag über als Schlachter gearbeitet.«

Das Abendessen war wie immer köstlich. Es gab Omelettes mit wildem Spargel, dazu Rucola-Salat mit Ziegenkäse. Isabell musste in allen Einzelheiten erzählen, wie es zu dem Unfall hatte kommen können, und Corin steuerte ein paar Details bei, über die alle lachten, Isabell eingeschlossen. Großtante Germaine erzählte, dass sie selbst einmal samt Pferd in die Volonne gestürzt sei und dass man zu ihrer Empörung zuerst das Pferd gerettet habe, und das, obwohl sie nicht habe schwimmen können.

»Damals, im Krieg, war ein Pferd hier auf dem Land eben mehr wert als ein Mädchen«, sagte sie.

»Da habe ich ja noch mal Glück gehabt«, murmelte Isabell.

»War das im Ersten oder im Zweiten Weltkrieg, Großtante?«, fragte Laurent.

Großtante Germaine sah ihn erschrocken an. »Gab es denn auch noch einen zweiten?«

Am Ende war es ziemlich spät geworden, als sie die Tafel aufhoben. Bertrand trug Großtante Germaine die Treppe hinauf, Ermeline und Matilde räumten den Tisch ab. Isabell wollte ihnen wie jeden Abend helfen, aber Madame Cécile hinderte sie daran.

»Sie sind wegen Ihrer Hand vom Abwasch suspendiert«, sagte sie. »Corin bringt Sie hinüber in den Gästeflügel und vergewissert sich, dass Ihnen nichts fehlt. Nicht wahr, Corin?«

»Natürlich«, erwiderte er.

»Was soll mir denn fehlen?«, fragte Isabell auf dem Weg zu ihrem Zimmer. Sie fröstelte. Es war kalt geworden, der Himmel hatte sich zugezogen, der Mond war nirgendwo mehr zu entdecken. »Abgesehen von einem Stückchen meiner Kopfhaut natürlich.«

»Ich glaube, meine Mutter möchte uns auf eine etwas altmodische Art und Weise verkuppeln«, sagte Corin.

Isabell wurde rot. »Du meinst, sie hat dich mit mir hier rübergeschickt, damit wir ...?«

»Ich sagte, auf eine altmodische Art und Weise.« Corin lachte, während er die distelblaue Tür öffnete und die nackte Glühbirne einschaltete, die den Korridor beleuchtete.

»Oh. Dann wäre es sicher nicht im Sinne deiner Mutter, wenn ich dich bitten würde, noch ein bisschen zu bleiben?«

»Na ja.« Corin stieß die Zimmertür schwungvoll auf. »Was soll in diesen Etagenbetten schon Schlimmes passieren? Schon die Studenten damals haben diese Quartiere ausschließlich zum Schlafen benutzt. Wenn sie einer hübschen Erntehelferin näher kommen wollten, sind sie hinaus auf die Felder gegangen ...«

»Tatsächlich?« Isabell knipste die Stehlampe an, die sie mit einem ihrer Seidenschals »gedimmt« hatte. Der orange-rot gemusterte Schal hatte überdies einiges zur Verschönerung der Lampe beigetragen. »Woher weißt du das so genau?«

»Ich war ungefähr elf, dürstete nach sexueller Aufklärung und war zu jener Zeit nachts ziemlich viel in den Feldern unterwegs.« Er pfiff durch die Zähne. »Was ist denn hier passiert?«

»Gemütlich, oder?«, sagte Isabell nicht ohne Stolz. Der Raum war tatsächlich beinahe hübsch geworden, nachdem die Etagenbetten und eines der beiden metallenen Nachtschränkchen in die Nachbarräume verbannt worden waren. Großtante Germaines Bett stand nun quer zum Fenster und nahm dem Raum so etwas von seiner Langgestrecktheit. Die weiße leinene Bettwäsche wurde von Isabells mitgebrachten Decken farblich ein wenig aufgepeppt, das verbliebene hässliche Nachtschränkchen war unter einem Leintuch verborgen, auf dem ein Einmachglas mit blühenden Pfirsichzweigen und eine Spieluhr standen. Die Dielen vor dem Bett waren mit einem Perserteppich bedeckt.

»Nimmst du immer deine Teppiche mit, wenn du verreist?«

»Manchmal«, sagte Isabell. Es wäre vielleicht ein gutes Stichwort gewesen, um ihm von Frithjof und ihrem Auszug zu erzählen, aber ihr war überhaupt nicht nach derartigen Geständnissen. Sie konnte nur mit Mühe ein Zähneklappern unterdrücken, dabei war ihr nicht kalt, eher im Gegenteil.

»Das macht es aber schwerer, sich zu entscheiden«, sagte Corin.

»Was zu entscheiden?« Sie brachte es fertig, diesen Satz zu sprechen, ohne die Zähne klappern zu lassen.

»Ob es sich besser auf dem Teppich liegt oder auf dem Bett.« Corin nahm ihren Kopf vorsichtig in beide Hände und begann sie zu küssen. »Vorausgesetzt, du kannst überhaupt ...«

»Liegen?«, brachte Isabell etwas atemlos hervor. »Das Einzige, was ich heute nicht fertig bringe, ist ein Kopfstand.«

»Das ist gut«, murmelte Corin zwischen zwei Küssen, von denen einer exakt die Stelle an Isabells Hals traf, an der auf geheimnisvolle Weise alle Nerven ihres Körpers zusammenzulaufen schienen. »Dann heben wir uns das noch für später auf.«

Isabell war fest davon überzeugt, niemals wieder schlafen zu müssen. Jede ihrer Körperzellen war wach, und sie fühlte sich so lebendig wie nie zuvor.

»Das war ...« Sie suchte nach dem richtigen Wort. *Überwältigend. Schockierend. Schamlos. Welterschütternd. Atemberaubend.* Es war alles gewesen, aber nichts davon klang dramatisch genug, um ihre Gefühle ausreichend zu beschreiben.

»Das war einfach ... gut«, sagte sie schließlich.

Corin, der bäuchlings auf dem Bett lag, den nackten Körper nur unzureichend zugedeckt, stützte sich auf seine Ellenbogen und zog spöttisch eine Augenbraue hoch.

»Gut? Nur *gut*?«

»Überwältigend gut«, sagte Isabell bereitwillig.

»Fragt sich nur, wer wen überwältigt hat.«

»Du mich«, sagte Isabell und bewunderte sein muskulöses Hinterteil, das im Licht der Stehlampe an einen Pfirsich erinnerte. »Seit ich dich das erste Mal gesehen hatte, musste ich immer *daran* denken.«

»Ich habe mich auch die ganze Zeit gefragt, wie du wohl nackt aussiehst«, sagte Corin und zog die Decke weg, um sie besser betrachten zu können. »So – üppig habe ich es mir allerdings nicht vorgestellt. Angezogen siehst du so zart und zerbrechlich aus. Am besten gefallen mir diese – diese sommersprossigen Schultern.«

Da seine Hände sich gerade ganz woanders aufhielten, musste Isabell lachen.

»Aber bei Männern ist das normal, dass sie immer sofort an Sex denken«, meinte sie dann. »Mir hingegen ist es zum ersten Mal passiert.«

»Was denn? Dass du an Sex gedacht hast?«

»Ja.« Isabell setzte sich auf. »Das erste Mal.«

Corin lachte. »Aber es war nicht das erste Mal, dass du's getan hast, oder?«

»Du verstehst nicht, wie ich das meine.« Isabell schob seine Hände von sich, aber sie waren wie warme, freundliche Tiere, sie kamen sofort wieder angekrochen. »Es – es gehörte bisher einfach nur zu einer Beziehung dazu. Aber wenn es nach mir gegangen wäre, hätten wir stattdessen auch etwas anderes tun können. Ins Kino gehen, ein Buch lesen, einen Spaziergang machen, irgendetwas eben. Nicht, dass es nicht *funktioniert* hätte, weißt du, es war nur einfach nicht wichtig.«

Die Hände hatten aufgehört, sich zu bewegen. »Und wer ist wir?«

Isabell zuckte zusammen. »Ich und – die Männer eben«, sagte sie. *Ich und Frithjof,* wäre die richtige Antwort gewesen, denn Frithjof war ihr bisher erster und einziger Mann gewesen. Aber sie fand, es war besser, ein intimes Geständnis nach dem anderen zu machen.

»Die Männer eben«, wiederholte Corin amüsiert. »Und was haben sie gesagt, wenn du ihnen eröffnet hast, dass du eigentlich lieber mit ihnen ins Kino gegangen wärst?«

»Ich habe es ihnen nie gesagt.«

»Wie alt bist du?«

»Achtundzwanzig.«

»Achtundzwanzig. Unfassbar. Diese Männer würde ich gerne mal kennen lernen.«

Isabell dachte an Frithjof. »Es ist ein – sind ganz normale Männer gewesen«, sagte sie. »Ich habe ja auch gesagt, dass es funktioniert hat. Es war eben nur nicht so wie mit dir. So ...« – wieder stockte sie – »... gut!«

Corin brach in Gelächter aus. »Ich weiß schon, es ist schwierig, über Sex zu sprechen, aber über deine Verschämtheit muss ich mich doch wundern! Vor zehn Minuten hast du ganz andere Worte über deine Lippen gebracht. Ohne zu stottern.«

Isabell errötete. »Tatsächlich? Hoffentlich waren es keine unanständigen Worte.«

»Oh doch«, sagte Corin lachend. »Aber wenn du zu laut wurdest, habe ich dir den Mund zugehalten.«

»Das müssen die Nebenwirkungen dieser Schmerztabletten sein.« Isabell kicherte. »Oh, stimmt ja, ich habe ja gar keine genommen.« Sie wurde wieder ernst. »Aber ich wollte damit nur sagen, dass es – dass es etwas ganz Besonderes war für mich.«

Corin hörte auf zu lachen. »Das war es für mich auch«, sagte er. »Weißt du, ich bin diesbezüglich nämlich nicht gerade in Übung.«

»Nicht? Ich dachte, du und diese Madeleine ...«

»Madeleine? Nein, sie ist nur eine Freundin. Ich kenne sie, seit sie ein kleines Mädchen war. Irgendwie finde ich seltsam, bei ihr an Sex zu denken.«

Isabell war ungemein erleichtert. »Sie ist aber sehr hübsch.«

»Ja, das ist sie wohl.« Corin begann wieder mit seinen Händen über ihre nackte Haut zu wandern.

»Warum bist du nicht verheiratet?«, fragte Isabell. Es war eine blöde Frage, aber sie hätte platzen müssen, wenn sie sie nicht gestellt hätte.

Seine Antwort war ein kleiner Schock. »Ich war verheiratet.« Und nach einer kleinen Pause: »Sie ist gestorben.«

»Oh. Wie furchtbar.« So etwas Tragisches wie eine tote Ehefrau hätte Isabell nicht vermutet. Eine gescheiterte Ehe, ja, die konnten viele vorweisen, sie selbst eingeschlossen, aber der Tod eines Partners hatte einen ganz anderen Stellenwert, es war ein schmerzliches, ein dramatisches, ein einschneidendes Erlebnis. Isabell wünschte, sie hätte nicht danach gefragt.

Plötzlich war ihr gar nicht mehr so wohlig zumute. Sie spürte, wie sich ihr Körper mit einer Gänsehaut überzog.

Corin merkte das auch. Er streichelte vorsichtig über die aufgerichteten Härchen auf ihrem Arm. »Das ist lange her«, sagte er, und in diesem Moment kam es ihm auch unendlich lange vor. »Wir haben zusammen in Paris gelebt. Sie war Architektin wie ich.«

»Du bist *Architekt*?«

»Ich war Architekt. Ein guter sogar.«

»Und wer hat RINQUINQUIN bewirtschaftet, als du Architekt warst?« Eigentlich interessierte sie sich viel mehr für seine Ehefrau, aber sie wagte nicht danach zu fragen.

»Damals lebte mein Vater noch«, sagte Corin. »Aber auch er war eigentlich kein Bauer. Er war eigentlich gelernter Bibliothekar, und da haben er und meine Mutter sich auch kennen gelernt, in der Bibliothek. Mein Großvater war entsetzt: Ein Schwiegersohn, der Bibliothekar war! Am liebsten hätte er meine Mutter sofort enterbt, aber sie war die Einzige, die das Gut weiterführen konnte. Ihr Bruder hatte sich nach dem Krieg irgendwo ins Ausland abgesetzt und galt als verschollen. Also musste mein Vater das

Büchereiwesen aufgeben und Obstbauer werden. Wider Erwarten hat er eine ebenso große Liebe zu den Pfirsichen und dem Land entwickelt wie mein Großvater. Er hat sogar den Namen Le Ber angenommen, damit er nicht ausstirbt. Mein Großvater war ungemein beeindruckt, dass ein Bibliothekar so etwas leisten konnte. Auf dem Sterbebett soll er gesagt haben, dass er aus reinem Respekt vor meinem Vater sogar mit dem Bücherlesen begonnen hätte, wenn er denn mehr Zeit gehabt hätte. Ich kann mich leider nicht an meinen Großvater erinnern, ich war erst zwei, als er gestorben ist, aber er muss ein schrulliger alter Mann gewesen sein. Großtante Germaine ist seine Schwester, an guten Tagen erzählt sie Anekdoten über ihn, die es wert wären, aufgeschrieben zu werden.«

Er lachte auf. »Dummerweise ist dann in den Siebzigern Mamans Bruder aufgetaucht, der Verschollene, und da Großvater vergessen hatte, ihn zu enterben, stand ihm die Hälfte von RINQUINQUIN zu. Das ist der Grund für diesen berühmten Kredit, der uns noch heute ruiniert.«

»Und wo ist der Bruder jetzt?«

Corin zuckte mit den Achseln. »Wieder verschollen. Er hat sein Geld genommen und sich seither nicht mehr hier blicken lassen.«

»Wie schade. Etwas von dem Geld könntet ihr jetzt gut gebrauchen.«

Corin hatte keine Lust mehr, Familiengeschichten vor ihr auszubreiten. »Es ist immer noch dunkel draußen«, sagte er. »Das heißt, wir können jetzt entweder noch ein paar Stunden schlafen oder ...«

Isabell fühlte etwas Hartes an ihrem Oberschenkel.

Genüsslich tastete sie danach und schloss ihre Hand darum.

»Oder«, sagte sie und genoss es, die Erregung in seinen Augen zu sehen. Sie waren grün wie Eukalyptusbonbons.

Sie schlief. Ihre Lippen waren leicht geöffnet, und sie atmete hörbar ein und aus. Es war kein Schnarchen, eher ein leises Röcheln, das verriet, das sie wirklich schlief.

Keine Frau würde freiwillig solche Geräusche von sich geben, dachte er amüsiert und gerührt zugleich. Sie sah schön aus mit den langen, gebogenen Puppenwimpern, der zarten, sommersprossigen Haut und dem hellen, zerzausten Haar, das sich auf dem Kissen ausgebreitet hatte und das, wie er nun wusste, wunderbar duftete, wenn man seine Nase hineingrub. Er tastete mit den Augen die Umrisse ihres Körpers ab, die sich unter der weichen, dünnen Decke abzeichneten, bis hinab zu ihren Kniekehlen, in die hinein sich Pastis gerollt hatte und zufrieden schnurrte. Irgendwann im Laufe der Nacht hatte sie auf der Fensterbank gesessen und laut miauend um Einlass gebeten.

»Ich fürchte, sie will mitmachen«, hatte Corin gesagt, als sie aufs Bett gesprungen war, aber Isabell hatte nur schläfrig gelacht. Wie die Katze hatte sie sich zusammengerollt und ihren Rücken an seinen Bauch geschmiegt, eine Position, die sie offensichtlich zutiefst entspannte, ihn hingegen sofort wieder erregt hatte.

Aber als er Isabells ruhige Atemzüge gehört hatte, hatte er sich darauf beschränkt, sein Gesicht in ihr Haar zu graben und ihren Duft einzuatmen.

Was für eine Nacht!

Es war lange her, dass er sich so gut gefühlt hatte, so lebendig, so voller Jugend. Allerdings war er hundemüde und wünschte sich nichts mehr, als sich neben Isabell ausstrecken und ein paar Stunden schlafen zu können. Eine Nacht wie diese, in der man sich abwechselnd geliebt und miteinander geredet hatte, erinnerte ihn an seine Studentenzeit. Damals hatte es auch keine Rolle gespielt, wie spät es wurde oder was am nächsten Tag anstand. Einmal hatte er eine Prüfung angetreten, bei der sein letzter Schlaf mehr als achtundvierzig Stunden zurücklag. Damals hatte er dieses wunderbare Mädchen kennen gelernt, Louison? Jedenfalls hatten sie sich abwechselnd geliebt oder den Lernstoff abgefragt – und er hatte die Prüfung hervorragend bestanden. Nun, über diese Energie schien er heutzutage nicht mehr zu verfügen, aber er fühlte sich trotzdem zum Bäumeausreißen.

Leise zog er sich an und verließ den Raum, ohne Isabell zu wecken. Es war bereits hell, aber der Himmel war bedeckt und die Luft kalt. Über Nacht war der Mistral zurückgekehrt, und es war zu befürchten, dass er Regen über die Berge treiben würde. Heftigen Regen, der den zarten Pfirsichblüten würde schaden können.

Corin seufzte. Warum war im Wetterbericht von dieser Wetteränderung keine Rede gewesen? Den Mistral hatten sie angekündigt, die Wolken nicht.

Er öffnete leise die Haustür und wollte ungesehen die Treppe hinauflaufen, als Bertrand ihm eben von dort entgegenkam. Er half Matilde immer in aller Frühe, Großtante Germaine zu waschen und anzuziehen, eine Prozedur, für die man starke Männerarme benötigte.

»Guten Morgen, Monsieur.« Das breite Grinsen in seinem Gesicht war nicht zu übersehen.

Corin bemühte sich um eine neutrale Miene. »Morgen, Bertrand. Darf ich fragen, was Sie so fröhlich stimmt?«

»Das wollte ich Sie gerade fragen.« Bertrands Grinsen wurde noch breiter.

»Nun, am Wetter liegt es jedenfalls nicht«, antwortete Corin und konnte sich ein Grinsen ebenfalls nicht verkneifen. »Es sieht nach Regen aus, und ich muss die Pflanzen auf dem Versuchsfeld schützen, bevor es losgeht.«

»Aber willst du denn nicht erst frühstücken?«, hörte er die Stimme seiner Mutter von unten.

Corin seufzte. Seine Hoffnung, ungesehen verschwinden zu können, schmolz dahin. »Guten Morgen, Maman. Nein, ich glaube nicht.«

»Matilde hat frische Croissants gebacken«, sagte Madame Cécile. »Sie sagt, die sind extra für dich.«

Corin seufzte wieder. »Warum nur habe ich das dumme Gefühl, dass ich heute anders behandelt werde als sonst?«

»Sie haben das Hemd falsch geknöpft, Monsieur«, sagte Bertrand.

»Komm schon, Corin, die Croissants werden kalt«, sagte seine Mutter. »Oder willst du etwa, dass wir alle vor Neugier platzen?«

»Ja«, sagte Corin.

»Natürlich, wenn du nicht darüber reden willst ...«, sagte seine Mutter.

»So ist es.«

»Dafür haben wir volles Verständnis«, versicherte seine Mutter. Zu Corins grenzenloser Verblüffung drehte sie sich um und ging zurück Richtung Küche.

»Ist alles in Ordnung mit dir, Maman?«, erkundigte er sich.

Sie blieb stehen und drehte sich wieder um. »Weil ich deine Privatsphäre akzeptiere? Aber du kennst mich doch, Junge.«

»Eben«, sagte Corin.

Seine Mutter lächelte zu ihm hinauf. »Sie ist so ein nettes Mädchen, Corin. Ich habe gleich gewusst, dass ihr beiden zueinander passen würdet. Da war so eine gewisse Aura um euch herum ...«

»Oh, bitte nein, verschon mich damit.« Corin zog sein Hemd aus der Hose und begann, es richtig zuzuknöpfen. »Aber du hast Recht, sie ist ein nettes Mädchen.«

»Ich bin ja so froh«, sagte Matilde, die in der Küchentür aufgetaucht war. Laurent lehnte sich, ein Croissant kauend, an ihre Seite. Dahinter sah Corin in Ermelines brummeliges Gesicht. Der Anblick der Gestalten im Rahmen der Küchentür erinnerte ihn fatal an ein Kasperletheater.

Er runzelte belustigt die Stirn. »Das findest du also auch, Matilde. Und du, Laurent? Bist du auch froh, dass dein guter alter Onkel so ein nettes Mädchen kennen gelernt hat?«

»Ich habe sie ja überhaupt erst für dich entdeckt«, sagte Laurent. »Wenn ich nicht das Schild aufgestellt hätte, dann wäre sie niemals hier aufgetaucht.«

»Ich kann nicht sagen, dass ich sie mag«, bekannte Ermeline von hinten, obwohl niemand sie danach gefragt hatte. »Aber wenn Sie schon unbedingt was mit einer Frau anfangen müssen, dann ist mir die immer noch lieber als das Clérisseau-Mädchen.«

»Was genau macht euch eigentlich alle so sicher, dass ich heute Nacht nicht einfach nur spazieren war? Und zwar allein? Habt ihr etwa kontrolliert, ob ich in meinem Bett geschlafen habe?«

»Ob du nicht darin geschlafen hast, meinst du«, korrigierte Matilde. »Nein, wir haben alle selber im Bett gelegen und darauf gewartet, dass du zurückkommst. Und als du nicht kamst ...«

»... und das Hemd dann noch falsch geknöpft war ...«, ergänzte Bertrand.

»... haben wir uns eben unseren Reim darauf gemacht«, schloss Madame Cécile.

»Es ist nett, dass ihr nicht allesamt eure Ohren an die Tür vom Gästeflügel gelegt habt«, sagte Corin.

»Ich wollte ja, aber Madame Cécile hätte es uns nicht erlaubt«, sagte Ermeline.

»Wir sind eine schreckliche Familie, und ich wollte Isabell nicht von vornherein abschrecken«, sagte Madame Cécile. »Es reicht, wenn sie uns erst nach der Hochzeit enttarnt.«

»Maman! Wir haben eine einzige Nacht miteinander verbracht, das heißt nicht, dass du gleich die Hochzeitsglocken läuten hören musst!«

»Corin! Du wirst dem armen Mädchen doch nicht das Herz brechen!«

»Weil ich sie nicht *heirate?* Wir kennen uns doch noch überhaupt gar nicht!« Das war leider nur zu wahr. Obwohl sie die halbe Nacht miteinander geredet hatten, wusste Corin nicht mehr von ihr, als Informationen in eine Bekanntschaftsannonce passten: *28-jährige Steuerfachgehilfin, gut aussehend, intelligent, zweisprachig, Sammlerin von Spieluhren, sucht ...* Umgekehrt wusste sie dagegen eine ganze Menge von ihm, vor allem, was seine Konten anging, hatte er kein Geheimnis mehr vor ihr. Er seufzte auf. Er hätte sie mehr fragen müssen, anstatt sie mit Familiengeschichten zu langweilen und ihr in allen nur denkbaren Varianten zu sagen und zu zeigen, wie schön er sie fand.

»Aber ihr kennt euch gut genug, um miteinander zu ...«, sagte Madame Cécile und ließ den unvollendeten Satz vorwurfsvoll in der Luft hängen.

»Maman!«

»Ärgere dich nicht, Brüderchen.« Matilde winkte mit einem Croissant. »Wir freuen uns doch alle nur darüber, dass du dich verliebt hast.«

»Wer sagt, dass ich verliebt bin? Wie gesagt, wir haben nur die Nacht ...!«

»Ach, komm schon, Corin! Dass ihr ineinander verliebt seid, das wissen wir hier alle schon seit Tagen! Wir haben Wetten abgeschlossen, wann ihr es endlich auch bemerken würdet.«

Corin kam langsam die Treppe herab. »Oh Gott, das ist ja furchtbar! Ich dachte, ich wäre ein Meister des Pokerface.«

»Du hast die ganze Zeit geguckt wie jemand, der einen Royal Flush auf der Hand hat.« Matilde schenkte ihm eines ihrer seltenen Lächeln und wurde sofort wieder ernst. »Wir sind doch nur glücklich darüber. Wir hatten Angst, es würde dir nie wieder passieren, nach dieser schrecklichen Geschichte.«

Corin nahm seiner Schwester das Croissant aus der Hand.

»Ich hatte auch Angst«, sagte er. Er hatte vor beidem Angst gehabt, davor, sich nicht mehr verlieben zu können, und davor, was passieren würde, wenn er es doch täte.

Er lächelte die vertrauten Gesichter ringsum an. »Ihr seid schrecklich, indiskret und neugierig, aber ich liebe euch alle. Und jetzt gehe ich raus und bringe meine Versuchspflänzchen in Sicherheit. Ach, und ich wäre euch sehr dankbar, wenn ihr Isabell mit derartigen Überfällen verschont, ja? Bitte versprich mir, dass du nicht von Hochzeit reden wirst, Maman.«

»Wofür hältst du mich?«, fragte Madame Cécile empört.

»Versprich es mir«, beharrte Corin.

»Also gut.«

»Ehrenwort?«

»Ehrenwort«, sagte Madame Cécile. Aber kaum war Corin zur Tür hinaus, setzte sie aufgeregt hinzu: »Ich würde so gerne wissen, ob Isabell in das Hochzeitskleid passt, das Großtante Germaine in ihrer Truhe hat. Cathérine hatte damals viel zu viel Oberweite. Und dabei ist es so ein schönes Kleid.«

Laurent war ein ganz anderer Gedanke gekommen.

»Wird Mademoiselle Isabell jetzt keine Miete mehr zahlen?«, fragte er. »Das wäre aber blöd.«

Die anderen brachen in lautes Gelächter aus, alle, bis auf Ermeline. Die konnte Laurent voll und ganz verstehen.

»Das wäre wirklich blöd«, brummte sie.

Als Isabell in die Küche trat, war Laurent längst in der Schule, Matilde zu ihrer Arbeit aufgebrochen und Ermeline bei ihren Hühnern. Nur Madame Cécile saß am Küchentisch und studierte wie jeden Morgen die Zeitung.

»Stellen Sie sich mal vor«, sagte sie. »In Sisteron hat sich eine englische Tierschützerin als Lammkotelett verkleidet und gegen den Verzehr von Milchlämmern protestiert. Auf dem Viehmarkt hat sie Transparente geschwenkt, auf denen unsinnigerweise stand: *Würden Sie Ihre Babys essen?* Wenn schon, dann hätte es heißen müssen: *Würden Sie es mögen, wenn Schafe Ihre Babys äßen?*«

»Was mag sie wohl als Lammkotelett getragen haben?«, fragte Isabell.

»Sie haben leider kein Fotos dabei«, antwortete Madame Cécile bedauernd und musterte sie über den Rand ihrer Brille. »Möchten Sie Kaffee?«

»Gerne. Wenn ich darf, gieße ich ihn mir selber ein, bleiben Sie sitzen, und sagen Sie mir, was es sonst noch Neues gibt.«

»Also, da wissen Sie sicher mehr als ich.«

Isabell sah sie schockiert an.

Madame Cécile hob beide Hände und setzte hastig hinzu: »Oh, vergessen Sie, dass ich das gesagt habe. Ich möchte auf keinen Fall den Eindruck erwecken, als wäre ich neugierig.«

Isabell war ein bisschen rot geworden. »Ich dachte mehr an Neuigkeiten aus der Zeitung.«

»Ja, ja, natürlich. Mal sehen, was haben wir denn da? Der Mistral soll nur zwei Tage wehen, dann kommt der Frühling zurück. Mit Temperaturen bis zu sechsundzwanzig Grad. Na, das ist doch wunderbar. Dann können wir übermorgen endlich mal wieder auf der Terrasse zu Abend essen. Wie geht es eigentlich Ihrer Hand?«

»Sie ist schon wieder ein bisschen abgeschwollen.« Allein das Wort »abgeschwollen« trieb ihr albernerweise erneut die Schamröte ins Gesicht. Hastig nahm sie einen Schluck aus ihrer Kaffeetasse, um Madame Cécile dann mutig in die Augen zu schauen. »Sie wissen alle Bescheid, nicht wahr?«

»Hm, ja«, meinte Madame Cécile. »Hier ist es schwer, Geheimnisse zu bewahren.«

»Das ist schrecklich peinlich.«

»Aber nein!«, rief Madame Cécile aus. »Das ist doch nicht peinlich! Wir finden das alle wunderbar! Wissen Sie, seit seine Frau gestorben ist, hat Corin sich sehr verändert. Er war immer so traurig, der arme Junge, so ernst. Und dabei ist er noch so jung! Es ist einfach nicht gut, wenn man in diesem Alter schon alleine ist. Ich finde es in meinem Alter schwer genug!«

Isabell schwieg betreten.

»Natürlich kann man sich auch in meinem Alter noch verlieben«, fuhr Madame Cécile ablenkend fort. »Aber, seien wir mal ehrlich, die Auswahl ist doch deutlich begrenzter. Männer in meinem Alter sind meistens dick und glatzköpfig. Manche haben schon einen Herzschrittmacher, und abends nehmen sie ihre Zähne heraus und legen sie neben sich auf die Kommode. Ich persönlich hätte nichts gegen einen jüngeren Mann einzuwenden, aber ein jüngerer Mann hätte wiederum eine Menge gegen meine Falten und die weißen Haare einzuwenden.« Sie neigte sich vertraulich vor. »Ich färbe mein Haar, es wäre sonst schlohweiß!«

»Es sieht sehr natürlich aus«, sagte Isabell, nur um überhaupt etwas zu sagen.

Madame Cécile lächelte ihr zu. »Danke. Wenn Sie

mal alt werden, mein liebes Kind, werden Sie mit weißen Haaren kein Problem haben. Sie werden in ihrer hellen Haarpracht kaum auffallen. Ach, es sind so wunderschöne Haare. Es wäre wünschenswert, dass Sie sie an Ihre Kinder weitervererben. Aber zusammen mit Corins dunklem Haar ... – wahrscheinlich werden eure Kinder allenfalls hellbraunes Haar bekommen.«

»Unsere Kinder ... also, so weit sind wir nun wirklich noch nicht«, stotterte Isabell verlegen. »Wir haben ja nur ...«

»Natürlich nicht!«, fiel Madame Cécile ihr ins Wort. »Hören Sie einfach nicht auf mich. Ich bin entsetzlich voreilig, aber das hat gar nichts zu sagen. Sie haben ja völlig Recht: eins nach dem anderen.« Sie faltete die Zeitung zusammen und lächelte Isabell entschuldigend an. »Essen Sie erst mal in aller Ruhe eins von Matildes Croissants. Mit Pfirsichkonfitüre schmecken sie besonders gut.«

Isabell war erleichtert, dass sich das Gespräch wieder banalen Dingen zuwandte. »Und nach dem Frühstück werde ich mich wieder über die Bücher hermachen. Matilde hat mir alle Unterlagen herausgesucht, die ich für die Steuererklärung brauche.«

»Das Wetter ist leider zu schlecht, um draußen zu arbeiten«, sagte Madame Cécile. »Vielleicht möchten Sie sich in das Arbeitszimmer meines Mannes setzen? Wir nennen es hochtrabend unsere Bibliothek, es hat aber nur zwölf Quadratmeter und ein kleines Fenster mit Blick auf meine Rosen.«

»Wenn es einen Schreibtisch hat, auf dem ich die Papiere ausbreiten kann, wäre das ideal«, sagte Isabell.

»Ja, es gibt dort einen großen Schreibtisch. Ein Erbstück. Komischerweise möchte nie jemand daran arbeiten. Matilde sagt, sie fürchte ständig, von den Büchern erschlagen zu werden, und Corin nimmt seine Sachen immer mit an den Esstisch. Selbst Laurent macht seine Hausaufgaben lieber hier am Küchentisch. Großtante Germaine behauptet, der Schreibtisch im Arbeitszimmer sei von jeher zu anderen Tätigkeiten benutzt worden. Wenn man ihr Glauben schenken darf, sind die Hälfte meiner Verwandten auf diesem Ding gezeugt worden, und ich kann aus eigener Erfahrung sagen, dass ... oh, warum kann ich nur meinen Mund nicht halten? Jetzt sind Sie schon wieder rot geworden!«

»Das ist eine schreckliche Angewohnheit von mir«, sagte Isabell entschuldigend.

»Es ist eine entzückende Angewohnheit«, versicherte Madame Cécile.

»Sie schlüpfen!« Mit diesem Ruf platzte Ermeline in die Küche. »Sie schlüpfen! Alle auf einmal!«

»Was denn? Die Küken? Schon?«, rief Madame Cécile. »Das müssen wir uns ansehen. Kommen Sie, Isabell, Ermelines Küken schlüpfen! Laurent wird ihnen niemals verzeihen, dass sie während seiner Abwesenheit geschlüpft sind! Es sind diesmal auch nicht irgendwelche Hühner, nein, diesmal sind es Satinhühner und Windotter, ganz besondere Tiere, nicht wahr, Ermeline?«

»Seidenhühner und Wyandotten«, brummte Ermeline, aber für ihre Verhältnisse sah sie ungewöhnlich aufgeräumt, ja, geradezu gut gelaunt aus. »Beeilen Sie sich, sonst verpassen Sie das Beste.« Und zu Isabells allergrößtem Erstaunen drehte sie sich an der Tür noch einmal um und sagte: »Sie auch, Mademoiselle, kommen Sie, so etwas sieht man nicht alle Tage!«

6. Kapitel

Als Madeleine in den Hof von RINQUINQUIN einbog, fiel ihr als Erstes auf, dass der Wagen der deutschen Touristin immer noch hier parkte. Hatte sie nicht gesagt, sie wolle nur eine Woche bleiben?

Aus irgendeinem Grund bemächtigte sich ihrer ein ungutes Gefühl. Sie stieg aus und betrachtete sich im Außenspiegel ihres Porsche. Wie immer samstags trug sie enge Reithosen und ein tief ausgeschnittenes schwarzes T-Shirt, nicht gerade Galastaat, aber durchaus wirkungsvoll. Für den Fall, dass Madame Cécile sie zum Abendessen einladen würde – und das tat sie eigentlich immer –, hatte sie ein Kleid und andere Schuhe im Kofferraum.

Die dicke Ermeline kam mit einem Korb voller Eier an ihr vorbei, wie immer, ohne zu grüßen.

»Hallo, Ermeline, wie geht es Ihnen? Wie ich sehe, haben Sie immer noch Besuch?«

»Ja«, brummte Ermeline.

»Sicher reist die Dame heute ab?«, versuchte es Madeleine noch einmal.

»Welche Dame?«, brummte Ermeline. »Wenn Sie die Deutsche meinen, nee, die kriegen wir wohl so schnell nicht los.«

»Oh, ist die junge Frau Ihrer Ansicht nach keine Dame?«, fragte Madeleine interessiert.

»Nein, ist sie nicht. Deshalb reist sie ja auch nicht ab«, sagte Ermeline, wie immer unübertroffen logisch. Leider verschwand sie durch eine Tür, ehe Madeleine sie nach Einzelheiten ausquetschen konnte. Ihr ungutes Gefühl hatte sich noch verstärkt.

Corin kam ihr wie immer in der Halle entgegen. Auch er trug bereits seine Reitstiefel.

»Hallo, Chérie! Du siehst gut aus.« Sie küssten einander auf die Wangen. »Wie war es in Paris?«

»Verregnet. Aber ich habe genug Arbeit für die nächsten sechs Monate mitgebracht. Der Verlag hat ein ganzes Kontingent amerikanischer Schicksalsromane aufgekauft, und ich werde die nächsten Wochen über Südstaaten-Jeannie-Lou, ihrer seidenen Ballgarderobe und ihrem feurigen Liebhaber brüten. Was gibt es hier Neues?«

»Nichts Weltbewegendes, von einem kleinen, ärgerlichen Platzregen mal abgesehen«, antwortete Corin leichthin, aber da er ihrem Blick auswich, wurde Madeleine unruhig. Irgendetwas war anders, sie hatte es ja gleich gespürt, als sie angekommen war.

Auf dem Weg hinüber zu den Ställen erkundigte sie sich nach der deutschen Touristin und beobachtete dabei Corins Gesicht ganz genau.

»Wie geht es unserer deutschen Touristin?«

»Oh, die Ärmste hatte Pech.« Keine besondere Reaktion, das Gesicht sah aus wie immer. »Sie ist beim Ausreiten in einen Graben gefallen und hat sich verletzt.«

»Wie schrecklich!«

»Nein, nicht besonders schrecklich, eine Platzwunde am Kopf und eine böse verstauchte Hand.«

»Aber schrecklich genug, dass sie nicht abreisen

kann«, konstatierte Madeleine. Camelote streckte zärtlich schnaubend ihren Kopf über die Boxentür, und Madeleine gab ihr die Äpfel, die sie für sie mitgebracht hatte. Sie hatte wie immer ein schlechtes Gewissen, weil sie sich die ganze Woche nicht um das Tier hatte kümmern können. Es kam zwar jeden Tag mit den anderen beiden Pferden auf die Koppel, aber das war schon alles. Corin ritt seinen Hengst jeden Tag, bei Wind und Wetter, und auch das riesige alte Kaltblut wurde täglich bewegt. Die arme Camelote hingegen musste sich mit den samstäglichen Ausritten begnügen, und Madeleine wusste, dass das eigentlich nicht genug für ein Pferd war.

Während sie das Tier sattelte, war sie in Gedanken immer noch bei der deutschen Touristin. Dieses Glitzern in Corins Augen konnte sie sich unmöglich einbilden.

»Nun, hoffentlich ist sie wenigstens gut betucht und leistet einen ordentlichen Beitrag in eure Kasse«, sagte sie laut.

Corin sah verdutzt aus. »Von wem sprichst du?«

»Von der deutschen Touristin.«

»Ach so. Na, ich habe, ehrlich gesagt, keine Ahnung, ob sie gut betucht ist oder nicht. Sie ist Steuerfachgehilfin von Beruf, ich glaube, damit verdient man nicht gerade ein Vermögen.«

»Hauptsache, die Mieteinkünfte reichen für Laurents Pandabären.«

»Ameisenbären«, korrigierte Corin sie. »Nein, für den wird es wohl nicht reichen. Tatsache ist, dass der Junge ohnehin keinen gewöhnlichen Ameisenbären meinte.« Er lachte. »Er hatte die Hoffnung, RINQUINQUIN durch die Vermietung von Großtante

Germaines Bett von den Hypotheken zu befreien. Ein sehr frommer Wunsch!«

»Seine Mutter hatte immer eine Sechs im Rechnen«, erinnerte sich Madeleine. »Er muss es geerbt haben.«

»Woher sollte der arme Junge wissen, wie schwindelerregend hoch unsere Schulden sind? Aber so dumm war er eigentlich auch wieder nicht, denn Isabell macht nun unsere Steuererklärung und bringt mit Matilde die gesamte Buchhaltung auf Vordermann.«

Isabell.

Madeleine fühlte Eifersucht in sich aufsteigen, nein, auflodern wie ein Buschfeuer! Das war es also, was sie die ganze Zeit unterschwellig gespürt hatte: Diese blonde Ausländerin war inzwischen mehr als nur eine lästige Touristin!

Isabell! Wie vertraut das klang! Und dann traf sie die Erkenntnis wie ein Blitz: Mein Gott, er war in sie verliebt!

Sie konnte nicht verhindern, dass die nächsten Sätze einfach aus ihr heraussprudelten: »Sie heißt also Isabell, ja? Und sie macht eure *Buchhaltung?* Ihr vertraut einer völlig unbekannten Person eure Bücher an? Was ist mit euch los?« Was ist mit dir los?

Corin sah sie befremdet an. »Erstens besteht bei uns nicht die Gefahr der Betriebsspionage, und zweitens ist Isabell keine Unbekannte. Sie hat schließlich die ganze Woche hier gewohnt.«

»Aber ja, natürlich, das ist etwas anderes. Wenn man jemanden eine ganze Woche kennt, kann man ihm selbstverständlich trauen«, meinte Madeleine spöttisch, unfähig, ihre Stimme zu senken. »Was sagt denn Madame Cécile dazu?«

»Maman? Oh, die hat Isabell sehr in ihr Herz geschlossen. Was ist, wollen wir hier Wurzeln schlagen, oder wollen wir ausreiten?«

Madeleine hatte das Gefühl, vor Eifersucht grün anzulaufen. *Maman hat Isabell in ihr Herz geschlossen* – das war ja unerträglich. Allein die Art und Weise, wie Corin den Namen aussprach, machte sie wahnsinnig. Eine einzige Woche, sieben Tage nur, hatten dieser Person offenbar ausgereicht, alle Bewohner RINQUINQUINS in sich verliebt zu machen. Alle, bis auf Ermeline natürlich, aber die hasste ja jedes menschliche Wesen.

Schweigend ritt sie neben Corin her, der das Thema gewechselt hatte und über Monsieur Sumeires neue Marktlizenz sprach. Madeleine ließ ihn reden, obwohl es sie nicht im Geringsten interessierte, wie und warum Monsieur Sumeire in Zukunft seine Endivien selber an den Mann bringen wollte.

Sie kam sich unendlich dumm vor. All diese Jahre, die sie nun hierherkam, all diese Jahre, in denen sie befreundet gewesen waren, all diese Jahre, in denen sie sich danach gesehnt hatte, endlich mehr als nur eine gute Freundin für Corin sein zu können, schienen ihr auf einmal umsonst gewesen zu sein. Wie dumm es gewesen war zu glauben, ihm Zeit lassen zu müssen, um die Geschichte mit Cathérine zu bewältigen, wie dumm, auf ihre Freundschaft zu bauen, und wie dumm, dass sie insgeheim geglaubt hatte, hier auf RINQUINQUIN könne ihn ihr sowieso niemand mehr wegschnappen. Und sie war sich ihrer Sache diesmal so sicher gewesen.

Zu sicher.

Eine einzige Woche hatte dieser Fremden genügt, um ihre, Madeleines, Pläne völlig über den Haufen zu werfen. Völlig unbelastet von jedweder Vorinformation hatte sie ihre Weiblichkeit in die Waagschale werfen und Corin verführen können. Und es hatte funktioniert.

Madeleine hatte ihn ganz einfach überschätzt. Er war eben doch nur ein Mann! Wie unsinnig von ihr, ihn die ganzen Jahre wie ein rohes Ei zu behandeln, wie jemanden, für den es eine Zumutung war, an Sex auch nur zu denken! Da musste nur eine hübsche fremde Frau daherkommen, und schon war da ein Glitzern in seinen Augen, ein Glitzern, das eigentlich ihr bestimmt sein sollte.

Wie dämlich sie gewesen war! Wie unendlich naiv!

Und was am allerdämlichsten war: Sie selber, Madeleine Clérisseau, hatte dafür gesorgt, dass diese Person auf RINQUINQUIN Einzug gehalten hatte. Wenn sie am letzten Samstag nicht darauf gedrängt hätte, den Gästeflügel zu vermieten, wäre die Frau weitergefahren zu den Jaures und somit für immer in Vergessenheit geraten.

Irgendwo weit in ihrem Hinterkopf, wohin die grün schäumende Eifersucht noch nicht gelangt war, meldete sich eine vernünftige Stimme, die sagte, dass ihre Fantasie gerade im Begriff war, mit ihr durchzugehen.

Niemand hat gesagt, dass Corin in die Frau verliebt ist. Nur weil er ihren Vornamen kennt, solltest du nicht solche voreiligen Schlüsse ziehen, sagte die Stimme.

Ich weiß, was ich weiß, keifte die Stimme der giftgrünen Eifersucht dagegen.

»Hast du was mit ihr?«, platzte Madeleine heraus.

»Wie bitte?« Corin zügelte sein Pferd und blieb mitten auf dem Weg stehen.

»Ich habe gefragt, ob du etwas mit ihr hast«, wiederholte Madeleine, die ebenfalls stehen geblieben war. Auf ihrer Wange hatten sich zwei rot glühende Flecken gebildet. »Mit Isabell.«

Corin sah sie verblüfft an, aber sie glaubte auch eine Spur von Gereiztheit in seiner Mimik zu erkennen. »Ja. Ja, wir haben etwas miteinander. Allerdings noch nicht lange genug, als dass ich mich verpflichtet fühlte, es jedermann zu erzählen.«

Ich wusste es doch, keifte die Stimme der Eifersucht in ihrem Inneren hysterisch. Die Stimme der Vernunft schwieg. Madeleines Mund fühlte sich plötzlich staubtrocken an. Mein Gott, sie hatten tatsächlich miteinander geschlafen, Corin und dieses blonde Gift, das sie ihm quasi auf den Schoß gesetzt hatte!

»Ich bin nicht jedermann«, sagte sie schließlich. »Das dachte ich jedenfalls.«

»Nein, natürlich nicht«, sagte Corin reuevoll. »Du bist meine allerbeste Freundin, und dir hätte ich als Erster davon erzählt. Aber im Augenblick geht es mir schon furchtbar auf die Nerven, dass alle hier auf RINQUINQUIN glauben, sich einmischen zu müssen.«

»Warum?«, fragte Madeleine.

»Hier gibt es so etwas wie Privatsphäre eben nicht, du kennst das doch.«

»Das meinte ich nicht. Warum diese Frau, Corin?«

»Keine Ahnung. Vielleicht war die Zeit einfach reif?«

Bring ihn um!, schrie die Stimme der Eifersucht in ihr außer sich vor Wut. *Dreh ihm den Hals um.*

Madeleine hatte gute Lust, der Stimme Folge zu leisten.

»Wenn die Zeit einfach reif war, wie du sagst, warum hast du dann nicht mit mir angefangen?«, fragte sie, und die beiden Flecken auf ihrer Wange glühten so heiß, dass sie beinahe erwartete, den Geruch von verbrannter Haut wahrzunehmen.

»Mit *dir*?«

»Ja, was stimmt nicht mit mir?« Madeleine war es egal, dass sie sich nun vollständig bloßstellte. »Bin ich dir nicht attraktiv genug? Langweile ich dich? Habe ich Mundgeruch?«

Corin lachte, aber es war ein unsicheres, wackliges Lachen. »Nichts davon. Du bist sehr attraktiv und interessant, und Mundgeruch hast du auch keinen. Aber ...«

»Aber was?«

»Du bist meine Freundin, Madeleine, meine beste und einzige Freundin. Wieso sollte ich daran denken, mit dir ins Bett zu gehen?«

»Wieso solltest du nicht daran denken?«, fauchte Madeleine. »Bei dieser Deutschen hast du ja offenbar auch daran gedacht. Und es verdammt noch mal blitzschnell in die Tat umgesetzt!«

Corin erwiderte nichts. Er sah sie nur an, als würde er sie heute zum ersten Mal sehen.

Madeleine registrierte, dass er nicht gerade begeistert aussah. Kein Wunder, sie keifte ja herum wie ein altes Fischweib. Das war er von ihr nicht gewöhnt. Sie wäre gerne in Tränen ausgebrochen, aber ebenso wie der Mund schienen auch die Tränenkanäle völlig ausgetrocknet zu sein.

»Ich habe gedacht, du hättest Cathérine wirklich geliebt«, sagte sie leise.

»Aber das habe ich auch. Ich habe sie so sehr geliebt, dass ich drei Jahre lang nicht mal an Sex *gedacht* habe«, sagte Corin. »Das weißt du. Wir haben oft genug über Cathérine geredet.«

»Ja«, sagte Madeleine. »Das haben wir. Und genau deshalb habe ich dich niemals bedrängt. Ich war einfach nur da, immer da, wenn du mich brauchtest.«

»Das stimmt. Du warst immer für mich da, Madeleine. Ich hatte ja keine Ahnung, dass du andere Pläne mit mir hattest.«

»Keine Pläne – Gefühle! Im Gegensatz zu dir bin ich bloß geschieden, nicht durch einen Todesfall traumatisiert. Und trotzdem habe ich die letzten drei Jahre so enthaltsam gelebt wie eine trauernde Witwe!«

»Du hast nie über dein aktuelles Liebesleben gesprochen!«

»Weil es da nichts zu sprechen gab!«

Eine Weile starrten sie einander lediglich an, Corin hilflos und bekümmert, Madeleine wütend und gekränkt. Die beiden Pferde wurden unruhig, Sombre begann an Camelotes Zaumzeug zu knabbern, und Camelote schüttelte ungehalten ihren Kopf.

»Madeleine, ich bin völlig verwirrt«, sagte Corin schließlich. »Worum geht es hier eigentlich?«

Madeleine starrte ihn weiter an, unfähig, eine vernünftige Antwort zu geben. Sie wollte ihn beschimpfen, schütteln und mit Vorwürfen überhäufen, und gleichzeitig wünschte sie sich nichts sehnlicher, als in seine Arme zu sinken. Sie hatte sich unmöglich benommen, es war kein Wunder, dass er verwirrt war. Wenn sie könnte, würde sie die letzte Viertelstunde gern ungeschehen machen.

Aber dazu war es jetzt zu spät.

»Ich reite zurück«, sagte sie müde und wendete ihr Pferd. »Es ist besser, ich fahre nach Hause. Wir können ein anderes Mal darüber reden.«

»Aber – warte, Madeleine. Maman hat dich fürs Abendessen eingeplant, und ich finde, wir sollten uns wie erwachsene Menschen benehmen ...«

»Es reicht, wenn du dich erwachsen benimmst, Corin. Sag deiner Mutter schöne Grüße.« Madeleine ließ Camelote in einen leichten Galopp fallen und war im Nu um die Wegbiegung verschwunden.

Corin sah ihr perplex hinterher.

Irgendwann im Laufe des nächsten Woche fiel Isabell ein, dass sie schon längst wieder hatte abreisen wollen. Nun, niemand hier, sie selber eingeschlossen, schien davon auszugehen, dass sie eigentlich ihre Sachen packen müsste. Alle hatten offensichtlich stillschweigend beschlossen, dass sie ihren Aufenthalt auf RINQUINQUIN auf unbestimmte Zeit ausdehnen würde.

Mit dem Mistral waren auch die kühlen Temperaturen verschwunden, der Himmel nahm wieder eine strahlend blaue Farbe an, und die Sonne brachte schon ab dem frühen Morgen das frische Grün ringsum zum Leuchten.

Auf RINQUINQUIN hatte die Freiluftsaison begonnen. Das Leben schien sich nur noch außerhalb des Hauses abzuspielen. Die Mahlzeiten wurden an den verschiedensten Plätzen eingenommen: Das Frühstück gab es auf dem sonnigen kleinen Vorplatz zur Küche, umgeben von den Kräutern des kleinen Küchengartens, in deren ersten Blüten Unmengen von

Bienen summten. Mittags wurde im Schatten der Platane auf dem Hof eine Pause eingelegt, und abends speiste man auf der großen Terrasse vor dem Salon, die von der Abendsonne beschienen wurde. Die Weinranken, die die Pergola umschlangen, waren noch nicht belaubt genug, um Schatten zu spenden, was um diese Jahreszeit genau richtig war, aber im Sommer würden sie vermutlich ein dichtes, grünes Dach bilden. Sogar Großtante Germaine hielt es nicht im Haus. Sie wurde morgens die Treppe hinabgetragen und saß die meiste Zeit in einem Korbstuhl im Garten, die Beine auf einem Hocker. Auf einen Stock gestützt machte sie sich allerdings zwischendurch immer mal wieder auf, um über das Grundstück zu spazieren, bevorzugt dann, wenn niemand in der Nähe war.

Madame Cécile ermahnte sie ständig, vorsichtig zu sein.

»Denk daran, dass du keine Treppen mehr steigen kannst«, sagte sie, und Großtante Germaine fuchtelte mit ihrem Stock herum und antwortete ungeduldig: »Ja, ja, ich passe schon auf mich auf, Mademoiselle Didier.«

Madame Cécile seufzte.

»Wer ist Mademoiselle Didier?«, fragte Isabell neugierig.

»Ich bin mir nicht sicher, aber es könnte der Name ihrer Gouvernante gewesen sein, damals, anno neunzehnhundertzehn oder so«, antwortete Madame Cécile und seufzte wieder.

Isabell nahm sich, wie jeder auf RINQUINQUIN, täglich ein bisschen Zeit, sich mit Großtante Germaine zu beschäftigen. Sie reichte ihr den Arm und führte sie zu einem Spaziergang durch Madame Céciles wunderschönen Rosengarten. Kiesbestreute, geschwungene Wege führten an den mit Buchsbaumkugeln und Lavendelhecken bestückten Rosenbeeten vorbei, in denen außerdem Storchenschnabel, Frauenmantel und andere, Isabell unbekannte Stauden gediehen. So verwirrt sie auch sonst war, bei den Rosen schien Großtante Germaine sich bestens auszukennen, und das, obwohl die Pflanzen noch nicht mal Knospen ausgebildet hatten.

»Das ist Louise Odier«, sagte sie beispielsweise. »Die einzelnen Blütenblätter sehen aus wie Herzen. Und das ist Ferdinand Picard. Im Katalog steht, die Blüte ist dramatisch gestreift, aber in Wahrheit hat jede Bettwäsche dramatischere Streifen. Oh, und das ist mein Liebling. Mrs. John Laing. Dass sie eine Engländerin ist, ist ihr einziger Fehler. Sie ist silberrosa, wirklich silberrosa, sehr elegant, und sie duftet einfach umwerfend. Wenn sie blüht, müssen Sie sich mal eine davon ins Haar stecken, Schwester Caroline. Sie haben übrigens sehr hübsches Haar. Für eine Krankenschwester.«

»Vielen Dank«, sagte Isabell und zeigte ablenkend auf eine Kletterrose, die ein Spalier erobert hatte und von dort auf das Hausdach zukletterte. »Wie heißt diese Rose?«

»Diese heißt Moonlight. Manche sagen, ihre Blüten duften wie Lavendel im Mondschein, aber in Wirklichkeit duften sie gar nicht. Das Geheimnis ist einfach: Wenn der Lavendel blüht, riecht hier in der Provence alles nach Lavendel, sogar der Hund.«

Welcher Hund?, hätte Isabell beinahe gefragt, aber sie konnte sich gerade noch mal zurückhalten. Irgendwann in Großtante Germaines Vergangenheit hatte es sicher einmal einen Hund gegeben.

Sie hatte im Grunde vollstes Verständnis für die Schwierigkeiten der alten Dame mit dem Phänomen *Zeit*. Im Augenblick hatte sie nämlich selber Probleme, alle Geschehnisse in die richtige Reihenfolge zu bringen. Rückblickend erschienen ihr die vergangenen Tage gleichermaßen wie die Ewigkeit und wie in einem einzigen Moment vorbeigeflogen zu sein. An irgendeinem Freitag vor ewigen Zeiten hatte sie ihre Sachen gepackt und Frithjof, ihr Haus, ja, ihr ganzes Leben hinter sich gelassen, und einen Wimpernschlag später schien es, als habe sie alles neu gefunden: ein neues Leben, ein neues Haus, einen neuen Mann.

Dass es sich in Wirklichkeit nicht so verhielt, war ihr durchaus bewusst. Obwohl sie die Tage und die Nächte – vor allem die Nächte – wie in einer Wolke des Wohlbefindens verbrachte, war ihr klar, dass sie weder ihr altes Leben ganz hinter sich gelassen noch wirklich ein neues begonnen hatte. Aber aus irgendeinem Grund wollte sie an diesem schwebeähnlichen Zustand nichts ändern. Sie hätte die Ärmel aufkrempeln und mutig damit beginnen müssen, alles zu regeln. Nach vorne schauen, die Steine aus dem Weg rollen, ein Problem nach dem anderen beheben – eben wie eine Erwachsene handeln. Zuerst die Sache mit Frithjof würdevoll und vernünftig beenden, dann die Sache mit Corin ebenso würdevoll und vernünftig beginnen – meine Güte, er wusste ja noch nicht mal, dass sie verheiratet war!

Sie vermutete, dass es ihm ähnlich erging wie ihr, denn obwohl sie jede Nacht nebeneinander lagen –

nachdem sie auf alle mögliche und unmögliche Art und Weise *übereinander gelegen* hatten –, sprachen sie über nichts, was sie aus ihrem watteweichen und rosaroten Kokon der Verliebtheit hätte vertreiben können. Er fragte sie nie nach ihrem Leben in Hamburg – möglicherweise vermutete er dort ja einen Ehemann und vier arme im Stich gelassene Kinderchen –, und sie fragte nicht nach seiner verstorbenen Frau. Es war ein stillschweigendes Arrangement, ebenso wie die Tatsache, dass sie, Isabell, weiter bei ihnen auf RINQUINQUIN lebte.

Nun, es war klar, dass so etwas nur eine bestimmte Zeit lang funktionierte, und Isabell fürchtete, der Zeitpunkt, an dem es nicht mehr funktionierte, war bedenklich näher gerückt. Es war nicht so, dass Corin und sie nicht über persönliche Dinge sprachen, wenn sie zusammen waren, im Gegenteil. Sie vermieden nur ganz bestimmte Bereiche. In einen davon gehörte Frithjof.

In ihrer zweiten Nacht hatte Corin etwas verlegen eine Packung Kondome auf das Bett geworfen und gesagt: »Gestern haben wir ganz vergessen, *darüber* zu reden!«

Und nicht nur darüber, hatte Isabell gedacht.

Sie hatte ihre Nachlässigkeit, die Verhütung betreffend, ihrer überwältigenden Leidenschaft in die Schuhe geschoben, und sie hatte sich sogar ganz gut dabei gefühlt. Wann erlebte man das schon, dass die Leidenschaft so viel mächtiger war als die Vernunft? Für Isabell jedenfalls war es das erste Mal. Mit Frithjof war Sex immer nur eine Notwendigkeit gewesen. Nicht schrecklich, nicht mal lästig, aber etwas, zu dem sie sich immer hatte überwinden müssen, ihm zuliebe, und weil sie glaubte, dass es einfach zu einer funktionierenden Beziehung gehörte, regelmäßig miteinander ins Bett zu gehen. Sie hatte ihren Mangel an Begeisterung nicht etwa Frithjofs Mangel an Fantasie in die Schuhe geschoben – so übel war er gar nicht –, sondern ihrem eigenen, eher zurückhaltenden und vorsichtigen Charakter.

Ihre Freundin Moni besuchte regelmäßig Tantra-Seminare – »Ganz seriös!« –, nach denen sie Isabell überlegene Vorträge zu halten pflegte: »Es ist alles eine Frage der Körperbeherrschung. Orgasmus kann man *lernen*!« Aber mehr als ein peinlich berührtes Lächeln hatte Isabell dafür nie übrig gehabt.

Dass nur der richtige Mann kommen musste, damit sie erfahren durfte, dass exzessiver, mitreißender und erdbebengleicher Sex möglich war, war ein nahezu peinliches Klischee, aber es war zutreffend. Wenn sie mit Corin zusammen war, reichte ein einziger Blick, um sie vor Begehren beinahe ohnmächtig werden, eine Berührung von ihm, um sie dahinschmelzen zu lassen wie eine Eisskulptur unter der Sonne. Sie brauchte nichts zu tun, nichts zu denken, alles geschah von ganz allein. Und es fühlte sich immer und zu jeder Zeit *richtig* an.

Bei Frithjof dagegen hatte sie immer das Gefühl gehabt, eine Schauspielerin zu sein, und zwar nicht einmal eine gute.

Sie wusste, dass sie Corin möglichst bald von Frithjofs Existenz berichten sollte, und zwar bevor es peinlich wurde, sie wusste nur nicht, wie sie es anstellen sollte.

Weißt du, es gibt da etwas, über das wir noch nicht geredet haben. Es heißt Frithjof, ist blond und groß und unwahrscheinlich sauer auf mich ... Oder sachlich und schmerzlos: *Ich bin verheiratet, lebe aber in Scheidung.*

Na ja, jedenfalls so gut wie. Sie musste nur einen Anwalt aufsuchen und die Sache endlich ins Rollen bringen. Obwohl, ins Rollen gebracht hatte sie sie ja schon: Frithjof musste in der Zwischenzeit ihren Brief erhalten haben, wahrscheinlich war er längst bei einem Anwalt gewesen. Anrufen hatte er sie bis jetzt nicht können, nachdem ihr Mobiltelefon außer Betrieb gewesen war, und er wusste ja nicht, wie und wo er sie sonst erreichen konnte.

Corin hatte ihr – mit welchen Hintergedanken auch immer – vorgeschlagen, sich im Elektroladen im Dorf nach einem neuen Ladegerät für das Handy zu erkundigen, und zu Isabells großer Verblüffung hatte der junge Mann, der den Laden führte, ihr ein passendes Gerät besorgen können.

Als das Telefon wieder betriebsbereit war, wartete sie ein paar bange Stunden darauf, dass es klingeln würde, aber es blieb still. Sie rief ihrerseits bei Onkel Ludwig und Tante Paulette an, aber dort nahm niemand ab. Auch bei ihrer Freundin Moni war nur der Anrufbeantworter dran, und sie sprach ein paar wenig aufschlussreiche Worte darauf: »Hallo, Moni, ich bin's, Isabell. Ich wollte mich nur mal melden, damit du weißt, dass ich noch lebe. Hoffentlich ist bei dir alles in Ordnung, mir geht es gut. Du kannst mich jetzt wieder auf dem Handy erreichen, wenn du willst ...«

Sie brauchte beinahe zwei Tage, bis sie sich schließlich überwand und bei Frithjof anrief. Es war Donnerstag, kurz vor der Abendessenszeit auf RINQUINQUIN.

»Guten Tag! Sie sind mit dem Anschluss der Familie Tegen verbunden, Elbmann mein Name, was kann ich für Sie tun?«

Halb acht Uhr abends, und Frau Elbmann war noch dort? War sie jetzt bei Frithjof eingezogen?

Isabell räusperte sich. »Frau Elbmann. Guten Abend, hier ist Isabell Tegen. Ist Frith ... – ist mein Mann zu Hause?«

»Frau Tegen!« Nach diesem Überraschungsausruf blieb es eine Weile still. »Ja, wo sind Sie denn?«

Das geht Sie überhaupt nichts an, hätte Isabell gerne gesagt, aber sie beherrschte sich gerade noch einmal. »Ich mache Urlaub in Frankreich, Frau Elbmann, das wissen Sie doch sicher. Würden Sie jetzt so freundlich sein und meinen Mann ans Telefon rufen?«

»Er ist leider nicht im Haus«, sagte Frau Elbmann bedauernd. »Ich mache heute nur ein paar Überstunden, sonst wäre nur der Anrufbeantworter drangegangen. Der Herr Tegen hat ja nicht wissen können, dass Sie ausgerechnet heute anrufen würden.«

»Nein«, gab Isabell zu. »Nun, vielleicht können Sie ihm ausrichten, dass ich angerufen habe.«

»Selbstverständlich«, sagte Frau Elbmann, aber dann brach in anklagendem, schrillem Sopran aus ihr heraus, was sie dachte: »Mein Gott, wissen Sie eigentlich, was Sie dem armen Mann damit angetan haben? Richtig schlecht sieht er aus, vor lauter Sorge. Einfach so mir nichts, dir nichts zu verschwinden! Das hat doch kein Mann verdient.«

Wissen Sie eigentlich, dass Sie mich mal können?, hatte Isabell auf der Zunge zu sagen, aber dazu war sie viel zu wohlerzogen. Außerdem meldeten sich ihre Schuldgefühle zurück, die die vergangenen Tage hilflos gefesselt und geknebelt in einer abgelegenen Ecke ihres Gehirn verbracht hatten.

»Ja, das ist alles. Ich melde mich wieder«, sagte sie und legte auf, bevor Frau Elbmann sie weiter mit Vorwürfen überhäufen konnte.

So schlecht kann es Frithjof aber gar nicht gehen, wenn er nicht zu Hause sitzt und sich die Augen aus dem Kopf heult, überlegte Isabell. Wahrscheinlich saß er mit irgendeinem seiner (wenigen) so genannten Freunde zusammen und redete schlecht über sie. Nun, sie würde es später noch einmal versuchen, vielleicht morgen. Und dann würde sie Corin endlich davon erzählen.

Im Grunde war es keine große Sache: Eine Frau ihres Alters hatte in der Regel eine Vergangenheit aufzuweisen, und es gab sicher schlimmere Enthüllungen als die Tatsache, dass sie über einen Ehemann verfügte. Oder besser nicht mehr verfügte. Das war immer noch weniger schockierend als ein Gefängnisaufenthalt, eine Schar unehelicher Kinder oder eine Vergangenheit als Stripteasetänzerin.

Normalerweise kümmerte sich Madeleine Clérisseau nicht um ihre Neffen, es waren grässliche, verwöhnte Knaben, die ihrer ebenso grässlichen, verwöhnten Mutter wie aus dem Gesicht geschnitten waren. Dass sie zusammen mit ihren Eltern auf Clérisseau lebten, war Madeleine und ihrem Vater ein ständiger Dorn im Auge, obwohl Madeleines Bruder, der Vater der kleinen Monster, das Gut offiziell führte.

»Warum nur müssen von allen ungezogenen Kindern dieser Welt ausgerechnet meine Enkelkinder die ungezogensten sein?«, pflegte Madeleines Vater zu klagen, und Madeleine wusste die Antwort: »Weil dein lieber Sohn, mein Bruder, von allen dämlichen Frauen dieser Welt ausgerechnet die dämlichste geheiratet hat.«

Offenbar standen sie mit dieser Meinung inzwischen nicht mehr allein da: Auch Robert, Madeleines Bruder, schien seine Frau und seine Kinder nicht mehr ertragen zu können. Es war ein offenes Geheimnis, dass er nicht nur der Geschäfte wegen ständig in Paris war, sondern vor allem wegen einer Dame, deren Namen sie nicht kannten.

»Robert kann in Paris vögeln, mit wem und so oft er will«, schimpfte Madeleines Vater regelmäßig. »Aber er soll diese grässliche Person und ihre Kinder gefälligst mitnehmen.«

Eigentlich hätte Madeleine Mitleid mit ihr und ihren Kindern haben müssen, schon aus Frauensolidarität. Aber sie konnte ihren Bruder voll und ganz verstehen. Bernadette – das war der Name ihrer ungeliebten Schwägerin – konnte einem mit ihrer zugleich anspruchsvollen und phlegmatischen Art fürchterlich auf die Nerven gehen. Allein ihrer gedehnten, selbstmitleidigen Stimme zuhören zu müssen, stürzte einen in tiefe Depressionen und löste zugleich nie gekannte aggressive Gefühle aus.

Mehrmals im Monat überkam Bernadette eine Art Migräne, dann lag sie mit einem Eisbeutel auf der Stirn auf dem Sofa und gab mit matter Stimme Befehle: »Jemand muss meinem Friseur absagen, ich hatte einen Termin um drei. Jemand muss mit dem Hund rausgehen, er ist längst fällig. Jemand muss die Blumen in der Vase dort auswechseln, das Wasser riecht schon faulig. Könnte mal bitte jemand ans Telefon gehen? Oh, jemand muss das Malheur beseitigen, das der Hund angerichtet hat. Ich sagte doch, dass jemand mit ihm rausgehen muss. Jemand muss Teddy bei den Hausaufgaben helfen. Und könnte bitte jemand bei meiner Mutter anrufen und ihr sagen, dass ich krank bin? Es wäre einfach schön zu wissen, dass sich wenigstens einer um mich kümmert.«

»Sie ist die unnützeste Person auf der ganzen Welt«, pflegte Madeleines Vater über seine Schwiegertochter zu sagen, und damit hatte er wohl Recht. Sie konnte gar nichts, nicht kochen, nicht haushalten, nicht rechnen, nicht mal unterhaltsam sein, sie hatte auch keinen Beruf erlernt, sondern stattdessen geheiratet und Kinder bekommen. Monsterkinder. Dass Bernadette sich trotzdem für eine ungemein wichtige Persönlichkeit hielt, musste an ihrer eigenen Erziehung liegen. Irgendwie, dachte Madeleine manchmal bitter, hatten es Bernadettes Eltern geschafft, ihrer Tochter einzureden, dass sie schön, klug und ungeheuer liebenswert sei, etwas, was gewöhnlicherweise nicht mal die wirklich schönen, klugen und liebenswerten Frauen von sich annahmen. Allein dem daraus resultierenden Selbstbewusstsein hatte Bernadette es zu verdanken, dass sie irgendwann vor mehr als zehn Jahren den gut aussehenden und charmanten Robert für sich hatte gewinnen können. Und – das argwöhnte jedenfalls Madeleine – mit irgendwelchen schamlosen oder exotischen Sexspielchen, die die schöneren und intelligenteren Konkurrentinnen nicht beherrschten.

Wie dem auch gewesen sein mochte: Heute war auf jeden Fall wieder einmal Bernadettes Migränetag, und sie hatte es geschafft, Madeleine mit ihrer matten, tonlosen Stimme dazu zu bringen, die Kinder von der Schule abzuholen.

»Jemand muss die Kinder von der Schule abholen«, hatte sie gesagt, und ihre Arme baumelten dabei schlaff über die Sofalehne.

»Zu meiner Zeit fuhr ein Schulbus bis beinahe vor die Tür«, hatte Madeleine bissig erwidert, wohl wissend, dass das heute immer noch der Fall war. Ihre Bemerkung hatte ihr lediglich einen trägen Blick unter dem Eisbeutel eingetragen. Bernadette wusste genauso gut wie Madeleine, dass die verwöhnten kleinen Monster keinen Fuß in den Schulbus setzen würden. »Jemand sollte meine Mutter anrufen, damit wenigstens ein Mensch an meiner Lage Anteil nimmt. Es wäre nett, wenn jemand diesem penetranten Geruch nachspürt, der irgendwo von dort kommt. Und es wäre sehr nett, wenn jemand mit dem Hund rausginge.«

Seufzend hatte sich Madeleine auf den Weg gemacht, die Kinder abzuholen, sie hatte ohnehin etwas im Dorf besorgen müssen. Als sie vor der Schule parkte, ärgerte sie sich, dass sie nicht einen anderen Wagen genommen hatte. Die beiden Jungs und die feinen Lederpolster ihres Sportwagens vertrugen sich aus irgendeinem Grund nicht besonders.

Beim Aussteigen fiel ihr Blick beinahe sofort auf einen kleinen Peugeot mit offenem Verdeck und deutschem Kennzeichen. Madeleine spürte einen Stich irgendwo in der Herzgegend. Nirgendwo war man vor dieser Person sicher. Sie entdeckte das helle Haar der deutschen Touristin inmitten eines wartenden Pulks Eltern vor dem Schulhof.

Als ob sie hierher gehörte, dachte sie. Sie wollte es eigentlich nicht tun, aber wie eine ferngesteuerte Puppe bewegte sie sich vorwärts und klopfte der blonden Deutschen auf die Schulter.

»Hallo! *Isabell*, nicht wahr? Was machen Sie denn hier?« Es war eine rein rhetorische Frage. Das Weibsstück holte natürlich Laurent von der Schule ab, ganz so, als gehöre sie zur Familie! Sie spürte, wie ihr Lächeln schon zu schmerzen begann, kaum, dass sie es aufgesetzt hatte.

Isabell drehte sich um, erkannte sie und lächelte ebenfalls. »Ja. Isabell Tegen, hallo. Und Sie sind Madeleine, nicht wahr? Den Nachnamen habe ich mir leider nicht gemerkt.«

»Clérisseau.« Madeleine hatte nach der Scheidung wieder ihren Mädchennamen angenommen.

»Ich hole Laurent und seinen Freund Henri ab. Auf dem Heimweg von der Schule werden sie immer von einem großen Jungen angehalten, der eine Art Wegezoll verlangt«, erklärte Isabell. »Laurent hat es uns erst gestern verraten, und jetzt will Madame Cécile nicht mehr, dass die beiden Jungs zu Fuß gehen.«

Sie sprach hervorragend Französisch, ganz wie jemand, der in Paris geboren und aufgewachsen war, und ihre Stimme war angenehm, weich, melodisch und für eine Blondine erstaunlich tief. Madeleine hörte aufmerksam zu, und als Isabell »uns« sagte, versetzte das ihrem Herzen einen erneuten Stich.

»Sie scheinen sich ja auf RINQUINQUIN ganz wie zu Hause zu fühlen.«

»Ja«, sagte Isabell und setzte mit einem leisen Lachen hinzu: »Nein, eigentlich besser.«

Sie ist sehr schön, stellte Madeleine fest. Die meisten hoch gewachsenen, schlanken Blondinen wirkten auf den ersten Blick beeindruckend, aber diese hier hielt auch einer zweiten und dritten Prüfung stand. Das regelmäßig geschnittene junge Gesicht, die kleine Nase, die blauen Augen, die hohe Stirn waren sehr ansprechend, die Figur war wohlproportioniert und, soweit sie es erkennen konnte, perfekt.

Und trotzdem – sie hatte etwas beruhigend Normales an sich, etwas, was Madeleine sich nicht erklären konnte. Vielleicht lag es an den Sommersprossen, vielleicht an den mädchenhaft zurückgebundenen Haaren, vielleicht an der leichten Schrägstellung ihres Schneidezahns, die erst bei näherem Hinsehen auffiel. Vielleicht lag es aber auch daran, dass es ihr an dem fehlte, was Madeleine für sich das »Geheimnis einer Frau« genannt hatte. Viele Frauen, auch weniger gut aussehende, ja, sogar hässliche, besaßen dieses Geheimnis, diese Mischung aus unberechenbaren Launen, unausgesprochenen Gefühlen, Abweisung und Zuwendung, die sie aus irgendeinem Grund für Männer interessant machte. Isabell wirkte dagegen wie ein offenes Buch, wahrscheinlich traf das Wort »nett« auf ihren Charakter zu jeder Zeit zu.

Diesen Gedanken fand Madeleine merkwürdig tröstend. Eine nette Person wurde sehr schnell eine langweilige Person. Vielleicht war Corins Interesse an ihr nur vorübergehend.

»Wissen Sie, Corin hat mir von Ihnen erzählt«, sagte Madeleine und sah ihrer Konkurrentin dabei direkt in die Augen. Sie war kleiner als Isabell, aber sie hatte im Laufe der Jahre gelernt, auch größere Gesprächspartner arrogant und von oben herab zu behandeln. »Von Ihrer kleinen Affäre.«

Isabell sah erschreckt aus, der Angriff hatte sie unvermutet getroffen. Madeleine hatte damit gerechnet, dass man ihr ihre Gefühle ansehen würde, so wie man Worte in einem Buch lesen konnte. Sie lächelte verächtlich.

»Ich freue mich darüber«, fuhr sie fort. »Wir haben in letzter Zeit oft darüber gesprochen, dass es höchste Zeit für ihn ist, sein Zölibat aufzulösen.«

Isabell sagte immer noch nichts, aber ihr Gesicht verschloss sich allmählich, das Buch wurde zugeklappt. Madeleine beobachtete ihr Mienenspiel nicht ohne Interesse. *Ein bisschen spät, aber immerhin*, dachte sie. *Jetzt schaut sie sogar eine Spur arrogant.*

»Wissen Sie, er hat Cathérine wirklich sehr geliebt. Es war eine Ehe wie im Himmel geschlossen.« Madeleine brachte ein schmerzliches Lächeln zustande, ganz so, als habe auch sie Cathérine geliebt wie eine Schwester. »Die beiden waren füreinander bestimmt, das wusste Corin immer. Jeder wusste es, wenn er die beiden miteinander sah. Als sie gestorben ist, ist ein Teil vom ihm mit ihr gegangen.« *Sehr gut, das war wunderbar dramatisch.*

Isabells Blick war nun ganz ruhig, aber ihre Nasenflügel bebten.

Wie bei einem verschreckten Kaninchen, dachte Madeleine gehässig. *Das muss sie aber noch üben.*

»Aber das hat er Ihnen sicher erzählt?«, setzte sie listig hinzu.

Isabell machte eine Kopfbewegung, die sowohl ein Nicken als auch ein Kopfschütteln hätte sein können. Sie war offensichtlich getroffen.

»Nun, wir haben uns oft darüber unterhalten, dass er sich nie wieder verlieben wird«, fuhr Madeleine fort. Es gab ihr eine ungeahnte Befriedigung. »Dass er nie wieder für eine Frau solche Gefühle entwickeln wird. Er sagt, auch wenn Cathérine tot ist, kann er nicht aufhören, sie zu lieben, und er sagt, dass ihn das tröstet.« Sie seufzte. »Ach, wissen Sie, Isabell – ich darf Sie doch Isabell nennen? –, ich bin immer ein wenig neidisch auf ihn gewesen. Es muss doch herrlich sein, die ganz große Liebe erlebt zu haben. Das sind Gefühle, von denen wir Normalsterblichen nur träumen. Gefühle für die Ewigkeit.«

Isabell sagte immer noch nichts. Madeleine konnte ihrem Gesicht nun nicht mehr ansehen, was sie dachte, aber es war nicht schwer zu erraten.

»Aber ich bin, wie gesagt, sehr froh, dass Corin sich endlich dazu durchringen konnte, wenigstens seine körperliche Enthaltsamkeit aufzugeben«, sagte Madeleine und versuchte, ihrer Stimme einen samtweichen Klang zu verleihen. »Drei Jahre ohne Sex – das kann doch nicht gesund sein.«

Die Augen ihres Gegenübers zogen sich ganz leicht zusammen, und Madeleine triumphierte innerlich. Jedes ihrer Worte hatte gesessen.

»Auf der anderen Seite – vermutlich profitieren Sie nun von all den aufgestauten Gefühlen. Ich kann mir vorstellen, dass es göttlich ist, mit ihm im Bett!« Madeleine kicherte frivol. »Meine Güte, ich beneide Sie richtig. Wenn Corin und ich nicht so gute Freunde wären ... Aber wir beide wissen: Eine gute Freundschaft und eine Bettgeschichte vertragen sich einfach nicht miteinander.«

»Madeleine, grüß dich.« Pierre Touillon, mit dem

Madeleine zur Schule gegangen war, schob sich an ihnen vorbei. Sie lächelte ihn, noch ganz berauscht von ihrer eigenen Boshaftigkeit, strahlend an. Obwohl sein Anblick sie regelmäßig deprimierte: Er sah so schrecklich alt aus. Er bekam eine Glatze! Er holte seine jüngste Tochter von der Schule ab. Seine beiden Söhne waren schon auf dem Lyzeum. Mein Gott, und dabei war er genauso alt wie sie!

»Salut, Madame, wie geht es Ihnen?«, wandte sich Pierre im Vorübergehen an Isabell.

Nicht besonders, dachte Madeleine und wurde kurzzeitig von Schuldgefühlen geplagt. *Ich habe das arme nette Ding kolossal verschreckt.*

»Alles funktioniert bestens, danke Pierre«, erwiderte das arme nette Ding.

Madeleine erstarrte. »Den kennen Sie auch?«

»Pierre? Er hat doch den Elektroladen hier im Dorf«, sagte Isabell. »Er hat mir ein Gerät für mein Handy besorgt.«

»Ach so.« Madeleine riss sich zusammen. »Wo waren wir stehen geblieben?«

»Eine gute Freundschaft und eine Bettgeschichte vertragen sich nicht miteinander«, sagte Isabell, und Madeleine wusste, dass sie doch nicht ganz so nett und bedauernswert war, wie sie gedacht hatte. Nun, umso besser.

»Ach ja, stimmt, wie wahr.« *Ach ja, stimmt, ich war ja gerade dabei, Ihnen das Herz herauszureißen und es vor Ihren Augen zu zerfleischen! Offensichtlich war das noch nicht genug.* »Wie gesagt, ich bin wirklich froh, dass Sie hier aufgetaucht sind und Corin aus seiner Versenkung hervorgelockt haben. So eine Bettgeschichte lässt sich eben am unkompliziertesten mit einer völlig Fremden beginnen. Es hat nur Vorteile: Wenn Sie wieder abreisen, wird sich auch niemand das Maul darüber zerreißen.«

Die Schulglocke schrillte, ein hässlicher Ton, der sich seit Madeleines eigener Schulzeit nicht verändert hatte. Wie Ameisen aus ihrem Bau strömten Kinder aus dem Gebäude, die bunten Schultaschen unter die Arme geklemmt anstatt auf dem Rücken, wie es sich gehörte. Madeleine sah ihre beiden Neffen und Laurent in der Kindermenge. Sie winkte ihnen zu.

Isabell neben ihr winkte auch.

»Wirklich, ich muss Ihnen ein Kompliment machen«, sagte Madeleine hastig, bevor die Jungen heranstürmten wie wild gewordene junge Hunde. »Nicht jede Frau würde so bereitwillig in die Rolle eines Betthäschens schlüpfen, ohne Aussicht darauf, jemals geliebt zu werden.« Madeleine fühlte sich wie ein Maschinengewehr, jedes ihrer Worte sollte Isabell treffen und tödlich verwunden. »Ich zum Beispiel hätte es nicht gekonnt, ich wäre mir einfach zu schade dafür gewesen, obwohl es mich natürlich auch gereizt hätte zu wissen, wie es ist, mit Corin zu schlafen.« Wieder kicherte sie. »Aber Sie waren unvoreingenommener, das war Ihr Vorteil. Und Sie können sich auf die Schulter klopfen. Wirklich: In Ihrem Fall kann man ja fast von einer therapeutischen Mission sprechen. Sie sind sozusagen eine Art therapeutisches Betthäschen.« Etwas atemlos hielt sie inne, ihre Munition war verschossen. Sie fühlte sich leer, beinahe erschöpft, aber der Druck, der um ihr Herz gelegen hatte, war verschwunden.

»Hallo, Teddy! Romain! Hier bin ich! Eure Mutter hat mich geschickt, um euch vor dem Schulbus zu bewahren.«

Weder Teddy noch Romain machten einen besonders erfreuten Eindruck.

Aber zu Madeleines Erleichterung sah auch Laurent nicht gerade begeistert aus, als er Isabells ansichtig wurde.

»Was machen *Sie* denn hier?«; fragte er und sah sich unschlüssig um.

»Ich werde dich und Henri nach Hause bringen«, antwortete Isabell. Ihre Stimme hörte sich völlig normal an. Madeleine hatte eigentlich damit gerechnet, dass sie wuterfüllt oder tränenerstickt klingen würde.

Henri Jaures an reife Brombeeren erinnernde Augen leuchteten vor Freude und Erleichterung auf. Er hatte sein Taschengeld für diese Woche schon abgeschrieben und sah nun unerwartet die Rettung vor sich.

»Oh fein«, sagte auch Laurent und sah sich wieder suchend um. »Dann kann uns der fürchterliche Fabien heute ja nicht die Zunge aus dem Hals reißen und uns an unseren Zehennägeln aufhängen.«

»Nein, das muss er sich für einen anderen Tag aufheben«, sagte Isabell. »Wo ist denn dieser Fabien? Ist es etwa der mit den roten Haaren da hinten, der uns so komisch anglotzt?«

Laurent nickte. »Ja, aber sehen Sie nicht so auffällig zu ihm rüber. Er wiederholt das vierte Schuljahr schon zum zweiten Mal, das heißt, eigentlich wäre er schon im sechsten! Er ist wirklich gefährlich. Sogar unsere Lehrerin hat Angst vor ihm, seit er sie mal gebissen hat und sie eine Blutvergiftung in der Hand gekriegt hat.«

»Nicht die Tollwut?«, fragte Madeleine amüsiert.

»Ich möchte nur ein bisschen mit ihm reden«, sagte Isabell und grinste Madeleine zu deren Überraschung verschwörerisch an. »Man muss sich rechtzeitig gegen solche Tyrannen wehren, nicht wahr, Madame? Sich niemals alles gefallen lassen.«

»Passen Sie bloß auf«, sagte Laurent noch, aber da war Isabell schon entschlossenen Schrittes auf den rothaarigen Jungen zugegangen. Madeleine, ihre beiden Neffen, Laurent und sein Freund Henri beobachteten sie gespannt.

»Hoffentlich kann sie Karate«, murmelte Henri Jaure.

»Hoffentlich macht sie nicht alles nur noch schlimmer«, sagte Laurent und erinnerte sich mit Schaudern daran, was der fürchterliche Fabien für den Fall angedroht hatte, sie würden ihn an Erwachsene verpetzen.

Hoffentlich fällt sie tot um, dachte Madeleine. *Sie sieht verdammt gut aus in dieser hellblauen Siebenachtelhose, und ihre Sandaletten sind der letzte Schrei.*

Leider konnten sie nicht hören, was Isabell und der fürchterliche Fabien sprachen, aber der fürchterliche Fabien sagte ohnehin nicht viel, aus seinen Mundbewegungen zu schließen. Das tat er nie. Er zitierte nur ständig Szenen aus den Horrorvideos, die er offenbar den ganzen Tag anschauen durfte. Etwas anderes als Kettensägenmassaker und blutsaugende Monster interessierte ihn nicht, daher war er auch immer noch in der Grundschule.

Er zog seine übliche Einschüchterungsshow ab,

machte ein mürrisches Gesicht, bleckte seine gelben Zähne und kniff seine ohnehin schon tückischen Augen zusammen. Und dann, zu ihrer aller grenzenlosem Erstaunen, zog er den Kopf ein und hielt Isabell die Hand hin.

»Sie kann sicher Karate, und jetzt hat er *Angst*!«, sagte Henri beeindruckt.

»Das ist eine Falle«, sagte Laurent misstrauisch, aber Isabell und der fürchterliche Fabien schüttelten einander feierlich die Hand, ohne dass ein einziger Tropfen Blut floß. Anschließend drehte sich Fabien um und rannte davon.

»Sie kann *doch* zaubern«, sagte Laurent.

»Karate«, beharrte Henri.

»Was haben Sie ihm gesagt?«, fragte Laurent, als Isabell wieder neben ihnen stand.

»Das bleibt mein und Fabiens Geheimnis«, sagte Isabell lächelnd. »Aber ich glaube, dass er euch ab jetzt in Ruhe lassen wird.«

Laurent und Henri glaubten das zwar nicht, aber sie waren schwer beeindruckt.

Madeleine war bewusst, dass sie längst mit ihren beiden Neffen hätte verschwinden müssen, und so sagte sie mit einem Lächeln: »Na, wenn das nicht aufregend war! Wir machen uns auf den Weg, hey, Jungs, und seid vorsichtig mit meinen guten Lederpolstern, ja? War schön, Sie noch mal zu sehen, Madame.«

»Gleichfalls«, log Isabell. Sie hatte keinerlei Zweifel daran, dass Madeleine jedes einzelne Wort mit voller Berechnung gesagt hatte und mit der Absicht, ihr wehzutun. Was allerdings nicht hieß, dass es nicht auch die Wahrheit gewesen wäre.

In diesem Augenblick klingelte ihr Handy. Sie wusste sofort, dass es Frithjof sein würde, und einen Augenblick lang war sie versucht, einfach nicht dranzugehen. Aber dann sah sie Neugier in Madeleines Augen aufblitzen und kramte das Telefon aus ihrer Handtasche.

»Hallo?«

»Frithjof Tegen.« Frithjof meldete sich mit seinem vollständigen Namen, was keinen guten Anfang bedeutete. Er hörte sich beleidigt und missgelaunt an, und Isabell wurde beim Klang seiner Stimme beinahe übel. Trotzdem zwang sie sich zu einem Lächeln.

»Hallo, Frithjof. Das ist schön, dass du anrufst, aber es ist gerade schrecklich ungünstig.« Sie sprach schnell und natürlich auf Deutsch, aber sie verlieh ihrer Stimme mit aller Schauspielkraft, die sie aufbieten konnte, einen freudigen, ja beinahe zärtlichen Klang. »Meinst du, ich kann dich später zurückrufen? So in einer halben Stunde?«

»Von mir aus. Aber keine Minute später«, sagte Frithjof mürrisch. »Ich habe danach einen Termin, und ich habe keine Lust zu warten.«

Und obwohl die Leitung schon längst tot war, flötete Isabell: »In Ordnung, ich rufe dich dann gleich zurück. Es gibt ja sooo viel zu erzählen.«

Mit einem leichten Lachen verstaute sie das Telefon wieder in ihrer Handtasche. Madeleine Clérisseau hatte während des Gesprächs nur zwei oder drei halbherzige Schritte in Richtung ihres Sportwagens getätigt. Es lag auf der Hand, dass sie vor Neugier beinahe umkam. Wen vermutete sie denn am Telefon? Etwa Corin?

»Das war mein Mann«, sagte Isabell immer noch

lächelnd. In Madeleines Gesicht regte sich kein Muskel, aber Isabell glaubte etwas in ihren dunklen Augen aufflackern zu sehen. Was war es? Entsetzen? Überraschung? Hoffnung?

»Er ist schrecklich eifersüchtig«, fuhr sie langsam fort, während sie Laurent und Henri sanft Richtung Auto schob. »Genau wie Sie. Und dabei ist es doch nur eine *Bettgeschichte,* nicht wahr?«

Wieder dieses Aufflackern, dann lächelte Madeleine zuckersüß. »Sehr richtig. Nun, ich nehme an, wir sehen uns morgen beim Abendessen auf RINQUINQUIN.«

»Ja, es wäre schön, wenn Sie kommen könnten«, entgegnete Isabell, ganz so, als gehöre RINQUINQUIN ihr und als obläge es ihr, Einladungen auszusprechen. »Kommt, Jungs, mein Wagen steht da vorne. Au revoir, Madame.«

7. Kapitel

Kein Zweifel, Madeleine Clérisseaus Worte hatten Isabell tief getroffen, genauso tief, wie es vermutlich beabsichtigt gewesen war.

Die beiden waren füreinander bestimmt ... ein jeder wusste das, der sie zusammen sah. Eine Liebe für die Ewigkeit.

Corin hatte bisher nicht über seine Frau gesprochen, und Isabell hatte nicht danach gefragt.

»Es ist lange her«, hatte er gesagt, und das hatte für Isabell so viel geheißen wie: Es ist vergessen und vorbei.

Die beiden waren füreinander bestimmt ... ein jeder wusste das, der sie zusammen sah. Eine Liebe für die Ewigkeit.

Offensichtlich war Madeleine Clérisseau ebenfalls in Corin verliebt, zumindest aber gönnte sie ihn Isabell um keinen Preis. Und obwohl Madeleine höchst lebendig und sehr attraktiv war, fürchtete Isabell ihre Konkurrenz nicht. Mit einer Toten hingegen, die als die ganz große Liebe gegolten hatte, war es bedeutend schwieriger zu konkurrieren.

Nicht jede Frau würde so bereitwillig in die Rolle eines Betthäschens schlüpfen, ohne Aussicht darauf, jemals geliebt zu werden. Was, wenn Madeleine Recht hatte und wenn es für Corin nur eine Bettgeschichte war?

Er sagte viele wunderbare Dinge zu ihr, sie badete förmlich in seinen Komplimenten, aber dass er sie liebte, hatte er bisher noch nicht gesagt.

Therapeutisches Betthäschen.

Es war eine alberne Methapher, aber sie ließ sie nicht mehr los.

Auf der anderen Seite: Sie hatte Corin auch noch nicht gesagt, dass sie ihn liebte. Mit diesen drei magischen Worten – *Ich liebe dich* – ging man eben nicht so leichtfertig um. Nicht wenn man sich gerade erst kennen gelernt und noch nicht mal von seinem eigenen Erstaunen darüber erholt hatte.

»Was genau haben Sie denn dem fürchterlichen Fabien gesagt?«, wollte Laurent vom Rücksitz wissen.

»Können Sie Karate? Können Sie es uns beibringen?«, fragte sein Freund Henri.

»Ich habe euch gesagt, das bleibt Fabiens und mein Geheimnis.« Isabell setzte den Blinker und fuhr langsam zwischen den beiden Löwen hindurch, die das Tor von RINQUINQUIN bewachten. »Und dabei bleibt es auch.«

»Das ist gemein«, murrte Laurent beim Aussteigen.

Henri dachte das Gleiche, war aber zu höflich und zu dankbar, um es auszusprechen. Schließlich war er weder an den Zehennägeln aufgehängt noch seines Taschengeldes beraubt worden, dank der netten blonden Mademoiselle.

»Schade, dass Sie nicht zu uns gekommen sind«, sagte er bedauernd zu Isabell. »Unsere Zimmer sind sehr schön, wissen Sie? Im Sommer sind wir immer vollständig ausgebucht.«

»Oh, da bin ich sicher. Aber jetzt wohne ich nun mal hier, weißt du ...« Isabell lächelte auf den kleinen Jungen hinab.

»Natürlich«, sagte Henri. »Aber wenn Sie es sich anders überlegen, können Sie ja einfach vorbeikommen. Wir haben auch einen Hund«, setzte er lockend hinzu. »Inspektor Clouseau kann ganz tolle Kunststücke!«

»Salut, Henri, deine Mutter wartet sicher schon mit dem Mittagessen«, mischte sich Laurent eilig ein und schob Henri Richtung Tor.

»Auf Wiedersehen, Mademoiselle. Und vielen Dank«, rief Henri noch über seine Schulter.

»Wiedersehen.« Isabell zwinkerte Laurent zu. »Dass seine Mutter ihn mit diesem bissigen Hund überhaupt spielen lässt ...«

Laurent wurde sofort von seinem schlechten Gewissen überwältigt. »Ach, in letzter Zeit beißt er gar nicht mehr so oft«, sagte er.

»Hättest du auch gerne einen Hund?«, fragte Isabell unvermittelt.

»Ich? Klar, hätte ich gerne einen Hund«, sagte Laurent. »Aber noch lieber eine Schildkröte. Sie sind nur so schrecklich teuer. Verraten Sie mir jetzt, was Sie dem fürchterlichen Fabien gesagt haben?«

Isabell schüttelte den Kopf.

»Dann eben nicht«, sagte Laurent beleidigt. Es war einfach unerträglich, dass der fürchterliche Fabien etwas wusste, das er nicht wusste!

Isabell wartete, bis er im Haus verschwunden war, dann holte sie das Handy wieder aus der Handtasche. Schweren Herzens wählte sie Frithjofs Büronummer, obwohl sie viel lieber ein Gläschen von Madame Céciles eisgekühltem Orangenlikör auf der Terrasse getrunken und an *gar nichts* gedacht hätte.

Unverschämterweise hatte sie zuerst Frithjofs Sekretärin dran, eine Mittdreißigerin mit einem schier unerschöpflichen Vorrat an grauen Hosenanzügen und einer ähnlich besitzergreifenden Art wie Frau Elbmann.

Sie klang so kühl und unfreundlich, als sie sie weiterverband, dass Isabell unwillkürlich vermutete, Frithjof habe seine Eheprobleme auch mit ihr erörtert.

»Ja, bitte?«, sagte Frithjof, obwohl er genau wusste, dass sie es war.

Isabell entschloss sich, sofort mit der Tür ins Haus zu fallen. »Hast du meinen Brief bekommen?«

»Allerdings. Vielen Dank auch. Es war sehr angenehm zu lesen, dass du mich nie wirklich geliebt hast und dass du mich nur geheiratet hast, weil es dir *irgendwie* richtig erschien.« Frithjof klang bitter, und plötzlich hatte Isabell Mitleid mit ihm.

»Ich habe nicht geschrieben, dass ich dich nie geliebt habe«, sagte sie. »Ich habe geschrieben ...«

»Ich weiß, was du geschrieben hast«, unterbrach Frithjof sie. »Dass ich dich bevormundet und nicht ernst genommen habe. Dass ich niemals *dich* geliebt habe, sondern nur meine Vorstellung von dir. Dass ich meinen zwanghaften Perfektionismus ständig auf dich übertragen habe. Dass unsere Ehe ein einziger Irrtum war!«

»Äh ... ja.« Er hatte sie wortwörtlich zitiert, wie jemand, der den Brief nicht einmal, sondern mehrmals gelesen hat. »Ja, das war sie auch. Wir passen einfach nicht zusammen, aber das habe ich damals noch nicht gewusst.« Beinahe hätte sie »Tut mir Leid«, hinzugefügt.

»Wenn du auf einen Mann wartest, der zu dir passt, dann kannst du aber lange warten«, sagte Frithjof, und es klang, als ob er in den Hörer spuckte. »Ich mag ja ein Perfektionist sein und dich bevormundet haben, aber du bist kindisch und unreif, nicht fähig, Verantwortung zu übernehmen! Nicht mal für dich selber.«

Während er weitersprach, ebbten Isabells mitleidige Gefühle für ihn von ganz allein wieder ab. Seine Worte prasselten auf sie ein wie ein unangenehm kalter Regenguß.

»... undankbar ... nicht fähig, Konflikte zu lösen ... ohnehin unfähig, Kinder großzuziehen ... Frau Elbmann sagt auch ... kein Gefühl für die Realität ... meine Mutter sagt auch ... passiv ... phlegmatisch ... untüchtig ... alberner Teddybär im Bett ... unreif ... Moni sagt auch ... emotional unreif ...«

Bei der Erwähnung von Monis Namen horchte Isabell auf. Dass Frithjof seine Eheprobleme mit seiner Mutter und seiner Putzfrau erörterte, war schlimm genug, aber ...

»Moni? Etwa *meine* Moni?«

»Ja, sie kennt dich schließlich auch schon ein paar Jahre. Sie sagt, dass du im Grunde nicht weißt, was du willst. Genau das, was ich auch immer sage.«

»Wann hat sie das denn genau gesagt?«

»Gestern Abend. Wir waren miteinander essen.«

Natürlich, gestern Abend, als sie mit Frau Elbmann telefoniert hatte. Bei Moni war nur der Anrufbeantworter drangegangen. *Armer Frithjof*, hatte sie gesagt. Nun, Isabell war nicht davon ausgegangen, dass sie ihn höchstpersönlich würde trösten wollen. Verräterin.

»Moni sagt auch, dass du eine Therapie brauchst. Sie meint, du hattest so eine Art Zusammenbruch.«

»Weil ich dich verlassen habe?« Isabell war immer noch perplex. Warum war Moni ihr derart in den Rücken gefallen? War sie wirklich so wild darauf, sich einen Mann mit fünfstelligem Monatseinkommen und Einbauschränken bis unter die Decke zu angeln, dass sie dafür ihre beste Freundin verriet?

»Wegen der Art und Weise, wie du mich verlassen hast.«

»Ach so«, höhnte Isabell. »Weil ich die Sofas aufgeschlitzt und mit Schlagsahne schlimme Schimpfwörter an die Wand gesprüht habe. Herrje, Frithjof, ich weiß, dass das alles für dich sehr plötzlich kam, aber ich habe nichts weiter getan, als meine Sachen zu packen und das Haus zu verlassen. Es war nicht nett von mir, dass ich dich einfach so vor vollendete Tatsachen gestellt habe, aber – mit dir konnte man einfach nicht reden.«

»Nicht *nett*?«, wiederholte Frithjof. »*Nicht nett!* Ja, so könnte man das auch nennen. Weißt du, wie ich mich gefühlt habe, als ich nach Hause kam und Frau Elbmann mir sagte, dass du verschwunden seist? Weißt du, wie demütigend das war?«

Isabell schwieg.

»Und nicht einmal das kleinste Wörtchen einer Erklärung«, fügte Frithjof hinzu. »Packst einfach ein paar Klamotten zusammen, setzt deine bescheuerte Schaufensterpuppe auf den Beifahrersitz und fährst davon. Wenn das normal ist, dann weiß ich es aber wirklich nicht.«

Und dann setzte er wieder zu einer Tirade an, über ihre kindische Art, ihren unreifen Charakter und ihre Unfähigkeit, Probleme zu lösen.

Isabell holte tief Luft und unterbrach ihn mitten im Satz: »In Ordnung, Frithjof, das hatten wir ja alles schon. Es ist ziemlich sinnlos, immer und immer wieder zu erörtern, dass ich unreif und verantwortungslos bin und eine Therapie brauche. Ich habe dir geschrieben, dass ich die Scheidung will. Ich weiß nicht, wie so etwas funktioniert, aber ich schätze, wir müssen uns beide einen Anwalt nehmen und irgendwelche Anträge einreichen.«

»*Nein*«, sagte Frithjof scharf.

»Nein, was?«

»Nein, wir brauchen nicht beide einen Anwalt. Es reicht, wenn wir uns zusammen einen nehmen. Damit sparen wir eine Menge Geld, und es geht bedeutend schneller und unkomplizierter über die Bühne.«

»Also gut«, sagte Isabell. »Kennst du einen guten Anwalt?«

»Ja.« Frithjof machte eine Pause. »Ich könnte ihn aufsuchen, wenn du ... wirklich willst.«

»Was hätten wir für Alternativen? Mal abgesehen davon, dass ich eine Therapie mache?« Isabell zuckte mit den Achseln, eine Geste, die an Frithjof – neunhundert Kilometer entfernt – verschenkt war.

»Also gut, dann werde ich das in die Wege leiten. Wann kommst du zurück? Kann ich einen Termin für – warte mal ...« Es raschelte im Hintergrund, Frithjof blätterte in seinem Terminkalender, ein merkwürdig vertrautes Geräusch. »Wie wäre es mit kommendem Mittwoch? Vorausgesetzt, wir bekommen einen Termin.«

Isabell war wie vom Blitz getroffen. »Du meinst, ich muss dabei sein?«

»Natürlich musst du dabei sein.« Das klang gereizt.

»Oh, ja. Natürlich. Aber kommenden Mittwoch ... da bin ich noch nicht wieder in Hamburg.«

»Wann dann?«

»Also ...« Isabell schluckte. *Am liebsten nie,* hätte sie gerne gesagt. *Ich bleibe für immer hier, und du erledigst das mit der Scheidung ohne mich.* Warum ging das denn nicht?

»Isabe-hell? Wa-hann?«

»Also«, sagte sie wieder. »Das weiß ich noch nicht so genau.«

»Was soll das heißen?«, explodierte Frithjof.

»Das soll heißen, dass ich hier noch etwas zu tun habe. Geschäftlich.« Das war keine Lüge, schließlich erledigte sie hier die Buchhaltung, eine Art Unternehmensberatungsjob.

»*Geschäftlich?*«, wiederholte Frithjof. Es war klar, dass er sie liebend gern erwürgt hätte.

»Ja. Ich habe hier einen Job angenommen, aber das ist etwas umständlich zu erklären ... Ich melde mich einfach wieder, wenn ich weiß, wann ich abreisen kann, okay?«

»Nein, das ist nicht okay!«, brüllte Frithjof, aber Isabell drückte einfach auf den Aus-Knopf. Jetzt erst merkte sie, dass sie trotz der Wärme am ganzen Körper zitterte. Meine Güte, das hätte eigentlich ein klärendes Gespräch sein sollen, eins, nach dem man sich befriedigt zurücklehnt und denkt: *Das hätten wir schon mal geschafft.*

Stattdessen war das so genannte Gespräch wieder

mal in sinnlose Brüllerei – von Frithjofs Seite – und vorzeitiges Beenden – von ihrer Seite – ausgeartet. Sie war keinen Schritt weitergekommen, sie wusste jetzt nur, dass ihre liebe Freundin Moni sie hinterging und dass Frithjof sie für unreif, verantwortungslos und konfliktscheu hielt. Ach nein, das hatte sie ja vorher schon gewusst.

Sie seufzte. Natürlich hatte Frithjof Recht, sie musste zurück nach Hamburg fahren, um die Scheidung in die Wege zu leiten.

Aber das würde bedeuten, dass sie RINQUINQUIN verlassen musste. Und Corin.

Es war jedes Mal das Gleiche. Irgendwann in den ersten Monaten des Jahres war das Geld plötzlich weg, der Dispokredit voll ausgeschöpft, und von der Bank trudelte das erste Mahnschreiben ein. Bis zum Sommer, wenn während der Erntezeit die Kasse klingelte, würden sie ihren monatlichen Ratenzahlungen nicht nachkommen können. Monsieur Reseda, ihr Sachbearbeiter bei der Bank, würde bedenklich den Kopf wiegen und irgendwas wie »Nur ausnahmsweise ... eigentlich gegen die Gepflogenheiten unseres Hauses« murmeln, aber bisher hatte es immer funktioniert.

Es war im Grunde ein Teufelskreis, und jedes Jahr kam der Zeitpunkt, den Corin für sich selber die »totale Zahlungsunfähigkeit« nannte, ein paar Wochen früher. Die letzte Rate hatte Matilde zum größten Teil mit ihrem Gehalt beglichen. Sie hatte darauf bestanden.

»Es sieht nicht gut aus«, sagte Isabell, und damit sagte sie ihm nichts Neues. Auch seine Mutter und seine Schwester machten keinen erschreckten Eindruck.

»Es sieht nicht gut aus«, das sagte ihnen Monsieur Hugo schon seit Jahren.

Matilde hatte sie alle zu einer Besprechung in den Salon gebeten.

»Dank Isabell sehe ich jetzt viel klarer, was unsere Finanzlage angeht«, hatte sie gesagt. »Vielleicht sollte sie ihre Erkenntnisse der letzten Tage noch einmal vor uns allen ausbreiten. Monsieur Hugo hat uns nicht so gut beraten, wie er es hätte tun können. Ich habe ihn gestern angerufen und gesagt, dass wir unsere Sachen in Zukunft ohne seine Hilfe erledigen werden.«

Isabell holte feierlich Luft. »Die gute Nachricht ist, dass ihr keine Steuern zahlen müsst, von der Umsatzsteuer mal abgesehen, und dass das Finanzamt euch vom letzten Jahr noch rund zwölftausend Franc schuldet, die zu viel gezahlt wurden.«

»Na bitte«, sagte Corin. »Wenn das nichts ist, dann weiß ich es aber auch nicht.«

»Aber das ist auch schon die einzige gute Nachricht.« Isabell presste bedauernd die Lippen zusammen. Corin fand sie unwiderstehlich und hätte sie gerne geküsst. Gleich hier auf dem alten Eichentisch ...

Er räusperte sich und zwinkerte Isabell zu. Sie zwinkerte nicht zurück, sondern sah ihn ernst an.

»Es liegt an diesen Krediten, die euch allen die Luft abschnüren. Der Ertrag aus der Pfirsichernte ist im Grunde hervorragend, und er ist bis jetzt in jedem der letzten drei Jahre gesteigert worden. Das ist beachtlich.«

»Vielen Dank«, sagte Corin bescheiden.

»Corin hat den Kredit, der auf RINQUINQUIN lastete, vor vier Jahren auf seinen Namen umschreiben lassen. Wahrscheinlich hat er geglaubt, dass es so herum besser ist, weil RINQUINQUIN selber dadurch nicht mehr belastet ist. Aber natürlich stimmt das nicht. Er hat seinen Anteil des Gutes als Sicherheit gestellt, und das ist immerhin ein Viertel. Außerdem hat er persönlich keinerlei Steuerentlastung von dieser Mehrbelastung, weil er sich ohnehin in Anbetracht der Lage nur eine Art symbolisches Gehalt zahlt«, führte Isabell aus.

Corin grinste etwas gequält.

»Ich habe immer gesagt, er soll sich ein anständiges Gehalt zahlen«, sagte Madame Cécile mit einem Anflug schlechten Gewissens.

»Aber Maman, das ist es doch gerade: Es geht gar nicht, dass er sich ein anständiges Gehalt zahlt«, sagte Matilde. »Es ist einfach nicht genug da.«

»Genau«, bestätigte Isabell. »Denn obwohl alle hier die Ausgaben so gering wie möglich halten, sind die monatlichen Belastungen einfach viel höher. Der zweite Kredit hätte niemals bewilligt werden dürfen. Da ihr zusammen mit eurer Schwester Joséphine eine Societé en nom collectif bildet, haftet ihr alle mit eurem persönlichen Vermögen dafür, wenn er platzt.«

»Welchem Vermögen?«, spottete Madame Cécile und versuchte so, eine heitere Note in diese Besprechung zu bringen.

»Dem Haus, dem Land, allen Gerätschaften, sogar mit Ihrem ganz persönlichen Besitz wie Schmuck«, führte Isabell trocken aus, und Madame Céciles Lächeln versiegte.

»Also, das ist alles nichts Neues«, sagte Corin. »Ich habe ausgerechnet, dass uns die Luft ungefähr im nächsten Februar ausgeht.«

»Nein, bereits in diesem Dezember«, verbesserte Isabell unglücklich. »Ich habe alle Posten aufgerechnet und eine größtmögliche Toleranz der Bank bereits einkalkuliert, ebenso wie den größtmöglichen Ernteertrag.«

»Was soll das heißen?«, fragte Madame Cécile.

»Dass wir im Dezember pleite sind, Maman«, sagte Matilde.

»Ach, und ich dachte, wir wären jetzt schon pleite«, sagte Madame Cécile. Sie war immer noch nicht mit dem nötigen Ernst bei der Sache.

»Das sind Sie auch, genau genommen. Aber mit dem Geld, das die diesjährige Ernte einbringen wird, können Sie die Banken noch ein paar Monate hinhalten.« Isabell seufzte. »Ich verstehe nicht so ganz, wie ihr alle so ruhig bleiben könnt. Gibt es vielleicht irgendeine Möglichkeit, an eine Million Franc zu kommen, die ich übersehen habe? *Geschenkt?*«

Corin schüttelte den Kopf. »Nein, und einsparen können wir auch nirgendwo mehr, wir investieren ja ohnehin kaum.«

»Wenn diese Kredite nicht wären, würde das Gut sogar Gewinn erwirtschaften, und das sogar, wenn ihr euch alle ein Gehalt auszahlen, Bertrands und Ermelines Gehalt erhöhen und die eine oder andere Investition leisten würdet«, sagte Isabell und setzte ehrlicherweise hinzu: »Ich hätte nicht gedacht, dass man mit Pfirsichen so viel verdienen kann.«

»Man darf nicht vergessen, dass es *tonnenweise* Pfirsiche sind«, sagte Matilde.

»Und die besten in ganz Frankreich«, ergänzte Madame Cécile stolz.

»Es müssen natürlich eine Menge Änderungen vorgenommen werden«, sagte Isabell. »Neben vielen Kleinigkeiten vor allem eine Umschuldung, eine Umschreibung der Gesellschaftsform in eine Gesellschaft mit beschränkter Haftung, für die es obendrein jede Menge Förderprogramme gibt, und natürlich eine einmalige Tilgung in Höhe von mindestens einer Million Franc.«

»Wir könnten versuchen, einen Teil des Landes zu verkaufen«, überlegte Corin. »Aber dafür bekommen wir niemals eine Million.«

»Ich weiß, es hört sich blöd an, aber eine Million Franc ist gar nicht so viel, wie man denken sollte«, sagte Isabell. »Gibt es niemand, der es euch vielleicht leihen würde – und die ersten fünf Jahre freundlicherweise auf eine Rückzahlung verzichtet?«

Corin musste an seinen Schwiegervater denken, er war der einzige Mensch, der ihm spontan einfiel, der eine Million Franc ungenutzt herumliegen hatte und verleihen, verschenken oder anzünden konnte, ohne den Verlust überhaupt zu bemerken. Nur würde er es niemals tun, das war der Haken an der Sache. Und schon gar nicht Corin zuliebe.

»Nein?« Isabell hatte wohl nichts anderes erwartet. »Vielleicht hat Großtante Germaine ein kleines Vermögen irgendwo auf der Bank liegen, von dem niemand etwas weiß?«

Madame Cécile lachte. »Mein liebes Kind, Sie sind im Grunde ja noch naiver als wir alle zusammen! Meine Tante war schon vor vierzig Jahren derart verarmt, dass wir ihr hier lebenslanges Wohnrecht eingeräumt haben, um sicher zu gehen, dass sie nicht im Armenhaus landet.«

»Armenhaus, Maman! So etwas gibt es doch heute gar nicht mehr«, sagte Matilde.

»Damals aber noch«, beharrte Madame Cécile. »Was ich damit ja auch nur sagen wollte, ist, dass Großtante Germaine auf keinen Fall ein Vermögen unter ihrer Matratze hat.«

»Hm«, machte Isabell. »Und was ist mit Joséphine?«

»Joséphine?«, wiederholten gleich drei Stimmen im Chor.

»Ja, Joséphine. Eure Schwester.« Isabell hatte eine Menge über Joséphine erfahren, als sie Bertrand in der vergangennen Woche beim Streichen des Schuppentores geholfen hatte, eine Tätigkeit, die sie mit ihrer gesunden Hand problemlos hatte ausführen können.

»Sie ist aus der Art geschlagen«, hatte ihr Bertrand über Madame Céciles jüngste Tochter erzählt, während sie in schöner Eintracht distelblaue Farbe auf die Schuppentür klatschten. »Sie hat nie etwas für RINQUINQUIN und ihre Familie übrig gehabt. Sie interessiert sich ausschließlich für ihr eigenes Wohlergehen, das war schon so, als sie noch ein ganz kleines Mädchen war. Für den armen Laurent wäre es besser, sie würde ihn für immer hier vergessen. Gnade uns Gott, wenn sie plötzlich auf die Idee kommt, ihn zu sich und ihrem neuen Mann nach Amerika zu holen. Es würde Madame Cécile und der armen Matilde das Herz brechen. Und dem Kind auch.«

»Joséphine?«, wiederholte Corin, als habe Isabell etwas absolut Lächerliches vorgeschlagen.

»Ihr gehört immerhin ein Viertel von RINQUIN-

QUIN«, erwiderte sie. »Und wenn es stimmt, was man mir so gesagt hat, muss ihr neuer Mann schrecklich reich sein.«

»Er ist nicht ihr Mann«, sagte Matilde. »Sondern ihr Liebhaber.«

»Und selber hat sie leider keinen Franc«, sagte Madame Cécile bedauernd.

»Und nicht das geringste Interesse an RINQUIN-QUIN«, setzte Corin hinzu.

»Ich dachte, sie würde diesen Amerikaner bald heiraten. Stimmt das denn nicht?«

»Doch«, sagte Madame Cécile.

»Vielleicht«, sagte Matilde.

»Hoffentlich«, sagte Corin.

»Und der Mann ist fürchterlich reich, oder? Er besitzt eine riesenhafte Hotelkette.« Das hatte Isabell auch von Bertrand.

»Sein Vater besitzt diese Hotelkette«, sagte Corin. »Ich glaube, Junior ...«

»John D.«, sagte Madame Cécile sanft. »Er heißt John D., ich finde, das könntest du dir höflicherweise merken.«

»Das D steht für Doofmann«, sagte Matilde. »Deshalb kürzt er es ja ab.«

»Es steht bestimmt für Denver«, verbesserte Madame Cécile. »Oder für Dallas. Er hat gesagt, dass es eine amerikanische Stadt ist. Die Amerikaner dürfen ihre Kinder nach Städten benennen, sie dürfen sie überhaupt nach allem benennen. Nach Bergen, Blumen oder dem, woran sie bei der Zeugung gerade gedacht haben.«

»Dann war es vielleicht wie *dainty, daring* oder *devilish*?«, spottete Matilde.

»Jedenfalls gehört die Hotelkette seinem Daddy. John D. besitzt nur einen Alibijob als Geschäftsführer und einen Haufen schicker Sportwagen«, sagte Corin zu Isabell, während Matilde nach mehr Adjektiven suchte, die John D. ihrer Ansicht nach charakterisierten.

»Und schicker Uhren«, ergänzte sie. »Double time.«

»Und schlechter Manieren«, sagte Madame Cécile, aber sie sagte es so leise, dass es niemand hörte.

Isabell seufzte.

»Du gibst dir so viel Mühe.« Corin sah sie voller Mitgefühl an. »Und wir sind so destruktiv. Wir sind eine schreckliche Familie, nicht wahr?«

»Oh nein«, sagte sie entschieden. »Ihr seid die netteste Familie, die ich jemals kennen gelernt habe.«

»Du kennst Joséphine noch nicht«, murmelte Matilde.

Niemand außer Joséphine hatte damals nach dem Tod ihres Vaters den Verkauf des Gutes gewollt. Sie war die Einzige der Le Bers, der RINQUINQUIN nie etwas bedeutet hatte, warum, hatte sie selber nicht erklären können.

»Hier sagen sich Fuchs und Hase gute Nacht«, pflegte sie achselzuckend zu sagen. »Der schreckliche Mistral macht die Winter zur Hölle, und es gibt noch nicht mal einen Swimmingpool, um die mörderischen Sommer auszuhalten.«

Joséphine hatte sich nur allzu gerne mit ihrem zukünftigen Ehemann nach Florida abgesetzt, wo es, wie auf Fotografien eindrucksvoll belegt, eine Villa mit Palmengarten und einem Swimmingpool so groß wie ein Whirlpool für eine Herde Blauwale gab. Die

Villa war umgeben von anderen Villen ähnlichen Ausmaßes, die laut Joséphine allesamt von Reichen und Berühmten bewohnt wurden, die sich gegenseitig zum Barbecue einluden und das Leben *wirklich* zu genießen wussten.

Corin gönnte seiner kleinen Schwester ihr neues Leben aus vollem Herzen, Matilde gönnte es ihr auch, wenn auch nicht aus ganz so vollem Herzen. Sie bedauerten beide nur, dass Joséphine über kurz oder lang auch Laurent von RINQUINQUIN wegholen würde, obwohl sie das bisher schon länger aufgeschoben hatte, als ursprünglich vorgesehen. Sie vermuteten, dass Laurent doch nicht ganz so perfekt und einfach in Joséphines neues Leben einzufügen war, wie sie es sich ursprünglich vorgestellt hatte. Vielleicht fürchtete sie auch, Laurent könne das Verhältnis zu John D., ihrem neuen Lover, unnötig komplizieren.

John D. Kennedy, blond, sonnengebräunt, breitschultrig und somit aussehend wie eine Werbefigur für ein x-beliebiges amerikanisches Markenprodukt.

Corin hatte den Mann nur einmal gesehen, als Joséphine ihn mit nach RINQUINQUIN gebracht und ihn voller Besitzerstolz als ihren zukünftigen Ehemann vorgestellt hatte. Die Begeisterung der restlichen Familie hatte sich in Grenzen gehalten. Sein Französisch war miserabel, seine Manieren waren nicht viel besser gewesen.

Er hatte Matildes Essen als »schlichtes Landmahl« bezeichnet, das Haus als »originell« und »herrlich altmodisch«, die sanitären Anlagen als einen Witz und Laurent als »drolliges kleines Kerlchen«. Und er hatte sie den ganzen Abend mit angeberischen Anekdoten über seine Arbeit als weltweit erfolgreicher Hotelier gelangweilt. Dabei war nicht er, sondern sein Vater der Besitzer jener riesengroßen, namhaften Hotelkette, der er seinen immensen Reichtum zu verdanken hatte.

Joséphine hatte ihn auf der Party einer amerikanischen Freundin in Paris kennen gelernt, wo er geschäftlich für seinen Vater zu tun hatte. Er war – wie sie – geschieden, seine beiden Kinder lebten bei seiner Exfrau in New York, seine letzte Geliebte, ein Model, hatte ihm gerade wegen eines bekannten Modeschöpfers den Laufpass gegeben. Obwohl sich inzwischen herausgestellt hatte, dass der Modeschöpfer leider schwul war und die Exgeliebte John D. gerne zurückgenommen hätte, war er ganz und gar empfänglich gewesen für Joséphines brünetten Charme. Seit er sie zum ersten Mal ausgeführt hatte, fühlte sie sich, als habe sie den Jackpot beim Lotto geknackt.

Es war ihr egal, dass ihre Familie John D. ablehnte, und es war auch egal, dass John D. ihre Familie ablehnte.

»Sie sind so – *urig*«, hatte er gesagt, obwohl Matilde gerade in Hörweite gewesen und ihr Englisch gut genug war, um alles zu verstehen. »Wenn man deine Schwester betrachtet, fragt man sich unwillkürlich, ob sie sich unter den Achseln rasiert.«

Corin und Matilde waren dem unsympathischen Amerikaner aber trotzdem dankbar, denn immerhin hatte er sie von Joséphines Gegenwart auf RINQUINQUIN befreit.

Was immer Madame Cécile über ihr jüngstes Kind

und ihre Eskapaden dachte – sie behielt es überwiegend für sich.

Corins Frau Cathérine hatte Joséphine gemocht, sie hatte immer gesagt, hinter ihrer Oberflächlichkeit verberge sich nichts anderes als eine unglückliche Frau mit der unstillbaren Sehnsucht nach Liebe und Zuneigung.

»Sie hat genauso viel Liebe und Zuneigung erhalten wie wir anderen auch«, hatte Corin ihr zu erklären versucht. »Es muss etwas in ihren Genen sein, was sie so geldgierig, egoistisch und rücksichtslos macht.«

Und Cathérine hatte erwidert: »Im Grunde sind wir doch alle egoistisch, geldgierig und rücksichtslos. Möglicherweise ist es gerade Joséphines Stärke, dass sie sich nicht die Mühe macht, das zu verstecken.«

Madeleine, die Joséphines Freundin seit Kindertagen war, hatte einmal etwas Ähnliches gesagt: »Joséphine hat nie ein Geheimnis daraus gemacht, dass sie ein geldgieriges Miststück ist. Komischerweise scheint das den Männern zu gefallen. Vor allem den reichen.«

»Und ihr könnt sie wirklich nicht fragen?« Isabell sah sie alle der Reihe nach an. »Eine Million Franc ist für so einen reichen Mann nicht so viel Geld. Und vielleicht wäre es ihm eine Freude, der Familie seiner zukünftigen Frau zu helfen.«

Keiner antwortete.

Schließlich sagte Madame Cécile: »Eigentlich ist das gar keine so dumme Idee. Wenn Joséphine und ihr – zukünftiger Mann im Juni herkommen, werden wir sie fragen.«

»Warum habe ich nur das dumme Gefühl, dass sie Nein sagen werden?«, murmelte Matilde.

Corin hatte sich über Isabells Notizen gebeugt. »Das sind tolle Ideen, Isabell. Vor allem die Zahlen unter den dicken Strichen dort gefallen mir.«

»Ja. Und sie sind alle realistisch«, sagte Isabell nicht ohne Stolz. »Im Grunde ist diese Plantage eine Goldgrube. Vorausgesetzt, es gelingt euch, eine Million Franc aufzutreiben, könnt ihr alle davon leben, und zwar richtig gut.«

Eine Goldgrube – das klang so verheißungsvoll. Viel besser als: *Im Dezember ist RINQUINQUIN endgültig verloren.* Sollte es tatsächlich nur an einer Million Franc hängen, dann musste das Unglück doch noch abzuwenden sein: Sowohl Madame Cécile als auch Matilde nahmen sich vor, sehr nett zu Joséphine zu sein, wenn sie im Juni zu Besuch käme. Keine von ihnen würde Streitereien um Laurent vom Zaun brechen, es würde kein Aufwärmen alter Geschichten geben, ja, nicht mal ein Augenzucken wegen John D.s schlechter Manieren. Hauptsache, sie machten eine Million Franc locker.

Corin teilte den Optimismus von Mutter und Schwester nicht. Es müsste schon an ein Wunder grenzen, wenn Joséphine ihnen helfen würde. Besser war es, andere Quellen für eine Million Franc aufzutun.

Er seufzte. Als ob er die letzten Jahre nicht genug darüber nachgedacht hätte, wo er Geld herbekommen könnte. Er sah wieder auf Isabells Notizen. Ein paar ihrer Ideen waren wirklich genial. Und sie war besser informiert als er. Er hatte zum Beispiel nicht gewusst, dass die Gemeinde Fördergelder für Arbeitsplätze ausgab oder dass man sogar die Kosten, die die Pferde verursachten, als Betriebskosten geltend machen konnte.

»Eine Million Franc«, murmelte er. Isabell hatte Recht, das war gar nicht so viel. In seiner Zeit als Architekt war das sein Jahreseinkommen gewesen, zumindest in einem guten Jahr. Es war eine Schande, dass er nicht mehr davon zurückgelegt hatte. Aber er und Cathérine hatten das Geld immer mit beiden Händen ausgegeben. Luxusreisen, eine teure Wohnungseinrichtung, sogar einen Innenarchitekten hatten sie sich geleistet – das Geld war in Strömen geflossen, und nichts war davon übrig geblieben.

Die nachdenkliche Sorge, die Corin ins Gesicht geschrieben stand, machte Isabells Herz ganz schwer. Sie legte eine Hand auf seine und sagte schüchtern: »Ich habe ein bisschen gespart, und Ende des Jahres wird mein Bausparvertrag fällig. Es ist natürlich keine Million, aber es würde reichen, um ein paar Monate länger ...«

Corin runzelte unwillig die Augenbrauen. »Was redest du da? Als ob wir von dir Geld annähmen!«

»Warum nicht?«

»Warum nicht?«, äffte er sie nach.

Isabell biß sich auf die Unterlippe. Es war ihr klar, dass sie ihr Geld nicht annehmen konnten, sie war ja im Grunde immer noch eine wildfremde Person.

Ein Betthäschen, hatte Madeleine erst heute Mittag gesagt. Ihre Worte waren mit Widerhaken versehen, sie kamen Isabell ständig hoch, ob sie wollte oder nicht. Von einem *Betthäschen* konnte man selbstverständlich kein Geld nehmen.

Sie nahm ihre Hand von Corins und betrachtete unglücklich die Tischplatte.

»Ich finde, wir sollten alle noch ein bisschen Wein trinken«, sagte Madame Cécile in das unangenehme Schweigen hinein. »Das Schöne daran ist, dass wir noch jede Menge Flaschen im Weinkeller haben, und das, obwohl wir doch pleite sind.«

»In Ordnung, machen wir noch eine Flasche Coteaux Varois auf«, sagte Corin bereitwillig, obwohl er eigentlich lieber mit Isabell in den Gästeflügel gegangen wäre. Sie schien von ihrer finanziellen Misere mehr mitgenommen zu sein als er. Wie rührend, dass sie RINQUINQUINS wegen ihren Sparstrumpf plündern wollte, aber sie musste doch verstehen, dass er unmöglich Geld von ihr annehmen konnte!

Unter dem Tisch suchte er erneut nach ihrer Hand und war seltsam erleichtert, als sie seinen Händedruck erwiderte.

Zu Corins großem Erstaunen stand Madeleine am nächsten Nachmittag mit Reitstiefeln vor ihm, ganz, als hätte der letzte Samstag nie stattgefunden.

»Salut, Chérie«, sagte er verblüfft.

»Salut.« Beinahe heiter verabreichte sie ihm ein paar Küsse auf die Wange. »Hast du nicht mit mir gerechnet?«

»Ehrlich gesagt, nein.«

»Du bist eben doch kein Frauenkenner, Corin.«

»Das habe ich auch nie von mir behauptet.«

»Es tut mir Leid wegen letzter Woche. Ich habe mich entsetzlich benommen. Es ist vielleicht eine lahme Entschuldigung, aber ich litt unter einem Konglomerat von prämenstruellem Syndrom, Bernadette-Koller und fehlgeleiteten Frühlingsgefühlen. Außerdem hatte ich einen Brief von Jerôme bekommen, oder vielmehr von seinem Anwalt, in dem er ankündigt, mir den Unterhalt kürzen zu wollen. Verzeihst du mir?«

»Da gibt es nichts zu verzeihen, Madeleine. Ich war dir überhaupt nicht böse. Ich habe es nur nicht ganz verstanden ...«

»Nein?« Sie sah mit schief gelegtem Kopf zu ihm auf. Dann lächelte sie und sagte: »Ich auch nicht. Wie gesagt, die Hormone ... und Bernadette ... und meine drohende Verarmung ...«

»Das meinst du doch nicht im Ernst, oder? Im Grunde bist du doch gar nicht auf diesen Mistkerl von Exmann angewiesen. Du verdienst dein eigenes Geld mit den Übersetzungen, und dir gehört ein nicht unbeträchtlicher Anteil von Clérisseau.«

»Natürlich. Aber es ist nicht angenehm, sich vorzustellen, dass sich meine katastrophale Ehe so gar nicht gelohnt haben soll. Nicht mal in finanzieller Hinsicht.«

Corin lachte. »Das ist natürlich etwas anderes.«

Wie jeden Samstag sattelten sie gemeinsam die Pferde, und wie jeden Samstag versuchten sie, sich auf eine Reitstrecke festzulegen, die seinem Bewegungsdrang und ihrer natürlichen Faulheit gleichermaßen entgegenkam.

»An der Durance entlang und dann hinauf bis nach Bécasse?«, schlug Corin vor.

»Lieber zuerst bergauf bis zur Kapelle und auf dem Rückweg gemächlich am Fluss entlang. Du weißt schon, der Weg mit den vielen Platanen«, sagte Madeleine.

»Einverstanden«, sagte Corin. »Das ist eine schöne Rennstrecke.«

Als sie einträchtig nebeneinander den Pfad zwischen den Zistrosensträuchern einschlugen und Corin ihr zulächelte, war es zwischen ihnen wie immer, und Madeleine hatte beinahe das Gefühl, Isabell, die sie in Gedanken nur *dieses deutsche Flittchen* nannte, wäre überhaupt nichts existent.

Dass sie nur allzu existent war, wurde ihr aber von Corins nächster Bemerkung schmerzhaft in Erinnerung gebracht.

»Ich habe versucht, Isabell zu überreden, sich noch einmal auf Céleri zu wagen, aber sie wollte leider nicht.«

»Na ja, wenn sie sich die Hand verstaucht und eine Platzwunde am Kopf zugezogen hat, ist das doch kein Wunder«, zwang sich Madeleine heiter zu erwidern.

»Ja, das stimmt wohl.« Corin lächelte vor sich hin. »Du hättest sie sehen sollen, wie sie vom Pferd gerutscht ist ...«

Liebend gern hätte ich das gesehen, dachte Madeleine. *Wie schade, dass sie sich nicht das Genick gebrochen hat.*

»Sie scheint eine nette Person zu sein«, sagte sie laut. Offenbar hatte Corin das Bedürfnis, über dieses deutsche Flittchen zu sprechen, da hatte es keinen Zweck, das Thema zu wechseln. »Ich habe sie gestern vor der Schule getroffen, als sie Laurent abgeholt hat. Sehr nett, wirklich.«

»Ja, das ist sie auch.« Ganz kurz glitten seine Gedanken weit weg, sein Gesicht nahm einen zärtlichen Ausdruck an. Dann schien er sich zu besinnen und sagte: »Sie hat mit Matilde die ganzen Bücher durchgearbeitet, Kostenpläne aufgestellt und einen Haufen Fehler aufgedeckt, die unser so genannter Steuerberater gemacht hat. Stell dir vor, das Finanzamt schuldet uns noch Geld.« Er lachte. »Was natürlich nicht heißt, dass wir nicht immer noch kurz vor dem Ruin stünden. Man kann es drehen und wenden wie man will, es fehlen immer ein paar Millionen Franc.«

»Die fehlen euch doch schon, seit ich mich erinnern kann«, sagte Madeleine.

»Ja, das stimmt.« Corin wurde ernst. »Aber in diesem Jahr geht es endgültig zu Ende mit RINQUINQUIN. Wenn wir es nicht zu einer Zwangsversteigerung kommen lassen wollen, dann müssen wir bis spätestens Dezember einen Käufer gefunden haben.«

»Wie kann denn das sein? Du hast das Gut doch erst wieder hochgebracht. Eure Erträge sind sensationell, das weiß sogar ich.«

»Nicht gerade sensationell, aber doch sehr gut, ja.« Er lächelte sie an. »Stell dir vor, Isabell hat vorgeschlagen, Joséphine und ihren neuen Lover um Geld zu bitten, und wir denken ernsthaft darüber nach, wie wir das anstellen können. Da kannst du mal sehen, wie verzweifelt wir sind!«

»Joséphine würde RINQUINQUIN sofort verkaufen, wenn sie könnte«, sagte Madeleine. »Es ist ihr scheißegal, was aus euch wird.«

»Das stimmt wohl. Aber hören wir auf, über meine Schulden zu sprechen, das ist langweilig.«

Mit ihr sprichst du doch auch darüber, dachte Madeleine eifersüchtig. *Wahrscheinlich ist es mit ihr sogar sexy.*

»Überhaupt nicht«, sagte sie laut. »Es ist sehr wichtig. Ich habe ja nicht gewusst, dass es so ernst ist.«

»Ich habe nie ein Geheimnis daraus gemacht.«

»Ja, aber wenn du über Geldmangel geklagt hast, dann klang das immer so *normal!* Jedermann klagt doch heutzutage über Geldmangel. Und ich dachte, ehrlich gesagt, du hättest von früher noch eine Menge auf die Seite legen können.«

»Nicht viel«, sagte Corin. »Und das, was ich zur Seite gelegt hatte, ist komplett in RINQUINQUIN geflossen. Du hast ja keine Ahnung, wie hoch unsere Schulden sind. Wenn wir das verdienten, was die Bank jeden Monat von uns bekommt, wären wir stinkreich. Paradox, oder?«

»Ein bisschen.« Madeleine dachte nach. »Wie viel Geld brauchst du?«

»Unmengen.«

»Unmengen. Wie viel ist das genau?«

»Eine Million Franc. Mindestens.«

»Das ist doch gar nicht so viel.«

»Das hat Isabell auch gesagt.« Corin lachte wieder auf.

In Madeleine reifte ein kühner Gedanke heran. »Ich habe eine Million Franc. Natürlich nicht in bar, aber ich könnte sie problemlos lockermachen.«

»Wie schön für dich«, sagte Corin leicht gereizt.

Madeleine warf ihren Kopf in den Nacken. »Hör schon auf, Corin! Wie du schon sagtest, ich bin eine reiche Frau. Ich wundere mich, dass du in Anbetracht deiner Lage nicht zu mir gekommen bist. Ich dachte, wir wären Freunde.«

Corin sah sie kopfschüttelnd an. »Du meinst, ich

hätte dich längst um eine Million anpumpen sollen? Selbstverständlich zinslos. Und ohne die geringste Chance, in den nächsten fünf Jahren auch nur einen einzigen Franc davon wiederzusehen.«

»Warum nicht? Wenn die Alternative bedeutet, dass ihr RINQUINQUIN verkaufen müsst. Für dich wäre das vielleicht noch nicht mal so schrecklich, aber denk mal an deine Mutter und an Matilde. Die haben nie woanders gelebt.«

»Darauf wird es allerdings hinauslaufen.« Corin schwieg eine Weile. »Weißt du«, sagte er schließlich. »Ich habe ehrlich gesagt nie an dich gedacht, als Geldgeberin, meine ich. Es käme mir irgendwie falsch vor, Geld von dir zu nehmen.«

Hast du Angst, ich könnte eine Gegenleistung dafür verlangen?, hätte Madeleine beinahe gefragt, aber sie konnte sich gerade noch einmal zurückhalten.

»Denk drüber nach«, sagte sie stattdessen, und Corin, der immer noch ganz verdutzt aussah, erwiderte: »Das werde ich tun.«

Isabell wählte ihre Garderobe für das Abendessen mit Bedacht. Sie wusste, dass Madeleine Clérisseau da sein würde, und sie wollte besonders gut aussehen.

In der vergangenen Nacht, nach der unseligen Besprechung zur desolaten Finanzlage des Gutes, war sie zu betrunken gewesen, um mit Corin über Frithjof zu sprechen. Sie hatten zusammen mit Matilde und Madame Cécile noch zwei Flaschen Rotwein geleert, zusammen mit dem Orangenlikör, der als Aperitif, und dem Wein, der bereits zum Essen serviert worden war, hatte es gereicht, um Isabells Aussprache schwammig werden zu lassen.

Weissu was? Ich hab zu Haus 'nen Mann, wäre das Äußerste gewesen, was sie zustande gebracht hätte.

Und da er auch nicht gerade nüchtern gewesen war – wenn er auch noch deutlich gesprochen hatte –, hätte er es wahrscheinlich gar nicht verstanden.

Sie waren allerdings nicht zu betrunken gewesen, um miteinander zu schlafen, und sie hatte hinterher entzückt und überwältigt in seinen Armen gelegen und gefragt: »Wie kommt es, dass es mit jedem Mal noch schöner wird?«

Statt einer Antwort hatte Corin nur schläfrig und betrunken gelacht. In seinem Lachen hatten Zärtlichkeit und eine Spur Selbstgefälligkeit gelegen, die Isabell wieder die Worte von Madeleine Clérisseau vom Mittag in Erinnerung gerufen hatten. *Betthäschen ...*

Aber ehe sie ihn darauf ansprechen konnte, war sie von der Müdigkeit, diesmal verstärkt durch übermäßigen Alkoholgenuss, übermannt worden und eingeschlafen.

Am Morgen war Corin wie immer früh verschwunden, und als sie aufgewacht war, hatte die Sonne schon hoch am Himmel gestanden. Pastis, die weiße Katze, räkelte sich zufrieden an ihrem Fußende.

Isabell hatte geduscht – eiskalt, um den Kater zu verscheuchen – und war fest entschlossen gewesen, ihr längst fälliges Gespräch mit Corin heute hinter sich zu bringen. Es ging ja nicht nur darum, ihm zu beichten, dass sie einen Ehemann in Hamburg hatte, sondern es galt auch zu klären, wie es mit ihnen beiden weitergehen sollte. Ob sie für ihn nur eine Bettgeschichte war, wie Madeleine behauptet hatte.

Deren Porsche rollte am frühen Nachmittag in den Hof, gerade als Isabell beschlossen hatte, Corin bei den Ställen abzufangen. Bis jetzt hatte er gearbeitet, aber er pflegte jeden Nachmittag um die gleiche Zeit mit Sombre einen Ausritt zu machen. Er hatte schon mehrmals versucht, sie noch einmal zu bewegen, auf den braven Céleri zu steigen und ihm beim Ausritt Gesellschaft zu leisten, aber Isabell hatte bisher immer behauptet, sich vor dem Pferd zu genieren, weil sie sich so blöde angestellt hatte; außerdem hatte die Hand immer noch zu weh getan. Mittlerweile konnte sie die Finger alle wieder bewegen, und es schmerzte nur noch, wenn sie die Verletzung vergaß und zu fest zugriff.

An diesem Nachmittag war sie fest entschlossen gewesen, Corin damit zu überraschen, dass sie mit ihm ausritt. Wenn sie dann irgendwo im Gelände dahinschritten, würde sie mit ihrem Geständnis herausrücken, ganz lapidar. Sie hatte an ein paar Sätze gedacht wie: »Im Übrigen muss ich bald wieder abreisen. In Hamburg steht meine Scheidung an, und das geht leider nicht ohne mich. Aber wenn du nichts dagegen hast, komme ich danach wieder her ...«

Es schien ihr gar nicht so schwer zu sein.

Seit sie Madeleines schwarzen Porsche gesehen hatte, war sie allerdings wieder zutiefst verunsichert. Sie wusste ja, dass Madeleine ihr eigenes Pferd hier untergestellt hatte und dass sie an jedem Samstag zusammen mit Corin auszureiten pflegte, aber aus irgendeinem Grund hatte sie angenommen, dass das heute nicht der Fall sein würde. Schlank, biegsam und sportlich war Madeleine aus ihrem Wagen gesprungen und zielstrebig Richtung Pferdestall geeilt. Isabell hatte ihrerseits davon Abstand genommen, ihr zu folgen. Ein Ausritt à trois war definitiv nicht für ihr Vorhaben, ihrem Liebhaber einen Ehemann zu beichten, geeignet.

Es hat nichts zu bedeuten, hatte Isabell sich den ganzen Nachmittag über immer wieder gesagt. *Die beiden sind nur gute Freunde.*

Aber es half nichts, wie ein kleines grünes Monster hatte sich die Eifersucht in ihr festgesetzt und nagte mit spitzen Zähnen an ihren Eingeweiden.

Das wurde auch nicht gerade besser, als Madame Cécile, der sie am Nachmittag geholfen hatte, das Abendessen zuzubereiten, gedankenlos gesagt hatte: »Madeleine Clérisseau ist beinahe wie eine dritte Tochter für mich. Sie kam schon hierher, als sie noch ein kleines, Zahnspangen tragendes Mädchen war. Und sie ist RINQUINQUIN mehr verbunden als Joséphine.«

Das klingt so, als wäre sie die ideale Schwiegertochter, hatte Isabell gedacht, und die nagende Eifersucht in ihren Eingeweiden hatte besonders kräftig zugebissen.

»Sie ist eine patente und kluge Frau, genau wie Sie, Isabell«, war Madame Cécile fortgefahren. »Sie werden einander mögen.«

Das wagte Isabell zu bezweifeln, nach der Show, die Madeleine gestern vor dem Schultor abgezogen hatte. Von gegenseitiger Sympathie war da nichts zu spüren gewesen.

Sie wählte mit Bedacht ein schlicht geschnittenes, weißes Leinenkleid, dessen tiefer Carré-Ausschnitt ihr Dekolleté üppiger aussehen ließ, als es war. Dazu trug sie weiße Riemchensandaletten und einen weißen Chiffonschal. Die Haare ließ sie nach gründlicher Überlegung glänzend gestriegelt auf die Schultern fallen, obwohl es hochgesteckt bedeutend eleganter wirkte. Aber sie wollte nicht für Madeleine, sondern für Corin schön sein, und Männer bevorzugten in der Regel offen herabhängendes Haar.

Sie schminkte sich, ganz gegen ihre Gewohnheit, ungefähr eine Stunde lang, mit dem Ergebnis, dass es aussah, als sei sie überhaupt nicht geschminkt. Nur den siebenfach getuschten Wimpern sah man an, dass sie unmöglich von allein so lang, dicht und gebogen sein konnten. In dem Spiegel über dem Waschbecken in ihrem Zimmer sah ihre Erscheinung nahezu perfekt aus, und Isabell wusste, dass sie rein äußerlich mit Madeleine ohne weiteres mithalten konnte. Was alles andere anging, war sie sich da nicht so sicher. Diese Frau schien äußerst weltgewandt zu sein, und sie hatte eine verdammt spitze Zunge. Da Isabell wusste, dass man auch von den nettesten Frauen böse Überraschungen zu erwarten hatte, wenn es um Männer ging – sie dachte hierbei vor allem an ihre Freundin Moni –, rechnete sie mit einem Austausch subtiler Boshaftigkeiten beim Abendessen. Bevor sie ins Haupthaus hinüberging, übte sie noch einen gelassenen, überlegenen Blick vor dem Spiegel, das war erfahrungsgemäß wirkungsvoller, als hochnäsig oder arrogant zu gucken.

Das Abendessen wurde auf der Terrasse serviert, deren Plattenbelag sich unter Tag durch die Sonne aufgeheizt hatte und nun immer noch eine heimelige Wärme ausstrahlte.

Madeleine saß bei Isabells Eintreffen bereits auf einem der Korbstühle und hielt ein Glas von Madame Céciles eisgekühltem Orangenlikör in der schlanken Hand. Sie trug ein schwarzes, eng anliegendes Kleid, dessen tiefer Ausschnitt durch ein edles Goldcollier mit Rubinen betont wurde, die, daran zweifelte Isabell keine Sekunde lang, so echt waren, wie sie aussahen, und damit ein kleines Vermögen wert. Die Aufmachung war schlicht, aber sehr elegant, und das sorgfältig frisierte Haar sowie das dezente Make-up ließen darauf schließen, dass Madeleine nach dem Ausritt mit Corin hier im Haus geduscht hatte. Eine Selbstverständlichkeit, wo sie doch wie eine dritte Tochter auf RINQUINQUIN war, erinnerte sich Isabell erbost an Madame Céciles Worte vom Nachmittag.

Corin begrüßte Isabell mit drei Küssen auf die Wange, und wie immer in seiner Nähe stieg ihr die Hitze in den Kopf, und ihr Körper begann an allen möglichen und unmöglichen Stellen zu kribbeln. Sie hoffte inständig, dass ihr ebenso dick wie unauffällig aufgetragenes Make-up ihre Röte verdecken würde.

»Wo warst du nur? Ich habe dich den ganzen Tag nicht zu Gesicht bekommen«, sagte Corin.

Du hast mich ja auch nicht gerade gesucht, dachte Isabell und setzte das gelassene Lächeln auf, das sie vor dem Spiegel geübt hatte.

»Überwiegend im Schatten«, antwortete sie, wobei »Überwiegend im Haus« richtiger gewesen wäre. »Mein Kater hat das helle Tageslicht schlecht vertragen.«

»Ja, wir haben es gestern Abend wirklich übertrieben«, stimmte Madame Cécile zu, während sie ihr ein Glas Orangelikör in die Hand drückte. »Aber schließlich kann man ja nicht alle Tage feiern, dass man pleite ist, oder?«

»Man soll die Feste feiern, wie sie fallen«, zwitscherte Großtante Germaine heiter. »Bitte schenken Sie mir noch ein Gläschen ein, Herr General. Später dürfen Sie dann mit mir tanzen.« Wie immer abends, war sie in ein schönes Kleid gesteckt und sorgfältig frisiert worden. Sogar Ohrringe pflegte ihr Madame Cécile anzustecken, das gehörte ebenso dazu wie ein Hauch von Lippenstift. Auch Madame Cécile selber, die tagsüber eher lässig gekleidet war, richtete sich für die Abendessen stets elegant her. Wenn ihre Kleider auch nicht unbedingt den neuesten Modetrends unterlagen, so hatten sie unzweifelhaft Klasse und brachten ihren ballerinenhaften Charme sehr gut zur Geltung. Isabell empfand den Anblick der beiden Damen, der alten und der nicht mehr ganz jungen, jeden Abend aufs Neue zugleich als rührend und wunderschön.

»Sagen Sie dem General guten Abend«, verlangte Großtante Germaine, und Isabell schüttelte höflich dem nicht vorhandenen General die nicht vorhandene Hand.

»Ich wüsste nicht, was es da zu feiern gab«, brummte Ermeline, während sie einen Korb mit duftendem, warmem Brot und eine Platte mit überbackenen Anchovishäppchen auf den Tisch stellte, die Isabell am Nachmittag zubereiten geholfen hatte. »Was aus mir und Bertrand wird, wenn der Laden hier dichtmacht, darüber hat sich hier wohl noch niemand Gedanken gemacht, oder?«

»Sie haben nicht zufällig eine Million Franc gespart, die Sie uns leihen könnten, Ermeline?«, neckte Corin sie.

»Wovon denn?«, schnaubte Ermeline. »Etwa von dem Hungerlohn, den Sie mir zahlen?«

Das Abendessen war wie immer köstlich. Es gab Fasanenterrine, die Matilde tags zuvor vorbereitet hatte.

Das Gespräch plätscherte angenehm dahin, die Windlichter auf dem Tisch und auf dem Mäuerchen ringherum flackerten anheimelnd, und Isabell verlor allmählich ein wenig von der misstrauischen Wachsamkeit, die sie Madeleine gegenüber an den Tag gelegt hatte. Von wegen bissiger Schlagabtausch: Bis jetzt hatte sie nicht mal einen bissigen Blick zu ihr herübergeworfen. Möglicherweise hatte sie ihr ja Unrecht getan.

Isabell konzentrierte ihre Aufmerksamkeit wieder auf Corin. Die Tatsache, dass sie ihn den ganzen Tag nicht gesehen und er stundenlang in Madeleines statt in ihrer Gesellschaft verbracht hatte, nagte immer noch an ihr. Wenn ihre und seine Blicke sich kreuzten, neigte sie dazu, die Augen ein wenig zusammenzukneifen, anstatt ihn anzulächeln, und als sie sah, dass ihn das zunehmend verunsicherte, gab ihr das eine gewisse Befriedigung.

Ist irgendwas?, fragten seine Augen, und Isabell antwortete unhörbar: *Wenn du das selber nicht weißt ...*

Irgendwann wurde ihm das Spiel offensichtlich zu viel, er legte seine Hand auf die ihre und lächelte sie ganz offen an: »Alles in Ordnung, Mignonne?«

Er hatte es nur gemurmelt, niemand außer ihr hatte es gehört, aber Isabell fiel ein Stein vom Herzen.

Das Kosewort, das sonst nur ihre Tante für sie benutzte, gab ihr ein warmes Gefühl der Vertrautheit. Sie lächelte Corin an, erst schüchtern, dann immer selbstsicherer. Nein, für jemanden, der sie so verliebt ansah, konnte sie unmöglich nur eine Bettgeschichte sein.

»Jetzt ja«, murmelte sie zurück und sehnte sich danach, mit ihm allein zu sein. Es wurde allerhöchste Zeit für eine Aussprache.

Madame Cécile brachte den Ziegenkäse zum Nachtisch, und Corin ließ ihre Hand wieder los, bedachte sie aber weiterhin mit warmen, verheißungsvollen Blicken. Auch er konnte es offensichtlich nicht abwarten, mit ihr allein zu sein.

»Ich möchte nicht unhöflich sein, aber wollten Sie nicht schon längst wieder abreisen, Madame?«, erkundigte sich Madeleine freundlich in das gefräßige Schweigen hinein, mit dem sich alle über den Ziegenkäse hermachten.

Isabell erstarrte. Mit »Madame« war sie gemeint.

»Eigentlich schon«, sagte sie mit vollem Mund.

»Aber dann hat es ihr hier so gut gefallen, dass sie sich entschlossen hat, für immer hier zu bleiben, nicht wahr, Mademoiselle?«, sagte Laurent sehr fröhlich.

Alle lachten, als habe er einen Scherz gemacht, aber an Laurents Miene war deutlich zu erkennen, dass seine Bemerkung kein Witz sein sollte. Was war denn daran so komisch? Die Mademoiselle und Corin waren so offensichtlich ineinander verliebt, dass Laurent keine Sekunde daran zweifelte, dass sie nun für immer hier bleiben und Corins trauriger ehe- und kinderloser Existenz ein für allemal ein Ende bereiten würde. Aber er war offensichtlich der Einzige, der derart naive Gedanken hegte.

»Wie lange haben Sie denn Ferien?«, fragte Madeleine, als der Lärm sich gelegt hatte.

»Oh, so lange ich will«, sagte Isabell.

»Erwartet Ihr Arbeitgeber Sie denn nicht zurück?«

»Äh, nein«, sagte Isabell und verschwieg, dass sie augenblicklich gar keinen Arbeitgeber hatte.

Madeleine sah ihr direkt in die Augen und beugte sich ein bisschen vor.

Wie eine Schlange, dachte Isabell. *Und ich bin das Kaninchen.*

»Und ihr Ehemann? Wartet der nicht auf Sie?«

Genauso gut hätte Isabell jemand ein Glas Eiswasser über den Kopf gießen können. Sie sah entgeistert aus, und sie war sich dessen auch bewusst. Bis zu einem gewissen Grad verstand sie es, wie jede Frau zu schauspielern und sich selbst ins rechte Licht zu setzen; sie konnte die Wahrheit übertreiben, manipulieren und verschweigen, aber was sie nicht konnte, war lügen.

Und Ihr Ehemann, wartet der nicht auf Sie?

Die Frage hing im Raum wie ein böser Fluch.

Isabell schluckte trocken. Sie wusste nicht, was sie sagen sollte. Sie wagte einen flüchtigen Seitenblick auf Corin und sah, dass er wie die anderen auf ihre Antwort wartete.

Und Ihr Ehemann? Wartet der nicht auf Sie?

»Doch«, sagte sie, und zu ihrer Erleichterung klang ihre Stimme ganz normal. »Ich nehme an, dass er wartet. Er möchte am Mittwoch mit mir zu einem Scheidungsanwalt gehen.«

»Tatsächlich?« Madeleine war die Einzige, die

überhaupt nicht überrascht wirkte. »Wegen Ihrer Urlaubsliebelei mit Corin? Nun, das klingt nicht nach einem besonders toleranten Ehemann.«

»Nein, besonders tolerant ist er wirklich nicht«, sagte Isabell, was eine idiotische Antwort war und eine irreführende obendrein. Aber sie fühlte sich so entsetzlich, dass sie Madeleines geschickter Frageführung nichts entgegenhalten konnte. Niemand hier hatte sie je nach einem Ehemann gefragt, aber trotzdem war ihr zumute, als habe sie alle Anwesenden die letzten zwei Wochen hintergangen. Laurent, Madame Cécile, Bertrand, Ermeline, ja sogar Großtante Germaine sahen schockiert aus, jedenfalls bildete Isabell sich das ein, bei dem kurzen Blick, den sie in die Runde warf. Sie war froh, dass wenigstens Matilde nicht hier war.

Ganz zum Schluss erst wagte sie es, Corin anzusehen.

»Möchte noch jemand Wein?«, fragte Madame Cécile, der es offensichtlich geboten schien, das Thema zu wechseln.

»Ich«, sagte Großtante Germaine und hielt anmutig ihr Glas hoch. »Und dann möchte ich mit dem General tanzen, damit ich es hinter mir habe. Er tanzt wie ein Pferd, und er zertritt mir jedesmal die guten Ballschuhe.«

»Mir können Sie auch noch nachschenken«, sagte Bertrand. »Auf diesen Schock.«

»Ich bitte Sie, Bertrand, was haben Sie denn erwartet?«, fragte Madeleine lachend. »Eine schöne junge Frau ist nur in den seltensten Fällen noch zu haben. Sehen Sie mich an, ich war auch schon mal verheiratet.«

Isabell registrierte den Wortwechsel nur im Hintergrund, ihre ganze Aufmerksamkeit war jetzt auf Corin gerichtet.

Er musterte sie mit einem eigenartigen Lächeln. »Hast du nur vergessen, es mir zu erzählen, oder wolltest du abreisen, ohne mir von deinem so wenig toleranten Ehemann zu berichten?«

Das Herz wurde ihr, wenn überhaupt möglich, noch schwerer. »Ich wollte ... ich hatte gehofft, dass ...«

Corin packte ihr Handgelenk. »Am besten, wir besprechen das bei einem kleinen Mondspaziergang.«

Willenlos ließ sie zu, dass er sie vom Stuhl zerrte und über seine Schultern blickend erklärte: »Wir machen einen kleinen Verdauungsspaziergang, wir sind gleich wieder da.«

In Isabells Ohren klang es wie: *Ich dreh ihr nur mal kurz den Hals um, ruft bloß nicht die Polizei an.*

»Wenn das mal nicht allzu schwer verdauliche Kost ist«, murmelte Ermeline, als Isabells weißes Kleid von der Nacht verschluckt worden war.

»Also, das hätte sie ja wirklich früher sagen können«, fand auch Bertrand.

»Dann ist sie eigentlich gar keine Mademoiselle?«, fragte Laurent.

»Sie wird Ihre Gründe gehabt haben, nicht darüber zu reden«, sagte Madeleine.

»Ich habe gleich gemerkt, dass sie vor irgendetwas davonläuft«, sagte Madame Cécile nachdenklich, »aber nicht daran gedacht, dass es ein Ehemann sein könnte. Sie kommt mir so jung vor, fast noch wie ein Kind.«

»Ich habe mit neunzehn geheiratet«, sagte Großtante Germaine. »Und mit zwanzig hat er mich schon das erste Mal betrogen. Aber was er kann, das kann ich auch. Darf ich bitten, Herr General?«

8. Kapitel

»Du tust mir weh«, sagte Isabell, nachdem sie sich eine ganze Weile durch die Nacht hatte ziehen lassen und es satt hatte, hilflos hinter Corin herzustolpern. »Wenn du mich erwürgen willst, dann tu es bitte jetzt sofort. Wir sind weit genug vom Haus weg, und ich verspreche dir, nicht zu schreien. Wie auch, wenn mir die Zunge aus dem Hals hängt.«

Corin ließ sie abrupt los. Im Dunkeln konnte sie sein Gesicht kaum erkennen, aber sie hörte seinen harten, heftigen Atem.

»In Ordnung, reden wir. Das scheinen wir ja bisher versäumt zu haben.«

»Ja, allerdings«, bestätigte sie. »Zumindest, was die wesentlichen Dinge angeht.«

»Wie zum Beispiel Ehemänner.«

»Und verstorbene Ehefrauen«, sagte Isabell. »Und sehr lebendige Freundinnen, mit denen man den ganzen Nachmittag ausreitet.«

»Was denn? Möchtest du den Spieß umdrehen? Das ist ein armseliger Versuch. Ich habe dir gesagt, dass zwischen mir und Madeleine nichts läuft.«

»Ach ja? Vielleicht stimmt es ja. Mir hat sie so etwas Ähnliches gesagt: Dass eure Freundschaft viel zu kostbar sei, um sie mit Sex zu belasten.«

»Na ja, so würde ich es vielleicht nicht ausdrücken,

aber ... ja, es stimmt. Wir sind so gute Freunde, dass sie mir heute Nachmittag sogar eine Million Franc angeboten hat.«

Isabell wurde wütend. »Was musst du dafür tun? Sie heiraten?«

»Du bist ja schon verheiratet.«

»Ja, und ich habe auch keine Million.«

Corin packte sie im Dunkeln bei den Schultern und schüttelte sie leicht. »Wann wolltest du mir davon erzählen?«

»Wovon?«

»Davon, dass du verheiratet bist!«

»Heute«, sagte Isabell und spürte, wie ihre Wut wieder verflog. »Und gestern. Und davor auch schon. Ich wusste nur nicht, wie.«

»Dann versuch es vielleicht jetzt noch mal.« Der Druck um ihre Schultern lockerte sich ein wenig. Vermutlich würde sie morgen dort blaue Flecken haben.

Sie versuchte, Corins Gesichtsausdruck zu deuten, aber in der Dunkelheit sah er aus wie aus Holz geschnitzt. »Ich habe ihn verlassen«, sagte sie.

»Wann?«

»Bevor ich hierher kam.«

»Wie lange davor?«

»Am Tag vorher«, sagte sie kleinlaut.

»Das ist gerade mal zwei Wochen her!«, rief er aus.

Isabell fand ebenfalls, dass es schrecklich nahe klang.

»Du hast deinen Ehemann verlassen und dich ein paar Tage später in meine Arme geworfen«, sagte Corin. In Isabells Ohren hörte es sich verächtlich an.

»Ja, aber das war nicht geplant.«

»Nein, das war es wohl nicht.« Corin nahm seine Hände von ihren Schultern. »Warum hast du ihn verlassen?«

»Weil ... ich liebe ihn nicht mehr. Wir sind nicht mal mehr Freunde.«

Corin ließ sich auf einen der alten Fontenay-Sessel fallen, die überall auf dem weitläufigen Gelände standen. »Es hat also nichts mit mir zu tun, dass ihr euch scheiden lassen wollt?«

»Nein. Er weiß ja nicht mal, dass es dich gibt.« In Ermangelung eines anderen Sitzplatzes ließ Isabell sich neben ihn auf den Boden nieder.

»Du hast ein weißes Kleid an«, erinnerte Corin sie.

»Das Kleid ist mir scheißegal.«

Eine Weile schwiegen sie nebeneinander. Dann hielt es Isabell nicht mehr aus und schlang die Arme um seine Beine. »Ich hätte es dir längst sagen sollen, aber ich hatte Angst, es könne dich irgendwie abstoßen, dass ich verheiratet bin.«

»Es war mir schon klar, dass du bis jetzt nicht wie eine Nonne gelebt haben konntest«, sagte Corin. »Aber du bist noch jung genug, um unverheiratet zu sein. Irgendwie habe ich mir nie einen Ehemann an deiner Seite vorgestellt.«

»Tut mir Leid.«

»Blödsinn. Das ist ja nicht deine Schuld. Und hör auf, so vor mir zu knien, als wären wir in einer Szene aus ›Quo vadis‹.«

Gehorsam ließ Isabell ihn los und verschränkte stattdessen die Arme um ihre eigenen Knie.

»*Mir* tut es Leid«, sagte Corin. »Ich habe reagiert wie ein eifersüchtiger Liebhaber. Ach was, ich bin ein eifersüchtiger Liebhaber. Es lag an Madeleines Wortwahl: Sie sagte *Urlaubsliebelei*. Und da kam ich mir plötzlich so ... ausgenutzt vor.«

Isabell hätte beinahe laut aufgelacht. »Mir hat sie gesagt, ich wäre nur dein *Betthäschen*.«

Sie schwiegen beide. Nur das leise Rauschen des Windes in den Baumwipfeln war zu hören und das Lied einer Nachtigall, die jeden Abend um die gleiche Zeit in einem alten Olivenbaum ein Konzert anstimmte.

»Der Arme«, sagte Corin nach einer Weile.

»Wen meinst du?«

»Deinen Ehemann.«

»Oh nein, glaub mir, du fändest ihn nicht mehr arm, wenn du ihn kennen würdest.« Isabell wollte nichts Schlechtes über Frithjof sagen, aber es erschien ihr ebenso unfair, die ganze Schuld für das Ende ihrer Ehe auf sich zu nehmen. »Er möchte, dass ich eine Therapie mache, weil er meint, nur eine psychische Störung könne bewirkt haben, dass ich mich von ihm trenne. Er ist eigentlich nur in seiner Eitelkeit gekränkt und nicht etwa traurig, weil er mich verliert.«

»Und wie war das mit dem Scheidungsanwalt?«

»Das war meine Idee. Er hätte, wie gesagt, den Therapeuten vorgezogen.«

»Sagtest du nicht, ihr hättet am Mittwoch einen Termin beim Anwalt?«

»Wir könnten wohl einen haben«, sagte Isabell. »Aber ich wollte nicht weg von hier.«

Wieder entstand eine kleine Pause.

»Vielleicht wäre das aber besser so«, sagte Corin schließlich.

»Hm«, machte Isabell, und das Herz tat ihr weh.

»Klingt ganz danach, als wolltest du mich loswerden.«

»Nicht wirklich. Aber ich bin für geregelte Verhältnisse.«

»Was heißt das genau?«

»Dass ich mich bedeutend besser fühlen würde, wenn du keine verheiratete, sondern eine geschiedene Frau wärst.«

»Das verstehe ich«, sagte Isabell ernst. Sie war zu traurig, um zu weinen.

Corin ließ sich neben ihr auf dem Boden nieder.

»Wenn du dein Kleid ruinierst, kann ich auch meine Hose ruinieren«, sagte er und legte einen Arm um ihre Schultern. Isabell lehnte ihren Kopf an seine Brust.

Die Nachtigall im alten Olivenbaum sang sich die Seele aus dem Leib.

Kurz hinter Köln begann es zu regnen.

»Auch das noch.« Isabell stellte seufzend die Scheibenwischer an. Wo war nur der Frühling hin, in dem sie die letzten zwei Wochen förmlich gebadet hatte? Er schien mit allem, was sie liebte, in der Provence geblieben zu sein. Hier und da zeigten die Sträucher am Rande der Autobahn zwar einen Hauch von Grün, und ab und an leuchtete ein blühender Forsythienstrauch durch das winterliche Grau, aber das änderte nichts am deprimierenden Gesamteindruck. Die Heimfahrt hatte sich bereits in die Länge gezogen wie Kaugummi, obwohl sie, weil es Sonntag war, wenigstens von den lästigen Lastwagen verschont worden war.

Ihre Sachen waren schnell gepackt gewesen, beängstigend schnell geradezu, wie sie fand. Noch in der Nacht hatte sie ihren Wagen voll geladen, bevor sie sich hingelegt hatte, um ein paar Stunden zu schlafen, worauf Corin bestanden hatte.

»Wenn du jetzt einfach fährst, ohne dich zu verabschieden, werden sie dir das nie verzeihen«, hatte er gesagt und viel sagend auf das Haus geschaut, das schlafend im Mondschein stand und in Isabells Augen schön wie ein Märchenschloss war. Ein Märchenschloss mit einem Märchenprinzen, und sie musste beides verlassen.

»Aber Sie müssen doch nicht abreisen, nur weil Sie einen *Ehemann* haben!«, sagte Madame Cécile, als sie sie zum Abschied umarmte. Es war noch früh am Morgen, und die zarten Nebelwolken über dem Fluss waren noch nicht von der Sonne vertrieben worden. Die Familie hatte sich vollständig im Hof versammelt, Matilde und Ermeline trugen noch ihre Nachthemden, Bertrand war ungekämmt, und Laurent hatte Zahnpasta im Mundwinkel. Nur Großtante Germaine schlief noch.

»Ich fahre ja nicht zurück zu meinem Ehemann«, hatte Isabell sich bemüßigt gefühlt zu erklären. »Ich fahre zurück, um mich scheiden zu lassen.«

»Das ist natürlich etwas anderes«, hatte Madame Cécile erwidert. Zu Isabells großer Erleichterung schien niemand böse auf sie zu sein, weil sie ihren Ehemann verschwiegen hatte. Im Gegenteil, alle waren so nett wie immer, sogar noch ein bisschen netter.

Bertrand hatte mit verschwörerischer Miene in seine Hosentasche gegriffen und einen kleinen, runden Stein herausgenommen. »Das ist ein Glücksbringer,

Mademoiselle. Wenn Sie ihn bei sich haben, kann Ihnen nichts passieren.«

»Wann kommen Sie denn wieder, Mademoiselle?«, hatte Laurent gefragt. Und: »Wenn Sie klug sind, kommen Sie erst im Juli, wenn die Ernte eingebracht ist«, hatte Ermeline gebrummt. Immerhin, sie schien nichts dagegen zu haben, dass Isabell wiederkäme.

Matilde hatte ihr in Windeseile ein Essenspaket gepackt, und Madame Cécile hatte sie noch ein zweites Mal in die Arme genommen.

»Sie sind so ein liebes Mädchen«, hatte sie in Isabells Ohr geflüstert. »Sie werden mir fehlen.«

Als Letzter hatte Corin sie umarmt.

»Fahr vorsichtig«, hatte er gesagt, und Isabell hatte, vor lauter Bemühen, nicht loszuheulen und sein Hemd mit Tränen zu durchnässen, nur genickt. Sie hatten noch eine Menge miteinander zu besprechen, und sie hätte ihm gerne eine Million Fragen gestellt. Aber sie begriff, dass eins nach dem anderen zu geschehen hatte. Erst musste sie ihre Vergangenheit ordnen, dann konnte sie über die Zukunft nachdenken.

Geweint hatte sie erst, als sie die beiden steinernen Löwen rechts und links der Toreinfahrt hinter sich gelassen hatte. Im Grunde hatte sie die ganze Fahrtstrecke über geheult, von ein paar Pausen einmal abgesehen. Und jetzt, als ob noch nicht genügend Tränen geflossen seien, begann der Himmel seine Schleusen zu öffnen. Es dämmerte bereits wieder, aber Isabell würde noch zu halbwegs humaner Zeit zu Hause ankommen.

Zu Hause?

Vor Schreck hätte Isabell beinahe auf die Bremse getreten. Sie hatte vor lauter Kummer ganz vergessen, dass es kein »zu Hause« mehr gab. Einen masochistischen Augenblick lang malte sie sich aus, wie es wohl wäre, wenn sie einfach bei Frithjof klingelte und um Einlass bäte. Sie wusste, es würde ihm ein Vergnügen sein, sie von der Tür zu weisen. Nein, sie brauchte eine andere Bleibe, das lag auf der Hand.

Sie passierte ein blaues Schild, das eine Tankstelle samt Raststätte in zehn Kilometern verhieß, und entschloss sich, dort Halt zu machen, um zu telefonieren. Selbstverständlich war sie bei Tante Paulette und Onkel Ludwig jederzeit willkommen, aber es war nur ein Gebot der Höflichkeit, ihr Kommen anzukündigen.

»Ich bin's, Isabell.«

»Isabell, meine Liebe. Ich habe so gehofft, du würdest heute noch anrufen. Wie geht es dir?«

Wie geht es dir – das war bei Tante Paulette niemals nur eine leere Phrase. Und deshalb antwortete Isabell auch ehrlich: »Nicht so gut, aber das kann ich euch nachher alles persönlich sagen. Ich bin hier in Solingen auf der Autobahn, ich denke, dass ich es bis neun, halb zehn nach Kiel geschafft haben werde.«

»Du kommst hierher? Jetzt?« Das klang entsetzt, und Isabell war befremdet.

»Ja, ich dachte, ich könnte ein paar Wochen bei euch wohnen. Aber wenn das nicht geht, dann kann ich auch woanders ...«

»Natürlich geht das«, sagte Tante Paulette hastig. »Hier ist doch dein Zuhause, Schätzchen. Wir haben dich doch so gern bei uns, das weißt du. Es ist nur ...«

»Stimmt etwas nicht?« Isabell fühlte, wie die Angst in ihr hochkroch. Irgendetwas war anders. Irgendetwas Schreckliches war passiert.

»Wir haben es dir bisher nicht gesagt, weil du, weiß Gott, genug eigene Sorgen hast, aber wenn du nachher kommst, werden wir es wohl nicht mehr verheimlichen können.«

»Was denn, um Himmels willen?«

»Ich komme morgen ins Krankenhaus. Kein Grund sich aufzuregen.«

»Ist es etwas Schlimmes?« Natürlich war es etwas Schlimmes, sonst hätten sie nicht so ein Geheimnis darum gemacht. Plötzlich erinnerte Isabell sich an eine Reihe von Ungereimtheiten, Kleinigkeiten, die sie nicht ernst genommen hatte, weil sie so sehr mit sich selber beschäftigt gewesen war. Onkel Ludwigs Stimme hatte anders geklungen, und ein paar von Tante Paulettes Bemerkungen hatten versteckte Hinweise enthalten, denen sie nur nicht nachgegangen war ...

»Wir können darüber reden, wenn du hier bist«, sagte Tante Paulette. »Es ist viel weniger schlimm, als es sich anhört.«

»Und was ist es?«, hörte Isabell sich fragen. Ihr Mund war staubtrocken.

»Brustkrebs«, sagte Tante Paulette.

Wie sich herausstellte, ging es der Tante schon eine ganze Weile nicht gut. Vor ein paar Monaten hatten diese seltsamen Schmerzen beim Atmen begonnen, die der Hausarzt zunächst für eine verschleppte Bronchitis gehalten hatte. Erst Wochen später, als der Brustkrebs schon festgestellt worden war, hatte man die richtige Ursache für die Schmerzen gefunden: Metastasen in der Lunge.

Isabell weinte, während Onkel Ludwig und Tante Paulette ihr abwechselnd die Details auseinander setzten.

»Warum habt ihr mir denn nichts gesagt?«, schluchzte sie.

»Ich sagte doch, es klingt viel schlimmer, als es ist«, sagte Tante Paulette hilflos, während Onkel Ludwig zum zigsten Mal aufstand und Tee kochte, damit niemand sah, dass er ebenfalls weinte. »Übermorgen entfernen sie den Tumor aus der Brust, und dann werden die Lungenmetastasen mit Chemotherapie behandelt. Damit erzielt man heutzutage spektakuläre Erfolge. Du wirst sehen, in ein paar Wochen bin ich wieder auf dem Damm.«

Onkel Ludwig wollte etwas sagen, aber Tante Paulette schnitt ihm das Wort ab: »Positv denken, Louis, das hat der Arzt auch gesagt!«

»Wenn ich nicht gekommen wäre, hättet ihr mir dann überhaupt nichts davon gesagt?« Isabell fühlte sich seltsam verraten und im Stich gelassen.

»Ich war ja dagegen«, sagte Onkel Ludwig. »Aber Paulette wollte um keinen Preis, dass du deinen Urlaub unterbrichst.«

»Das war doch kein Urlaub. Ich wäre gar nicht erst gefahren, wenn ich davon gewusst hätte. Als ich das letzte Mal angerufen habe und Onkel Ludwig so komisch war ...«

»... da haben wir auf den Anruf des Onkologen gewartet«, sagte Onkel Ludwig.

»Und das mit den verlorenen Wetten war natürlich gelogen«, sagte Isabell.

»Es war eine Notlüge«, sagte Tante Paulette. »Damit du dich nicht sorgst und herkommst.«

»Aber ...«

»Das ist immer noch meine Krankheit. Und es reicht, wenn ich darunter leide. Du hast es im Augenblick doch auch nicht leicht.«

»Ja, glaubst du denn ...?« Isabell hielt inne. Jetzt war wirklich nicht der richtige Augenblick, ihrer Tante Vorwürfe zu machen. Sie konnte bei dem, was ihr bevorstand, sicher alles gebrauchen, aber keine heulende, vorwurfsvolle Ziehtochter.

Isabell putzte sich entschlossen die Nase und zwang sich zu einem Lächeln. »Dann bin ich ja gerade noch zur rechten Zeit gekommen. Onkel Ludwig braucht jemand, der ihn mit vitaminreicher Kost versorgt, wenn du im Krankenhaus bist.«

»Das stimmt«, sagte Tante Paulette. »Er hat zwar gesagt, er will die Zeit für eine Nulldiät nutzen, aber das wäre mir gar nicht recht.«

»Und wer außer mir sollte der bestfrisierten Dame von ganz Kiel die Haare auf diese Ufowickler drehen, die seit neunzehnhundertfünfzig nicht mehr auf dem Markt sind?«, fuhr Isabell fort, von ihrer eigenen Nützlichkeit ganz berauscht. »Die Krankenschwestern werden dafür keine Zeit haben, und selbst wenn es einen Krankenhausfrisör gibt, wird er an dieser ausgefeilten Technik verzweifeln.«

»Ja, das stimmt«, sagte Tante Paulette. »Ich möchte ruhig noch ein paar Wochen die bestfrisierte Dame von ganz Kiel sein, bevor dann die Chemotherapie aus mir die glatzköpfigste Dame von ganz Kiel machen wird.«

Onkel Ludwig musste bei diesen Worten sofort wieder aufstehen, um nach dem Teewasser zu sehen.

»Eigentlich bin ich doch ganz froh, dass du nun hier bist«, flüsterte Tante Paulette und griff nach Isabells Hand. »Dein Onkel beherrscht das positive Denken noch nicht gut genug. Sein trauriger Dackelblick macht mich ganz depressiv. Du wirst dafür sorgen, dass er etwas fröhlicher ist, *hein*?«

»Ich werde mich bemühen«, versprach Isabell, fest davon überzeugt, vor einer unlösbaren Aufgabe zu stehen.

»Und jetzt erzähl mal von dir«, verlangte Tante Paulette, als Onkel Ludwig mit frischem Tee zurückgekehrt war. »Warum es dir nicht so gut geht. Ich dachte, du wärst froh, diesen blonden Crétin loszusein.«

»Noch bin ich ihn ja nicht los«, sagte Isabell, und Onkel Ludwig sagte vorwurfsvoll zu Tante Paulette: »Jetzt nennst du ihn einen Crétin, aber als ich damals gesagt habe, er ist nicht gut genug für unsere Isabell, hast du gesagt, er ist ebenso gut wie jeder andere.«

»Das habe ich gesagt, weil dir ja keiner gut genug für unsere Isabell gewesen wäre«, sagte Tante Paulette. »Dabei ist es im Grunde deine Schuld, dass sie diesen Crétin geheiratet hat. Ohne dich wäre sie niemals auf die Idee gekommen, diesen dummen Beruf zu ergreifen, der so überhaupt nicht zu ihr passt. Und wenn sie nicht in diesem Steuerberatermilieu gelandet wäre, dann hätte sie diesen Crétin gar nicht erst kennen gelernt.«

»Oh, nein, nein«, rief Onkel Ludwig. »Es lag an dir und an dem Getue, das du um ihr schönes Brautkleid gemacht hast ... Dabei war sie noch viel zu jung zum Heiraten.«

»Hört schon auf, ihr beiden. Es ist ganz allein meine Schuld, dass ich diesen Crétin geheiratet habe ... oh, jetzt nenne ich ihn auch schon so.« Sie kicherte, und Onkel und Tante kicherten beide mit.

»Hast du einen guten Anwalt?«, fragte Onkel Ludwig.

»Frithjof sagt, er kennt einen guten.«

»Dann brauchst du einen besseren«, sagte Onkel Ludwig. »Mein Freund Walter ist sehr gut. Er ist spezialisiert auf Scheidungsfragen. Er wird dich gerne vertreten.«

»Frithjof meint, wir sollten das mit einem einzigen Anwalt klären, es würde sonst zu viel kosten.«

»Ja, und zwar ihn«, sagte Onkel Ludwig grimmig. »Ich hab's gewusst, dieser kleine Scheißer will dich über den Tisch ziehen.«

»Ich habe sowieso nicht viel zu erwarten«, sagte Isabell achselzuckend. »Ich habe doch damals, als Frithjofs Vater gestorben ist, so einen Wisch unterschrieben, dass das Erbe nicht zum Zugewinn zu rechnen ist oder so. Ich will außerdem nicht mehr Ärger, als ich ohnehin schon habe.«

Tante Paulette sah sie nachdenklich an. »Wenn du schon beschlossen hast, erwachsen zu werden, Mignonne, dann bitte gleich richtig. Friedfertigkeit ist eine Sache, Dummheit eine andere. Morgen, wenn ihr mich im Krankenhaus abgesetzt habt, werdet ihr diesen Walter aufsuchen, und damit basta.«

»In Ordnung«, sagte Isabell, und zu ihrem eigenen Erstaunen begann sie sich besser zu fühlen – trotz der niederschmetternden Nachricht von Tante Paulettes Krankheit und ihres Abschieds von Corin und RINQUINQUIN.

»Es hat doch etwas Gutes, krank zu sein«, sagte Tante Paulette, als sie später neben ihrem Mann im Bett lag und er wie jeden Abend ihre Hand hielt. »Niemand wagt es, einer krebskranken Frau einen Wunsch abzuschlagen.«

Onkel Ludwig seufzte. »Du hast dem Kind nur die Hälfte gesagt. Warum?«

»Die Hälfte ist immer noch zu viel für sie«, sagte Tante Paulette. »Außerdem denk immer dran, was der Arzt gesagt hat: Positiv denken, Louis.«

»Das mache ich doch«, sagte Onkel Ludwig und war froh, dass sie im Dunkeln nicht sehen konnte, wie ihm die Tränen über das Gesicht liefen. Er wünschte sich nichts sehnlicher, als dass er wie Isabell nur über das halbe Ausmaß der Katastrophe informiert wäre und dadurch in der Lage, noch Hoffnung zu haben.

»Guten Tag. Sie sind mit dem Hause Tegen verbunden. Elbmann am Apparat, was kann ich für Sie tun?«

Keine Familie Tegen mehr, registrierte Isabell, nur noch das Haus Tegen, aha!

»Guten Tag, Frau Elbmann, hier ist Isabell Tegen. Ich hätte gerne meinen – Mann gesprochen.« Es kostete sie Überwindung, Frithjof als »ihren« Mann zu bezeichnen. Überall sonst sprach sie von ihm als ihrem zukünftigen Exmann. Wenn es denn überhaupt sein musste, dass sie von ihm sprach.

»Isabell?« Frithjofs Stimme klang genauso beleidigt und mürrisch wie beim letzten Mal, als sie mit ihm telefoniert hatte. »Was verschafft mir denn die unerhörte Ehre deines Anrufs, nachdem du dich drei – nein, warte mal, es sind vier, nein, sogar fünf – Wochen totgestellt hast? Ist dir das Geld ausgegangen?«

»Kannst du eigentlich auch mal an etwas anderes denken als an Geld?« Isabell hatte eigentlich vorgehabt, ganz sachlich zu bleiben, aber schon ihr erster Satz klang fürchterlich giftig. Sie versuchte sofort wieder, einen beschwichtigenden Tonfall anzuschlagen. »Tut mir Leid, dass ich mich so lange nicht gemeldet habe, aber Tante Paulette lag im Krankenhaus, ihr ging es sehr schlecht.«

»Oh«, sagte Frithjof, und Isabell hörte ihm an, dass er wider Willen betroffen war. Sie beeilte sich, mit knappen Worten zu schildern, dass es einige Komplikationen nach der Brustamputation gegeben hatte, dass die erste Woche Chemotherapie die reinste Hölle gewesen war, und dass sie und Onkel Ludwig oft tagelang keinen Schlaf bekommen hatten.

»Aber jetzt geht es ihr besser«, schloss sie. »Die Chemo hat wohl gut angeschlagen.«

Anstatt angesichts dieser dramatischen Geschichte friedlicher und nachsichtiger zu sein, wie Isabell insgeheim gehofft hatte, fiel Frithjof etwas anderes ein: »Aber du hattest bei all dem Stress immerhin Zeit, zu einem Anwalt zu gehen, nicht wahr?«

»Ja.« Isabell schluckte. »Onkel Ludwig fand die Idee mit dem gemeinsamen Anwalt nicht so gut.«

»Natürlich nicht. Es ist ja auch nicht sein Geld.«

»Sondern ganz allein deins, nicht wahr?«

»Richtig«, sagte Frithjof ohne die geringste Spur von Ironie. »Aber ich will nicht meckern. Ohne die

Schreiben deines Anwaltes hätte ich wohl nie erfahren, dass du deinen Wohnsitz wieder in Kiel angemeldet hast. Und dein Anwalt sorgt auch dafür, dass ich mich in meiner Freizeit so richtig schön entspannen kann. Ich habe hier gerade eines seiner Schreiben vorliegen, in dem er mich auffordert, eine detaillierte Liste unseres Besitzes anzufertigen. Himmelherrgottnochmal, du weißt genau, wie viel ich arbeiten muss! Kannst du das denn nicht selber tun?«

»Das habe ich bereits getan«, sagte Isabell. »Walter sagt, es ist üblich, dass beide eine solche Liste vorlegen, damit man sich über jedes einzelne Stück einigen kann.«

»*Walter!*«, wiederholte Frithjof. »Der liebe Walter hat nicht zufällig ein ganz persönliches Interesse an einem besonders hohen Versorgungsausgleich seiner Mandantin?«

»Der liebe Walter ist zufällig zweiundsechzig Jahre alt«, fauchte Isabell und ärgerte sich sofort wieder, weil sie aus der Rolle gefallen war. »Ich rufe gar nicht an, um mich mit dir zu streiten, ich hatte vielmehr gehofft, dass das unsere Anwälte für uns erledigen. Jetzt, wo Tante Paulette aus dem Krankenhaus entlassen ist und zwei Wochen Chemotherapiepause hat, könnte ich nach Hamburg kommen und meine Sachen holen. Sicher wirst du froh sein, wenn du sie los bist.«

»Allerdings«, sagte Frithjof. »Solange du nur *deine* Sachen holst.«

»Keine Angst, du kannst deinen DVD-Player behalten.« Isabell konnte nicht verhindern, dass sie erneut gereizt wurde. »Hör zu, Frithjof, ich mache dir einen Vorschlag. Ich räume meine Sachen aus der Villa, wenn du nicht da bist. Du kannst deine Wertsachen ja wegschließen, oder du bestellst Frau Elbmann als Wachhund, wenn dir das lieber ist. Ich halte es jedenfalls für besser, wenn wir uns nicht persönlich sehen.«

»Von mir aus«, sagte Frithjof. »Das muss ich auch nicht haben. Du kannst deine Sachen übermorgen abholen. Ab neun Uhr. Frau Elbmann wird da sein, um dir die Tür aufzumachen.«

»Ich habe einen Schlüssel«, erinnerte ihn Isabell.

»Der wird dir nicht viel nutzen«, knurrte Frithjof. »Ich habe die Schlösser auswechseln lassen.«

Und während Isabell diese Information noch verdaute, legte er einfach auf.

»Mistkerl«, sagte Isabell, während sie einen Blick auf den Wandkalender warf. Übermorgen war Mittwoch, Mittwoch, der neunzehnte Mai. Schon Mitte Mai! Isabell konnte es kaum fassen. Ostern war längst vorüber, und Frithjofs Geburtstag am 24. April war ebenso unbemerkt an ihr vorbeigegangen wie der Tag, an dem die Bäume ausgeschlagen hatten und der Frühling auch hier im hohen Norden Einzug gehalten hatte.

Sie sah hinaus auf die sonnenbeschienene Straße, sah die Kinder, die ein Wettrennen mit ihren Rollern veranstalteten, die Tulpen und Vergißmeinnicht, die in den Vorgärten blühten, und Herrn Herrmann, den Nachbarn, der mit nacktem Oberkörper Rasen mähte. Es war ein herrlicher Tag, und Isabell beschloss, Tante Paulette zu einem Schläfchen auf einer Liege auf der Terrasse zu bewegen. Das würde kein leichtes Unterfangen werden, denn angesichts des Unkrauts, das sich in den Beeten angesammelt hatte, würde Tante Paulette wohl kaum stillliegen wollen.

»Behandelt mich nicht, als sei ich *krank*«, war der Satz, den Isabell und Onkel Ludwig am häufigsten hörten. Dass sie bleich und abgemagert war und mit ihren kurz geschorenen Haaren äußerst fremd aussah, schien Tante Paulette selber noch am ehesten ignorieren zu können. Isabell hingegen tat bei diesem elenden Anblick das Herz weh, und sie wusste, dass Onkel Ludwig ebenfalls weinte, wenn er sich allein glaubte.

Zu Isabells Erleichterung gab es diesmal keinen Streit, als Tante Paulette sich auf der Liege ausstreckte.

»Das Unkraut werde ich mir morgen vornehmen«, sagte sie und ließ sogar zu, dass Isabell ihr eine leichte Decke über die Beine breitete. Sie fror tatsächlich, auch wenn es so warm war, dass Nachbar Hermann mit nacktem Oberkörper über den Gartenzaun winkte.

»Sieh dir diesen Mann an«, sagte sie gut gelaunt. »Er hat mehr Busen als seine Frau.«

»Es gibt Wichtigeres«, sagte Isabell lapidar.

»Setz dich doch etwas zu mir, und erzähl mir von RINQUINQUIN«, sagte Tante Paulette und schloss die Augen. »Ich höre so gerne, wenn du davon erzählst.«

»Ich habe dir schon alles erzählt, was es zu erzählen gibt«, sagte Isabell mit einem halbherzigen Lachen. »Und zwar mehr als doppelt und dreifach.«

Es stimmte. Sie hatte damit begonnen, als es Tante Paulette in den ersten Tagen nach der Operation schlechter ging und sie müde, aber doch wach und voller Schmerzen im Bett gelegen hatte.

»Erzähl mir etwas«, hatte sie gesagt. »Etwas Schönes.« Und da Isabell nichts Schöneres kannte als RINQUINQUIN, hatte sie ihrer Tante davon erzählt. Von den Pfirsichbäumen, die sich auf steinigen Terrassen bis hinab zum Fluss erstreckten, von dem majestätischen Haus und der Platane im Hof, die nun sicher in vollem Laub stand, und von den Tieren und Menschen, die dort wohnten. Ganz besonders von den Menschen. Von Großtante Germaine, die meistens in ihrer ganz eigenen Traumwelt lebte, von Madame Cécile, ihrer alterslosen Grazie und ihren Rosen, von Matilde, der wunderbaren Köchin, die immer ein wenig verloren wirkte, wie jemand, dem eine entscheidende Zutat zum Glücklichsein fehlt, von Laurent, den alle so sehr liebten, dass sie heimlich hofften, seine Mutter würde ihn für immer auf RINQUINQUIN vergessen, von der brummigen Ermeline und ihren Hühnern und von Bertrand, Ermelines Mann, dessen Gesicht so verwittert aussah und voller Linien war wie eine Landkarte.

Isabell war sich nie ganz sicher gewesen, ob Tante Paulette in ihrem Dämmerschlaf, vollgestopft mit Schmerzmitteln und Antibiotika, wirklich zuhörte, aber es schien ihr, als würde ihr Atem ruhiger werden und der Ausdruck auf ihrem Gesicht weniger schmerzvoll, solange sie sprach. Irgendwann hatte sie auch begonnen, von Corin zu erzählen, von seinen faszinierenden grünen Augen und von den Gefühlen, die sie für ihn entwickelt hatte. Im Laufe der vergangenen Wochen hatte Tante Paulette alles erfahren: wie Isabell vom Pferd gefallen war, wie sie ihre erste Nacht mit Corin verbracht hatte, wie sie versucht hatte, einen Finanzierungsplan für das Gut aufzustellen, und wie Madeleine sie beim Abendessen bloßgestellt hatte.

Es hatte sich herausgestellt, dass ihre Tante sehr wohl zugehört hatte, und zwar jedem einzelnen Wort.

»Es ist mir, als könnte ich sogar das Lied der Nachtigall hören, dort im Olivenbaum«, hatte sie gesagt, und Isabell hatte lachen müssen.

»Das nächste Mal werde ich dir Bücher vorlesen«, sagte sie jetzt und zog die Decke um Tante Paulettes magere Beine gerade.

»Die sind aber nicht so spannend«, meinte Tante Paulette.

»Aber sie haben meistens ein Happy End.«

»Das hat deine Geschichte vielleicht auch. Sie ist ja noch nicht zu Ende.«

»Nein«, gab Isabell zu und hoffte inständig, dass ihre Tante Recht hatte. Noch erschien es ihr so, als sei sie mit dem Gut und mit Corin wie durch eine unsichtbare Nabelschnur verbunden, durch die Informationen hin- und herflossen, ausreichend genug, um ihre Hoffnungen am Leben zu erhalten. Sie hatte ein paarmal mit RINQUINQUIN telefoniert, meistens mit Matilde. Ihre Telefonate waren nie besonders lang, sie tauschten lediglich ein paar wenige, aber seltsam tröstliche Sätze miteinander. Isabell hielt Matilde über die Krankheit ihrer Tante auf dem Laufenden und berichtete von den Fortschritten in Sachen Scheidung, und Matilde erzählte ihrerseits, was es auf RINQUINQUIN Neues gab. Dass der Sachbearbeiter von der Bank Ärger machte, weil sie um drei Monate Zahlungsaufschub gebeten hatten, dass Monsieur Hugo, der Steuerberater, schwer beleidigt gewesen war, weil man ihn von seinen Pflichten entbunden hatte, dass Ermeline ein schlimmes Bein hatte und Laurent eine Eins im Diktat. Und dass die Kirschen hier und da schon rot zu werden begannen und die Kirschkuchensaison somit unmittelbar bevorstand.

»Ich wünschte, du könntest hier sein«, sagte sie, und Isabell sagte: »Das wünschte ich auch.«

Während Tante Paulettes erster Chemotherapiewoche, hatte Matilde sie hin und wieder auf dem Handy erreicht, und dann war Isabell mit dem Telefon hinaus auf den Krankenhausflur gegangen und hatte nur flüsternd sprechen können.

Einmal hatte sie auch geweint.

»Manchmal glaube ich, dass sie es nicht schaffen wird«, hatte sie leise ins Telefon geschluchzt. »Sie sagt, es ist alles bestens und die Ärzte seien sehr zufrieden, aber es geht ihr so schlecht, und heute Nacht habe ich geträumt, dass sie stirbt.«

Und Matilde am anderen Ende der Leitung hatte versucht, sie zu trösten. Sie hatte genau das gesagt, was Isabell und Onkel Ludwig einander auch ständig sagten: *Wir dürfen die Hoffnung nicht aufgeben, so eine Chemotherapie sieht immer viel schlimmer aus, als sie ist, du wirst sehen, alles wird gut ...*

»Wir alle hier beten für deine Tante, Isabell. Maman hat eine Kerze für sie angezündet, und Ermeline hat großzügigerweise erklärt, die Kerze, die sie für ihr krankes Huhn, ihr schlimmes Bein und dafür angezündet hat, dass Bertrand endlich aufhört zu schnarchen, würde auch für deine Tante brennen. Sie sagt, Gott könne unmöglich wollen, dass sie für alle diese Dinge jeweils eine eigene Kerze anzünden müsse.«

Isabell hatte nur eine Mischung aus Schluchzen und Lachen von sich geben können.

Am selben Tag noch erhielt Isabell einen Anruf von Corin. Den ersten und bisher einzigen.

»Das mit deiner Tante tut mir sehr Leid«, hatte er gesagt, und Isabell war vor lauter Aufregung, seine Stimme zu hören, zu keiner anderen Erwiderung als einem matten »Danke« fähig gewesen.

Ein paar Minuten lang hatten sie über banale Dinge geredet, über das Wetter und über die Qualität der Telefonverbindung, dann hatte Corin unvermittelt gesagt: »Ich vermisse dich.«

»Ich vermisse dich auch«, hatte Isabell erwidert und nur mit Mühe ein Schluchzen unterdrücken können. In letzter Zeit hatte sie unendlich nah am Wasser gebaut.

»Wann kommst du zurück?«

»Du hast gesagt, du würdest dich besser fühlen, wenn ich eine geschiedene Frau sei«, erinnerte ihn Isabell. »Und die Scheidung wird erst im nächsten Jahr ausgesprochen werden können. Wenn das Trennungsjahr vorbei ist.« Das war eine Erkenntnis, die sie selber wie ein Blitz getroffen hatte. Mit so einer langen Zeit hatte sie einfach nicht gerechnet.

»Aber Boris und Barbara haben doch auch eine Blitzscheidung bekommen«, hatte sie ihrem Anwalt gesagt und sich dabei angehört wie Frau Elbmann.

»Sie sind aber leider nicht Boris und Barbara«, hatte der Anwalt bedauernd erwidert, und Isabell hatte es an Corin weitergegeben: »Wir sind nicht Boris und Barbara, weißt du?«

»Wer zur Hölle sind Boris und Barbara?«, hatte Corin gefragt.

»Boris Becker. Der Tennisspieler. Er hat sich auch scheiden lassen. Aber bei ihm ist es schneller gegangen.«

»Es ist mir egal, ob du geschieden bist oder nicht«, hatte Corin gesagt. »Ich will dich zurückhaben. Wann kommst du?«

»Sobald es meiner Tante besser geht«, hatte Isabell gesagt und sich selber gleich auch viel besser gefühlt.

Auch wenn er die berühmten drei Worte nicht gesagt hatte: Er vermisste sie. Er wollte, dass sie zurückkam.

Doch, noch gab es berechtigte Hoffnung auf ein Happy End.

Im Nachhinein war es ihr ein absolutes Rätsel, warum es noch Wochen dauerte, bis sie endlich bemerkte, dass etwas anders war. Wochen, in denen sie sich alle Mühe gab, ihr altes Leben ein für allemal abzuschließen. Dazu gehörte, dass sie ihre Sachen aus der Hamburger Villa holte und ein Gespräch mit ihrer Freundin – oder vielmehr Exfreundin – Moni führte.

Die restlichen Habseligkeiten aus der Villa zu holen war ein weniger großes Unternehmen, als sie gedacht hatte. Onkel Ludwig hatte darauf bestanden, sie zu begleiten, und er hatte einen Kleintransporter gemietet, damit sie auch wirklich alles, was ihr gehörte, würde mitnehmen können.

Er hatte auch mehrere Umzugskartons besorgt, aber das hätte er sich sparen können, denn Frithjof hatte bereits alle ihre Bücher, Bilder und Fotoalben in Kisten verpackt und – was Isabell als besonders stilvoll empfand – ihre Kleider und Schuhe in Müllsäcke gestopft. Der Flur, in dem er alles zusammengetragen hatte, sah dementsprechend aus wie eine Müllhalde.

Frau Elbmann stand verlegen, aber unverkennbar parteiisch dabei, als sie alles in den Wagen luden, und sie folgte ihnen mit misstrauischen Blicken durchs Haus, als Isabell abschließend in jedem Zimmer nachsah, ob sie auch nichts vergessen hatte. Oder vielmehr, ob Frithjof nichts vergessen hatte. Onkel Ludwig schleppte den kleinen Kirschbaumsekretär die Treppe hinunter, und da Frau Elbmann keinen Einspruch erhob, ging Isabell davon aus, dass dies mit Frithjofs Einverständnis geschah.

Sie warf einen letzten Blick auf ihr gemeinsames Schlafzimmer, das nun erst recht wie ein x-beliebiges, wenn auch vornehmes Hotelzimmer aussah. Obwohl sie vermutete, dass Frithjof hier nicht jede Nacht alleine schlief – im Badezimmer hatte ein Lippenstift gestanden, der definitiv nicht ihr gehörte –, wirkte das Zimmer trist, unpersönlich und kühl. Isabell musste an ihr Zimmer auf RINQUINQUIN denken, an das große, verschnörkelte Eisenbett von Großtante Germaine und an die Sinnlichkeit, die das Lager trotz seiner improvisierten Einfachheit ausgestrahlt hatte.

»Komm«, sagte Onkel Ludwig und nahm ihren Arm. »Hier gibt es nichts mehr für uns zu tun.«

Unten händigte Isabell Frau Elbmann ihre Hausschlüssel aus. »Auch wenn das Schloss mittlerweile ausgewechselt wurde«, sagte sie und streckte Frau

Elbmann ihre Hand hin. »Auf Wiedersehen, Frau Elbmann. Es hat mich gefreut, Sie noch einmal zu treffen.«

Frau Elbmann zögerte, aber dann griff sie doch zu und schüttelte ihr herzlich die Hand. »Sie wissen ja, dass ich das nicht gut fand, wie Sie mit unserem Herrn Tegen umgegangen sind, aber ich muss doch sagen, Sie sind viel sympathischer als die Neue. Das habe ich auch meiner Cousine Lieselotte gesagt, Lieselotte, hab ich gesagt, die Neue hat nicht die Klasse von der Isabell.«

»Wenn es die ist, die ich meine, hat sie aber Kontakte zu Udo Jürgens«, sagte Isabell, einer Eingebung folgend. Ihre Freundin Moni arbeitete nämlich in einer Agentur, die sich darauf spezialisiert hatte, Promis für private Partyeinladungen zu gewinnen, gegen Bares, verstand sich.

Frau Elbmann blieb zutiefst beeindruckt in der Tür stehen und winkte ihnen geistesabwesend nach. Sollte die Neue von Herrn Tegen tatsächlich über Kontakte zu Udo Jürgens verfügen, würde sie ihr Urteil über sie vielleicht noch einmal revidieren. Am Ende konnte ihr Traum möglicherweise doch noch wahr werden: Sie, Anneke Elbmann, würde Udo Jürgens höchstpersönlich ein Lachskanapee überreichen, und er würde ihr im Gegenzug ein Autogramm geben, auf ihren nackten Unterarm!

Isabell schickte Onkel Ludwig allein mit dem Transporter zurück nach Kiel, sie selber wollte noch etwas in Hamburg erledigen.

»Aber du hast kein Auto«, sagte Onkel Ludwig.

»Ich komme mit dem Zug zurück«, sagte Isabell.

»Das ist es nicht wert, Kind.« Onkel Ludwig ahnte,

was sie vorhatte. »Es ist zwar nicht die feine Art, sich sofort eine Neue zu suchen, aber du musst ihn auch verstehen. Du hast sein Ego verletzt.«

»Es geht mir nicht um Frithjof und sein Ego, es geht mir um die Person, die sein Ego wieder aufbaut«, sagte Isabell. »Wenn ich mich nicht sehr täusche, handelt es sich hier um meine beste Freundin.«

»Das ist etwas anderes«, sagte Onkel Ludwig. »Aber denk daran, es ist bereits genug Blut geflossen.«

Isabell grinste schwach.

Sie traf Moni in einem Café an der Außenalster, und ihr Verdacht bestätigte sich bereits beim allerersten Blick, den sie auf sie werfen konnte, während sie zur Tür hineinkam. Es war diese Mischung aus Aggression und Schuldbewusstsein, die sie verriet.

»Sieh mich nicht so an, als hätte ich ihn dir ausgespannt«, sagte sie zur Begrüßung und bestellte bei der vorbeieilenden Kellnerin ein Mineralwasser.

»Ich dachte einfach nicht, dass das dein Stil ist.« Isabell hätte sich gerne aus purer Sehnsucht nach der Provence einen Pastis bestellt, nahm aber ebenfalls ein Mineralwasser. »Es ist keine zwei Monate her, und jetzt steht schon dein Lippenstift in seinem Badezimmer.«

»So sind die Regeln«, sagte Moni. »Wenn ich länger gewartet hätte, hätte ihn eine andere weggeschnappt.«

Isabell musste lachen. »Es wird Frithjof sicher freuen, dass er so begehrt ist.«

»Er leidet darunter, was du ihm angetan hast«,

sagte Moni, und als Isabell wieder lachte, setzte sie ernst hinzu: »Er nimmt das sehr persönlich.«

»Es *ist* persönlich«, stellte Isabell klar.

»Aber über kurz oder lang hätte er dich verlassen«, sagte Moni. »Das war nur eine Frage der Zeit.«

»Du meinst, das wäre seinem Ego dann zuträglicher gewesen?« Isabell lehnte sich zurück und musterte ihre Freundin nachdenklich. Sie hatte gedacht, dass sie Groll ihr gegenüber empfinden würde, und sie war verblüfft, dass sie überhaupt nichts dergleichen empfand.

Moni hatte Recht: So waren die Regeln. Weggegangen, Platz vergangen. Das Schöne war, dass sie ihren Platz ja gar nicht zurückhaben wollte.

»Ich hoffe nur, er behandelt dich besser als mich«, sagte sie freundlich.

»Wie sich das anhört. Als hätte er dich geschlagen oder so.« Moni sah sie vorwurfsvoll an. »Du hast ihn eben einfach nicht zu nehmen gewusst. Zu mir ist er wie pures Gold.«

Ihr Mineralwasser kam, und Isabell hatte plötzlich ein flaues Gefühl im Magen. Das passierte in letzter Zeit öfter. Es ging einher mit Attacken unerklärlichen Appetits. *Die Nerven,* dachte Isabell. *Kein Wunder.*

»Können Sie mir eine Quiche Lorraine bringen?«, fragte sie die Kellnerin. »Und einen kleinen Salat Niçoise, aber ohne Oliven. Und ein Stück Johannisbeertorte, bitte.«

»Immerhin scheint es dir nicht den Appetit verschlagen zu haben«, sagte Moni und seufzte. »Ich bin wieder mal auf Diät. Frithjof findet mich zu dick.«

»Was?« Isabell verschluckte sich beinahe an ihrem

Mineralwasser. »Und du sagst, er ist wie pures Gold zu dir?«

»Er ist nur ehrlich«, sagte Moni. »Ich habe nun mal nicht deine Traummaße. Dafür habe ich andere Qualitäten.«

»Da bin ich sicher«, sagte Isabell und überlegte, wie Frithjof wohl auf Monis Tantra-Künste reagierte. Moni schien ebenfalls daran zu denken, denn auf ihrem Gesicht breitete sich ein zufriedenes kleines Lächeln aus.

»Ich hoffe ehrlich, dass ihr glücklich miteinander werdet«, sagte Isabell, als die Kellnerin ihr Essen vor sie hinstellte. »Und dass du es niemals bereuen wirst, den Planet der Singles verlassen zu haben.«

Sie verschlang heißhungrig ein Stück Thunfisch, und Moni sah ihr neidisch dabei zu.

»Ich verstehe dich einfach nicht«, sagte sie. »Wie du das alles freiwillig aufgeben kannst!«

Isabell zuckte mit den Achseln. »Spät genug«, sagte sie mit vollem Mund. Die Quiche Lorraine war hervorragend, trotzdem blieb das flaue Gefühl in ihrem Magen bestehen. Isabell versuchte, es mit der Johannisbeertorte zu besänftigen, aber das Gegenteil war der Fall.

Gerade als Moni sagte: »Frithjof sagt, du willst ihn ausnehmen wie eine Weihnachtsgans«, sprang Isabell auf und stürzte im Laufschritt quer durch das Lokal. Sie schaffte es gerade noch bis zum Klo, dort gab sie den gesamten Mageninhalt wieder von sich.

Im Nachhinein war es ihr ein Rätsel, warum sie nicht nach einer plausiblen Erklärung für ihre Übelkeit gesucht hatte, aber oft ist gerade die plausibelste Erklärung diejenige, auf die man als Letztes kommt.

Die Nerven, sagte sie sich wieder und musterte ihr Spiegelbild. Sie sah müde aus, und unter ihren Augen lagen dunkle Ränder. Kein Wunder, die letzten Wochen waren die anstrengendsten und traurigsten in ihrem Leben gewesen.

Aber ab jetzt würde alles besser werden.

Positiv denken, war die Devise.

Nach ihrem Tag in Hamburg fühlte sich Isabell unendlich erleichtert, als habe sie Ballast abgeworfen, von dem sie gar nicht gewusst hatte, dass sie ihn mit sich herumgeschleppt hatte.

Die verbleibenden Wochen bis zu Tante Paulettes nächster Chemophase verbrachten sie in dem Ferienhaus von Onkel Ludwigs Freund und Isabells Anwalt Walter auf der Insel Rügen. Tante Paulette sträubte sich dagegen, dass Isabell mitkam, sie wollte, dass ihre Nichte so schnell wie möglich zurück nach RINQUINQUIN fuhr.

»Männer mögen es nicht, wenn man sie warten lässt«, sagte sie.

»Corin wartet ja gar nicht auf mich«, hielt Isabell dagegen. »Außerdem werde ich erst fahren, wenn es dir besser geht.«

Auf Rügen nahm Tante Paulette wieder ein paar Kilo zu, ebenso Isabell, obwohl das flaue Gefühl in ihrem Magen noch des Öfteren auftrat. Nur Onkel Ludwig hatte seinen Appetit noch nicht wiedergefunden, sein ehemals rundlicher Bauch war gänzlich verschwunden.

Tante Paulette klopfte ihm liebevoll auf den »leeren Pullover«, wie sie es nannte, und sagte: »Jetzt ist es aber genug, Louis. Du siehst wieder aus wie damals, als ich dich kennen gelernt habe, schön wie ein germanischer Gott. Noch mehr Schönheit ertrage ich nicht. Denk dran, dass ich nun eine brustamputierte, demnächst glatzköpfige Frau bin – für die war der alte Louis gerade schön genug.«

»Sag so etwas nicht, Paulette. Für mich wirst du immer das schönste Mädchen der ganzen Welt sein.«

Isabell tischte den beiden »Provençalische Liebesäpfel« auf, nach Matildes Rezept, und auch wenn es nicht ganz so gut schmeckte wie das Original, so waren Onkel und Tante doch sehr beeindruckt.

»Köstlich«, sagte Tante Paulette. »Das kannst du ruhig öfters machen.«

»Gerne«, wollte Isabell sagen, aber da spürte sie, wie die Tomaten in ihrem Magen einen Aufstand probten. Sie schaffte es gerade noch, die Toilette zu erreichen, bevor sie vollzählig wieder hochkamen.

Tante Paulette und Onkel Ludwig hörten sie würgen und sahen einander besorgt an.

»Eigentlich bin ich doch diejenige, die kotzen sollte«, sagte Tante Paulette. »Wenn überhaupt. Aber während meiner Chemotherapie habe ich mich kein einziges Mal übergeben. In unserer Familie hat man eben einen robusten Magen.«

»Isabell auch«, sagte Onkel Ludwig. »Sie hat sogar mal ein halbes Pfund von deiner Speikseife gegessen, ohne zu kotzen, weißt du noch?«

»Ja.« Tante Paulette nickte und kniff nachdenklich die Augen zusammen. »Hat einen sehr robusten Magen, das Kind.«

»Entschuldigt«, sagte Isabell, während sie sich zurück an den Tisch setzte und verlangend auf die Essensreste in der Auflaufform schaute. Jetzt, wo der Magen leer war, war auch die Übelkeit verflogen, und sie hatte wieder Hunger. »Das passiert mir in letzter Zeit häufiger.«

Genüsslich schabte sie die restlichen Tomaten aus der Form. Erst nach einer Weile fiel ihr auf, dass Onkel und Tante sie mit großen Augen anschauten.

»Was ist?«, fragte Isabell.

»Wann hattest du das letzte Mal deine Periode?«, fragte Tante Paulette.

Isabell fiel aus allen Wolken. »Wie kommst du denn darauf?«

»Wann?«, wiederholte Tante Paulette.

»Was hat sie denn jetzt?«, wollte Isabell von Onkel Ludwig wissen.

»Sie will nur wissen, ob du schwanger bist«, sagte er.

»Ich?« Isabell starrte die beiden an, als hätten sie den Verstand verloren. »Ausgeschlossen.«

»Wirklich?« Tante Paulette hatte sich vorgebeugt. In ihren Augen lag ein seltsamer Ausdruck. »*Wirklich* ausgeschlossen?«

Isabell dachte nach. Ihre letzte Periode, wann war die gewesen? Sie konnte sich nicht erinnern. In den letzten paar Wochen war sie jedenfalls davon verschont geblieben.

»Es kommt wohl manchmal vor, dass die Periode ausbleibt, wenn man unter einer Stresssituation leidet«, murmelte sie.

»Ja, aber wenn man sich dazu noch die Seele aus dem Leib kotzt, ist es wahrscheinlicher, dass man schwanger ist«, sagte Tante Paulette. »Vorausgesetzt, man hat mit einem hinreißenden jungen Mann geschlafen, so hinreißend, dass man sich keine Gedanken über Verhütung gemacht hat.«

»Du sprichst doch nicht etwa von dem Crétin?«, fragte Onkel Ludwig besorgt.

»Nein, ich spreche von diesem gut aussehenden Franzosen mit dem Pfirsichgut«, beruhigte ihn Tante Paulette. »Oder, Chérie?«

»Aber ...« Isabell suchte nach Worten. »Aber ich fühle mich überhaupt nicht schwanger! Außerdem ...« Sie stockte wieder. Fast gegen ihren Willen drängten sich ihr Bilder auf: Wie in einem Film sah sie jene Nacht vor sich ablaufen, in der Corin und sie sich zum ersten Mal geliebt hatten auf den weißen Laken des breiten Eisenbetts ... Ganz plötzlich hatte sie, so verrückt es auch sein mochte, den übermächtigen Wunsch, Tante Paulettes Vermutung würde sich als wahr entpuppen.

»Hier gibt es sicher einen Gynäkologen«, sagte Onkel Ludwig nüchtern. »Du wirst dich morgen früh in seine Praxis setzen und so lange warten, bis er dich drannimmt.«

Über Tante Paulettes Gesicht wanderte ein breites Lächeln. »Ich glaube, da komme ich mit.«

9. Kapitel

Laurent hockte schon seit zwei Stunden auf seinem Ausguck im Kirschbaum an der Straße, und allmählich hatte er es satt, bei jedem Auto, das die Straße heraufkam, enttäuscht zu seufzen.

Was hatte er denn auch erwartet? Seine Mutter hatte noch niemals ein Versprechen gehalten, und wenn sie gesagt hatte, sie käme am Mittag, so konnte er froh sein, wenn sie am Abend da war. Das kannte er noch von früher, wenn sie für ein Wochenende zu Freunden nach Paris gefahren war und aus dem Wochenende drei Tage oder vier Tage oder noch mehr Tage geworden waren.

»Sag deiner Großmutter, ich bin morgen Abend wieder zu Hause«, hatte es dann geheißen, aber in Wahrheit war sie erst zwei Tage später wieder aufgetaucht.

Laurent hätte daher wissen müssen, dass ihre Ankündigung: »Wir kommen morgen Mittag gegen ein Uhr«, nur eine leere Phrase gewesen war.

Wie ein Affe ließ er sich an einem Arm von seinem Ast baumeln, schaukelte ein bisschen hin und her und landete weich im Gras.

»Macht ja nichts«, sagte er zu sich selber. »Ich hab hier sowieso nur gewartet, weil ich wissen will, was sie mir mitbringt.«

Dass sie ihm etwas mitbringen würde, stand für Laurent außer Frage, das hatte sie bisher niemals versäumt. Und aus Erfahrung wusste er, dass das Geschenk desto größer ausfiel, je länger seine Mutter abwesend gewesen war. Und diesmal war sie so lange weggeblieben wie niemals vorher. Fast ein Dreivierteljahr. Eine Zeitspanne, die Laurent zu großen Hoffnungen auf eine Art Supergeschenk berechtigte.

»Wenigstens etwas«, sagte er sich und rannte hinüber zu den Hühnerställen, um nach Javotte zu suchen. Javotte war eins von den im April geschlüpften Seidenhühnchen, und Laurent hatte sie wegen ihres weichen, schneeweißen Gefieders ganz besonders in sein Herz geschlossen. Die anderen Hühner waren nicht besonders nett zu Javotte. Es gab immer ein paar Hennen, die von den anderen schlecht behandelt wurden, in der Rangordnung ganz unten kamen und immer als Letzte ans Futter durften. Auch das nahm Laurent besonders für Javotte ein, ebenso wie die Tatsache, dass ihr Gefieder an das Fell eines Angorakaninchens erinnerte. Er holte sie, sooft er konnte, aus dem Hühnergehege, damit sie sich unter seinem persönlichen Schutz erholen und satt essen konnte.

Mittlerweile folgte sie ihm wie ein Hund, und sie liebte es, sich von ihm am Hals kraulen zu lassen. Sie war so zutraulich, dass Laurent sich kein besseres Haustier vorstellen konnte, eine Schildkröte natürlich ausgenommen. Den Schildkrötentraum hatte er immer noch nicht ausgeträumt.

Ermeline hatte für Javotte und Laurent nur ein missbilligendes Kopfschütteln übrig.

»Wenn du mich fragst, hat dieses Huhn vergessen, dass es ein Huhn ist«, sagte sie. »Statt Eier zu legen, wird es vermutlich anfangen zu bellen.«

Javotte freute sich, als Laurent kam und sie von den anderen Hühnern wegdurfte. Sie gackerte ihn freudig an und ließ sich widerspruchslos davontragen. Auch das unterschied sie von den anderen Hühnern.

»Wir spielen Nachlaufen in der Einfahrt«, erklärte ihr Laurent. Auf diese Weise würde er mitbekommen, wenn seine Mutter ankäme, und dennoch würde es nicht so aussehen, als habe er auf sie gewartet.

Aber es war zu heiß, um Nachlaufen zu spielen, und so begnügte er sich damit, auf einen der beiden steinernen Löwen auf den Torpfosten zu klettern und Javotte zu überreden, den anderen zu besteigen. Das Huhn wollte aber lieber abseits vom Weg im Gebüsch scharren.

Ein kleiner roter Wagen kam die Straße herauf, und nach dem Bruchteil einer Sekunde, in dem er die Ankunft seiner Mutter erhoffte und die Hoffnung wieder verwarf, erkannte er, dass es Mademoiselle Isabell war. Sie war, im Gegensatz zu seiner Mutter, mehr als pünktlich. Eigentlich wurde sie nämlich erst am Abend erwartet.

Sie entdeckte ihn, hoch oben auf dem Löwen sitzend, stellte den Motor ab und stieg aus.

»Hallo, Laurent! Hast du etwa auf mich gewartet?«

»Nö«, sagte Laurent. »Ich hab auf niemanden gewartet. Ich und Javotte, wir haben hier bloß gespielt.«

»Ach so.« Isabell lächelte zu ihm hinauf. »Ich freue

mich so, dich zu sehen. Ich habe dir auch was mitgebracht.«

»Ja?« Laurent versuchte vergeblich, nicht neugierig zu klingen. »Was ist es denn?«

»Das verrate ich noch nicht«, sagte Isabell. »Du musst schon – huch, was ist denn das?«

Das plüschige, weiße Seidenhuhn war aus dem Gebüsch gehopst, direkt vor Isabells Füße.

»Das ist Javotte«, stellte Laurent vor. »Ich habe sie nach Ihnen benannt.«

»Nach mir? Aber ich heiße doch nicht Javotte«, sagte Isabell erstaunt.

»Nein, aber Sie sehen so aus«, sagte Laurent, und um Isabell zu zeigen, welchen Stellenwert das Huhn für ihn hatte, setzte er feierlich hinzu: »Ich werde Javotte niemals aufessen.«

»Ähm, ja. Das ist aber auch ein ganz besonderes Huhn«, sagte Isabell und betrachtete Javotte genauer. »Es hat ja ein *Fell*!«

»Es ist ja auch kein Huhn«, erklärte Laurent und senkte seine Stimme zu einem geheimnisvollen Raunen herab. »Es ist eine Kreuzung aus Huhn und Kaninchen.«

»Ehrlich?«

»Ehrlich.« Laurent sah sie treuherzig an.

»Unfaßbar«, sagte Isabell, während sie wieder ins Auto stieg. »Ich fahre dann mal weiter. Wenn du und dein Hühnerkaninchen hier fertig seid, dann könnt ihr ja mal vorbeikommen und gucken, was ich dir mitgebracht habe.«

Laurent sah ihr hoch zufrieden nach. Wenn sie geglaubt hatte, dass Javotte eine Kreuzung aus Huhn und Kaninchen war, dann würde es seine Lehrerin vielleicht auch tun. Es würde seinen Vortrag über *Mein liebstes Haustier* vor der Klasse am Montag auf jeden Fall gehörig aufpeppen und eine angenehme Abwechslung gegenüber den Hunden, Katzen und Ponys der anderen bieten.

Schon das Geräusch, das der Kies unter den Reifen ihres Wagens verursachte, als sie in den Hof einbog, gab Isabell das Gefühl, nach Hause zu kommen. In der Mittagshitze lag RINQUINQUIN vor ihr, und seine Schönheit nahm ihr beinahe den Atem.

Die distelblauen Schlagläden waren wegen der Sonne geschlossen, sodass es aussah, als würde das Haus gerade einen Mittagsschlaf halten. Die Blätter der Platane hatten sich seit ihrer Abfahrt in der Größe mindestens verdoppelt und eine dunkelgrüne Färbung angenommen. Der Lavendel, der die Baumscheibe einrahmte, stand kurz vor der Blüte, und an der Wand vom Gästeflügel blühte leuchtend pink eine Bougainvillea, die sie vorher nie wahrgenommen hatte. Sie parkte den Wagen an der gleichen Stelle, an der sie ihn früher auch immer abgestellt hatte, und stieg aus. Als Erstes musste sie im Kofferraum nach Laurents Geschenk sehen, das hatte sie schon zwei Stunden nicht mehr getan. Aber das Geschenk saß unversehrt in seiner Kiste und knabberte an einem Salatblatt. Die Hitze schien ihm nichts auszumachen.

»Wir sind da«, sagte Isabell zu ihm.

»Ich sehe es. Du musst gefahren sein wie der Teufel.«

Das war nicht Laurents Geschenk, das geantwortet hatte, sondern eine Stimme hinter ihrem Rücken. Isabell fuhr herum und sah direkt in ein Paar dunkelgrüne Augen.

»Corin!«, rief sie, und dann noch einmal, leiser: »Corin.« Es ging ihr mit seinem Anblick wie mit dem Haus: Seine Schönheit raubte ihr beinahe den Atem. Seine dunklen Locken waren länger geworden und hingen ihm tief in die gebräunte Stirn, durch die braune Haut wirkte die Farbe der Augen noch intensiver als früher. Sein sinnlich geschwungener Mund war zu einem breiten, fröhlichen Lächeln verzogen. Eine Weile hielt er sie mit gestreckten Armen von sich und betrachtete sie aufmerksam, dann zog er sie an sich und drückte sie so fest, dass sie beinahe keine Luft mehr bekam.

»Mein Gott, du hast mir so gefehlt. Seit deinem Anruf habe ich weder geschlafen noch gegessen.«

Isabell preßte glücklich ihr Gesicht an seine Brust. Sie hatte ganz vergessen, wie gut er roch! Obwohl – da war noch eine neue, eine köstliche Duftnote, die sie an ihm noch nicht kannte. Es dauerte eine ganze Weile, bis sie es herausfand: Er roch nach Pfirsichen. Mein Gott, wie sexy!

»Und ich habe so gut geschlafen wie schon lange nicht mehr«, sagte sie. »Ich hatte wohl insgeheim Angst, ich dürfte erst wieder herkommen, wenn meine Scheidung durch ist.«

»Bis dahin wäre ich vor Sehnsucht gestorben«, sagte Corin im Brustton der Überzeugung, und Isabell sagte: »Ich auch.«

Sie war ungemein erleichtert, in seinen Armen zu liegen, denn auf der langen Fahrt hierher hatte sie sich, ganz gegen ihren Willen, eine Reihe von anderen Begrüßungsszenarien ausgemalt: Corin, der sie gar nicht begrüßte, Corin, der sie höflich, aber kühl begrüßte, Corin, der sie herzlich, aber ohne wirkliches Interesse begrüßte, Corin, der sie peinlich berührt begrüßte, und die schlimmste Vorstellung von allen: Corin, der sie zusammen mit Madeleine begrüßte, die seinen Verlobungsring trug ...

»Sehr nett von deiner Tante, dass sie sich entschlossen hat, wieder gesund zu werden, bevor wir beide an Sehnsucht gestorben sind«, sagte Corin, die Nase in ihrem Haar vergraben. »Maman hat vorgeschlagen, dass sie und dein Onkel nach der nächsten Chemophase zur Erholung hierher kommen sollen.«

»Was für eine wunderbare Idee!« Isabell war begeistert. »Madame Cécile und Tante Paulette würden sich wunderbar verstehen, sie sind einander so ähnlich.«

Corin sah über ihre Schulter in den Kofferraum und entdeckte Laurents Geschenk. »Damit wird er für ewig dein Sklave sein«, meinte er.

»Ich hoffe es. Eben hat er mir gesagt, dass ich aussehe wie sein Huhn.«

»Hast du mir auch etwas mitgebracht?« Die Frage klang eindeutig zweideutig.

»Oh ja«, sagte Isabell und dachte an die kleine Bohne in ihrem Bauch.

»Schön«, sagte Corin. »Ich freue mich schon darauf, es auszupacken.«

»Das wird noch nicht gehen. Das geht erst in genau ...«

»Ist das etwa schon Isabell?« Plötzlich schienen von allen Seiten Menschen auf sie einzuströmen, und Isabell sah sich umringt von lauter bekannten, lieben Gesichtern.

Eine Unzahl von Küssen wurde ihr abwechselnd auf die Wangen geknallt.

»Wie schön, dass du da bist. Ich habe mir heute extra freigenommen.« Das war Matilde.

»Mein liebes Mädchen, wie schön, dass es Ihrer Tante besser geht.« Madame Cécile strahlte sie an.

Großtante Germaine, die im Rollstuhl vor ihr saß, strahlte ebenfalls. »Da staunen Sie aber, nicht wahr, Schwester Caroline? Dass Sie schon wieder hier sind, haben Sie nur meinen Beziehungen zum General zu verdanken. Wenn ich ihn nicht becirct hätte, müssten Sie in diesem Frontlazarett versauern bis ans Ende Ihrer Tage.«

»Dafür ist sie sicher sehr dankbar«, murmelte Matilde.

»Gut sieht sie aus, unsere Mademoiselle«, sagte Bertrand und klopfte Isabell auf den Rücken.

»Ich habe ein Mückennetz über Ihrem Bett aufgehängt, damit die Viecher Sie in Ruhe lassen.« Dieser brummig gesprochene Hinweis kam von Ermeline. »Dieses Jahr sind sie besonders früh dran gewesen. Wussten Sie, dass mein schlimmes Bein wegen eines einzigen Mückenstichs entstanden ist? Einmal nicht aufgepasst ...«

Auch Laurent und sein komisches Huhn waren da. »Zeigen Sie mir jetzt, was Sie mir mitgebracht haben?«

»Das ist unhöflich, Laurent«, sagte Matilde. »Vielleicht hat Isabell dir gar nichts mitgebracht.«

»Hat sie wohl«, sagte Laurent.

»Aber erst mal muss sie sich ausruhen«, sagte Madame Cécile. »Eine so lange Fahrt, und dann bei dieser Hitze! Ich habe Orangenlikör auf Eis gelegt.«

Und ich werde ihn nicht trinken können, dachte Isabell bedauernd. *Kein Alkohol*, hatte auf dem Merkblatt gestanden, das der Frauenarzt ihr mitgegeben hatte.

»Zu allererst möchte ich mich gerne umziehen und eine Dusche nehmen, wenn ich darf«, sagte sie. »Und vielleicht etwas hinlegen.« Sie sah Corin vielsagend an, aber er interpretierte ihren Blick falsch.

»Gut, dann reite ich jetzt eine Stunde oder zwei mit Sombre aus«, sagte er bedauernd. »Bis dahin wirst du doch wieder wach sein, oder?«

»Ja«, seufzte Isabell.

»Ich helfe Ihnen beim Auspacken«, erbot sich Laurent und wandte sich dem geöffneten Kofferraum zu. Natürlich fiel sein Blick sofort auf die Kiste mit seinem Geschenk. Isabell beobachtete den kleinen Jungen gespannt. Eine Weile war es beinahe beängstigend still.

»Ist das etwa eine *Schildkröte*?«, schrie Laurent dann mit heller, beinahe überschnappender Stimme.

»Es ist *deine* Schildkröte«, verbesserte Isabell sanft. »Ich habe sie aus einem Zoogeschäft in Kiel befreit. Ein Buch über Schildkröten habe ich auch gleich mitgebracht. Der Zoohändler sagt, sie sind sensibler, als sie aussehen.«

Laurent sah seiner Schildkröte fasziniert in die Augen. »Ich werde sehr, sehr lieb zu ihr sein«, versprach er mit heiserer Stimme.

Isabell ließ lauwarmes Wasser auf sich herabprasseln und spürte, wie das Wohlbehagen sich in ihrem ganzen Körper ausbreitete. All die Menschen, die sie da draußen begrüßt hatten wie eine verlorene Tochter, dazu der Sonnenschein und die Überzeugung, dass Tante Paulette wieder ganz gesund werden würde, machten Isabell so glücklich wie schon lange nicht mehr.

Natürlich stand ihr das Wichtigste noch bevor: Sie musste Corin sagen, dass sie ein Kind von ihm erwartete, und sie hatte keine Ahnung, wie er darauf reagieren würde.

Es war Tante Paulette gewesen, die darauf bestanden hatte, dass sie sofort nach Frankreich zurückkehrte, als feststand, dass Isabell tatsächlich schwanger war.

»Was machst du denn noch hier? Es wird Zeit für dein Happy End.«

»Ich weiß ja noch nicht mal, ob Corin mich ohne Kind wiederhaben will«, hatte Isabell erwidert. »Aber mit Kind wird das Ganze doch noch bedeutend komplizierter.«

»Ach, papperlapp«, hatte Tante Paulette ausgerufen. »Das macht es im Gegenteil noch viel einfacher. Du packst jetzt deine Sachen und fährst zu ihm. Man sagt einem Mann schließlich nicht am Telefon, dass er Vater wird.«

»Aber ich kann euch doch jetzt nicht alleine lassen«, hatte Isabell gesagt.

Die Tante war richtig wütend geworden. »Mir geht es doch wieder gut. Der Tumor ist weg, die Metastasen in der Lunge sind schon ängstlich zusammengeschrumpft, und die nächsten beiden Chemophasen werden ihnen den Rest geben. Danach geht es sowieso zur Kur irgendwo nach Süddeutschland, und du wärst hier völlig überflüssig.«

»Aber...«, hatte Isabell angefangen, doch Tante

Paulette war ihr ins Wort gefallen: »Nichts aber. Du fährst nach Frankreich zu deinem Geliebten, wo du hingehörst. Sag doch auch mal was, Louis!«

»Sie hat Recht, du musst fahren«, hatte Onkel Ludwig widerstrebend gesagt. »Die ganzen Formalitäten bezüglich deiner Scheidung hast du erledigt, wenn noch etwas ist, kann Walter dir die Sachen nach Frankreich schicken. Und was deine Tante angeht: Sie will es ja nicht anders.«

»Halt schon den Mund, Louis, du willst auch nicht, dass das arme Kind hier unnütz herumsitzt und mir beim Kranksein zuschaut, während ihr die Liebe ihres Lebens durch die Lappen geht«, hatte Tante Paulette ihn angebellt, und damit war die Diskussion beendet gewesen. Zwei Tage hatte Isabell gebraucht, um ihre Sachen zu packen, ihren Mutterpass abzuholen und Geschenke für RINQUINQUIN zu besorgen, dann war die Stunde des Abschieds gekommen.

Der Onkel war still und traurig, wie immer in letzter Zeit, aber Tante Paulette hatte glücklich und gelöst gewirkt und sogar ein bisschen aufgeregt. Fast so, als würde sie selber die Reise in die Provence antreten.

»Oh, ich beneide dich, mein Engel. Dort muss es jetzt wunderschön sein. Bald wird der Lavendel blühen! Louis und ich, wir haben unsere schönsten Nächte in einem Lavendelfeld verbracht, weißt du noch, Louis?«

»Schön? Ich weiß nicht«, hatte Onkel Ludwig gebrummt. »Da war überall so ein Viehzeug, das einem in alle Ritzen krabbeln wollte ...«

»Unsinn«, hatte ihn Tante Paulette lachend zurechtgewiesen. »Das einzige Viehzeug, was in alle Ritzen krabbeln wollte, war an dir festgewachsen ... Ach, Isabell, mein Schatz, ich wünsche dir, dass alle deine Wünsche in Erfüllung gehen, dass du ab jetzt ein wunderbares Leben führen wirst, voller Liebe und leidenschaftlicher Lavendelnächte.«

»Aber wenn er mich nicht will«, hatte Isabell gesagt und sich gleich verbessert, indem sie die Hand auf ihren Bauch gelegt hatte: »Wenn er *uns* nicht will, dann bin ich morgen wieder da.«

»Und dann fahre ich höchstpersönlich hin, um ihm den Hals umzudrehen«, hatte Tante Paulette ausgerufen.

Onkel Ludwig war von derart übermütigen Äußerungen weit entfernt gewesen. Er hatte beim Abschied geweint, er hatte Isabell in seine Arme genommen und ihr eindringlich ins Ohr geflüstert: »Wir lieben dich sehr, mein Kind. Das darfst du nie vergessen, ganz gleich, was passiert.«

»Das werde ich nicht«, hatte Isabell versichert und ihm besorgt in das verweinte Gesicht geschaut. »Soll ich nicht doch lieber hier bleiben?«

»Kommt ja gar nicht in Frage«, war Tante Paulette dazwischengefahren.

»Nein.« Onkel Ludwig hatte den Kopf geschüttelt. »Du musst jetzt an dich und dein Baby denken.«

»Und an mich«, hatte Tante Paulette gesagt. »Ich will endlich mein Happy End.«

Isabell war abends losgefahren, in die Nacht hinein, obwohl Onkel Ludwig ihr davon abgeraten hatte. Aber ihr war es lieber so. Sie fuhr gerne im Dunkeln, und nachts, wenn die Straßen leerer waren, schien man viel schneller vorwärts zu kommen. Außerdem war sie, seit sie schwanger war, tagsüber eher müde, abends dagegen fühlte sie sich meistens zum Bäumeausreißen.

Sie hatte ihre Ankunft auf RINQUINQUIN für den nächsten Abend angekündigt, aber da sie nur für vier Stunden angehalten hatte, um im Wagen eine Schlafpause einzulegen, war sie nun schon am Mittag da gewesen.

Ich will endlich mein Happy End, hatte Tante Paulette gesagt und damit Isabell und Corin gemeint. Aber Isabell wünschte sich genauso dringend ein Happy End für Tante Paulette und Onkel Ludwig. Vielleicht würden diese beiden, die sich so sehr liebten, doch noch miteinander alt werden dürfen.

Sie erinnerte sich daran, wie oft Tante Paulette »Wir sind eine glucklische alte Ehepaar, nischt wahr, Louis?« gesagt hatte, obwohl das, wie Isabell jetzt erst dachte, genau genommen nie gestimmt hatte. Sie waren ja überhaupt nicht alt! Onkel Ludwig war gerade mal seit einem Jahr in Rente, und Tante Paulette war im letzten Jahr erst sechzig geworden. Sie hatten sich noch eine Menge vorgenommen für dieses Leben, und zwar gemeinsam. Es war nur zu gerecht, dass sie es auch noch in die Tat umsetzen würden.

Isabell kam unter der Dusche hervor und trocknete sich ab. Es würde schön sein, wenn ihre Zieheltern tatsächlich hierher nach RINQUINQUIN kämen, dann wären alle Menschen, die sie liebte, in ihrer Nähe.

Sie verrieb gedankenvoll Bodylotion auf ihrem Körper und widmete dabei ihrem Bauch besondere Aufmerksamkeit. In den wenigen Tagen, seit sie von ihrer Schwangerschaft wusste, schien es ihr, als habe sich die Bauchdecke deutlich vorgewölbt. Aber das war vermutlich Einbildung. Obwohl sie wochenlang auf der Leitung gestanden hatte, so ähnlich wie diese Frauen, die in Talkshows auftraten und behaupteten, erst mit Einsetzen der Wehen etwas von ihrer Schwangerschaft bemerkt zu haben, war sie ja erst am Ende des dritten Schwangerschaftsmonats angelangt. Dreizehnte Woche, hatte der Frauenarzt gesagt, dreizehn Wochen von vierzig, das bedeutete, der längste Teil stand ihr noch bevor.

Trotz ihrer Glücksgefühle über den warmen Empfang kehrten nun ihre Zweifel und Ängste zu ihr zurück. Wie sollte sie es Corin beibringen, und wie würde er reagieren? Ihre Beziehung stand noch so ganz am Anfang, genau genommen waren sie immer noch Fremde füreinander. Die meisten der Männer, die sie kannte, und wahrscheinlich auch die meisten der Männer, die sie *nicht* kannte, wären nicht gerade begeistert, wenn sie in dieser Situation mitgeteilt bekämen, dass sie Vater werden würden.

Isabell nahm sich vor, es Corin schonend beizubringen. Tante Paulette hatte ihr in Kiel ein paar Babysachen gekauft, einen Strampelanzug in Größe 56, ein winziges, entzückendes Etwas mit der Applikation eines als Matrosen verkleideten Teddys, ein Mützchen und ein paar gestrickte Babyschuhe.

»Ich weiß, es ist viel zu früh«, hatte sie gesagt. »Aber ich habe einfach nicht widerstehen können.«

Isabell überlegte, ob sie Corin vielleicht wortlos die Schuhe überreichen sollte, so wie in einem Kaffeewerbespot, den sie mal gesehen hatte. Oder ihm das zugegeben wenig aufschlussreiche Ultraschallbild, auf dem man einen ausgedehnten schwarzen

Punkt inmitten von lauter Schneegestöber erkennen konnte, unter die Nase halten.

Auf keinen Fall sollte er das Gefühl haben, sie setze ihm die Pistole auf die Brust. Wenn es für ihn eine zu große Belastung darstellte, dann würde sie das verstehen und wieder abreisen. Jawohl. Am besten war es, ihm die Neuigkeit ganz nüchtern mitzuteilen: *Corin, ich erwarte zwar ein Kind von dir, aber das heißt nicht, dass du dich uns gegenüber in irgendeiner Weise verpflichtet fühlen musst.*

Das war erwachsen und unverbindlich, fand sie. Sie zog sich mit Bedacht an, ein neues weißes Kleid, das so weit geschnitten war, dass es ihr auch noch im neunten Monat passen würde, dazu ein Modeschmuckkollier mit vielen kleinen weißen Perlen auf steifen Drahtschnüren, und ihre flachen Sandaletten. Die Tage auf Rügen hatten ihr eine leichte Bräune geschenkt, die Sommersprossen in Gesicht und Dekolleté kamen stärker zum Vorschein. Im Gegensatz zu ihrem Spiegelbild damals in dem Café an der Außenalster, in dem sie sich mit Moni getroffen hatte, gefiel sie sich selber diesmal recht gut.

Sie warf einen Blick auf die Armbanduhr. So viel Zeit war noch nicht vergangen, seit sie sich zum Duschen in den Gästeflügel zurückgezogen hatte. Sie hatte darauf bestanden, wieder hier zu wohnen, obwohl sowohl Corin als auch Madame Cécile versucht hatten, sie zu überreden, eines der Zimmer im Haupthaus zu nehmen. Sie aber hatte wochenlang Sehnsucht nach Großtante Germaines altem Eisenbett und ihrer schmalen »Zelle« mit dem unübertroffenen Blick über das Tal gehabt, dass sie auf keinen Fall woanders wohnen wollte. Sie hatte »ihr« Zimmer vorhin dann auch beinahe unverändert vorgefunden. Nur der Perserteppich fehlte und die Schaufensterpuppe Florentine, die immer lässig an der Wand gelehnt hatte. Der Teppich, die Puppe und die Spieluhren lagerten in Kiel in ihrem alten Kinderzimmer, zusammen mit den Büchern und den anderen persönlichen Gegenständen, die sie aus der Hamburger Villa befreit hatte. Aber auch ohne diese Dinge sah der Raum gemütlich aus. In Ermangelung von Pfirsichblüten hatte jemand einen riesigen Rosenstrauß auf dem Nachtschränkchen platziert, eine Symphonie in Rosa und Weiß. Isabell vermutete, dass sie diese Aufmerksamkeit Madame Cécile zu verdanken hatte.

Der Gästeflügel war unbewohnt, obwohl die Ernte bereits begonnen hatte. Aber dieses Jahr würden keine Pflücker auf RINQUINQUIN wohnen, die Helfer kamen allesamt aus dem Ort. Isabell hatte den Gästeflügel also ganz für sich allein. Corins Schwester Joséphine, die jeden Augenblick mit ihrem zukünftigen Ehemann hier erwartet wurde, würde im Gästezimmer des Haupthauses übernachten, das den Vorteil hatte, mit einem eigenen Bad ausgestattet zu sein.

Isabell war sehr gespannt auf Joséphine. Sie hatte nicht viel Gutes von ihr gehört, und die Tatsache, dass sie so einen süßen Jungen wie Laurent einfach zurück hatte lassen können, machte sie ihr nicht unbedingt sympathischer. Möglicherweise entpuppten sich Joséphine und ihr Mann aber als nett und großzügig, vor allem dann, wenn sie RINQUINQUIN mit einer Million Franc unter die Arme griffen. Dafür wurde es auch allerhöchste Zeit. Von Matilde wusste Isabell, dass die Bank nur mit großer Mühe zu einem Zahlungsaufschub bereit gewesen war und dass im Juli nicht nur die Juliraten, sondern auch die Raten der letzten drei Monate fällig sein würden, zuzüglich der für den Zahlungsaufschub erhobenen Zinsen.

»Was bedeutet, dass von unserem schönen Ertrag so gut wie gar nichts übrig bleibt und im August schon wieder kein Geld da ist«, hatte Matilde gesagt.

Joséphine und ihr Mann würden also gerade rechtzeitig kommen.

Isabell sah wieder auf die Uhr. Nur vier Minuten waren vergangen, seit sie das letzte Mal auf die Uhr geschaut hatte, die Zeit schien vorwärts zu kriechen. Kurzentschlossen sprühte sie sich Parfüm – »Sun« von Jil Sander – hinter die Ohren, legte einen Hauch Lippenstift auf und verließ den Gästeflügel Richtung Pferdestall. Der alte Céleri, der freiwillig von der Koppel zurück in die kühle Box spaziert war, ließ seinen riesigen Kopf über die Boxentür hängen und begrüßte sie mit einem freundlichen Schnauben.

»Hallo, mein Großer«, sagte Isabell und nahm sich vor, morgen mit Möhren und Äpfeln wiederzukommen. Sie sah nicht ohne Missmut, dass auch die weiße, elegante Stute noch da war, die Madeleine Clérisseau gehörte. Das hübsche Pferd erinnerte sie daran, dass wohl auch Madeleine nicht aus der Welt war. Schade eigentlich.

Nun ja, es würde sich herausstellen, ob das überhaupt noch eine Rolle spielte, wenn Corin gleich erfuhr, dass sie nicht allein aus Deutschland zurückgekommen war. Wartend lehnte sie sich an Céleris

Boxentür, die eine Hand auf ihren Bauch gelegt, die andere beklopfte Céleris Hals. Ziemlich weit unten am Hals, denn er war in der Zwischenzeit kein bisschen kleiner geworden.

»Du bist kein Pferd, du bist eine Giraffe«, murmelte sie.

Als Corin endlich zurückkam, sah sie ihm schon von weitem die Freude über ihren Anblick an.

In der Tat leuchteten seine Augen auf, als er sie sah. Sie sah wunderschön aus, seine kleine Fee Javotte, wie sie dort vor den Ställen stand, in ein leichtes, weißes Sommerkleid gehüllt, die Haare im Nacken zusammengebunden. Wie hatte er es nur so lange ohne sie aushalten können?

Isabell sah das glückliche Lächeln, das sich auf Corins Gesicht ausbreitete und verwarf alle ihre vernünftigen Pläne. Ihre Vorsätze, ihm die Neuigkeit schonend und nüchtern beizubringen, lösten sich bei seinem Anblick förmlich in nichts auf. Wenn sie es ihm nicht sofort und auf der Stelle sagte, würde sie platzen.

Sombre, Corins brauner Anglo-Normänner, trabte wie jeden Abend unter dem Pflaumenbaum durch, der gleich vor den Ställen wuchs, und wie jeden Abend wollte Corin sich mit einer geschmeidigen Bewegung unter einem dicken Ast wegducken, der sich genau in Kopfhöhe befand.

In diesem Augenblick schrie Isabell so laut sie konnte: »Wir bekommen ein Baby!«, und eine Zehntelsekunde später spürte Corin einen harten Schlag gegen die Stirn. Er wurde aus dem Sattel gehebelt und mit Schwung auf den Boden katapultiert.

»Tante Paulette, das hat ja eine Ewigkeit gedauert! Was hat die Untersuchung ergeben?«

»Alles ist bestens, mein Schatz, alles ist in bester Ordnung.«

»Wie gut genau? Du klingst so schrecklich müde.«

»Ich *bin* schrecklich müde, Mignonne. Ich habe eine Woche Chemotherapie hinter mir, und außerdem hat dein Onkel darauf bestanden, den halben Tag Trivial Pursuit mit mir zu spielen. Um mir seine bildungsmäßige Überlegenheit zu beweisen. Aber, was glaubst du, wer gewonnen hat? Genau, ich habe ihn haushoch besiegt. Welcher Fluss speist die Viktoriafälle? Er hat gedacht, es ist der Nil, aber er hat die Viktoriafälle mit dem Viktoriasee verwechselt.«

»Tante Paulette ...«

»*Ich* habe es gewusst. Als junge Mädchen haben deine Mutter und ich einmal eine Nilkreuzfahrt gemacht. Es war wie in diesem Agatha-Christie-Roman, sehr romantisch!«

»Tante Paulette!«

»Es ist natürlich der Sambesi, der die Viktoriafälle speist! Ich habe deinem lieben Onkel gesagt, Louis, habe ich gesagt, du hast noch eine Menge zu lernen. Wie wär's, wenn du nach Afrika fährst, wenn ... – wenn ich erst wieder gesund bin. Und weißt du, was er geantwortet hat?«

»Wenn du mir nicht sagst, was die Untersuchungen ergeben haben, dann hol mir eben Onkel Ludwig ans Telefon.«

»Ach, Engelchen, ich habe dir doch gesagt, dass alles in bester Ordnung ist. Die Tumore in der Lunge haben sich in nichts aufgelöst. Eine weitere Chemotherapie wird vorerst nicht nötig sein.«

»Bedeutet das, dass du gesund wirst?«

»Das bedeutet, dass ich übermorgen mit deinem Onkel an die Nordsee fahren und mich in einer Rehaklinik erholen werde.«

»Das klingt beinahe zu schön, um wahr zu sein. Wäre es denn nicht herrlich, wenn ihr stattdessen hierher kommen könntet? Ich wäre so glücklich, wenn alle meine Lieben um mich versammelt wären.«

»Das geht nicht, Schatz, in der Reha wollen sie ja noch eine Menge mit mir anstellen.«

»Natürlich. Ihr könnt ja später immer noch kommen. Gib mir die Nummer von der Klinik, ja? Ich werde euch jeden Tag anrufen!«

»Mein liebes Kind, ich will mich dort *erholen!* Außerdem habe ich den ganzen Tag Programm. Das heißt, ich werde mich bei dir melden, wenn ich zwischen den Massagen und Strandspaziergängen Zeit habe.«

»Das klingt mehr nach Schönheitsfarm als nach Rehaklinik. Ich wünsche dir jedenfalls, dass du dich dort ausschlafen kannst. Du klingst wirklich sehr müde.«

»Jetzt hör schon auf damit, mir zu sagen, wie müde ich mich anhöre. Was gibt es für Neuigkeiten von RINQUINQUIN und meinem ungeborenen Enkelkind? Ich weiß, ich bin eigentlich nur die Großtante, aber ich denke, deine Mutter hätte nichts dagegen, dass ich mich als Oma fühle.«

»Bestimmt nicht. Du wirst die beste Oma werden, die ein Kind sich wünschen kann. Tante Paulette – bist du noch da? Da war gerade so ein komisches Geräusch in der Leitung.«

»Natürlich bin ich noch da. Hat sich Corin von seinem Sturz erholt?«

»Er hat immer noch eine dicke Beule. Das Ganze ist ihm schrecklich peinlich, er ist wohl noch nie vom Pferd gefallen, und wir hören nicht auf, ihn damit zu hänseln. Ich sage ihm jeden Tag, dass wir nun quitt sind und dass er nun endlich nachvollziehen kann, wie ich mich gefühlt habe, als ich damals vor seinen Augen in den Graben gerutscht bin.«

»Hauptsache, er und seine Familie sind glücklich über das Baby.«

»Ja, das sind sie wohl. Corin war nur überrascht, kein bisschen entsetzt. Er versteht gar nicht, warum ich annehmen konnte, er würde nicht begeistert sein. Für ihn gibt es da überhaupt kein Problem, ganz gleich, wie sehr ich auch versuche, ihn auf die Realität vorzubereiten. Ich sage ihm, dass Kinder auch für bereits erprobte Paare eine große Belastung darstellen und dass wir uns im Grunde kaum kennen, aber das prallt alles von ihm ab. Er lächelt mich nur an und sagt, er sei der glücklichste Mann der Welt. Nun ja, ich denke, das wird sich ändern, wenn das Baby erst mal da ist und Tag und Nacht schreit.«

»Blödsinn. Dein Baby wird wunderbar schlafen in der guten Luft da unten. Blüht schon der Lavendel?«

»Hier und da. Sie sagen, er wird abgeerntet, bevor er richtig blühen kann, damit sich die ätherischen Öle nicht verflüchtigen können. Wusstest du, dass echter Lavendel nur oberhalb von tausend Metern gedeiht? Bertrand hat mir welchen besorgt, er duftet noch hundertmal intensiver. Ich werde dir etwas davon in den Umschlag meines nächsten Briefes legen. Aber im Augenblick steht hier alles noch im Zeichen der Pfirsiche. An manchen Tagen ernähre ich mich von nichts anderem. Tagesfrisches Pfirsichkompott aufs Croissant, Pfirsichtarte, Pfirsichauflauf, Pfirsichcreme, Pfirsichsuppe, sogar im Salat sind Pfirsiche.«

»Von der Pfirsichsuppe hätte ich gerne das Rezept. Dein Onkel kocht mir nämlich nur noch meine Lieblingsspeisen, und die hängen mir allmählich zum Hals heraus.«

Während der Erntezeit stand man auf RINQUINQUIN bereits um vier Uhr morgens auf und kletterte in die Pfirsichbäume. Die an Spalieren gezogenen niedrigen Sorten wurden vom Boden aus geerntet, die oberen Fruchtreihen von den groß gewachsenen Männern, die unteren von den Frauen und Kindern.

Vor neun Uhr morgens waren die Pfirsiche bereits auf Muldenpaletten sortiert und auf Monsieur Sumeires Lieferwagen geladen, der sie dann in den Handel brachte.

Danach fand man sich, verschwitzt, verdreckt und nach Pfirsichen riechend, auf der großen Terrasse unter dem Schatten des Weinstocks ein, um zu frühstücken. Oft waren die Helfer aus dem Dorf mit dabei, manchmal ging es für die aber auch direkt weiter zu den anderen Bauern, alles schien überall zur selben Zeit reif zu werden. Nur die Endivien machten offensichtlich gerade eine längere Pause, sodass die Familie Jaure täglich vollzählig zur Pfirsichernte antrat. Auch ihren Lieferwagen und ihre Marktlizenz – im Direktverkauf erzielten die Früchte natürlich viel bessere Preise – stellten sie ihren Nachbarn freundlicherweise zur Verfügung. Dafür versprachen die Le

Bers ihrerseits vollste Unterstützung zur Melonenernte. Die Verteilung der Aufgaben schien Isabell nicht unbedingt nach Fähigkeiten oder Vorlieben zu erfolgen. So wurde zum Beispiel ausgerechnet Ermeline mittwochs mit Madame Jaure auf den Markt geschickt, wo sie kritischen Hausfrauen und Touristen die unübertroffen köstlichen, aber teuren Früchte andrehen sollte. Isabell zweifelte sehr daran, dass Ermelines brummige Miene und ihr wortkarges Wesen in irgendeiner Weise verkaufsfördernd wirkten, aber zu ihrem Erstaunen waren die Pfirsiche meist schon lange vor dem Mittag komplett verkauft.

»Das ist eben Qualität«, brummte Ermeline. »Da braucht man sich gar nicht anzubiedern.«

Isabell, die niemals etwas Köstlicheres probiert hatte, konnte ihr nur beipflichten.

»Trotzdem ...«, sagte sie.

»Wenn es den Leuten nicht passt, dass unsere Pfirsiche mehr kosten als anderswo, dann sage ich, dass sie mich mal können«, erläuterte Ermeline weiter ihre Verkaufstaktik, und Isabell bewunderte all die mutigen Käufer, die sich davon nicht abschrecken ließen.

»Es liegt an den steinigen Böden«, erläuterte Corin ihr das Geheimnis um die Qualität der Früchte. »Tagsüber ist es hier heiß und sonnig, aber nachts wird es durch die Alpenluft empfindlich kühl. Die Steine speichern die Wärme und schützen die Bäume vor zu viel Kälte. Aber der Wechsel der Temperaturen sorgt dafür, dass die Früchte sowohl mehr Zucker als auch mehr Säure bilden. Sie sind daher saftiger und aromatischer als alle anderen. Dazu kommt, dass wir so gut wie gar nicht gegen Schädlinge und

Pilzkrankheiten spritzen – einen besseren Pfirsich findest du nirgendwo auf der Welt.«

»Das sollten wir genau so in dem Merkblatt schreiben«, sagte Isabell.

»Was für ein Merkblatt?«

»Das, das wir drucken und verteilen werden. Auf dem Markt. Damit niemand mehr auf die Idee kommt, seine Pfirsiche woanders zu kaufen. Und warum habt ihr bis jetzt keine Bezüge für ökologischen Landbau erhalten? Ihr erfüllt wahrscheinlich, ohne es zu wissen, alle Voraussetzungen für einen Biobauernbetrieb, und dafür gibt es extra Fördergelder vom Staat.«

Corin starrte sie nur perplex an. »Manchmal bist du mir direkt unheimlich«, sagte er. »Aber mach ruhig weiter so.«

Isabell hatte eine Weile gebraucht, um ihren ganz persönlichen Platz in diesem geschäftigen Treiben zu finden. Sie hätte gerne bei der Ernte am frühen Morgen geholfen, musste aber einsehen, dass sie in ihrem Zustand nicht besonders nützlich war. Morgens früh, wenn die anderen aufstanden, lag sie in einem tiefen, todesähnlichen Schlaf, aus dem sie, wenn man sie nicht weckte, erst gegen acht Uhr erwachte. Ein, zwei Stunden lang machte ihr dann der Kreislauf zu schaffen, oft war ihr auch länger übel und schwindelig. Erst gegen Mittag gelang es ihr in der Regel, ihre Trägheit und Schwere abzuschütteln, und abends, wenn alle anderen müde in ihren Sesseln hingen, war sie hellwach und zu allen Schandtaten aufgelegt. Erst nach Mitternacht, wenn sie nackt und glücklich an Corin geschmiegt in Großtante Germaines breitem Bett lag, war sie erschöpft genug, um ihre Augen zu schließen. Paradoxerweise war Corin bis dahin wieder so wach, dass er ewig brauchte, um einzuschlafen. Oft konnte er in der Nacht nur eine oder zwei Stunden Schlaf finden, bevor er wieder hinaus auf die Felder musste. Das Gesicht in Isabells Haaren vergraben, überlegte er dann, ob sie es jemals schaffen würden, über alles zu reden, was sie bewegte.

Immerhin, ein paar grundlegende Dinge hatten sie miteinander geklärt.

»Wo ist eigentlich Madeleine?«, hatte Isabell in der allerersten Nacht gefragt, in der sie zusammengelegen hatten.

»Sie ist für ein paar Monate nach New York gegangen«, hatte Corin geantwortet.

»Deinetwegen?«

»Nicht meinetwegen. Sie hat dort eine Freundin wohnen, die sie schon ewig nicht mehr gesehen hat. Für ihre Arbeit spielt es keine Rolle, ob sie dabei auf die Durance schaut oder über Manhattan. Außerdem gingen ihr dieses Tal und ihre dämliche Schwägerin schrecklich auf die Nerven.«

»Es hatte also nichts mit dir zu tun. Oder mit mir.«

»Na ja, vielleicht doch«, hatte Corin zugegeben. »Als ich ihr am Telefon gesagt habe, dass du wiederkommst, hat sie gesagt, dass sie unter diesen Umständen noch ein paar Monate dranhängt.« Madeleines Stimme hatte seltsam geklungen, irgendwie bitter und fremd, und er hatte sich gefragt, ob sie unter diesen Umständen wohl weiterhin Freunde bleiben konnten. Es wäre schade, wenn nicht, denn Madeleine fehlte ihm. Immer, wenn er Camelote sah, dann vermisste er ihre wöchentlichen Ausritte und die Vertrautheit, die zwischen ihnen geherrscht hatte. Madeleine hatte ihre Stute weiterhin bei ihnen untergestellt. Ein Mädchen aus dem Dorf kam jeden Tag, um mit ihr auszureiten und sie zu pflegen. Diese Tatsache ließ Corin darauf hoffen, dass Madeleine zurückkehren und nicht nur ihre Freundschaft zu ihm wieder aufleben lassen, sondern auch mit Isabell Freundschaft schließen würde. Warum auch nicht?

Isabell war vorerst einfach nur damit zufrieden, dass Madeleine das Feld geräumt hatte. Manchmal, wenn sie in Kiel allein in ihrem Bett gelegen und an Corin gedacht hatte, hatte sie grässliche Fantasien gehabt, in denen Corin und Madeleine ein Liebespaar waren, und die Tatsache, dass Madeleine reich war und damit in der Lage, RINQUINQUIN vor dem Ruin zu retten, hatte dabei ebenfalls eine Rolle gespielt.

Dass RINQUINQUIN nach wie vor vom Untergang bedroht war, konnte nun mal auch die Freude, die alle hier über Isabells Schwangerschaft gezeigt hatten, nicht überdecken. Auch wenn Joséphine, deren Ankunft jeden Tag erwartet wurde, ihnen zu der erforderlichen Million Franc verhelfen würde, würde es einiges an Kreativität und Kraft kosten, das Gut auf die sichere Seite zu ziehen.

Wenn Isabells Müdigkeit mittags nachließ, verspürte sie daher den unwiderstehlichen Drang, sich nützlich zu machen. Sie half in der Küche, wo Madame Cécile und Matilde riesige Mengen Kompott und Marmelade aus den Pfirsichen zubereiteten, die nicht einwandfrei genug für den Verkauf waren, und sie war es, die auf die Idee kam, diese »Restprodukte« ebenfalls auf dem Markt zum Verkauf anzubieten.

»Vor allem die Touristen werden begeistert sein«, behauptete sie. Sie malte mit schnörkeligen Buchstaben »Pêches – fait maison« auf eigens zu diesem Zweck in der Papeterie gekaufte Etiketten, und Großtante Germaine war mehrere Tage damit beschäftigt, alte Kleider und Stoffe mit der Zackenschere in handliche, kleine Quadrate zu schneiden, die anschließend über die Deckel der Einmachgläser gespannt und mit schmalen blauen Satinschleifen festgebunden wurden. Auch Laurent half mit Begeisterung, die Etiketten zu beschriften. Auf seinen Gläsern stand: »Läckere Pfiersischmamelarde von meiner Tante Matilde«, und auf einem konnte man die Zeichnung einer Schildkröte bewundern, unter der zu lesen war: »Meine Schieldkröte libt Pfiersische.«

Das Ergebnis dieser Aktion war auf eine malerische Weise dilettantisch, und Ermeline, die den ersten Korb der Gläser testweise mit auf den Markt nehmen sollte, knurrte abfällig: »Wie von den Zigeunern! Wer will denn etwas kaufen, das ein Stück von Bertrands altem Hemd obendrauf kleben hat?«

Aber Isabell versicherte ihnen allen, dass gerade das Bunte und Dilettantische der Ware den Kunden zeigen würde, dass ihre Produkte hausgemacht seien. Und sie hatte Recht: Die Kompott- und Marmeladengläser wurden Ermeline genauso gierig aus den Händen gerissen wie die Pfirsiche.

»Kleinvieh macht auch Mist«, sagte Isabell hochzufrieden, als sie die Mehreinnahmen in ihrem Rechnungsheft verbuchte. Sie hatte in dieser hektischen Zeit stillschweigend die komplette Finanzverwaltung des Gutes übernommen. Jetzt, wo jeden Tag

Geld umgesetzt wurden und die Löhne an die Helfer ausgezahlt wurden, gab es eine Menge zu addieren und zu subtrahieren. Und obwohl der Umsatz hervorragend war, waren mit dem Geld gerade mal die Löcher zu stopfen, die die lange Durststrecke im Winter und Frühjahr hinterlassen hatte. Als die Bank ihre ausstehenden Raten bekommen hatte und das Minus auf dem Girokonto beglichen war, sah die Summe des übrig gebliebenen Geldes recht kläglich aus.

»Es wird höchste Zeit, dass deine Schwester endlich kommt«, sagte Isabell zu Corin.

Joséphine hatte ihre Ankunft schon zweimal nach hinten hinaus verschoben.

»Sie will sich nur darum drücken, bei der Ernte zu helfen«, mutmaßte Matilde. »Ich wette, nächstes Wochenende, wenn hier alles vorbei ist, wird sie angerauscht kommen.«

»Das wird auch Zeit, der arme Laurent ist jedesmal so enttäuscht, wenn seine Mutter wieder anruft und absagt«, sagte Bertrand. »Er läßt es sich nicht anmerken, aber ich weiß es.«

Alle auf RINQUINQUIN hegten neben der Angst, dass Joséphine und John D. über ihre Bitte nach einer Million Franc nur lachen würden, die heimliche Angst, dass sie ihnen obendrein auch noch Laurent wegnehmen könnten.

»Nicht weil sie ihn liebt und vermisst, sondern nur, um uns zu ärgern«, sagte Matilde zu Isabell. Die begann Joséphine ausgesprochen unsympathisch zu finden, noch lange bevor sie eintraf. Aber dann war es endlich soweit: Wie Matilde vorausgesagt hatte, trafen Joséphine und ihr zukünftiger

Mann an dem Wochenende ein, an dem Monsieur Sumeires Lieferwagen zum vorerst letzten Mal mit einer Ladung Pfirsiche davongefahren war. Laurents Mutter und sein zukünftiger Stiefvater fuhren mit einem offenen Mercedes vor, dessen Kofferraum und Rücksitze von Koffern und anderen Gepäckstücken geradezu überquollen. Isabell, die sich gerade im Gästeflügel für das Abendessen herrichtete, hatte vom Badezimmerfenster einen Logenblick in den Hof und konnte, von den Ranken der Bougainvillea gut gedeckt, die Ankunft der beiden Neulinge in aller Ruhe beobachten.

Joséphine war eine sehr hübsche Person, die mit dem perfekten, milchigen Teint, den grünen Augen und den dunklen Locken unverkennbare Ähnlichkeit mit ihrer Mutter und ihren Geschwistern hatte. Sie war im Gegensatz zu ihren hoch gewachsenen Geschwistern klein, und ihre zierliche Figur war ausgesprochen teuer und elegant eingekleidet, so modisch, dass selbst die stilsichere Isabell sich dagegen provinziell und wie von gestern vorkam.

John D., Erbe des Hotelimperiums Kennedy-Divine, war ebenfalls in teure und elegante Klamotten gehüllt. Allein die Uhr an seinem Handgelenk mochte Tausende von Dollars wert sein, schätzte Isabell hinter der Bougainvillea und konnte nicht umhin, daran zu denken, wie sehr Frithjof davon beeindruckt gewesen wäre. John D. Kennedy war ein hochgewachsener Mann, breitschultrig und durchtrainiert, das hellblonde Haar bot einen interessanten Kontrast zu seiner sonnengebräunten Haut. Er war durchaus gut aussehend, konstatierte Isabell, auf eine amerikanische Weise gut aussehend: Er hatte eine kleine Himmelfahrtsnase und ein Profil, das man niedlich finden konnte, das sie persönlich aber fatal an eine Ente erinnerte.

Nicht sehr erotisch, dachte Isabell. Nun ja, Geschmäcker waren bekanntlich verschieden, und nur weil sie, Isabell, dunkelhaarige, herbe Männertypen bevorzugte, hieß das ja noch lange nicht, dass Joséphine diesen Mann nur wegen seines Geldes sexy fand.

Laurent kam aus der Haustür gehüpft wie ein kleiner Gummiball.

»Maman! Da bist du ja endlich!«

»Laurent, mein Kleiner. Komm in meine Arme.«

Isabell hinter der Bougainvillea beobachtete John D.s Gesicht, als Mutter und Sohn einander umarmten. Zu ihrer Erleichterung war dort etwas wie Verlegenheit und Rührung zu erkennen, was sie wieder milder stimmte. Nun, vielleicht war er gar kein so übler Kerl, auch wenn es ein bisschen eigenartig wirkte, als er Laurent auf den Rücken schlug und auf Amerikanisch sagte: »Schön dich zu sehen, alter Knabe!«

»Hast du mir was mitgebracht?«, erkundigte sich Laurent bei seiner Mutter.

»Natürlich«, sagte Joséphine und zog eine überlebensgroße Mickymaus zwischen den Gepäckstücken auf dem Rücksitz hervor. »Wie wär es vorläufig schon mal damit? John D. hat es extra in Disney-Land für dich gekauft. Hast du schon mal so 'ne riesige Mickymaus gesehen?«

»Nö«, sagte Laurent, und man sah ihm deutlich an, dass er auch nicht unbedingt scharf darauf gewesen war. Isabell hoffte, Joséphine würde noch andere Mitbringsel dabeihaben.

Aber da hätte sie sich keine Sorgen zu machen brauchen. Laurent listete Isabell alle seine Geschenke genauestens auf, als sie am gedeckten Tisch auf der Terrasse saßen und alle nur noch auf Joséphine und John D. warteten. Eine feine Armbanduhr, mit der man sogar tauchen konnte, eine E-Gitarre, eine riesige Tüte mit Marshmellows, ein Buch über Disney-Land und eins über Krokodile, die in Florida lebten, eine Baseballkappe, tolle Jeans, die aber leider zu klein waren – er war sehr gewachsen, seit Joséphine ihn das letzte Mal gesehen hatte –, ein T-Shirt und Bettwäsche im Stars'n'Stripes-Design und einen Schlafanzug mit Mickymäusen drauf.

»Aber die sieht man ja im Bett nicht«, sagte Laurent großzügig.

Das Abendessen hatte Matilde zubereitet, ganz nach dem Motto »Liebe geht durch den Magen«, in der Hoffnung, das Sterne-Menü würde ihre Schwester und deren Liebhaber in eine großzügige Geberlaune versetzen.

»Am besten, wir lassen das Thema Laurent erst einmal ruhen«, hatte Madame Cécile ängstlich gesagt, und Matilde hatte gemeint: »Besser, ich halte ganz meinen Mund. Dann kann ich auch nichts Falsches sagen und damit Joséphine reizen.«

»Und ich werde kein Wort über Amerika sagen«, hatte sich Madame Cécile vorgenommen.

»Ich auch nicht«, hatte sich Ermeline angeschlossen. »Obwohl ich finde, dass die alle spinnen, die Amerikaner.«

»Ja, und dieser ganz besonders. Sieht wie'n Cowboy aus und kann nicht mal reiten«, hatte Bertrand gesagt. »Aber mir soll's egal sein! Solange er nur eine

Million Franc rüberwandern läßt und RINQUINQUIN das bleibt, was es ist, soll er doch sein, wie er will.«

»Es ist nicht nötig, dass wir die beiden mit Samthandschuhen anfassen«, hatte Corin ärgerlich gesagt. »Wir sind keine Bittsteller! Es geht hier genauso um Joséphines Anteil von RINQUINQUIN wie um unseren. Es kann also nur in ihrem Interesse sein, uns dieses Darlehen zu gewähren.«

Alle hatten genickt, aber keiner war so recht überzeugt gewesen.

»Ah, das riecht aber wundervoll«, sagte John D., als er und Joséphine endlich auf der Terrasse erschienen. Er sagte es auf Englisch, vielmehr in breitestem Amerikanisch, aber alle, außer Laurent, konnten ihn verstehen. Dafür hatten die vielen amerikanischen, australischen und kanadischen Studenten gesorgt, die während der Jahre zur Erntezeit hier beherbergt worden waren. Isabell sprach auch nicht schlecht Englisch, weil sie im elften Schuljahr für ein Jahr auf eine Highschool in Brighton gegangen war.

»Ja, Matilde hat für uns das Menü gekocht, dem ihr Restaurant den zweiten Stern zu verdanken hat«, sagte sie.

»Dein Restaurant, Matilde?« Joséphine lächelte ihre große Schwester an, die soeben die gebackenen Zucchiniblüten auftrug. »Und ich dachte, du wärst dort nur angestellt.«

»Vorsicht, heiß!« Matilde stellte den kunstvoll garnierten Teller vor Joséphine ab. Isabell bewunderte die wunderschön hergerichtete Vorspeise beinahe ebenso sehr wie Matildes reglose und gelassene Miene.

Nur nicht provozieren lassen, hatte sie vorhin in der

Küche noch gesagt. *Sonst haben wir den dicksten Streit, bevor der Aperitif getrunken ist.* Nun, den Aperitif, eisgekühlten Pastis, hatten sie bereits getrunken, während sie auf Joséphine und John D. gewartet hatten. Das heißt, Matilde hatte in der Küche Weißweinschorle getrunken, mindestens einen Liter seit dem Nachmittag, und Laurent und Isabell bekamen aus nahe liegenden Gründen alkoholfreie Getränke.

Joséphine seufzte scheinbar bekümmert. »Also rackerst du dich immer noch für die paar Franc im Monat ab, Matilde? Wahrscheinlich steht nicht mal dein Name im »Michelin«, sondern der deines halsabschneiderischen Chefs.«

»So ist es«, sagte Matilde und eilte wieder in die Küche.

»Arme Matilde«, sagte Joséphine. »Es muss furchtbar sein, vierzig zu werden und rein gar nichts vorweisen zu können: keinen Mann, keine Karriere, kein Kind, kein Haus, nicht mal ein aufregendes Leben!«

Corin öffnete den Mund, um etwas zu sagen, aber er erhielt gleichzeitig einen Rippenstoß von Isabell und einen warnenden Blick von Madame Cécile.

An seiner Stelle sagte Madame Cécile liebenswürdig: »Ich finde schon, dass Matilde stolz auf ihre Karriere sein kann.«

»Allerdings«, ergänzte Isabell. »Haben Sie den Artikel gelesen, den sie in der Mai-Ausgabe von »Küchengeflüster« über sie gebracht haben? Die Königin der provençalischen Küche haben sie sie genannt, und ich finde das ja so passend!«

Nicht nur von Joséphine erntete Isabell erstaunte Blicke, ein Bericht in Küchengeflüster war ihnen allen völlig neu, ebenso die Tatsache, dass ein Publikationsorgan mit diesem Namen überhaupt existierte.

Nur Madame Cécile hatte Isabells Einwand gar nicht gehört. Sie war noch zu sehr damit beschäftigt, die Ehre ihrer ältesten Tochter zu verteidigen: »Und was das aufregende Leben betrifft: Manche mögen es lieber, wenn es in geregelten Bahnen verläuft.«

»Soll das vielleicht eine Anspielung sein?«, fragte Joséphine. »Zu deiner Information: Mein Leben verläuft in geregelten Bahnen und ist trotzdem aufregend!«

Wieder öffnete Corin den Mund, aber Isabell kam ihm zuvor. »Das kann ich mir vorstellen«, sagte sie. »Florida muss wundervoll sein! Ich beneide Sie darum!«

Ihr begeisterter Tonfall schien Joséphine zu besänftigen.

»Ja, Florida ist ganz anders«, sagte sie. »Überhaupt, in Amerika ist alles anders als hier in Europa. Es ist viel – lebendiger!«

»Wir Amerikaner sind eben eine junge Nation«, sagte John D. »Bei uns ist alles möglich. Und wenn jemand Erfolg hat, dann gönnen wir es ihm aus ganzem Herzen. So etwas wie Neid kennen wir nicht.«

Isabell nickte zustimmend, alle anderen konzentrierten sich auf ihr Essen.

»Nehmen Sie zum Beispiel unser Unternehmen. Vor zwanzig Jahren hatte noch nie jemand etwas von Divine Hotels gehört. Heute sind wir in aller Munde. Es gibt uns an jedem schönen Platz auf dieser Welt.«

»Wie viele Hotels hat Ihre Firma, sagten Sie?«

»Vierundzwanzig«, sagte John D. »Wir planen ein fünfundzwanzigstes hier in Frankreich.«

»Man sollte denken, dass es mehr schöne Plätze auf der Welt gibt als vierundzwanzig«, murmelte Corin auf Französisch. Isabell hätte ihm gerne zugestimmt. Divine Hotels waren fantasielose, vielstöckige Quader mit monströsen Glaskuppeln als Wahrzeichen. Der Ort, an dem sie standen, mochte möglicherweise vor der Erbauung des Hotels ein schöner Ort gewesen sein, aber danach? Unmöglich.

»Wo soll das fünfundzwanzigste Divine Hotel denn stehen. An der Côte d'Azur?«

John D. schüttelte den Kopf. »Nein. Marktumfragen zufolge wäre die Provence der geeignetere Standort. Obwohl ich persönlich die Küste vorziehen würde. Freunde von uns haben für den Sommer eine Villa dort gemietet. Wo war das noch mal, Honey? In Saint Tropez?«

»In Antibes«, verbesserte Joséphine nachsichtig. »Eine Traumvilla mit Pool und Segelyacht. Sieben Schlafzimmer, sieben Bäder, alles Marmor. Sie haben uns eingeladen, bei ihnen zu wohnen. Wir werden sie in der nächsten Woche besuchen.«

»Nächste Woche schon? Ich dachte, ihr bleibt eine Zeit lang hier«, sagte Madame Cécile. »Wir haben uns doch so lange nicht gesehen. Und Laurent ...«

»Ach, Maman, du weißt ganz genau, wie entsetzlich ich es hier im Hochsommer finde. Ihr habt ja nicht mal einen Pool, in dem man sich abkühlen kann.«

»Wir haben eine prima Pferdetränke«, flüsterte

Bertrand Ermeline zu, die ausnahmsweise zustimmend nickte. Die Pferdetränke wäre der richtige Ort für Joséphine!

»Aber Laurent ...«

»Laurent wird selbstverständlich mitkommen. Unsere Freunde haben auch einen kleinen Sohn. Und einen Hund. Du magst doch Hunde so gern, nicht wahr, Laurent?«

Laurent nickte verblüfft.

»Siehst du?« Joséphine lächelte ihre Mutter zuckersüß an. »Wir werden also morgen oder übermorgen mit Laurent nach Antibes fahren, dann hat er wenigstens noch etwas von seinen Sommerferien. Und ihr seid uns wieder los.«

»Darf ich meine Schildkröte mitnehmen?«

»Deine Schildkröte? Also, wenn du dich ein paar Wochen von ihr trennen könntest, wäre das bestimmt besser für die Schildkröte. Wir werden ja direkt am Meer wohnen und viel segeln, weißt du. Salzwasser und salzige Luft sind gar nicht gut für Schildkröten.«

»Ach so.« Laurent überlegte, ob er unter diesen Umständen lieber zu Hause bleiben sollte.

Die trügerisch gute Stimmung war dahin. Isabell bemerkte, dass alle am Tisch – John D. ausgeschlossen – Joséphine finster anschauten. Das war keine gute Basis für das bevorstehende Gespräch über eine Million Franc. Sie entschloss sich zu weiterem Smalltalk, bevor Madame Cécile oder Corin Fragen nach Joséphines weiteren Plänen mit Laurent stellen konnten.

»Wofür steht das D. in ihrem Namen?«, wandte sie sich freundlich an John D. »Für Divine?«

John D. lachte. »Nein, obwohl es natürlich sehr passend wäre.«

Aber sicher. Der göttliche John. Isabell zwang sich zu einem charmanten Lächeln, damit man ihr die spöttischen Gedanken nicht ansah.

»Nein, es steht für den Ort in Florida, in dem ich, hahaha, gezeugt wurde. Was meinen Sie, wo das wohl war?« John D. sah sich in der Tischrunde um, als habe er ihnen ein wahnsinnig schwieriges Rätsel aufgegeben. Alle außer Joséphine, die gelangweilt auf ihre schön manikürten Fingernägel schaute, starrten ihn an wie das siebente Weltwunder.

»Was will er wissen?«, fragte Madame Cécile leise.

»Wo seine Eltern ihn gezeugt haben«, flüsterte Matilde zurück.

»Ja, woher sollen wir das denn wissen?«

»Vielleicht gab es damals ein Feuerwerk in der ganzen weiten Welt.«

»Feuerwerk?«, wiederholte Großtante Germaine, die manchmal erstaunlich scharfe Ohren hatte. »Ach, ich hoffe sehr, Mademoiselle Didier läßt mich bis zum Feuerwerk aufbleiben.«

»Äh, ich kenne mich leider in Florida überhaupt nicht aus«, sagte Isabell schließlich. »Ich kenne ehrlich gesagt nur Palm Beach und Cape Canaveral, und das fängt ja nicht mit D an.«

»Raten Sie doch mal«, forderte John D. die anderen auf, aber die sahen ihn nur ratlos an.

Corins Lippen formten tonlos das Wort: »Disney-Land«, und Isabell hätte beinahe laut losgelacht. Sie trat Corin unter dem Tisch auf den Fuß.

»Deerfield Beach«, sagte John D. feierlich.

»Also heißen Sie mit vollem Namen John Deerfield

Beach?«, fragte Madame Cécile ungläubig und wiederholte es noch einmal auf Französisch.

»Die spinnen, die Amerikaner«, brummte Ermeline, ebenfalls auf Französisch.

»Ihr werdet Deerfield Beach ja kennen lernen, wenn ihr zu unserer Hochzeit im Oktober kommt«, sagte Joséphine. »Ihr seid alle herzlich eingeladen – bis auf Sie natürlich.« Letzteres war an Bertrand und Ermeline gerichtet und brachte wegen der Schroffheit, in der es geäußert worden war, alle in Verlegenheit. »Na ja, und Großtante Germaine wird ja wohl auch hierbleiben müssen! Und Sie wahrscheinlich auch.« Joséphine schaute in Isabells Richtung. »Bis dahin wird Ihre Schwangerschaft so weit fortgeschritten sein, dass Sie nicht mehr flugtauglich sind. Die meisten Fluggesellschaften nehmen Frauen ab dem siebenten Monat nicht mehr mit. Mich hat man, als ich mit Laurent schwanger war, auch nicht in Urlaub fliegen lassen.«

»Florida ist ziemlich weit weg von zu Hause«, sagte Madame Cécile. »Ich hatte gehofft, eure Hochzeit hier auf RINQUINQUIN ausrichten zu können. Wo du doch beim ersten Mal nur standesamtlich in Paris ...«

»Es wird eine amerikanische Hochzeit werden, wie in einem Spielfilm«, fiel ihr Joséphine ins Wort. »Riesenhafte Baldachine, Tausende von Blumen, Trauung unterm freien Himmel mit Blick aufs Meer. Es werden fünfhundert Gäste erwartet.«

»Und die können alle in unserem Divine Hotel übernachten«, ergänzte John D. »Die Flitterwochen verbringen wir dann auf den Bahamas, unser Hotel dort ist soeben fertig geworden.«

»Das ist sicher praktisch«, sagte Madame Cécile. »Trotzdem hatte ich gehofft ...«

»Du kannst ja immer noch die Hochzeit von Corin und – äh – Annabell managen«, sagte Joséphine. »Ich nehme doch an, dass ihr heiraten werdet, damit euer Kind nicht unehelich zur Welt kommt, Corin?«

»Na ja, vorläufig bin ich leider noch nicht geschieden«, sagte Isabell schnell und stand auf, um die leer gegessenen Teller abzuräumen und zu Matilde in die Küche zu bringen.

»Sagen Sie der Köchin, es sei köstlich gewesen«, rief John D. ihr hinterher. »Ich bin sonst kein Freund der vegetarischen Küche, aber das war wirklich gut.«

»Es ist schrecklich da draußen«, sagte Isabell zu Matilde, die bereits die nächste Vorspeise auf Tellern angerichtet hatte.

»Ich weiß«, sagte Matilde. »Deshalb wollte ich ja auch so gerne kochen. Ich kann keine zwei Minuten mit Joséphine zusammen sein, ohne mich mit ihr zu streiten. Das war schon immer so.«

»Und ich blöde Kuh habe mir immer eine Schwester gewünscht«, sagte Isabell.

Als sie zusammen mit Matilde den zweiten Gang auftrug – hauchdünne Crêpes aux courgettes – hatte das Thema gewechselt. Man sprach über RINQUIN-QUIN.

»Monsieur Hugo sagt, ihr habt ihm das Mandat entzogen.«

»Monsieur Hugo ist Steuerberater, Joséphine, kein Rechtsanwalt«, sagte Corin. »Aber, ja, er arbeitet nicht mehr für uns. Er hat seine Sache einfach nicht gut genug gemacht. Und seine Rechnungen waren gesalzen.«

»Aber du kannst doch deinen Steuerberater nicht dafür verantwortlich machen, dass das Gut zugrunde geht«, sagte Joséphine.

»RINQUINQUIN wird nicht zugrunde gehen«, sagte Madame Cécile scharf.

Joséphine lächelte sie süß an. »Ach nein? Da habe ich aber ganz andere Informationen. Monsieur Hugo sagt, es ist nur noch eine Frage von Monaten, bis euch die Zwangsversteigerung ins Haus steht.«

»Uns«, sagte Matilde.

»Wie bitte?«

»Uns«, wiederholte Matilde. »Uns allen steht die Zwangsversteigerung ins Haus, denn dir gehört ein Viertel davon.«

»Ein Viertel von den Schulden, meinst du!«

»Es sind diese Kredite, die uns den Hals brechen«, erklärte Corin. »Ansonsten bringen die Pfirsiche jedes Jahr bessere Erträge. Wenn die Kredite nicht wären ...«

»Ich habe gleich gesagt, wir sollen verkaufen! Dann hätten wir jetzt keinen Ärger. Wenn die Bank das alles hier zwangsversteigert, können wir froh sein, wenn für uns überhaupt noch etwas übrig bleibt.«

»Das stimmt. Deshalb müssen wir eine Zwangsversteigerung um jeden Preis verhindern.« Niemand beachtete die Zucchinipfannküchlein, die man vor sie hingesetzt hatte, nur Laurent und Großtante Germaine futterten ungestört drauflos. »Wir haben ausgerechnet, dass wir mit der einmaligen Summe von einer Million Franc das Schlimmste abwenden und das Gut in die schwarzen Zahlen steuern können.«

»Ja, aber keine Bank wird euch noch etwas leihen«,

sagte Joséphine. In Isabells Ohren hörte es sich beinahe schadenfroh an.

»Wir dachten auch nicht an die Bank«, sagte Corin sanft. »Wir dachten eher an ein privates Darlehen.« Er machte eine kleine Pause, in der alle den Atem anhielten, und setzte dann hinzu: »Wir dachten, ehrlich gesagt, an dich.«

»An mich? Du meinst wohl eher an John D., oder?«

»Wenn John D. bereit ist, eine Million Franc für den Erhalt deines Elternhauses zur Verfügung zu stellen.«

»Ihr wollt also meinen zukünftigen Ehemann anpumpen?«

»Ja«, sagte Corin sehr ruhig. »Um eine Million Franc.«

»Eine Million Franc«, wiederholte Joséphine langsam. »Nun, das ist eine Menge Geld, nicht wahr, John D.?«

»Wie viel ist das in Dollar?«, fragte John D.

»Vielleicht hundertfünfzigtausend«, schätzte Corin. In Dollar gerechnet wurde aus einer Million Franc plötzlich eine geradezu lächerlich kleine Summe.

»Hundertfünfzigtausend Dollar«, wiederholte John D.

»In etwa«, sagte Corin.

»Eine Menge Geld«, wiederholte Joséphine.

»Nun, ihr könnt es euch ja in Ruhe überlegen, ob ihr so viel Geld erübrigen könnt«, sagte Corin, und Isabell bewunderte seine Ruhe. »Wir könnten damit eine Umschuldung erreichen und die monatlichen Zahlungen minimieren. Nach etwa fünf Jahren würden wir damit beginnen, das Geld zurückzuzahlen.«

Joséphine begann zu lachen. »Immerhin, ihr wollt es nicht geschenkt.«

»Natürlich nicht.«

»Nun, wir werden darüber nachdenken, nicht wahr, John D.?«

John D. nickte. »Wenn mich nicht alles täuscht, ist das hier wieder rein vegetarisch«, sagte er und deutete auf die Crêpes courgettes. »Trotzdem, ein Lob an die Köchin. Es ist sehr gut, dafür, dass es nur aus Grünzeug besteht.«

10. Kapitel

Der Lavendel stand in voller Blüte, und wie Großtante Germaine im April vorausgesagt hatte, roch das ganze Land danach. Der Duft schien alle anderen Düfte zu überlagern, besonders in der Nacht. Auf RINQUINQUIN selber gab es zwar viel Lavendel, aber er war nicht zur Ernte, sondern als Zierde gedacht. Nebenan bei Jaures hingegen gab es zwei Lavendelfelder, die genauso aussahen, wie Isabell es von Postkarten her kannte. In langen Reihen erstreckten sich die Lavendelbüsche den sanften Hang hinab, wie große, parallel ziehende Igelkarawanen sah das aus, und Isabell beneidete Madame Jaure nicht um die Arbeit, die ihr bevorstand. Der Lavendel wurde hier nämlich noch mit der Hand geerntet, man benutzte dazu ein sichelförmiges Messer. Die Lavendelstängel wurden zu Garben gebündelt und direkt in eine Destille nach Forcalquier gebracht. Isabell fand das höchst romantisch und hatte sich fest vorgenommen, Madame Jaure bei der Ernte zu fotografieren – wenn sie das erlaubte – und Tante Paulette sowohl die Fotos als auch etwas von dem dazugehörigen Lavendel zu schicken.

Am liebsten hätte sie für Tante Paulette auch Fotos von dieser Nacht gemacht, in der sie mit Corin unter den Pfirsichbäumen entlang bis zum Rand der Lavendelfelder spazierte. Der Mond schien, und es war, als wäre alles in ein lavendelblaues Licht getaucht.

»Sogar der Himmel ist violett«, sagte sie zu Corin. »Und alles, alles duftet nach Lavendel. Es ist wunderschön.«

»Lavendelnächte«, sagte Corin und zog sie an sich. »Da schmecken sogar die Küsse violett.«

»Lavendelküsse«, sagte Isabell und ließ das Wort genießerisch auf der Zunge zergehen.

»Lavendelsorgen«, sagte Corin und seufzte. »Ich glaube nicht, dass es uns gelungen ist, Joséphines Herz zu erweichen. Wenn sie denn eins hat. Ich vermute schon seit Jahren, dass sie es heimlich gegen einen Stein ausgetauscht hat.«

Isabell war versucht, ihm beizupflichten. »Aber vielleicht ist es John D. ja zu peinlich, eine für seine Verhältnisse so kleine Summe zu verweigern, wo er doch weiß, dass eure Existenz davon abhängt.«

»Unsere Existenz«, verbesserte Corin. »Du gehörst jetzt dazu.«

»Dann lass mich dir auch endlich mein Geld geben«, sagte Isabell. »Es ist nicht viel, aber du kannst es als eine Art Mitgift betrachten. Und wenn ich geschieden bin, bekomme ich erst richtig viel Geld. Der Versorgungsausgleich und die Hälfte vom Hauswert machen über vierhunderttausend Mark aus, selbst wenn Frithjofs Anwalt noch verdreht, was zu verdrehen ist. Vierhunderttausend Mark, das ist eine ganze Ecke mehr als eine Million Franc! Das Haus haben Frithjof und ich nämlich schon vor dem Tod seines Vaters gekauft. Mein erster Bausparvertrag steckt drin und alle meine damaligen Ersparnisse. Frithjof wird sich winden und jammern und schimpfen, aber mein Anwalt sagt, nächstes Frühjahr bin ich eine reiche Frau.«

»Willst du mich heiraten?«, fragte Corin ironisch.

»Ja«, sagte Isabell ohne eine Spur von Ironie.

»Dann küss mich«, sagte Corin.

Das tat Isabell, und nach einer kleinen Ewigkeit sah sie über seine Schulter auf das Lavendelfeld hinüber. »Wie mag es wohl sein, mitten im Lavendel zu liegen? Zu lieben, meine ich.«

»Probieren wir's aus«, sagte Corin unternehmungslustig. Wie immer hatte Isabell ihn so lange von seiner Müdigkeit abgelenkt, bis er wieder hellwach war. Dabei war es zwei Uhr morgens, und alle, bis auf die Zikaden, die unermüdlich ihr Lied zirpten, schliefen tief und fest.

Der nächste Tag war ein Sonntag, und da frühstückte man nun, da die Ernte vorbei war, etwas später. Es war schon früh am Morgen so heiß, dass selbst Isabell nicht umhin kam zu denken, wie schön es wäre, einen Pool zu haben, in dem man sich erfrischen könnte. Während dieser heißen Tage war es auch im Haus warm, obwohl dort den ganzen Tag die Fensterläden geschlossen waren und nur des Nachts gelüftet wurde. Die warme Nachtluft aber brachte auch kaum Abkühlung. Je höher man kam, desto wärmer wurde es. Im zweiten Stock unter dem Dach war es drückend heiß und an Schlafen nicht zu denken. Großtante Germaine war daher samt Gesundheitsbett in den Salon umgezogen, den kühlsten Raum im Haus, vom Keller einmal abgesehen. Der alten Frau machte die Hitze ziemlich zu schaffen, sie schien verwirrter als sonst.

Im tiefen Schatten auf der Terrasse war es vormittags einigermaßen erträglich, auch wenn die Butter schneller dahinschmolz, als man sie auf ein Croissant streichen konnte.

Joséphine schien trotz der Hitze allerbestens gelaunt. Wahrscheinlich war sie in Gedanken schon in Antibes und ließ sich den frischen Meerwind auf der Segelyacht um die Nase wehen.

»Wir haben darüber nachgedacht, wie wir euch helfen können, und wir haben die Lösung gefunden«, sagte sie, als die ganze Familie am Tisch saß. Ermeline und Bertrand waren nicht da, sie besuchten sonntags in der Regel ihre Kinder und Enkel in Sisteron.

»Ihr wollt uns tatsächlich helfen?«, fragte Matilde, und man hörte ihr die Ungläubigkeit deutlich an.

»Natürlich«, sagte John D. »Es wäre doch eine Schande, wenn die Bank das alles hier für einen Spottpreis bekommt.«

»Allerdings«, sagte Madame Cécile. Auch ihre Stimme war vor lauter Staunen ganz dunkel. Sollte ihr künftiger Schwiegersohn möglicherweise doch gar kein so übler Kerl sein?

»John D. hat eine wunderbare Idee«, sagte Joséphine. »Zeig's ihnen, John D.«

John D. legte einen bunten Prospekt vor sie auf den Tisch. Er machte dabei eine pompöse Geste, so wie ein Zauberer, der ein Kaninchen aus dem Zylinder zieht.

»Voilà, Hotel Provençal!«

Isabell beugte sich mit den anderen über den Prospekt. »Das ist ein Divine Hotel auf den Bahamas«, sagte sie.

»Richtig.« John D. strahlte. »Aber stellt es euch einfach hier vor. Hotel Provençal.«

»Was meint er?«, wollte Madame Cécile wissen, als könnte sie plötzlich kein Englisch mehr verstehen.

»Keine Ahnung«, sagte Matilde, ebenso verwirrt. »Das Hotel Provençal ist ein leerstehendes Hotel unten an der Côte d'Azur.«

»Hotelnamen sind nicht geschützt«, sagte John D. »Aber vielleicht sollte ich sagen, Hotel Divine Provençal. Das klingt besser.«

»Oh, Sie sprechen von Ihrem Hotel in der Provence?«, glaubte Madame Cécile endlich zu verstehen.

»Ich verstehe immer noch nicht, was das mit uns zu tun hat«, sagte Matilde.

»Ich aber«, sagte Corin. Seine Stimme klang ganz ruhig, aber seine Augen glitzerten gefährlich. »Unser zukünftiger Schwager möchte aus RINQUINQUIN ein Hotel machen.«

Joséphine lächelte strahlend. »Ist das nicht eine brillante Idee?«

Laurent rutschte unruhig auf seinem Stuhl hin und her. »Darf ich zu meiner Schildkröte gehen?«

»Geh nur«, sagte Matilde zerstreut, und Laurent verschwand.

»Ein Hotel? Aus RINQUINQUIN? Aber mein liebes Kind, wie soll denn das gehen?« Madame Cécile verstand die Welt nicht mehr.

»Wir brauchen eine Million Franc, keine amerikanischen Touristen, die uns bei der Arbeit stören«, sagte Matilde.

»Ihr bekommt viel mehr als eine Million Franc«, sagte Joséphine. »Ihr bekommt ein neues Leben.«

»Es ist wirklich alles ganz einfach«, sagte John D. »Ihr habt Probleme, und wir lösen sie.«

»Ja, aber wie denn?« Isabell hatte die Vision eines wunderschön renovierten Gästeflügels, drei kleine, aber stilvolle Schlafzimmer, jeweils mit Bad, dazu einen schön hergerichteten Speiseraum, davor eine Terrasse mit Liegestühlen. *Provence-Urlaub mit Familienanschluss – für nur eine Million Franc die Woche sind Sie dabei.*

»Ja, *wie denn?*«, äffte Joséphine sie nach. »Meine liebe Iselda, Sie passen mit Ihrer rührenden Naivität wirklich wunderbar hierher!«

»Ich heiße Isabell«, sagte Isabell. Dass Joséphine sich ihren Namen nicht merken konnte oder wollte, ging ihr allmählich auf die Nerven.

»Ich nehme an, John D. wird vorgehen wie überall auf der Welt«, sagte Corin kalt. »Er wird RINQUINQUIN dem Erdboden gleichmachen und die übliche Divine-Kiste samt Glaskuppel draufstellen. Von sanftem Tourismus hat diese Firma noch nie viel gehalten, oder?«

»Die Divine-Kiste, wie Sie sie so abfällig nennen, ist zufällig das preisgekrönte Meisterwerk eines Architekten«, sagte John D.

»Möglicherweise galt so etwas ja in den siebziger Jahren als etwas Besonderes«, sagte Corin. »Aber heute ist es einfach nur besonders geschmacklos. Es ist einfach lächerlich, aus RINQUINQUIN ein Divine-Hotel machen zu wollen.«

»Absolut«, stimmte Madame Cécile zu. »Niemand würde hier solch ein Gebäude dulden! Es gibt strenge Bauvorschriften, das alte Haus genießt Denkmalschutz, und überhaupt ...«

»Sie würden sich wundern, Madame, welche Schwierigkeiten wir schon zu überwinden hatten, bevor wir ein Hotel bauen konnten. Geld und die Aussicht auf Arbeitsplätze öffnen einem die Türen und Herzen der strengsten Gemeindevorstände. Im Übrigen schreiben wir Umweltschutz ganz hoch oben auf unsere Fahnen.«

»Ja, ihr solltet endlich mal lernen, über die Grenzen eures bescheidenen Horizontes hinaus zu denken. Wisst ihr, wie viele Arbeitsplätze ein Divine-Hotel schaffen würde?«, fragte Joséphine. »Der Golfplatz würde überdies jede Menge Publikum aus der Umgebung anziehen.«

»Ein Golfplatz!«, rief Corin. »Das wird ja immer schöner.«

»Natürlich ein Golfplatz«, sagte John D. »Ein gigantischer Golfplatz, um genau zu sein. Es muss der größte der Region werden, sonst kann man keine Gäste damit hinterm Ofen hervorlocken. Ich stelle mir das aber sehr schön vor, eine Landschaft, modelliert aus grünem Rasen, so weit das Auge reicht, bis hinunter an den Fluss.«

»Aber das ist lächerlich!«, rief Matilde aus. »RINQUINQUIN ist eine Pfirsichplantage.«

»RINQUINQUIN ist eine hoch verschuldete Ruine«, sagte Joséphine kalt. »John D. wird sie uns abkaufen, zu einem fairen Preis. Wenn ihr euch dagegen sträubt, bekommt die Bank alles. Ihr werdet nicht nur RINQUINQUIN verlieren, sondern keinen müden Franc übrig behalten.«

»Wir haben euch um eine Million Franc gebeten, um das Gut zu retten«, sagte Corin. »Das war alles!«

»*Das war alles!*«, äffte ihn Joséphine nach.

»Es gibt sicher noch eine andere Lösung«, sagte Isabell verzweifelt. »In einem Jahr kann ich über eine Million Franc verfügen, wir brauchen Ihr Geld also gar nicht.«

»In einem Jahr ist es aber zu spät«, sagte Joséphine. »Das wisst ihr alle ganz genau. John D.s Angebot ist fair, ihr solltet einschlagen und euch von diesem hinterwäldlerischen Flecken Erde verabschieden.«

»Niemals«, sagte Madame Cécile. »Und ich weigere mich zu glauben, dass du als meine Tochter uns so etwas antun würdest!«

»Verstehst du nicht, Maman? Ich tue euch nichts an, ich biete euch den einzig möglichen Weg zur Rettung!«

»Ach, Unsinn«, sagte Corin. »Wir werden die Million eben woanders hernehmen.«

Joséphine sah ihn spöttisch an. »Wenn du auf Madeleine und auf ihr liebenswertes Angebot, dir Geld zu leihen, zurückgreifen möchtest, so sollte ich dir besser sagen, dass es nicht mehr steht. Ich habe gestern Abend noch mit ihr telefoniert, und sie war aus irgendeinem Grund überhaupt nicht erfreut darüber, dass deine – äh – Isolde hier ein Kind von dir erwartet. Ich weiß nicht, wieso, aber die arme Madeleine scheint für dich zu schwärmen. Das heisst, jetzt tut sie es natürlich nicht mehr. Und als Wohltäterin steht sie dir auch nicht mehr zur Verfügung.«

Corin zuckte nicht mal mit einer Wimper. »Joséphine, was immer du sagst, niemand hier wird sich einverstanden erklären, aus RINQUINQUIN ein Divine Hotel mit Golfplatz zu machen. Selbst dann nicht, wenn John D. mehr bietet als einen fairen Preis.«

»Wann wirst du endlich begreifen, dass ihr gar keine andere Wahl habt?«, rief Joséphine.

»Vielleicht sollten wir einfach einmal konkret werden«, schlug John D. vor und entnahm der Brusttasche seines Polohemdes einen Zettel und einen Stift. »Ich schreibe die Kaufsumme auf dieses Blatt Papier, und ihr schaut sie euch in aller Ruhe an. Und denkt daran, jede Null zählt!«

»Wir sind hier nicht in einem schlechten Film, Mister Deerfield Beach, und ich denke, was immer Sie auf dieses Blatt Papier schreiben, unsere Antwort ist nein! Verschandeln Sie mit ihren Hotels eine andere Gegend, RINQUINQUIN bleibt für Sie tabu.«

»Ihr verhaltet euch absolut kindisch und unvernünftig. Was sollte uns davon abhalten, das Gut für einen nicht annähernd so hohen Preis zu erwerben, wenn die Bank es zwangsversteigern läßt?«, fragte Joséphine.

»Vermutlich nichts«, sagte Corin. »So etwas wie ein Gewissen oder Familiensinn besitzt du nämlich nicht.«

»Ich besitze aber wenigstens gesunden Menschenverstand«, sagte Joséphine und erhob sich. »Und wenn eine Sache verloren ist, dann kann ich das akzeptieren. Ich gebe euch eine Woche, um euch unser Angebot zu überlegen. Eine Woche, in der ich auch eine Entschuldigung akzeptieren würde. Danach werde ich der Bank sagen, dass ich meinen Anteil von RINQUINQUIN ausbezahlt haben will und dass ihr nicht zahlungsfähig seid. Es wird dann keine weitere Verzögerung mehr geben. Das Gut wird zwangsversteigert werden, und John D. und ich werden mitbieten. Nächstes Jahr um diese Zeit werden hier schon

Bulldozer arbeiten.« Sie machte eine Handbewegung, die Madame Céciles blühende Rosenbüsche mit einschloss, und Isabell, die in diesen Tagen eine äußerst lebhafte Fantasie hatte, sah statt der lieblichen Rosen eine Wüstenei mit schweren Raupenspuren vor sich ...

»Komm, John D., wir packen«, sagte Joséphine.

»Aber ...«

»Komm schon. Ich habe dir ja gesagt, dass sie schwierig sind. Wo ist Laurent? Er soll sofort seine Sachen zusammensuchen.«

»Josephine, Kind«, sagte Madame Cécile. »Es ist nicht gut, wenn du jetzt im Streit abfährst ...«

»Als ob es jemals anders gewesen wäre«, sagte Joséphine und lachte schrill.

»Sie wird es wahr machen«, sagte Matilde und nahm einen tiefen Schluck aus dem Weinglas.

»Ja, das wird sie wohl«, stimmte Corin ihr zu. Es war der Abend desselben Tages, und Matilde sprach natürlich von Joséphine. Sie hatten den ganzen Tag über nichts anderes gesprochen.

Joséphine hatte ihre Sachen gepackt. Zusammen mit John D., ihrer Unmenge von Koffern und Laurent war sie noch vor dem Mittag davongefahren, eine Reihe von Menschen mit betretenen Gesichtern zurücklassend, die alle nur Laurents wegen nicht weinten. Laurent, eingezwängt zwischen dem Gepäck auf dem Rücksitz, hatte zwar kein fröhliches, aber immerhin ein argloses Gesicht gemacht. Ein Urlaub mit seiner Mutter in einer Villa mit Pool, einem Segelboot und einem Hund war nicht ganz ohne Reiz für ihn. Er war fest davon überzeugt, in einer oder zwei Wochen wieder zu Hause zu sein.

Matilde war sich da nicht so sicher. »Ich traue ihr zu, dass sie ihn nicht wiederbringt«, sagte sie, als der offene Mercedes die Einfahrt hinabrollte. Niemand außer Laurent winkte. »Nur um uns zu ärgern.«

»Blödsinn«, sagte Madame Cécile. »Natürlich bringt sie ihn zurück. Im August fängt die Schule wieder an, und überhaupt – sie ist kein schlechtes Mädchen ...«

Alle außer Isabell tranken an diesem Abend Wein, einen fruchtigen Rosé, den Matilde auf Eis gelegt hatte. Ermeline und Bertrand waren aus Sisteron zurückgekehrt und über die Vorfälle am Morgen informiert worden.

»Ich wusste ja, dass sie etwas im Schilde führt«, brummte Ermeline. »Sie ist tückisch. Sie war schon als Kind tückisch. Bertrand hat's ja immer gesagt.«

»Ermeline«, sagte Madame Cécile vorwurfsvoll. »Sie sprechen immerhin von meiner Tochter.«

»Eine Schlange haben Sie da an Ihrem Busen genährt«, sagte Ermeline.

»Wenn wir noch ein Jahr durchhalten könnten, dann bin ich eine reiche Frau«, sagte Isabell. »Ich könnte solange einen Kredit aufnehmen. In Anbetracht dessen, was ich von Frithjof zu erwarten habe, würde ich sicher einen bekommen.«

»Kommt gar nicht in Frage«, sagte Corin.

»Warum eigentlich nicht, Corin?«, fragte Matilde. »Sie gehört jetzt zur Familie.«

»Weil es sowieso nicht reichen würde«, sagte Corin. »Wir brauchen nicht nur die Million, sondern auch einen Batzen Geld, um Joséphine auszuzahlen. Sie wird sich irgendeinen hoch bezahlten Anwalt nehmen und uns in Grund und Boden klagen.«

»Ja, aber sie bekommt nur den Pflichtteil, wenn sie darauf besteht«, sagte Isabell. »Und ich denke, ich werde bei meiner Scheidung mehr als eine Million Franc bekommen. Allein das Haus in Hamburg ist ein Vielfaches wert.«

Corin seufzte. »Das ist ein schrecklicher Gedanke, das Gut mit dem Geld deines Exmannes zu retten!«

»Es ist nicht sein Geld«, sagte Isabell verärgert. »Ich habe dir gesagt, dass ich ebenfalls Geld in dieses Haus gesteckt habe, und überhaupt steht mir das per Gesetz zu!«

Großtante Germaine sah sich suchend um. »Wo ist eigentlich der nette blonde Kellner hin, der heute Morgen noch da war?«

»Der hat gekündigt, Tante«, sagte Madame Cécile. »Er kellnert jetzt unten in Antibes.«

»Schade«, sagte Großtante Germaine. »Ich hätte so gerne eine Massage von ihm bekommen.«

Immerhin erntete sie dafür ein paar müde Lächler aus der deprimierten Tischrunde.

Die Hitze dauerte an. Weiter westlich, im Lubéron, traten vereinzelt Waldbrände auf, ebenso unten an der Côte d'Azur. Es duftete weiter überall nach Lavendel, und die Nächte waren so intensiv violett, dass es beinahe schwindelig machen konnte. Die Pfirsichbäume erhielten ihren Sommerschnitt, es würde eine zweite Blüte und eine zweite Ernte geben, allerdings lange nicht in dem Ausmaß wie die erste. Obwohl Corin tagsüber auf den Feldern war, verbrachte er weiterhin die halbe Nacht mit Isabell draußen in der vergleichsweise erfrischenden Nachtluft, bis sie endlich müde genug zum Schlafen war.

Sie hatten Abstand davon genommen, sich im Lavendelfeld zu lieben, nicht nur wegen des mangelnden Komforts, sondern vor allem wegen Madame Jaure, die wegen der großen Hitze des Nachts zu ernten begonnen hatte. Die Vorstellung, von Madame Jaure, grimmig die Faucille schwingend, ertappt zu werden, war nicht besonders angenehm, sodass sie wieder dazu übergingen, sich auf Großtante Germaines altem Eisenbett zu vergnügen. Jede ihrer Nächte mit Corin war für Isabell nach wie vor eine Offenbarung, auch wenn sie, vielleicht im Bewusstsein ihrer Schwangerschaft, viel sanfter und zärtlicher miteinander umgingen. Wenn sie dann, angenehm erschöpft, an Corins Seite lag und ein leichter Windstoß durch das offene Fenster fuhr und das Moskitonetz aufbauschte, dachte sie jedes Mal, dass sie wohl der glücklichste Mensch auf Erden sein musste.

»Weißt du«, sagte sie zu Corin. »Solange es nur Geld ist, das uns fehlt, fehlt uns eigentlich nichts.«

Ehe Corin Zeit hatte, etwas zu erwidern, war sie eingeschlafen. Corin lauschte ihren ruhigen tiefen Atemzügen und dachte, dass sie wohl Recht hatte. Sie waren gesund, sie erwarteten ein Kind, und draußen blühte der Lavendel so herzzerreißend schön, dass man keine Minute daran zweifelte, dass Gott existierte. Das Geldproblem würden sie auch noch in den Griff bekommen, und wenn er Isabells Drängen nachgeben und zulassen müsste, dass sie einen Kredit auf ihren Namen aufnahm.

Aber die friedliche, lavendelblaue Stimmung war trügerisch.

Am nächsten Tag erhielten sie einen Anruf aus Antibes. Es war Laurent, der mit kleiner, unglücklicher Stimme sagte: »Großmutter, bitte hol mich ab. Ich will nach Hause.«

»Was ist denn passiert, um Himmels willen?«

»Bitte, Großmutter, hol mich nach Hause.«

Nur mit viel Mühe bekam Madame Cécile Joséphine ans Telefon, und die weigerte sich, Laurent nach RINQUINQUIN zu bringen. Sie sagte, Laurent habe keinen Grund, sich zu beschweren.

»Ihr habt ihn total verzogen«, sagte sie. »Er ist ein grässlicher kleiner Spielverderber. Dabei könnte er es hier so schön haben!«

»Bring ihn nach Hause, er hat Heimweh!«

»Er versucht alles, um uns diesen Urlaub zu vermiesen. Dabei hat John D. Erholung so dringend nötig!«

»Bitte, lass ihn nach Hause kommen, dann kann John D. sich auch viel besser erholen.«

»Ich bin seine Mutter! Du hast ein kleines Monster aus ihm gemacht. Er blamiert mich vor meinen Freunden.«

»Bitte, Joséphine. Bring ihn her, wir kümmern uns um ihn.«

»Wie stellst du dir das vor? Ich kann hier nicht so einfach weg ...«

»Dann kommen wir und holen ihn ab.«

»Meinetwegen. Aber wehe, du behauptest wieder, ich hätte ihn abgeschoben.«

Madame Cécile weinte, als sie auflegte. »Der arme kleine Junge«, sagte sie, obwohl Isabell vermutete, dass sie auch wegen des armen kleinen Mädchens weinte, dass Joséphine einmal gewesen war. »Wir müssen ihn sofort abholen.«

»Ich fahre mit dir«, erbot sich Corin. »Vielleicht können wir noch einmal mit Joséphine reden, damit sie wenigstens darauf verzichtet, sich ihren Anteil auszahlen zu lassen.«

»Was hat dieser Amerikaner dem Jungen bloß angetan?«, knirschte Bertrand. »Am liebsten möchte ich mitkommen und ihm mal so richtig die Fr ... – die Meinung sagen!«

Corin und Madame Cécile machten sich aber allein auf den Weg nach Antibes. Matilde musste arbeiten, Isabell, Ermeline und Bertrand blieben auf RINQUINQUIN, um das Haus zu hüten. Corin und Madame Cécile trafen Laurent in einwandfreiem körperlichen Zustand an – Madame Cécile hatte insgeheim blaue Flecken und ähnliche Zeichen von Misshandlungen befürchtet –, aber die Freude über ihr Kommen sprach Bände über seinen Seelenzustand.

»Es ist so doof hier«, wisperte er in Madame Céciles Ohr, und Madame Cécile lächelte derweil Joséphines amerikanische Freunde, die die palastähnliche Villa gemietet hatten, verlegen an. »Den ganzen Tag mixen sie sich Drinks, liegen in der Sonne rum oder fahren mit dem Segelboot raus. Die können noch nicht mal segeln, die machen nur den Motor an. Der Sohn von denen ist eine blöde Heulsuse, und ich soll immer mit dem Eisenbahn spielen, obwohl ich gar nicht will. Und der Hund ist gar kein Hund, sondern ein Pudel, und den haben sie aprikosenfarben eingefärbt!«

»Alle hier sind so nett zu ihm«, sagte Joséphine. »Aber er verhält sich wie ein verwöhntes Baby. Ich bin wirklich sehr enttäuscht von dir, Laurent.«

»Ich auch von dir«, wisperte Laurent, immer noch ganz nah an Madame Céciles Ohr.

John D. und Joséphines amerikanische Freunde bemühten sich um ein gastfreundliches Gehabe. Die Freunde waren außerdem sehr neugierig auf Joséphines Familie. Im Gegensatz zu John D. schienen sie sich brennend für das Leben auf einem provençalischen Pfirsichgut zu interessieren. Corin und Madame Cécile wurden gebeten, sich ein paar Stündchen von der Fahrt im heißen Auto – man sah dem uralten Renault schon von weitem an, dass er auf keinen Fall so etwas wie eine Klimaanlage besaß – auszuruhen, man servierte Drinks und schließlich ein Abendessen auf der Terrasse.

Der Meerblick war, zugegeben, phänomenal, die Drinks waren auch nicht übel.

Jetzt, wo Laurent wusste, dass er wieder nach RINQUINQUIN durfte, planschte er ganz entspannt im nierenförmigen Swimmingpool und spielte sogar mit der »blöden Heulsuse«, dem fünfjährigen, stupsnasigen Sohn der Gastgeber.

Joséphine schien das Gefühl zu haben, sich rechtfertigen zu müssen. Sie berichtete in dramatischen Worten von ihrer Kurzehe mit einem Pariser Geschäftsmann, der sich, kaum dass sich Laurent (ungeplant) angekündigt hatte, wieder hatte scheiden lassen und sie allein mit dem Kind und ohne jeden Franc hatte sitzen lassen.

»Es ist die Hölle als allein erziehende Mutter«, sagte sie, während ihr tatsächlich Tränen in die Augen traten. »Man muss den Lebensunterhalt für sich und das Kind verdienen, und man will sich doch auch immer um das Kind kümmern. Beides geht aber nicht. Ich musste Laurent also von meiner Familie betreuen lassen, was mir das Herz gebrochen hat.«

Die Freunde nickten halb verständnisvoll, halb mitleidig. Corin und Madame Cécile verzichteten darauf, Joséphine darauf hinzuweisen, dass sie zwar Laurent von der Familie hatte betreuen lassen, sich aber mitnichten darum gekümmert hatte, ihrer beider Lebensunterhalt zu verdienen. Joséphines Auffassung von Arbeit bestand darin, sich zu pflegen und zu stylen und auf Partys zu gehen, um dort baldmöglichst einen neuen reichen Mann zu finden. Die Rechnung war ja letzten Endes aufgegangen. John D., der alkoholselig an ihrer Seite saß und ihre Hand hielt, war der lebende Beweis.

In stillschweigendem Einvernehmen beschlossen Madame Cécile und Corin, Joséphine reden zu lassen, ohne auf die Wahrheit zu pochen. Sollten ihre Freunde sie doch ruhig für die liebende, vom Schicksal hart geprüfte Mutter halten, die sie gern gewesen wäre. Beide, Corin und Madame Cécile, hatten, unabhängig voneinander, Mitleid mit Joséphine. So verantwortungslos, egozentrisch und boshaft sie auch sein mochte, so sehr litt sie offenkundig darunter, keine gute Mutter zu sein. Laurent war der einzige Mensch, bei dem ihr Charme versagte.

Mit jedem Drink wurde sie sentimentaler, und schließlich begann sie zu weinen und zu klagen, Laurent liebe sie nicht. Ja, überhaupt niemand liebe sie, schluchzte sie, was zu einem wahren Sturm von Liebesgeständnissen führte. Die Freunde versicherten, Joséphine im Gegenteil sehr zu lieben, zu schätzen und zu bewundern, John D. beteuerte, niemals mehr für eine Frau empfunden zu haben, und selbst

Laurent, den die Tränen seiner Mutter erschreckten, vergrub sein Gesicht in ihrem Schoß und ließ sich zu einem: »Mama, ich hab dich doch so lieb«, verleiten.

Madame Cécile und Corin schwiegen, aber sie erklärten sich seufzend bereit, über Nacht in der Villa zu bleiben, damit Joséphine Zeit hatte, sich von Laurent zu verabschieden. Von hier aus würde sie nämlich in der nächsten Woche wieder in die Staaten reisen, um ihre Hochzeit vorzubereiten. Wann und ob Laurent nachkommen sollte, wurde nicht angesprochen.

»Es wäre zu grausam, die beiden jetzt auseinander zu reißen«, sagte der Gastgeber und zeigte auf das zugegebenermaßen rührende Bild von Mutter und Sohn, in inniger Umarmung verschlungen. »Und wir haben noch zwei wunderbare Zimmer frei.«

Es war der Mittag des nächsten Tages, als endlich alles gepackt und alles gesagt war und Madame Cécile, Corin und Laurent in den alten Renault steigen konnten. Joséphine, die geröteten Augen hinter einer schwarzen Sonnenbrille verborgen, winkte ihnen nach. Man hätte an eine ganz große Familienversöhnung glauben können, wenn sie nicht in allerletzter Minute zu Corin gesagt hätte: »Und was ist jetzt mit John D.s Angebot? Habt ihr es euch überlegt?«

»Es bleibt dabei, Joséphine. Wir wollen nicht, dass aus RINQUINQUIN ein Divine Hotel wird«, erwiderte Corin, und hinter der Sonnenbrille zogen sich Joséphines Augen zusammen.

»Dann weißt du, was euch erwartet«, sagte sie.

Corin nickte nur. Isabell hatte Recht: Es war nur

Geld, das ihnen fehlte. Man sah ja an Joséphine, die nun über grenzenlose Summen verfügte, dass Reichtum allein zum Glücklichsein nicht ausreichte.

»Was hast du denn getan, dass alle so froh sind, dich loszuwerden?«, erkundigte sich Corin, als sie die lange Auffahrt hinter sich gelassen hatten und sich in den Verkehr einfädelten.

»Och, nichts eigentlich«, sagte Laurent, und Madame Cécile und Corin konnten ihn sich lebhaft dabei vorstellen. Sie waren beide ungemein erleichtert, den kleinen Kerl wieder bei sich zu haben. Die ganze Strecke zurück nach Hause sangen sie die Lieder im Autoradio mit, spielten »Ich sehe was, was du nicht siehst« und zählten die Wohnmobile, die um diese Jahreszeit die Straßen verstopften. Dank der vielen Touristen benötigten sie über eine Stunde, um zurück auf die Autobahn zu gelangen, und auch hier kamen sie bis Mandelieu nur stockend vorwärts. Es schien, als hätten sich alle Wohnmobile Europas auf den Weg nach Cannes gemacht. Laurent kam beim Zählen ziemlich bald in Höhen, die ihm völlig unbekannt waren.

Es war schon fast Abend, als sie endlich in Volonne von der Autobahn fuhren. Die Hitze lag immer noch über dem Land wie eine Glocke.

»So ein Pool ist schon was Feines«, sinnierte Madame Cécile, während sie sich die Stirn mit einem Tuch abtupfte. »Kennst du das Lied vom Haifisch im Swimmingpool, Laurent?«

Noch mal Glück gehabt, sagte sich Corin, als sie immer noch fröhlich singend zwischen den beiden Löwenskulpturen nach RINQUINQUIN einbogen. Aber schon als er den Wagen unter der Platane parkte, fühlte er, dass etwas passiert war.

Isabells Peugeot war nicht da.

Matilde, Ermeline und Bertrand kamen, um Laurent zu umarmen und die anderen beiden betreten anzusehen.

»Isabell ist nach Deutschland gefahren«, informierte sie Matilde.

»Sie hat einen Anruf bekommen, gerade, nachdem Sie gefahren sind«, berichtete Ermeline. »Sie hat nur deutsch gesprochen, und hinterher war sie kreideweiß. Ich brauchte eine halbe Ewigkeit, um sie dazu zu bringen, mir auf Französisch zu sagen, was passiert war. Ihre Tante ist gestorben.«

»Aber – sie war doch auf dem Weg der Besserung«, rief Madame Cécile.

»Die Wege des Herrn sind unerschöpflich«, sagte Ermeline. »Jedenfalls hat sie sich ohne groß zu packen ins Auto gesetzt und ist losgefahren.«

»Wenn ich nur hier gewesen wäre«, jammerte Matilde. »Ich hätte sie davon abgehalten. Oder ich wäre mit ihr gefahren. Sicher stand sie unter Schock, und das in ihrem Zustand.«

»Sie ist also gestern Morgen gefahren?« Corin biss sich auf die Lippen.

»Ihr ist nichts passiert«, sagte Matilde. »Ich habe gestern spät abends mit ihrem Onkel telefoniert, und da war sie bereits angekommen. Ich kann leider kein Deutsch, und der Onkel sprach sehr schlecht Französisch, aber so viel ich verstanden habe, war die Tante nicht in einer Rehabilitations-Klinik, sondern in einem Hospiz. Sie hat gewusst, dass sie sterben würde, sie wusste schon seit März, dass sie Metastasen im

Gehirn und in der Leber hatte, aber sie wollte nicht, dass Isabell davon erfährt.«

»Wie entsetzlich«, sagte Madame Cécile.

Corin kaute immer noch auf seiner Unterlippe. »Arme Isabell. Ich muss sofort zu ihr.«

Es regnete. Es war typisch deutscher Regen, dicht fallende Tropfen, wie ein Vorhang, die alles, auch Schirme innerhalb von Minuten durchnässten. Seltsamerweise empfand Isabell das Wetter als tröstlich, es passte zu den dunklen Mänteln und Schirmen, die die Leute trugen, Sonnenschein wäre dem Anlass nicht angemessen gewesen. Vor der kleinen Friedhofskapelle hatten sich große Pfützen gebildet, die Wege waren völlig aufgeweicht.

»So nimm denn meine Hände, und führe mich«, sang der Chor, »bis an mein selig Ende und ewiglich.«

Mein selig Ende – selig war Tante Paulettes Ende wohl wirklich nicht gewesen. Eher elend.

»Jämmerlich«, hatte Onkel Ludwig gesagt. »Menschenunwürdig.« Aber es sei schnell gegangen, hatte er gesagt, er habe auch von Leuten gehört, die viel länger gebraucht hätten, um so elend zugrunde zu gehen.

»Und ich habe von alledem nichts gewusst«, hatte Isabell gesagt. »Das werde ich mir nie verzeihen.«

Der Chor hatte aufgehört zu singen. Onkel Ludwig nahm ihren Arm, und gemeinsam folgten sie dem Sarg, der von vier Männern getragen wurde. Ihnen schlossen sich all die schwarz gekleideten Menschen an, die in der Friedhofskapelle geschluchzt oder Isabell und Onkel Ludwig mit jener schier unerträglichen Mischung aus Neugier und Mitleid angestarrt hatten. Dem Sprung über die großen Pfützen folgte ein kollektives Aufspannen der schwarzen Regenschirme.

Auch Onkel Ludwig hatte einen. Er hielt ihn über Isabell und sich, während er eisern nach vorne auf den Sarg schaute. Er war mit Rittersporn und Phlox geschmückt, Tante Paulettes Lieblingsblumen.

»Ich wusste, dass du so empfinden würdest«, hatte Onkel Ludwig gesagt. »Ich habe es ihr gesagt. Wenn du Isabell wegschickst, dann wirst du sie später umso unglücklicher machen, habe ich ihr gesagt. Aber sie meinte, du würdest das verstehen.«

»Nein«, hatte Isabell geschluchzt. »Niemals!«

Tante Paulette hatte von Anfang an gewusst, dass sie im ganzen Körper Tochtergeschwüre hatte und dass die in der Leber bereits lebensbedrohlich waren, als der Primärtumor aus der Brust entfernt worden war. Wohl hatte man gehofft, dass man mit der Chemotherapie noch etwas würde erreichen können, aber weder die Tumore in der Leber noch die im Gehirn hatten darauf angesprochen.

»Aussichtslos«, hatte die Diagnose der Ärzte nach der ersten Chemophase geheißen.

»Das heißt, als wir auf Rügen waren, da wusstet ihr es bereits?« Isabell hatte entsetzt die Hände vors Gesicht geschlagen.

»Ja.« Der Onkel hatte niedergeschlagen genickt. »Ich wollte, dass sie es dir sagt, aber sie blieb stur bei ihrer Meinung. Sie wollte unbedingt, dass du zurück nach Frankreich gehst. Es reicht, wenn du mir zusiehst, wie ich sterbe, hat sie gesagt. Isabell soll es nicht miterleben.«

»Aber das hätte sie nicht tun dürfen«, hatte Isabell geschluchzt. »Sie hätte mich nicht anlügen dürfen.«

»Das sehe ich auch so«, hatte Onkel Ludwig zugestimmt. »Ich hätte es dir gesagt, aber ich hatte ihr versprochen, es nicht zu tun. Du weißt doch, was für einen Dickkopf sie hatte.«

Isabell hatte schluchzend und schluckend genickt und eine Weile untröstlich vor sich hin geweint.

»Ich habe euch im Stich gelassen. Ihr hättet mich gebraucht.«

»Ich ja, mein Kind, aber für deine Tante war es so herum besser. Sie hätte es nicht ertragen, noch mehr Zuschauer zu haben, sie hätte es nicht ertragen, mitzuerleben, wie du leidest. Du musst sie einfach verstehen.«

»Niemals«, hatte Isabell gesagt, aber es hatte schon nicht mehr ganz so verzweifelt geklungen. Tante Paulette hatte ihr einen Brief geschrieben, den zu lesen sie erst am nächsten Morgen in der Lage gewesen war.

Louis sagt, du wirst mir übel nehmen, dass ich dich weggeschickt habe, aber ich weiß, du wirst mir verzeihen. Du warst immer das Wichtigste auf der Welt für mich, seit du als winziges großäugiges Lockenköpfchen zu uns gekommen bist, so verletzlich und so liebebedürftig. Ich könnte es einfach nicht ertragen, dich an meinem Sterbebett zu sehen. Ich bin so glücklich, dass es dir gut geht, mein Engel. Dass du in Frankreich einen Mann gefunden hast, den du liebst, ein Zuhause und eine Familie. Wenn du dein Kind bekommst, wirst du wissen, wie sehr ich dich liebe, denn es macht keinen Unterschied, dass du nicht mein Kind, sondern das meiner lieben Schwester bist. Ihr beiden, du und Louis, ihr werdet mir fehlen. Aber ich vertraue fest darauf, dass ihr beide erwachsen und vernünftig genug seid, euer Leben auch ohne mich zu leben. Jeder Tag zählt, Mignonne, jeder Tag, also vergeude keinen einzigen davon.«

In einer Bodenvase neben dem offenen Grab standen fünfzig langstielige Rosen. Jeder, der am Grab vorbeidefilierte, sollte eine davon nehmen und auf den Sarg hinabwerfen, den man soeben sachte in die Grube hinabgelassen hatte.

Isabell, die gleich nach Onkel Ludwig an der Reihe war, warf das Lavendelsträußchen hinab, das sie die ganze Zeit über in der Hand gehalten hatte. Sie hatte es auf RINQUINQUIN gepflückt, am selben Morgen, an dem der Anruf gekommen war. Nur Ermeline war im Haus gewesen, als sie kopflos den Hörer aufgelegt hatte und im Schock nur noch der deutschen Sprache mächtig gewesen war.

»Ich verstehe Sie nicht, Mademoiselle«, hatte Ermeline sie angeschrien. »Bitte, sprechen Sie Französisch mit mir.«

Irgendwann hatte sie wohl jenen entsetzlichen Satz auf Französisch gesagt: »Meine Tante ist heute Nacht gestorben.«

Sie wusste nichts mehr von ihrer Fahrt nach Kiel, sie wusste nur noch, dass Onkel Ludwig ihr in der Einfahrt des kleinen Reihenhäuschens entgegengekommen und sie wie eine alte Frau ins Haus geführt hatte.

»Ich habe dir doch gesagt, du sollst nicht sofort herkommen, und nicht alleine«, hatte er geschimpft. »Du musst doch an das Baby denken.«

Aber Isabell hatte nicht an das Baby gedacht. Sie hatte auch nicht an Corin gedacht, der vermutlich vor Sorge beinahe umkam, sie hatte an nichts und niemanden gedacht.

Erst am nächsten Tag, nachdem sie Tante Paulettes Brief gelesen hatte und die Einzelheiten ihres Krankheitsverlaufes kannte, hatte sie daran gedacht, auf RINQUINQUIN anzurufen. Aber Onkel Ludwig hatte gesagt, das sei nicht nötig, er habe in der Nacht noch mit Matilde gesprochen und ihr das Notwendigste erklärt. Corin sei noch nicht wieder zu Hause gewesen. Wenn Onkel Ludwig Matilde richtig verstanden hatte, waren er, Madame Cécile und der kleine Laurent erst am Abend aus Antibes zurückgekommen. Isabell hatte bis spät auf Corins Anruf gewartet, ebenso an diesem Morgen, bevor sie zur Beerdigung aufgebrochen waren. Aber das Telefon war still geblieben.

»Du fehlst mir so sehr, Tante Paulette«, sagte sie halblaut. *Ich werde immer bei euch sein,* hatte in dem Brief gestanden, und Isabell hoffte aus ganzem Herzen, dass das stimmen möge. Die Tränen liefen ihr über die Wangen, aber der Regen wischte sie sogleich wieder fort. Onkel Ludwig nahm sie wieder bei der Hand und hielt seinen Schirm über sie. Seite an Seite ließen sie die Beileidsbekundungen der vielen Freunde, Nachbarn, Verwandten und Bekannten über sich ergehen, schüttelten Hände und bedankten sich.

Plötzlich tauchte zwischen den schwarzen Gestalten mit den traurigen Gesichtern eine helle Gestalt auf. Eine nass geregnete Gestalt in Jeans und weißem Polohemd, die sich brav in die Schlange der Kondolierenden einreihte, am Grab verharrte und eine Rose hinabwarf.

Isabell schnappte hörbar nach Luft.

»Wer ist das denn?«, flüsterte Onkel Ludwig neben ihr. »Oh, das ist er, oder? Dein Corin!«

»Ja«, konnte Isabell gerade noch hauchen, da stand Corin auch schon vor ihnen.

»Es tut mir sehr Leid, dass ich nicht pünktlich da war, aber der Renault ist mitten in Luxemburg stehen geblieben, und als ich endlich bei euch zu Hause ankam, seid ihr schon weg gewesen. Eine Nachbarin hat mir freundlicherweise den Weg zum Friedhof erklärt. Zum Umziehen war leider keine Zeit mehr.« Er hatte Französisch gesprochen, aber Onkel Ludwig schien ihn trotzdem verstanden zu haben.

»Es ist wunderbar, dass Sie überhaupt gekommen sind«, sagte er auf Deutsch und nahm Corins Hand zwischen seine beiden Hände. »Sie wissen ja gar nicht, was für eine große Freude Sie mir damit machen.«

Corin konnte ihn unmöglich verstanden haben, aber allein Onkel Ludwigs Mimik sprach für sich. Er freute sich wirklich.

»Das ist so schrecklich mit Ihrer Frau«, sagte Corin. »Wir, Isabell und ich, waren fest davon überzeugt, dass sie gesund werden würde. Wir haben oft davon gesprochen, dass Sie sich bei uns auf RINQUINQUIN erholen könnten, wenn alles überstanden sei.«

»Jetzt muss ich eben alleine kommen«, sagte Onkel Ludwig tapfer.

Isabell war weniger tapfer. Als sie Corin so nahe

vor sich sah, war es mit ihrer Selbstbeherrschung vorbei. Sie warf sich in seine Arme und ließ ihre Tränen an seine Brust fließen. Und Corin zog sie fest an sich und legte schützend seine Arme um sie.

Erst viel später ließ er sie wieder los, als Onkel Ludwig ihm auf die Schulter schlug und sagte: »Sie werden sich noch den Tod holen. Sie sind eindeutig nicht für unseren deutschen Sommer gekleidet. Kommt, ihr beiden, wir haben es überstanden. Fahren wir nach Hause.«

»Ich verstehe nicht, wie man dafür so lange brauchen kann«, sagte Corin und kickte eine leere Bierbüchse zur Seite, die jemand hier vergessen hatte. Es war zum Picknicken ohne Zweifel ein ganz hübscher Platz. Man blickte über ein Lavendelfeld mit ganz anderen Ausmaßen als die Miniaturfelder von Madame Jaure. In schier endlosen Reihen schienen sich die igelförmigen Büsche zu erstrecken, das leuchtende Lila kontrastierte auf das Schönste mit dem gelben Raps, der gleich nebenan blühte. Das einzig Störende war die Schnellstraße, die durch diese Farbenpracht führte.

Sie hatten aber nicht zum Picknicken Halt gemacht, sondern weil Isabell wieder einmal hatte pinkeln müssen. Ein kleiner Strauch am Straßenrand bot minimalen Schutz vor Blicken, aber das war ihr egal.

»Wenn das jetzt schon so geht, wie soll das erst werden, wenn das Kind noch dicker wird?«, fragte sie, als sie wieder hinter dem Busch hervorkam. »Ich muss an einem einzigen Tag so oft wie sonst in der ganzen Woche nicht.«

»Wir könnten längst zu Hause sein, wenn diese Pinkelpausen nicht wären«, stimmte Corin zu.

»Ich könnte längst zu Hause sein«, korrigierte ihn Isabell. »Aber deine alte Schrottkiste ist froh, wenn sie öfter mal Pause machen kann.«

»Das ist nur, weil sie so voll geladen ist«, verteidigte Corin seinen Renault.

Seit Tante Paulettes Beerdigung war eine Woche vergangen. Jetzt waren sie auf dem Rückweg nach RINQUINQUIN, Isabells kleiner Peugeot und Corins alter Renault voll geladen bis unter die Decke. Bücher, Fotoalben, Bilder, Ordner, der Perserteppich, der kleine Kirschbaumsekretär, ja sogar Florentine, die Schaufensterpuppe, alles war mit nach Südfrankreich gereist.

»Hier hat es die ganze Zeit nicht geregnet«, stellte Isabell fest, während sie wieder zu ihrem Auto hinüberging. »Kannst du das glauben?«

»Ich fand es ganz schön, mal zur Abwechslung den ganzen Tag nass zu werden«, sagte Corin. »Hast du nicht etwas vergessen?«

»Ich glaube nicht«, sagte Isabell. »Und wenn, dann bringt Onkel Ludwig es mit, wenn er im Herbst nach RINQUINQUIN kommt.«

»Ich meinte, dass du hier etwas vergessen hast, nämlich mich zu küssen«, sagte Corin.

Isabell ging noch einmal zurück, um ihn zu küssen. Es wurde ein sehr langer Kuss.

»Wie lange noch?«, fragte sie und meinte damit die Fahrtstrecke.

»Es sind nur noch dreißig Kilometer. Wenn diese Baustelle nicht wäre, hätten wir auf der Autobahn bleiben können. Aber auch so sitzen wir in einer Dreiviertelstunde zu Hause auf der Terrasse und können die Beine hochlegen. Es sei denn, du brauchst noch eine Pause ...«

Isabell lachte, während sie sich in ihr Auto setzte und den Motor anwarf. Corin im Renault vor ihr setzte den Blinker und bog wieder auf die Schnellstraße ein. Im Rückspiegel sah sein Gesicht gelöst und glücklich aus.

»Und dabei weiß er das Beste noch gar nicht«, sagte Isabell zu Florentine, die zum Vibrieren des Motors mit ihren Wimpern klapperte, und wie immer bei diesem Gedanken wurde ihr ganz warm ums Herz.

Corin wusste noch nicht, dass sie nun eine wirklich reiche Frau war. Sie selber wusste es seit dem Tag der Beerdigung, als Corin oben in ihrem Kinderzimmer den verlorenen Schlaf nachgeholt und sie mit Onkel Ludwig in der Küche gesessen hatte.

»Ich möchte kein Geld, Onkel Ludwig«, hatte sie gesagt.

»Es tut mir Leid, aber du hast keine Wahl«, hatte Onkel Ludwig erwidert. »Sie hat diese Lebensversicherung vor langer Zeit abgeschlossen, und du warst all die Jahre als Nutznießer eingetragen. Es ist eine hübsche, runde Summe.«

Das war es in der Tat. Eine hübsche halbe Million deutsche Mark. Isabell hatte zweimal schlucken müssen.

»Aber du kannst das Geld sicher gebrauchen«, hatte sie gesagt. »Du solltest schöne Reisen unternehmen und es dir gut gehen lassen. Jeder Tag zählt, hat Tante Paulette geschrieben.«

Onkel Ludwig hatte gelacht. »Das hat sie mir auch

geschrieben, und ich werde mich daran halten. Aber glaube mir, ich habe wirklich genug eigenes Geld. Mir gehört dieses Haus, wir haben ordentlich was gespart, und ich bekomme eine stattliche Rente. Dieses Geld war immer für dich bestimmt, und ich weiß, dass du es gut gebrauchen kannst.«

»Es würde eine Menge Probleme lösen«, hatte Isabell gesagt.

Auf einmal konnte sie nicht mehr verstehen, dass sie ihr Geheimnis eine ganze Woche für sich behalten hatte. Für welchen besonderen Moment hatte sie es sich denn aufsparen wollen? Kurzentschlossen fuhr sie näher auf den Renault auf und betätigte wild die Lichthupe.

Corin fuhr sofort wieder an den Straßenrand und sprang aus dem Auto.

»Was ist los? Du musst doch nicht etwa schon wieder Pipi ...?«

Isabell stieg aus und legte ihre Arme um seinen Hals.

»Nein«, sagte sie. »Ich muss dir nur etwas ganz, ganz Dringendes sagen.«

(Statt Nachwort)

Matilde Le Bers Rezept für
Provençalische Liebesäpfel

Tomaten (reif, aber möglichst fest) halbieren und mit der Schnittseite nach unten in einer Pfanne mit heißem Olivenöl braten. Nach wenigen Minuten wenden und von der anderen Seite braten. Anschließend in eine mit Knoblauch und Olivenöl ausgeriebene Auflaufform legen, salzen, pfeffern und ganz leicht zuckern (wegen der Tomatensäure).

Mit gehacktem Knoblauch, Petersilie, Semmelbröseln und geriebenem Käse bestreuen, das Ganze noch einmal mit Olivenöl beträufeln und bei geringer Hitze im Backofen schmoren lassen. Köstlich!

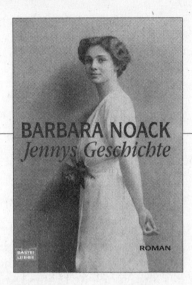

›Ein Meisterstück von der Großmeisterin der Unterhaltungsliteratur.‹ *WELT AM SONNTAG*

Mit 27 Jahren geht Jenny, behütete Tochter aus wohlhabender Hamburger Familie, nach Berlin, um Gesang zu studieren. Zum ersten Mal ist sie der Fürsorge ihrer dominanten Mutter entkommen – und in der aufblühenden Stadt der goldenen zwanziger Jahre ganz auf sich allein gestellt. Als sie dem Lebemann Björn Jonassen begegnet, verfällt Jenny rasch seinem intelligenten Witz und frechen Charme. Für das junge, unerfahrene Mädchen wird Jonassen die erste, überwältigende Liebe. Doch Jennys Mutter versucht alles, um die Tochter für sich zu behalten …

›Jennys Geschichte ist das Porträt einer überbehüteten, freiheits- und lebenshungrigen Frau und – durch die Erzählung der Familiengeschichte über drei Generationen – gleichzeitig auch ein Stück Zeitgeschichte.‹ *SÜDDEUTSCHE ZEITUNG*

ISBN 3-404-14610-7

›Amerikas Literatur lebt – Hazelgrove hat dies überzeugend bewiesen.‹
NEW YORK TIMES

Richmond in Virginia, 1945: Als der angesehene Rechtsanwalt Hartwell die Verteidigung eines schwarzen Dienstmädchens übernimmt, dem trotz mangelnder Beweise ein Diebstahl zur Last gelegt wird, sind die beschaulichen Zeiten für seine Familie vorbei. Hartwell verliert sein Ehrenamt als Wahlkampfleiter des Senators, und die Stimmung in der Stadt kehrt sich gegen ihn. Darunter leidet auch sein Sohn Lee, dessen bittersüße Liebesbeziehung mit der Tochter eines mächtigen Industriellen zu scheitern droht. Die Lage spitzt sich zu, als es im Gerichtssaal von Richmond zur Verhandlung des Falls kommt ...

›Mit großer Erzählfreude, effektvoll und symbolträchtig, webt Hazelgrove persönliche Schicksale und Lebenslinien vor zeitgeschichtlichem Hintergrund zusammen.‹
SÜDDEUTSCHE ZEITUNG

ISBN 3-404-14605-0

Die Golds und die Harris sind Nachbarn und seit vielen Jahren eng befreundet. Das gleiche gilt für ihre Kinder, Chris und Emily, die unzertrennlich zusammen aufgewachsen sind. Deshalb wundert es niemanden, daß sich ihre innige Freundschaft mit der Zeit in eine Liebe verwandelt, die sicher Bestand haben wird. Aber dann erhalten die Eltern der beiden eines Nachts eine schreckliche Nachricht: Emily ist tot – gestorben an einem Kopfschuß. Es ist noch eine einzige Kugel in dem Gewehr, das Chris aus dem Waffenschrank seines Vaters entwendet hat – die Kugel, die er für sich selbst vorgesehen hatte ...

Aus welchem Grund wollten sich die beiden das Leben nehmen? War ihre Liebe bedroht? Eltern und Polizei stehen vor einem Rätsel, das sich nur allmählich entschlüsseln läßt ...

ISBN 3-404-14426-0